내가

당신이었을

때

WHEN I WAS YOU

by Amber Garza

앰버 카자

최지운 옮김

내가
당신이었을
때

황금가지

제1부

"때론 그것이 우리를 죽게 할 것이라는 걸 알면서도
우린 그것을 원하곤 한다."
— 도나 타트

제1장

내가 당신의 이름을 처음 들었던 건 10월 초의 어느 월요일 아침
이었다. 전화가 울렸을 때는 샤워를 하고 막 나오던 참이었다. 샤워
가운을 급히 걸치고 허리띠를 두르며 침실로 달려가 테이블 위에 놓
여 있던 휴대폰을 낚아챘다.

모르는 번호였다.

평소에 난 모르는 전화는 받지 않는다. 하지만 이미 여기까지 헐
레벌떡 달려온 데다, 아마 의사인 힐러만의 사무실에서 걸려 온 전
화일 것이리라 생각했다.

"여보세요?"

나는 숨을 헐떡이며 전화를 받았다. 창백한 피부에 소름이 돋는
것이 느껴져 샤워 가운을 단단히 여몄다. 젖은 머리카락이 등 뒤로
흘러내렸다.

"켈리 메디나 씨죠?"

이런. 영업 사원인가.

"네."

받지 말았어야 한다고 생각하며 나는 대답했다.

"안녕하세요, 켈리 씨. 크레이머 병원의 낸시입니다. 이번 주 금요일 오전 10시에 영유아 정기 검진 예약이 있어서 확인차 전화드렸습니다."

나는 실소를 터뜨렸다.

"영유아 정기 검진요? 예약이 19년은 늦은 것 같은데요."

"무슨 말씀이시죠?"

낸시가 혼란스러워하며 물었다.

"제 아들은 이제 영유아 정기 검진을 받을 나이가 아니거든요. 그 앤 19살이라서요."

"아, 죄송합니다."

낸시가 즉시 대답했다. 수화기 너머로 키보드 치는 소리가 들렸다.

"죄송해요. 제가 다른 켈리 메디나 씨에게 전화를 걸었나 봐요."

"여기 폴섬에 또 다른 켈리 메디나가 있다고요?"

나의 결혼 전 성은 스미스였다. 전 세계에 백만 명의 켈리 스미스가 있을 것이다. 어쩌면 캘리포니아만에도 그쯤 될 것이다. 하지만 내가 라파엘과 결혼한 이후로 다른 켈리 메디나를 만난 적은 한 번도 없었다. 지금까지 단 한 번도.

당신을 알기 전엔 단 한 번도.

"네. 그분의 아이가 이 병원에 다니거든요."

내 아이가 처음 병원에 찾아갔던 날이 마치 어제처럼 느껴졌다.

갓 태어난 작은 아기를 안고서 크레이머 병원의 대기실에 앉아 내 이름이 불리기를 기다리던 기억이 났다.

"어떻게 된 일인지 모르겠네요. 아마도 전산 시스템에서 전화번호가 바뀌었나 봐요."

낸시가 중얼거렸다. 나에게 건네는 말인지 혼잣말인지 알 수 없었다.

"다시 한번 정말 죄송합니다."

나는 그녀에게 괜찮다고 안심시킨 후 전화를 끊었다. 머리카락은 여전히 축축하게 젖어 있었지만 머리를 말리는 대신 차를 마시기 위해 아래층으로 내려갔다. 가는 길에 아론의 방을 지나쳤다. 손으로 닫혀 있던 문을 밀었다. 피부에 닿은 나무는 차가웠다. 몸을 떨며 방 안을 들여다보았다. 잘 정돈된 침대, 벽에 붙은 영화 포스터, 한쪽 구석에 놓여 있는 꺼진 데스크톱.

아론의 방 문틀에 기대어 내 마음은 그 애가 대학으로 떠나던 날로 날아갔다. 그 애의 환한 미소와 반짝이는 눈이 떠올랐다. 아이는 이곳을 너무나도 떠나고 싶어 했다. 나에게서 벗어나고 싶어 했다. 아이를 위해 기꺼이 보내 주어야 했다. 내가 그 애를 그렇게 키웠다.

남자아이들은 자라면 엄마 곁을 떠나는 것이 당연하리라. 하지만 그걸 받아들이기 어려웠다.

아론의 방문을 닫고 부엌으로 향했다.

집 안이 쥐 죽은 듯 조용했다. 예전엔 이 집이 시끌벅적했다. 아론의 작은 발이 복도를 쿵쿵거리며 뛰어다니는 소리, 그 애가 장난감을 갖고 노는 소리, 커 갈수록 늘어나는 아이의 수다 소리. 이제 이 집은 항상 조용하다. 라파엘이 일 때문에 베이 에어리어에 머무르는 동안은 특히 더했다. 이쯤 되면 익숙해질 때도 되었다고 생각할지도 모르겠다. 하지만 사실 시간이 지날수록 더 적응하기 어려웠다. 이 지독한 고요함.

그 전화가 나를 이끌었다. 잠시나마 내가 그리워했던 그 시절 어딘가로 시간을 거슬러 올라간 것 같았다. 아론이 태어났을 때 사람들은 시간이 쏜살같이 지나가 버릴 테니 모든 순간을 소중히 음미하라고 충고했다. 난 그 말을 이해할 수 없었다. 자랄 때 나는 편안하지 않았고 시간이 빠르게 흐르지도 않았다. 게다가 아론을 임신한 9개월은 그 이전의 삶 어느 때보다도 길게 느껴졌다.

하지만 그들이 옳았다.

아론의 어린 시절은 한순간이었다. 날아가는 나비를 잡기 어렵듯, 그 순간들은 그렇게 지나가 버렸다. 그리고 지금은 사라졌다. 그 아이는 남자가 되었다. 나는 이제 혼자다. 라파엘이 계속해서 시간을 때울 일자리를 구해 보라고 말했지만 이미 시도해 본 일이었다. 나는 처음 아론이 집을 떠났을 때 여러 일자리에 지원했다. 하지만 오랫동안 일을 하지 않은 나를 고용하고 싶어 하는 곳은 없었다. 그때 크리스틴이 자원봉사를 해 보면 어떻겠냐고 제안했다. 그래서 일주일에 한 번 지역 푸드 뱅크에서 음식을 나누어 주고 때로는 행정 업무를 조금 돕는 일을 시작하게 되었다. 나는 그 일을 즐겼지만 충분하지는 않았다. 그것만으로 긴 시간을 채울 수는 없었다. 게다가 난 수많은 자원봉사자 중의 한 명일 뿐이었다. 그곳은 나를 꼭 필요로 하지 않았다. 아론이 아이였을 때 나를 필요로 했던 것과는 차원이 달랐다.

아론이 떠났을 때 내가 지금까지 알고 있었던 켈리라는 여자는 더이상 존재하지 않게 되었다. 허공으로 사라진 것이다. 나는 흡사 귀신처럼 이 집을, 거리를, 마을을 헤집고 다녔다.

물이 끓는 동안 나는 당신에 대해 생각했다. 아기를 키우고 있는 당신 앞에 펼쳐진 인생이 얼마나 행복할지에 대해. 지금 이 순간 당신이 무얼 하고 있을지 궁금해졌다. 장담컨대, 크고 조용한 집에 혼자 앉아 있지는 않을 것이다. 아마도 햇볕이 잘 들고 장난감이 널려 있는 거실에서 귀엽고 작은 아기를 쫓아다니고 있을 것이다. 그 아기는 무릎으로 기어 다니며 웃고 있을 것이다.

당신의 아기는 남자아이일까? 전화를 걸었던 그 여자가 말해 주지는 않았지만 난 그렇게 상상했다. 아론처럼 통통하고 미소가 귀여운 남자아이일 것이다.

주전자에서 삐 소리가 나자 나는 움찔했다. 머그잔에 끓는 물을 붓고는 뜨거운 김이 얼굴에 끼치며 원을 그렸다. 그 안에 티백을 넣고는 차가운 타일로 된 싱크대에 등을 기대 뜨거운 김을 들이마셨다. 내 앞의 부엌 창문을 통해 앞마당의 모습이 눈에 들어왔다. 완벽하게 손질된 밝은 초록색의 잔디와 장미 덤불. 나는 항상 장미를 특별하게 생각했다. 어렸을 때 아론이 항상 가지치기를 돕고 싶어 했지만 한 번도 허락해 주지 않았다. 아마도 그 애가 장미를 망칠까 두려웠던 것 같다. 지금 생각하니 웃기는 일이지만.

심장이 조여 오는 듯해서 나는 숨을 크게 내쉬었다.

당신의 앞마당은 어떨까. 어떤 모습일까? 당신도 장미를 가꾸고 있을까? 당신의 아들이 가지치기를 돕도록 두는지 궁금해졌다. 내가 했던 실수를 당신도 범하고 있지는 않을지 궁금해졌다.

나는 머그잔을 입 쪽으로 가져와 뜨거운 차를 조금 마셨다. 민트 향이다, 내가 가장 좋아하는. 나는 차를 바로 삼키지 않고 1분 정도 혀에 두면서 그 풍미를 느꼈다. 냉장고가 윙 소리를 냈다. 제빙기에서 얼음이 옮겨지는 소리가 들렸다. 어깨가 약간 긴장되었다. 차를 한 모금 더 마시면서 어깨를 쭉 폈다.

싱크대를 떠나 계단을 향하는데 주머니에 있던 휴대폰이 울렸다. 맥박이 빨라졌다. 라파엘일 리는 없었다. 교수인 그의 첫 강의는 이미 시작했을 시간이었다.

아론일까?

아니었다. 크리스틴에게서 온 문자였다.

— 오늘 아침엔 요가 올 거니?

나는 이미 샤워를 마치고 요즘 하던 정리 프로젝트를 막 시작하려던 참이었다. 오늘은 부엌의 식료품 저장고 차례였다. 지난주에 엄청난 양의 정리함과 용기들을 구입했다. 지난 금요일엔 그것들에 모두 라벨을 붙이며 하루를 보냈다. 주말 동안에는 라파엘이 집에 돌아와 함께 쉬었고, 오늘 다시 그 일을 이어 가려고 했다. 이미 아래층에 있는 옷장 여러 개를 정리했지만, 내 계획은 집에 있는 모든 옷장과 서랍장을 다시 정리하는 것이다.

요가를 매우 좋아하기는 하지만 오늘은 할 일이 너무 많았다.

— 아니.

휴대폰에 타이핑을 하다 말고 입술을 깨물었다. 그리고 글자를 지웠다. 휴대폰을 물끄러미 바라보았다. 매끄러운 화면에 내 모습이 비쳤다. 헝클어진 머리카락, 창백한 얼굴, 눈 밑의 다크서클.

좀 더 많은 걸 해 봐. 운동은 어때. 종일 집에 앉아 있는 건 건강에 안 좋아. 라파엘의 목소리가 귓가에 들려왔다.

정리 정돈은 내일도 할 수 있었다. 게다가 내가 누굴 속이겠는가. 아마도 한두 시간쯤 정리하다가 블로그나 인터넷 기사들을 읽거나 최근에 읽기 시작한 살인 미스터리 소설에 빠져들어서 정리 프로젝트는 금세 포기하게 될 것이 분명했다.

나는 '응'이라고 타이핑하고는 전송 버튼을 누른 후, 외출 준비를 위해 서둘러 방으로 갔다.

30분 후, 나는 체육관 앞에 차를 세웠다. 차에서 내리자 시원한 바람이 팔을 스쳤다. 3개월의 폭염이 끝났구나 싶어 반가운 마음이 들었다. 가을은 항상 내가 가장 좋아하는 계절이다. 나는 가을이 주는 축제와도 같은 느낌을 즐겼다. 누런 호박, 사과, 시골스러운 색깔들. 하지만 무엇보다도 좋은 건, 떨어지는 낙엽들과 그것들을 갈퀴질하는 모습이다. 헐벗어 가는 나무들. 새로운 것들을 위한 공간을 만들기 위해 오래된 것들의 떠남. 끝이지만 또한 동시에 시작인 것.

아직은 그 정도의 날씨는 아니다. 잎은 여전히 푸릇했고 오후의 공기는 따뜻할 것이다. 그러나 아침과 저녁마다 마시는 한 모금의 가을 때문에 나는 더욱 가을에 대한 갈증을 느끼고 있었다.

운동 가방을 어깨에 걸치고 주차장을 기분 좋게 걸어갔다. 센터 안으로 들어서자마자 찬기가 느껴졌다. 오늘 날씨가 영상 40도는 된다는 듯이 에어컨이 세차게 돌아가고 있었다. 뭐 괜찮다. 좀 더 열심히 땀을 내며 운동할 수 있을 테니까. 안내 데스크 직원에게 미소를 지으며 그녀가 내 카드를 스캔할 수 있도록 카드가 매달린 열쇠 꾸러미를 꺼내 들었다. 그런데 열쇠고리에 카드가 걸려 있지 않았다.

가방을 이리저리 뒤져 보았지만 어디에도 없었다. 나는 얼굴을 붉히며 나를 지루하게 기다리는 데스크 직원에게 사과의 미소를 보냈다.

"제가 카드를 잃어버린 것 같아요. 제 이름 좀 확인해 주시겠어요? 켈리 메디나예요."

그녀의 눈이 휘둥그레졌다.

"이상하네요. 오늘 일찍 그 이름을 가진 다른 여자분이 오셨거든요."

갑자기 심장이 두근거렸다. 이 센터에 다닌 지 수 년이 되었지만, 그 누구도 당신에 대해 언급한 적은 없었다. 나는 당신이 여기서 얼마나 운동했는지가 궁금해졌다.

"아직 여기 있나요?"

나는 당신이 누군지 알기라도 하는 양 로비를 구석구석 훑어보았다.

"아뇨. 엄청 일찍 왔거든요."

물론 당신은 그랬을 것이다. 나도 아론이 아기였을 때 그렇게 하곤 했으니까.

"체크인되셨어요, 켈리 씨."

안내 직원이 내 생각 속으로 훅 끼어들며 말했다.

운동 가방을 들고 요가실로 향하는 계단을 올라갔다. 내 머릿속에는 당신에 대한 생각이 넘쳐흐르고 있었다. 젊은 여자 몇 명이 꽉 끼는 탱크톱과 바지를 입고 운동 가방을 어깨에 걸친 채 내 옆으로 걸어왔다. 그들은 웃으며 큰 소리로 이야기를 나누고 있었다. 머리 뒤로 빗어 올린 여자들의 긴 포니테일이 흔들거렸다. 실례하겠다고 말하며 지나치려고 했지만 여자들은 내 말을 듣지 못했다. 짜증이 난 나는 입술을 깨물며 그들 뒤로 천천히 돌아 계단 끝까지 올라갔다. 그들은 유산소 기구로 향했고 나는 요가실의 문을 열었다.

크리스틴은 이미 매트에 앉아서 기다리고 있었다. 그녀의 금발 머리는 완벽하게 단정한 포니테일로 묶여 있었다. 눈은 빛났고 입술은 반짝였다. 나는 제멋대로 흩어진 내 갈색 머리를 매만지며 메마른 입술을 핥았다.

크리스틴이 환하게 웃으며 손을 흔들었다.

"드디어 왔구나."

"응. 그렇게 됐어. 오랜만이야. 그동안 바빴거든."

그녀 옆자리에 매트와 가방을 내려놓은 뒤, 어깨를 으쓱하며 매트 위에 앉았다.

크리스틴은 가느다란 손목을 퉁기며 내 말을 일축했다.

"오, 물론이지. 이해해. 매디랑 메이슨이 요즘 하는 것들이 너무 많아. 쫓아다니기 정말 힘들다니까."

"그랬겠다."

나는 플립플롭을 벗으며 중얼거리듯 말했다. 어린 나이에 결혼해서 아이를 갖는 사람들은 종종 이런 일을 겪는다. 내 친구들 대부분은 아직도 아이들을 키우는 중이다.

"맞아, 그렇지? 언제 그 애들이 커서 하고 싶은 것들을 맘껏 하고 살 수 있으려나."

"그래, 그게 최고지."

내가 빈정대듯 말했다.

크리스틴이 입을 벌리며 멈칫했다. 그녀의 창백한 뺨이 발그레해졌다.

"아, 미안해. 네 이야기를 하려던 건 아니었어. 네가 아론을 얼마나 보고 싶어 하는지 잘 알아. 난 단지……."

나는 고개를 저으며 그녀에게 미소를 지어 보였다.

"괜찮아. 이해해."

크리스틴과는 몇 년 전 요가 수업에서 처음 만났다. 그녀는 자신의 행동에 대한 자각이 거의 없는 사람이다. 나는 그래서 크리스틴에게 끌렸다. 날것과 같은 그녀의 생생함이 마음에 들었다. 보통 다른 사람들은 그녀가 고르지 않고 내뱉는 말을 감당하지 못해서 크리스틴을 멀리하곤 했다. 하지만 나는 크리스틴이 새롭다고 생각했고, 솔직히 말해서 꽤 즐겁기까지 했다.

"아론이 어렸을 땐 정말 바쁘게 살았던 기억이 나. 1년 동안 야구랑 농구 클럽에 다녔어. 두 가지를 동시에 하느라 그 애를 매일 같이 시합이나 연습에 데리고 다녀야 했어."

"그랬구나! 미치도록 바쁠 때가 있다니까."

크리스틴이 안도하는 표정을 지으며 흥분한 어조로 대답했다.

"그래, 그럴 때가 있어."

내가 동의했다.

수업이 시작할 시간이 다가오자 사람들이 하나둘 늘어났다. 대부분은 여자들이지만 남자도 몇 있었다. 대개는 아내나 여자 친구와

함께 온 사람들이었다. 나도 언젠가 라파엘을 데려오려고 한 적이
있었는데 그는 말도 안 되는 소리라며 웃었다.

"이 수업에 원래 몇 명 없었는데, 기억해?"

크리스틴이 요가실을 휙 둘러보더니 물었다.

나도 주변을 흘낏 보며 고개를 끄덕였다. 내가 모르는 사람들이
많았다. 놀랄 일도 아니었다. 지난 10년간 폴섬은 많이 커졌다. 거의
매일 새로운 사람들이 이사를 왔다.

주변으로 모여드는 낯선 이들을 바라보며 나의 생각은 당신에게
로 흘러갔다. 순간 몸을 떨었다. 만난 적도 없는데 당신을 알고 있는
것만 같았다. 우리는 같은 이름을 가졌고, 같은 체육관에 다니고, 같
은 소아과에 다녔다.

운명처럼 느껴졌다. 운명이 당신을 내가 있는 이곳으로 이끌었다.
확신할 수 있었다.

하지만, 대체 왜?

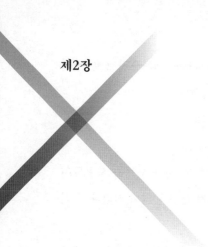

제2장

검붉은 와인이 유리잔 속에서 소용돌이치며 잔의 옆구리에 거미
줄 모양의 얼룩을 남겼다. 크리스틴은 입술을 갖다 대며 천천히 한
모금 마셨다.

"너도 한잔 마시지 않을래?"

월요일 정오에 술을 마시지 않는 내가 이상하다는 듯 그녀는 눈썹
을 치켜올리며 물었다.

요가 수업이 끝나고 함께 점심을 먹자는 크리스틴의 제안을 왜 받
아들였는지 모르겠다. 오늘은 해야 할 일이 있었고, 땀에 흠뻑 젖은
운동복도 빨리 벗어 버리고 싶었다.

"아냐, 오래 못 있어. 점심 얼른 먹고 마트에 가야 해."

"내일 가면 되잖아. 그러지 말고, 나랑 한잔 마시자."

그녀의 말투에서 초조함이 묻어났다.

"안 돼. 오늘 저녁거리가 하나도 없거든."

나는 점심으로 뭘 먹을지 생각하며 눈앞에 있는 메뉴판을 훑어보았다. 버거와 감자튀김이 맛있을 것 같았다. 무척 배가 고팠다. 바지의 허리 밴드 위로 겹쳐진 내 뱃살이 보여 얼굴을 찌푸렸다. *하지만 먹지 않는 게 좋겠지.*

라파엘과 연애하던 시절에는 날씬했다. 아론을 갖고 나자 내 몸은 푹신해지고 둥글어졌다. 하지만 그걸 신경 쓰지는 않았다. 엄마답게 보였으니까. 늘어난 몸무게는 내 몸에 일어난 기적을 확인시켜 주는 것이었다. 게다가 이 땅의 여성이라면 모두 겪는 일 아니었던가? 아론이 태어난 직후 라파엘은 은근한 비평의 말을 던지기 시작했다. 그는 내가 무엇을 먹는지 면밀하게 살폈고 운동을 더 하라며 종용했다. 날씬한 몸으로 돌아가라는 그의 말에 나는 살을 뺐다. 하지만 최근 들어 다시 몸이 살짝 불어나고 있었다.

산타페 치킨 샐러드로 결정했다. 드레싱을 따로 곁들인.

"왜 그래. 오늘 집에 아무도 없잖아. 팝콘이나 튀겨서 와인이랑 먹으면 되지. 집에 혼자 있다면 난 그렇게 먹을 것 같아."

크리스틴은 내가 무척이나 멋진 삶을 살고 있다는 듯한 태도였다. 혼자 사는 삶이 너무 부럽다는 듯이. 하지만 그렇지 않다. 나는 과거로 돌아갈 수만 있다면 뭐든 할 것이다. 그녀처럼 가족이 가득 찬 집에서 바쁘게 보낼 수만 있다면. 하지만 이런 말을 하는 대신 그저 미소를 지었다.

"그래, 그렇게 해야겠다."

솔직히 그렇게 나쁠 것도 없는 듯 싶었다.

우리는 바깥 테이블에 앉아 있었다. 한 젊은 여자가 유모차를 밀면서 조깅하는 모습이 눈에 띄었다. 유모차에 커버가 씌어 있어서 그 안에 있는 아이의 모습은 볼 수 없었다. 난 그 여자의 얼굴을 다시 흘끗 보았다. 검은 머리카락에 창백한 피부를 가졌으며 20대로 보였다.

잠시, 난 그녀가 당신이 아닐까 생각했다.

나는 당신이 어떻게 생겼는지, 당신이 몇 살인지 전혀 모른다. 당신 아이가 어리다고 하니 젊은 여자일거라고 상상은 했지만, 늦은 나이에 아기를 갖는 여자도 많을 것이다. 또한 그 아기가 외동일 것이라고 생각할 근거도 없다.

당신은 아이들이 많을까, 아니면 한 명일까?

결혼은 했을까?

이 근처에 살고 있을까?

질문들이 마음속에서 휘몰아쳤다.

한 가지 확실한 것은 당신은 저녁으로 팝콘과 와인을 먹을 일은 절대 없다는 점이다.

아마도 당신은 가족을 위해 맛있는 식사를 계획하고 있을 것이다. 젖먹이 아기가 있으니 간단히 파스타 같은 것을 생각할지도 모르겠다. 시간을 내기 위해 아기그네에 아기를 묶어 둘 수도 있었다. 아니면 아기가 잠든 시간에 요리하는 것이 더 좋은 방법일지도 모르겠다. 당신과 남편은 번갈아 가며 저녁을 먹고 번갈아 가며 아기를 돌볼 것이다.

아론이 갓 태어났을 때 밤마다 그렇게 했던 것을 떠올리니 미소가 지어졌다. 거의 2년은 따뜻한 음식을 먹어 본 적이 없는 것 같다. 당시에는 짜증 나는 일이었다. 지금은 그 모든 기억이 따뜻하고 아련하다니 참 알 수 없는 일이었다.

음식을 주문한 후 크리스틴은 와인 한 잔을 다 마시고 나를 의심스러운 눈빛으로 쳐다보았다.

"무슨 일 있어? 오늘 무척 조용하네."

당신에 대해 크리스틴에게 말하려고 생각한 건 아니었는데, 불쑥 말이 튀어나오고 말았다.

"폴섬에 다른 켈리 메디나가 있어."

그녀가 얼굴을 찡그렸다.

"무슨 말이야? 도플갱어 같은 거? 그 사람들은 쌍둥이라는 거 너도 알잖아."

나는 모르는 사실이었다. 그 사람들이라는 게 누구인지도 이해가 안 갔다.

"아니, 나처럼 생긴 사람이라는 말이 아니야. 내 말은, 나랑 같은 이름을 가진 여자가 있다는 거야."

"아. 그런데 켈리라는 이름은 꽤 흔하잖아. 난 크리스틴 많이 만나봤어."

크리스틴이 고개를 끄덕였다.

"하지만 성까지 같은 사람을 만난 적은?"

그녀는 고개를 저었다.

"그런 적은 없는 것 같지만 어딘가엔 있겠지."

"그래, 뭐. 하지만 같은 동네에선 아니겠지. 같은 체육관에 다니고 같은 소아과에 아이를 데려가고 말이야."

내가 어깨를 으쓱했다.

"정말?"

크리스틴이 미간을 찡그리더니 입술을 오므렸다.

"정말이야."

내가 고개를 끄덕였다. 드디어 크리스틴이 내 말을 이해한 듯했다.

"오늘 아침 병원에서 영유아 건강 검진 예약 확인 전화가 온 거야. 알고 봤더니 다른 켈리에게 걸어야 하는 걸 나에게 잘못 건 거였어."

"병원 전산 시스템에 뭔가 문제가 있었을 거야. 나도 치과에서 일할 때, 몇 년 전 예약에 대한 알림 문자를 발송한 적이 있거든."

크리스틴이 넘겨짚었다.

나는 고개를 저었다.

"아니야, 그런 게 아니었어. 병원에서 새로운 환자라고 말했어."

"그래서, 켈리 메디나가 아기라고?"

잠시 말을 멈추었다. 그게 정말인지 궁금해졌다. 나는 당신이 성인일 거라고만 생각했는데 내 생각이 틀렸다면? 당신이 엄마가 아니라 어린아이일 수도 있을까? 갑자기 시야가 흐려지고 눈 뒤쪽에서부터 찌르는 듯한 두통이 느껴졌다.

아니야, 그렇지 않아. 그 간호사, 이름이 낸시였던가, 그녀가 '그분의 아이가 이 병원에 다닌'다고 말했다. 체육관 직원도 당신이 여자라고 했다.

눈을 깜박이며 머릿속을 비워 보려고 했다. 그래, 성인이 확실해.

"켈리? 너 괜찮아? 그 전화 때문에 기분이 안 좋은 거지? 내가 술 주문해 줄게. 한잔만 해. 마음이 좀 편해질 거야."

크리스틴이 얼굴을 찌푸리며 웨이트리스에게 손을 흔들었다.

아니라고 말하려고 했지만 어느새 고개를 끄덕이는 나 자신을 발견했다. 나는 다이어트를 하려고 노력 중이었다. 술은 내가 원치 않는, 영양가는 없고 열량만 높은 음식이었다. 하지만 한잔 정도야 크게 나쁘지 않을 것이다. 게다가 샐러드를 주문했으니까. 오늘 밤에 와인을 마시지 않으면 될 것이다.

웨이터가 내 앞에 와인을 놓았을 때는 천천히 마셔야겠다고 생각했지만 막상 무더위에 뛰어다니던 개가 물 한 사발을 들이켤 때처럼 게걸스럽게 다 마셔 버리고 말았다. 금세 몸이 따뜻해지더니 판단력이 흐려졌다. 그렇게 빨리 술을 마시는 게 아니었다. 나는 오늘 아무것도 먹지 않은 상태였다. 샐러드가 나오자 떨리는 손으로 포크를 집어 들고 안정을 찾길 바라며 몇 입 퍼 넣었다.

종이를 씹는 것 같았다.

드레싱에 눈길을 돌렸다.

아, 드레싱을 섞어야지. 드레싱을 충분히 뿌린 후 다시 맛을 보았다. 훨씬 낫군.

"지난밤에 조엘이랑 싸웠거든. 얘기 좀 들어 봐."

자신의 샐러드를 집어 들며 크리스틴이 말했다. 그녀는 드레싱을 전혀 뿌리지 않았다.

"그 사람은 내가 먹는 것에 돈을 너무 많이 쓴다고 못살게 굴어."

그녀는 상추 조각을 작게 한입 베어 물었다.

"먹는 것에 말이야. 믿어지니? 내가 무슨 신발 같은 걸 잔뜩 산 것도 아니고 말이야."

크리스틴이 이번엔 더 큰 소리로 반복해서 말했다. 난 크리스틴을 올려다보고는 고개를 갸우뚱했다.

크리스틴은 다 안다는 듯 미소를 지어 보였다.

"그래, 그렇겠지. 내가 그런 것도 좀 많이 사기는 해. 하지만 그 사람이 화내는 건 음식에 관한 거였어. 그래서 이렇게 말했지. '난 우리 가족들을 위해 음식을 사는 거야.' 그럼 그이는 이런 식이야. '홀 푸드(미국의 유기농 마켓 — 옮긴이)에서만 다 살 필요는 없잖아. 다른 집들은 코스트코나 윈코에서 장을 본다고.' 그럼 나는 또, '우리 가족에게 건강한 음식을 먹이는 게 화날 일이야? 지금 그런 얘기지? 애들한테 탄산음료랑 감자칩 같은 걸 먹이라는 거야?'"

나는 다 이해한다는 듯이 고개를 끄덕였지만, 마음은 딱히 그렇지 않았다. 라파엘의 교수 수입으로는 홀 푸드에서 장 볼 여유는 가질 수 없었다.

나는 와인 잔에 손을 뻗었지만 이미 비어 있었다. 이런. 빨리도 없어지네.

"아, 잠깐만. 전화가 왔는데 못 받았네."

크리스틴이 허리를 숙여 다리 옆에 있던 가방을 집어 들었다. 앉은 채로 휴대폰 화면을 응시하던 그녀의 눈이 커졌다.

"매디의 학교야. 메시지를 남겼네. 미안해. 잠시만."

크리스틴은 나에게 미안하다는 표정을 지어 보였다.

"괜찮아."

입이 말랐다. 물컵에 손을 뻗었다. 햇빛 때문에 눈을 가늘게 떠야 했다. 선글라스를 어디에 뒀더라. 태양이 점점 더 환해지고 뜨거워졌다.

"아, 어쩌지. 매디가 체육 시간에 다쳤대. 정말 미안하지만 가 봐야겠어."

크리스틴이 의자를 뒤로 밀며 일어섰다. 나는 그녀의 사과를 마다했다.

"별걱정을 다 한다. 내가 이해 못 하겠니. 기억해? 아론의 손가락 뼈가 탈구되었을 때 네가 같이 가 줬잖아."

"그래 맞아. 매디는 그런 거 아니었으면 좋겠다. 이런. 돈도 안 냈구나. 현금 있나 볼게."

크리스틴은 가방을 어깨에 휙 걸치며 테이블을 내려다보았다.

"아냐, 괜찮아. 내가 낼게."

크리스틴이 망설였다.

"정말?"

나는 고개를 끄덕였다.

"그럼."

"그래, 고마워. 나중에 문자할게. 알겠지?"

크리스틴은 여전히 걱정스러운 얼굴을 하고 있었지만 그 이유를 알 수 없었다. 나는 정말 괜찮았다. 내가 아니라 매디를 걱정하느라 그런 거겠지. 그래, 그럴 거야.

크리스틴이 식당을 나서는 모습을 보며 어느새 내 생각은 아론의 손가락이 탈구되었던 그날로 날아갔다. 크리스틴과 나는 다른 엄마들과 모여서 미모사(칵테일의 일종 ― 옮긴이)를 곁들인 브런치를 즐기고 있었다. 그달에는 크리스틴의 생일이 있었다. (그렇다, 그녀는 한 달

내내 생일을 기념한다.) 크리스틴은 함께 술을 마시자고 우겼다. 학교에서 전화가 왔을 때 나는 미모사를 두 잔째 마시던 중이었다. 학교에서 전한 이야기라곤 아론이 점심시간에 농구를 하다 손가락을 다쳤다는 것이 전부였다. 아론의 얼굴을 보기 전까지는 조금 짜증이 났다. 아론은 창백하게 질린 채 이를 딱딱 부딪칠 정도로 몸을 떨고 있었다. 분홍빛 손가락은 괴상한 각도로 구부러졌고 본래보다 훨씬 길어져 있었다.

의사를 기다리는 시간이 너무 느리게 가는 것처럼 느껴져 숨을 쉬기도 힘들었다. 그 모든 고통을 겪는 아이를 보는 일은 너무도 가슴 아팠다. 아이를 웃거나 미소 짓게 만들려고, 통증을 잠시나마 잊게 하려고 할 수 있는 모든 것을 다 했다. 하지만 고통은 너무나 컸다. 그럼에도 아이는 용감했다.

의젓하구나. 의사가 그렇게 말했다.

"더 필요한 것 없으세요?"

웨이트리스가 내 옆에 나타나 생각이 끊겼다. 계산서를 달라고 말하려고 입을 연 순간, 갑자기 텅 빈 집의 모습이 마음을 가득 채웠다. 나는 다시 의자에 앉으며 말했다.

"와인 한 잔만 더 주세요."

그날 밤이 될 때까지 다시는 당신에 대해 생각하지 않았다.

오후의 날씨는 흐렸다. 생각보다 와인을 많이 마시고 집으로 돌아왔다. 그러고 나서 몇 시간쯤 잠이 드는 바람에 라파엘이 퇴근 후 걸었던 전화도 받지 못했다.

그는 동료 몇 명과 함께 외출할 것이며 나중에 다시 걸겠다는 문자를 남겼다.

크리스틴도 문자를 보냈다. 매디는 괜찮고, 그냥 손목이 좀 삐었을 뿐이라고 했다.

태양이 완전히 사라지고 어둠이 하늘을 뒤덮었을 때, 무언가를 먹으러 부엌으로 향했다. 머리가 지끈거렸다. 목구멍이 따끔거리고 혓바늘이 돋아 있었다. 물을 벌컥벌컥 마신 후 상자에서 크래커를 꺼내 한입 베어 물었다.

귓가에 아이들의 목소리가 희미하게 들려와 창문 쪽으로 몸을 돌렸다. 한 여자가 길 건너 이웃집의 앞마당에서 어린아이들 두 명을 쫓아다니고 있었다. 저 집에 사는 여자는 70대이다. 그의 딸과 손자들일 것이다.

나의 마음은 다시 당신에게로 흘러갔다.

당신의 가까운 가족이 이 도시에 살고 있을지 궁금했다. 오늘 처음으로 당신과 동선이 겹쳤으니 아마도 최근에 이곳으로 이사 왔을 것이란 생각이 들었다. 가족과 더 가깝게 지내기 위해서가 아닐까.

우리도 처음엔 여기에 사는 부모님 댁 근처로 이사한 것이지만 이제 부모님은 여기 없다.

내 시선이 아침 식사용 작은 테이블에 놓인 노트북에 가서 멈췄다. 작은 불빛이 반짝이면서 충전이 완료되었음을 알렸다. 심장 박동이 빨라졌다.

SNS를 통해 당신을 찾을 수 있을지도 모르겠다. 요즘은 다들 SNS

를 하니까. 심지어 나 같은 사람도 페이스북과 인스타그램 계정을 갖고 있었다. 아론이 뭐하며 지내는지 몰래 살펴보려고 시작한 것이긴 하지만 이내 그 묘미에 빠져들어 이제는 SNS에 꽤 많은 글을 올렸다.

손에 물컵을 든 채 테이블로 발걸음을 옮기고 노트북을 열었다. 페이스북에 로그인한 후 켈리 메디나를 검색해 보았다. 수십 개의 계정이 나왔다.

전 세계에 이렇게 많은 사람이 나와 같은 이름을 가졌을 줄 누가 알았으랴.

이런, 시간이 좀 걸리겠군.

스크롤을 내려서 그들 모두를 살펴보았지만 어느 누구도 당신은 아닌 것 같았다. 우선, 이 근교의 사람이 없었고 어린아이가 있는 가족을 가진 사람도 몇 명 되지 않았다.

다음으로는 인스타그램을 살펴보았지만 찾기가 더 어려웠다.

난 좌절한 채 의자에 앉았다. 당신이 이곳 어딘가에 사는 것은 확실했다. 그런데 왜 나는 당신을 찾을 수 없는 것일까?

제3장

멀리서 노랫소리가 들려왔다. 왠지 친숙한 느낌이었다. 정확히 말할 수는 없지만 예전에 수없이 들었던 노래라는 건 알 수 있었다. 제목이 혀끝에서 맴돌았다. 추억이 내 몸을 감싸자 마치 커다란 곰돌이가 나를 껴안은 것처럼 편안하고 따뜻한 느낌이었다. 반면 반대의 기분도 들었다. 내 의지와 상관없이 누군가 등을 떠미는 것 같은 어떤 긴박함 같은 것이었다.

억지로 눈꺼풀을 들어 올리자 모든 것이 흐릿하게 보였다. 어두웠다. 양쪽 뺨이 끈적거렸다. 나는 앉아서 손등으로 얼굴을 닦았다. 어두운색의 나무로 된 탁자를 내려다보았다. 노트북이 있었다. 희미한 불이 켜진 주방을 이리저리 둘러보았다.

노랫소리가 더욱 커졌다. 더 가까이. 더 또렷하게. 아, 그래. 핏불의 「I Know You Want Me」구나. 라파엘은 그 노래를 내 휴대폰의 벨소리로 해 주고는 재밌어했다.

나는 재빨리 손을 뻗어 휴대폰을 집어 들었다.

"여보세요."

그가 전화를 끊기 전에 재빠르게 말했다. 목소리가 모래를 더미로 삼킨 것만 같았다.

"미안해. 내가 깨운 건가?"

라파엘의 목소리는 낮고 잠겨 있었으며 약간 발음이 불분명했다.

전자레인지의 시계를 보느라 눈을 가늘게 떴다. 자정이 넘은 시간 이었다.

"이제 집에 들어가는 거야?"

"응, 프랭크 생일이었거든. 그래서 사람들이랑 축하해 주러 갔어. 당신은? 내가 아까 전화했는데 안 받더라고."

"아, 미안. 크리스틴이랑 밖에서 만났어."

대낮에 낮잠 잤다고 말할 수는 없었다. 라파엘은 결코 이해하지 못할 테니까. 그가 밝은 목소리로 말했다.

"잘했네. 크리스틴이랑 재밌게 보냈어?"

"응."

나는 하품하며 대답했다.

"피곤한가 보네."

"한밤중이잖아."

나는 비꼬는 듯한 목소리로 대답했지만 바로 죄책감을 느꼈다. 내 가 시비를 걸려고 했던 것 같았다. 하지만 그럴 필요는 없다. 싸움은 늘 우리에게 쉽게 찾아왔다. 일부러 만들어 낼 필요가 없었다.

"미안해. 자게 두었어야 했는데."

"아니야, 깨어 있었어. 뭐 할 얘기라도 있는 거야?"

나는 이 상황을 자연스럽게 넘기고 싶어 그렇게 말했다.

라파엘은 보통 이렇게 늦은 시간에 전화하지 않았다. 그는 내가 전화를 받지 않으면 다음 날 다시 전화하곤 했다.

"아냐, 아무것도. 자기 전에 당신 목소리를 듣고 싶었나 봐."

예전엔 라파엘이 이런 말을 종종 하곤 했다. 우리가 데이트할 때나 결혼한 직후엔 말이다. 그의 말이 경계심을 무너뜨렸다. 좀 전에 비꼬듯 말한 내가 원망스럽기까지 했다. 지난 몇 달간 누그러지지 않았던 그를 향한 마음이 조금은 부드러워졌다. 그의 말 때문인지 와인 때문인지는 알 수 없었다. 아마도 둘 다일 것이다. 무언가 달콤한 말을 해 주고 싶어 입을 열었지만 막상 말이 나오지 않았다. 우리 사이에 로맨스나 사랑은 잊힌 지 오래였고 그런 기분을 느낄 수 있는 능력조차 사라진 것 같았다. 실망스러움을 안은 채, 잘 자라고 말하고 재빨리 전화를 끊었다.

휴대폰을 내려놓은 후 코를 찡그리며 주변을 둘러보았다.

내가 정말 식탁에서 잠이 들었던 걸까?

모든 것이 어렴풋했다. 억지로 몸을 일으켜서 위층으로 향했다. 잠들기 전 마지막으로 든 생각은 당신에 대해 라파엘에게 말하지 않았다는 것이다.

차가 사라졌다.

진입로에도, 차고에도 없었고 집 앞 도로에 세워져 있지도 않았다. 나는 길을 따라 이리저리 오르내리며 차를 찾아보았다.

현관에 서서 텅 빈 진입로를 응시하다 시선이 콘크리트 바닥 위에 흩어져 있는 기름 얼룩에 닿았다. 순간 가슴속에서 공포가 솟아올라 온몸이 떨리도록 마음을 휘저었다.

떨리는 손으로 주머니에서 휴대폰을 꺼내 라파엘에게 전화를 걸었다. 음성 메시지로 넘어가는 소리를 듣고 나는 신음을 내뱉었다.

연락처 목록을 스크롤하여 아론의 이름과 사진을 찾았지만 내 손은 망설이며 이름 위를 맴돌았다. 아론의 웃는 얼굴이 나를 쳐다보고 있었다. 심장이 아파 왔다. 결국 그 애의 이름을 눌렀다. 신호가 계속 이어지다가 끝내 그 애의 음성 녹음이 들려왔다. 삐 소리가 날 때까지 듣고는 전화를 끊었다.

그 애는 나를 도울 수 없다.

둘 다 도울 수 없다.

그들은 내 곁에 없다. 내가 직접 해결해야 했다. 새로울 것도 없었다. 경찰에 막 연락하려고 할 때 문을 두드리는 소리가 들려 깜짝 놀랐다. 심장 박동 수가 급격히 높아지는 것을 느끼며 문을 열었다.

크리스틴이 스키니 진, 앵클부츠, 흰색의 하늘거리는 톱과 기분 좋아지는 미소를 장착한 채 현관에 서 있었다. 그녀가 명랑하게 인사를 건넸다.

"좋은 아침."

안도감이 나를 휩싸며 긴장이 약간 풀렸다.

"오, 네가 와 주다니 정말 다행이야."

크리스틴의 팔을 잡고 집 안으로 들어오게 한 뒤 문을 닫았다.

"무슨 일 있어?"

크리스틴이 눈을 크게 뜨고 물었다.

"누군가 차를 훔쳐 갔어."

그녀는 웃었다.

"그럴 리가."

이게 무슨 반응이지?

"정말이야. 차가 없어."

"바보야, 그럴 리가 없지. 너 어제 식당에서 택시 타고 집에 갔잖아. 그래서 내가 지금 여기 온 거고. 어젯밤에 네가 문자로 아침에 차 가지러 가게 데리러 올 수 있냐고 물었잖아."

열린 노트북 옆에 반쯤 마신 물잔이 놓여 있는 부엌으로 시선을 향한 채 나는 꼼짝하지 않았다. 어제 일어난 일들에 대한 기억의 조각을 모으려고 애쓰자 머릿속이 복잡해졌다.

그래, 맞다.

와인. 윙윙거림. 현기증. 택시.

이제 기억이 난다.

이럴 수가, 경찰에 전화하려고 했던 나 자신이 믿어지지 않았다. 경찰은 내가 미쳤다고 생각했을 것이다. 그때 크리스틴이 나타나 준 것이 얼마나 다행인지.

"괜찮은 거야?"

크리스틴이 얼굴을 찌푸리며 다가왔다. 그런 표정으로 나를 바라보는 모습에 짜증이 났다. 웃으며 고개를 저었다.

"야, 전부 농담이었지. 물론 택시 타고 집에 온 거 기억하고말고.

장난 좀 쳐 봤어."

"아. 그래."

크리스틴은 미소 지었지만, 눈은 웃고 있지 않았다. 그녀는 여전히 걱정스러운 표정을 짓고 있었다.

내가 너무도 잘 알고 있는 그 표정.

"자, 차 가지러 가자."

나는 양 손바닥을 비비며 현관문으로 걸어갔다. 하지만 크리스틴은 따라나서지 않았다.

"켈, 너 아직 잠옷 차림이야."

내가 괜찮다는 걸 그녀에게 납득시키려 했다면 실패였다. 옷을 갈아입기 위해 재빨리 위층으로 뛰어 올라갔다. 노트북 키보드 위에 올려 둔 채 잠이 들어서인지 손가락들이 뻣뻣했다. 어젯밤 어둠 속에서 몇 시간 동안 밝은 화면을 쳐다봐서 두 눈도 피곤했다. 마지막으로 컴퓨터 앞에 늦게까지 앉아 있었던 때가 언제였는지 기억도 나지 않는다. 아마도 아론이 고등학교에 갔을 때였을 것이다. 그 애가 홈커밍이나 프롬(미국의 고등학생들이 즐기는 파티 —옮긴이)에 가면, 나는 그 애와 그 애 친구들의 페이스북을 정독하며 무슨 글을 올리는지 지켜보았다.

하지만 이번엔 달랐다.

나는 당신을 찾는 중이었다.

난 우리의 이름이 독특하지는 않다는 것을 알게 되었다. 사실 꽤 인기 있는 이름이었다. 다른 켈리 메디나 중 몇 명은 심지어 남자였다.

같은 이름을 가진 것은 아무 의미가 없었다.

당신은 낯선 이일 뿐이다.

그 이상도 그 이하도 아니다.

나는 옷을 입으며 이 어리석은 집착을 모두 없애기로 했다. 그냥 넘어가자. 당신을 찾지 않을 것이다. 당신에 대해 생각하지도 않을 것이다.

멈추자.

좀 전보다 가벼워진 기분을 느끼며 방에서 나왔다. 공기가 자유롭게 폐를 통과하는 느낌이었다. 내 차는 도난당하지 않았다. 당신은 더이상 머릿속을 차지하지 않았다. 다시 모든 게 정상이었다.

"준비됐어?"

계단을 내려왔을 때 크리스틴이 물었다.

"응."

"좋아. 가는 길에 라떼 한 잔 사 가는 게 어떨까. 너무 마시고 싶다."

그녀가 현관문으로 향했다.

나는 웃었다.

"커피 좋지."

우리는 피츠 커피에서 라떼를 한 잔씩 사 들고 내 차가 있는 올드 폴섬으로 향했다. 크리스틴은 운전하면서 한 손으로는 컵을 잡고 다른 한 손으로는 핸들을 잡았다. 내가 그렇게 했다면 무릎에 커피를 다 쏟았을 것이다. 하지만 그녀는 나보다 조정력이 좋고 동작이 우아하기까지 했다. 우리가 함께 요가를 하는 동안 자주 느꼈던 점이었다.

"있잖아, 라파엘이 어젯밤에 이상한 얘기를 했어."

"뭐랬는데?"

크리스틴이 한쪽 눈썹을 치켜올리며 내 쪽으로 몸을 기울였다.

"친구들을 만나고 집에 돌아와서 자정쯤에 나한테 전화를 했거든."

그녀의 눈썹이 내려왔다.

"어떤 친구들?"

크리스틴이 무엇을 묻고 있는지 알 수 있었다. 그녀와 같은 생각이 내 마음에도 스쳐 갔기 때문이다. 하지만 난 전혀 걱정할 필요 없다는 듯 그저 어깨를 으쓱했다. 라파엘의 인간관계에 대해 아무것도 모른다는 듯. 라파엘도 그렇게 생각하고 있을 것이다.

"그냥 다른 교수들이랑."

라파엘은 프랭크를 제외하고는 다른 사람들에 대해 언급하지 않았지만, 대충 짐작은 할 수 있었다. 존, 아담, 마크 그리고 아마도 키스겠지. 하지만 크리스틴에게 이렇게 자세한 것까지 말할 필요는 없다. 어차피 그녀가 아는 사람들도 아닐 테니까.

"누구 생일이었대. 어쨌든 좀 다정하게 굴더라. 잠들기 전에 내 목소리를 듣고 싶었다는 거야."

"그게 이상하다는 거야?"

"음, 그러니까, 몇 년 전만 해도 이상할 게 없었을 거야. 하지만 요즘은 아니야. 그이가 그런 말을 이제는 더 안 하거든."

"술을 마셨나?"

나는 고개를 끄덕였다.

"그럼, 그거네. 남자들은 취하면 그러기도 하잖아. 아마 집이었으면 너를 침대로 끌고 가서 자려고 했을걸."

나는 얼굴을 찡그리며 무릎에 놓인 손을 바라보았다. 크리스틴의 말이 맞았다. 다른 생각을 하다니 어리석었다.

내 마음을 읽은 것처럼 그녀가 덧붙였다.

"어쨌든 진심이었을 거야. 켈, 라파엘이 널 사랑하고 있는 거 너도 알잖아. 네가 요새 좀 힘든 상황이라서 그래."

크리스틴이 입술을 깨물며 말을 멈췄다. 신호등이 빨간불로 바뀌자 그녀는 차를 멈추고 내 쪽으로 고개를 돌렸다.

"그 일이……."

크리스틴이 침을 꿀꺽 삼켰다.

"음, 치료되는 데 시간이 걸릴 거야. 상담은 아직 다니고 있는 거지?"

의자에 몸을 좀 더 기대며 커피를 한 모금 마셨다. 손이 약간 떨렸다. 나는 카페인을 거의 먹지 않는다.

"물론이지. 선택의 여지가 없어. 필수 사항이야, 너도 알지?"

"그래서, 좋은 거지, 그렇지? 도움이 되니까?"

"그런 것 같아."

차창 밖을 바라보며 힐러만의 낡은 사무실과 그의 숱 많은 눈썹을 떠올렸다. 그가 도움이 되는 걸까? 나는 점점 나아지고는 있었지만 힐러만 덕분은 아닌 것 같았다. 코너를 돌자 내 차가 보였다. 크리스틴이 내 차 뒤에 주차하는 동안 몸을 일으켰다. 그녀가 완전히 차를 세우자마자 문을 열고 밖으로 나갔다.

"고마워, 크리스틴. 정말 고마워."

나는 이렇게 말하고 차 문을 닫고 내 차를 향해 서둘러 갔다. 차 안에서는 축축한 흙냄새가 났다. 신선한 공기가 들어오도록 시동을 켜고 창문을 열었다. 크리스틴이 돌아가면서 손을 흔들었다. 나도 흔들어 주었다. 막 차를 빼려고 할 때 조수석에 던져 둔 휴대폰이 울렸다. 페이스북 알림이었기에 휴대폰 화면을 스크롤했다.

켈리 메디나가 당신의 친구 요청을 수락하였습니다.

뭐라고?

팔을 뻗어 휴대폰을 잡았다.

결국에 당신을 찾아낸 것일까.

하지만 앱을 클릭해 보고 당신이 아니라는 것을 알았다. 켈리 메디나라는 이름을 가진 남자였다. 페이스북 페이지를 스크롤할 때 실수로 '친구 추가'를 눌렀나 보다. 젠장.

어제 점심때 나는 다짐을 지키지 않았다. 식당에서 와인을 한 잔 이상 마셨을 뿐만 아니라, 저녁에도 집에서 몇 잔이나 더 마신 것이다.

이래서 항상 아론이 술 취해서 페이스북을 하면 안 된다고 말했던 것이다. 얼마나 많은 여자애들이 밤늦게 실수로 아론의 페이지에 글을 올리거나 몇 달 지난 사진들에 '좋아요'를 눌렀는지 모른다. 아론은 그걸 보고 웃어 댔지만, 나는 그런 걸로 여자애들을 놀리면 안 된다고 경고했다. 그 애들은 이미 충분히 당혹스러워하고 있을 테니까.

내 페이지에서 그 낯선 남자를 삭제한 후 휴대폰을 다시 조수석에 던졌다. 당신을 찾지 않기로 하기를 잘했다. 그 일이 나를 충동적이고 무모하게 만든 것은 분명했다.

내가 그렇게 되지 않으려고 열심히 노력했던 바로 그 두 가지 모습이었다.

며칠 동안 계속 바쁘게 지냈다. 운동하러 가고, 도서관에 가고, 쇼 핑하러 다녔다. 당신을 찾지 않았다. 사실, 당신에 대해 거의 생각조 차 하지 않았다.

그러니 결코 당신을 찾기 위해 소아과에 간 것은 아니라는 점을 당신은 믿어야만 한다. 그럴 계획은 없었다. 난 당신에 대해 완전히 잊기로 결심했다. 그리고 정말로 그렇게 할 생각이었다.

하지만 금요일 아침이 되었을 때, 모든 것이 달라졌다.

10시에 크리스틴을 만나 요가를 하러 갈 계획이었다. 하지만 크레 이머 병원에서 걸려 온 전화에 대한 생각을 멈출 수가 없었다. 그 직 원의 말이 머릿속에서 떠나지 않았다.

이번 주 금요일 오전 10시에 영유아 건강 검진 예약이 있어서 확 인차 전화드렸습니다.

그분의 아이가 이 병원에 다니거든요.

어떻게 된 일인지 모르겠네요. 아마도 전산 시스템에서 전화번 호가 바뀌었나 봐요.

내가 당신을 찾아내는 일을 그만둔 유일한 이유는, 상담사가 과거 에 나에 대해 했던 말들이 걱정되었기 때문이었다. 내가 강박적이라 거나 스토커같이 행동한다거나 비정상적이라거나 하는. 하지만 그 런 걱정을 할 필요는 없었던 것 같다.

당신이 나에게 온 것이기 때문이었다, 그 반대가 아니라. 당신이 나와 같은 체육관에 등록했다. 당신이 내가 다녔던 소아과에 아이를 데려갔다. 당신이 우리 동네로 이사를 왔다.

내 삶에 들어온 것은 당신이었다.

그저 궁금했을 뿐이었다. 당신이 어떤 사람인지 알고 싶었다. 나와 이름도 같고, 좋아하는 것도 같고, 주치의도 같은 사람. 당신은 날 따라 하고 있었다.

그러니 나에게 당신에 대해 궁금해할 권리 정도는 있지 않을까? 정말로, 병원에 가서 당신을 잠깐 보기만 하는 것인데 나쁠 건 없지 않겠는가? 우리가 닮지는 않았을까? 터무니없는 생각일까? 또한 당신의 아기가 여자아이인지 남자아이인지도 무척 궁금했다.

이건 단순한 호기심이었다. 그게 전부였다.

나쁠 것도 이상할 것도 없었다.

정상이었다.

지극히 정상.

그냥 주차장에 가서 잠깐 살펴보고 돌아오면 됐다. 해로울 것은 없었다. 안 좋을 것도 없었다.

적어도, 계획은 그러했다.

제4장

그 사람이 차에서 내리자마자 난 당신이라는 걸 알았다. 이상하리만치 낯이 익었다. 우리가 전에 만난 적이 있나 싶었지만 불가능한 일이었다. 나는 차에 30분 넘게 앉아 있었다. 엄마들 여럿이 소아과로 들어가는 것을 지켜보았지만 어린 아기를 데리고 있는 엄마는 없었다. 몇 명은 초등학생 정도 되어 보였고, 한 명은 10대 청소년이었다. 그래서 젊은 여자가 미니밴을 세우고, 그 차의 카 시트가 눈에 들어오자 심장이 뛰기 시작했다. 계기반의 시계를 흘끗 보았다. 거의 10시였다.

당신임이 틀림없었다.

내 차는 당신 차에서 몇 칸 떨어진 곳에 주차되어 있었다. 나는 운전석에 앉아서 어두운 선글라스를 통해 당신을 바라보았다.

당신은 미니밴 주위를 빠르게 걷더니 뒷좌석의 문을 열었다. 내 차에서까지 끼익 소리가 들렸다. 대체 차가 얼마나 오래된 거지? 아기를 태우고 다녀도 안전한 건가?

당신이 뒷좌석으로 몸을 기울이자 나는 순간 숨을 들이마셨다. 당신이 아기를 안아 올리고 나서야 참았던 숨을 내뱉었다. 남자아이였다. 파란색 보디 수트 아래로 보이는 작고 통통한 다리에 절로 미소가 지어졌다. 그런 다음 오늘 아침 날씨가 얼마나 추운지가 떠오르자 웃음이 사라졌다. *바지를 입혀야 하지 않을까?*

아론이 아기였을 때 난 항상 그 애를 잘 감쌌는지 확인하곤 했다. 아기들의 피부는 어른들만큼 발달하지 못했기 때문이었다. 아기들의 작고 여린 몸은 빨리 차가워지곤 한다.

당신이 아들을 꼭 끌어안는 모습을 보니 가슴에서 통증이 느껴졌다. 아기를 껴안을 때만큼 좋은 것은 없었다. 아기에게서 나는 베이비파우더 향을 떠올렸다. 부드러운 살결의 느낌을 상상했다.

당신은 어깨에 기저귀 가방을 걸친 후 밴의 문을 닫고 걸어가기 시작했다. 아기의 발을 힐끗 내려다보았다. 바지를 입히는 건 잊었어도 양말은 잊지 않아 주어서 다행이라는 생각이 들었다.

아이가 꿈틀대고 계속 발차기를 하는 바람에 양말 하나가 벗겨지려는 것이 안타까웠다. 이미 양말은 발끝까지 내려와 위태롭게 매달려 있었다. 당신이 양말을 고쳐 신겨 주기를 기다렸지만 당신은 결코 그 사실을 눈치채지 못했다. 당신은 아들을 전혀 내려다보지 않고 계속 걸어갔고, 그러는 동안 양말은 점점 더 미끄러져 내려갔다. 가슴이 조여 오며 몸이 떨렸다.

당신이 내 차 근처까지 걸어왔다. 아기의 양말은 거의 다 벗겨졌고, 당신은 여전히 알아채지 못했다. 안에 들어갈 때 즈음엔 아기의 발은 얼어붙을 것이다. 아기는 바지도 입지 않았고 가을 아침의 날씨는 서늘했다.

아, 빌어먹을. 자동차 문을 열고 뛰쳐나가 막 땅에 떨어진 양말을 집어 들었다. 당신은 그것이 떨어지는 줄도 모르고 있었다.

"저기요? 아들이 양말을 떨어뜨렸어요."

내가 뒤에서 당신을 불렀다.

당신이 돌아서자 양말을 내밀었다. 당신은 활짝 웃으며 손가락으로 양말을 잡아챘다.

"오, 정말 감사합니다."

당신은 내 친절함에 매우 놀랐을 뿐만 아니라 충격을 받은 듯했다. 그런 모습의 당신에게 조금 끌렸다. 나는 그 느낌을 알고 있었다. 종종 주위에 있는 사람이 모두 친구가 아니라 적이라고 느껴질 때가 있었다. 다른 사람을 돕기 위해 멈춰 서는 사람은 거의 없었다. 누군가에게 도움이 필요하다는 사실을 알아차리기엔 모두 너무 자기 자신에게 빠져서 살아가는 것 같았다. 처음엔 차에서 뛰쳐나온 것이 실수였다고 생각했지만 지금은 잘했다는 생각이 들었다. 당신이 그 아이의 작은 발에 양말을 신기는 것을 보면서 온몸에 따뜻함이 퍼졌다.

옳은 일을 했다.

"아기가 너무 사랑스러워요."

아기의 밝고 푸른 눈과 완벽한 황갈색 피부를 바라보며 내가 말했다. 아기의 머리카락은 아론의 머리카락처럼 짙었으며, 아론처럼 볼도 통통하고 입술도 하트 모양이었다.

"감사합니다."

그 아이를 내려다보면서 당신은 짙은 미소를 지어 보였다. 가까이 다가가 보니 당신이 얼마나 어린지 알 수 있었다. 당신의 피부는 믿을 수 없을 정도로 매끄러웠고, 눈가에 스며든 주름이 전혀 없었다. 20대 초반쯤 되어 보였다. 당신의 왼손을 흘끗 내려다보았는데 결혼 반지는 보이지 않았다.

"아, 들어가 봐야겠어요. 설리번의 예약 시간이 얼마 남지 않아서요."

"설리번요? 정말 귀여운 이름이네요. 저랑은 다르네요. 저는 정말 멋지고 독특한 이름을 짓고 싶었는데 남편이 원치 않았어요. 결국 그이의 아버지 이름을 따서 아론이라고 지었어요."

"아론. 좋은데요. 귀여워요."

당신이 나를 따라 말했다.

당신은 검은색 멜빵바지에 검정과 흰색 줄무늬의 티셔츠를 걸치고 회색 앵클부츠를 신고 있었다. 당신의 갈색 머리는 바람에 휘날린 듯 엉켜 있었지만 의도적으로 그런 스타일을 연출한 것이 확실했다. 아론이 보았다면 당신을 힙스터(최신 유행을 좇는 사람—옮긴이)라고 했을 것이다. 당신이라면 아들의 이름을 아론 같은 전통적인 이름으로 짓지 않을 것이라는 생각이 들었지만, 칭찬은 고마웠다. 당신은 정말 친절했다. 다정했다. 나는 당신이 점점 좋아지기 시작했다.

"아드님이 몇 살인가요? 여기 있나요?"

당신은 주차장을 이리저리 살피며 나에게 물었다.

나는 고개를 저었다.

"19살이에요. 대학생요."

당신은 눈을 찡그리며 마치 내 얼굴을 공부라도 하듯 열심히 살피면서 내 쪽으로 몸을 기울였다.

"와우. 19살이나 되는 아들이 있기엔 너무 젊어 보이세요."

"제가 좀 그렇죠."

내가 농담을 던지자 당신은 함께 웃었다.

"설리번은 몇 살인가요?"

"7개월이에요."

"7개월이구나."

나는 아기를 내려다보았다.

"아기가 작네요. 더 어릴 거라고 생각했는데."

"그게, 미숙아로 태어나서요, 제때 태어났다면 5개월 정도밖에 되지 않았을 거예요."

그리고 나서 당신은 병원 건물을 흘끗 보았다. 나는 우리의 대화가 끝나 가고 있음을 알아차렸다. 직감적으로 절망감을 느꼈다. 당신과 대화하는 것이 좋았다. 다른 친구들과는 무언가 달랐다. 당신은 내 젊은 날을 떠올리게 했다. 심지어 갈색 머리와 적갈색 눈동자까지도 서로 닮았다. 당신은 여전히 정체를 밝히지 않았지만 난 당신이라는 것을 확신할 수 있었다. 느낄 수 있었다.

"음, 이야기해서 좋았어요. 제가 좀 외로웠거든요. 여기 이사 온 지 얼마 되지 않았는데 저와 대화해 주신 첫 번째 분이세요."

당신이 나에게 털어놓았다.

"정말요? 어디서 오셨어요?"

그때 당신의 미소가 조금 흔들렸다. 당신은 한 발 물러서더니 내게 미안한 표정을 지어 보였다.

"저 정말 들어가 봐야겠어요. 예약 시간에 늦을 것 같아요."

"어서 들어가요."

나는 차분한 어조로 당신의 말을 받아넘겼다.

"만나서 반가웠어요……."

꺼내지 않은 질문이 입에서 맴도는 바람에 내 목소리가 점점 잦아들었다. 내 생각이 틀리지 않았기를 기도하며 당신이 말하기를 기다렸다.

"아, 죄송해요. 제 이름은 켈리예요."

파도처럼 짙고 상쾌한 안도감이 밀려왔다. 이 모든 수고를 하고서도 다른 사람과 이야기를 나눈 거라면 얼마나 웃겼을까? 내내 당신이 맞는다고는 생각하고 있었지만 이제는 확실해졌다. 나는 의기양양한 표정을 드러내지 않기 위해 애쓰며 미소를 지었다.

"정말 재밌네요. 제 이름도 켈리거든요. 켈리 메디나예요."

누군가를 만났을 때 성까지 얘기한 적은 없었지만 이번엔 어쩔 수 없었다. 당신의 반응은 정말 재밌었다. 입이 떡 벌어지고, 방금 보톡스 주사를 맞은 것처럼 눈꺼풀이 이마까지 올라갔다.

"세상에. 켈리 메디나? 정말요? 제 이름이랑 똑같아요."

"설마, 그럴 리가."

나는 당신이 나를 놀린다고 생각하듯 말했다. 당신이 단호하게 답했다.

"정말이에요. 정말로 제 이름이 켈리 메디나예요."

설리번이 작게 울면서 당신의 품에서 꿈틀거렸다. 당신은 아기를 달래며 부드럽게 위아래로 흔들었다. 그러고는 다른 팔을 기저귀 가방에 넣었다.

"제 신분증도 보여 드릴 수 있어요."

설리번의 울음소리가 거세졌다.

"아니, 아니에요. 괜찮아요. 믿어요."

아기의 울음소리가 더욱 커지자 나는 움찔 놀랐다. 나한테 당신의
이름을 증명하는 것보다는 아들을 달래는 것이 더 중요한 일이다.

"아가, 괜찮아."

당신은 아들의 등을 문지르며 부드럽게 말했다. 아기가 조금 진정
하기 시작했다.

"우리 이름이 똑같다니 믿기지가 않네요. 이런 우연이 있을 수 있
나요?"

며칠 전에도 생각했듯이 우리의 이름이 그다지 독특하지는 않다
는 점을 지적하고 싶었지만 그러려면 내가 온라인에서 당신을 검색
해 보았다는 사실을 인정해야만 할 것이다. 난 그냥 웃고 말았다.

"그러게요. 정말 이상한 일이네요."

"네. 정말로요."

시간이 없었다. 당신은 예약에 이미 늦었다. 하지만 당신을 다시
만날 방법을 알게 될 때까지 떠날 수가 없었다.

"저기, 혹시 이 동네를 소개해 줄 사람이 필요하다면 제가 해 드릴
게요. 여기 산 지 꽤 됐거든요."

"오, 이럴 수가, 정말 잘됐네요. 휴대폰 있으세요? 제 번호를 알려
드릴게요."

밝은 표정을 지으며 당신이 대답했다. 당신의 시선이 잠깐 진료실

을 향했다.

떨리는 손가락으로 급히 휴대폰을 꺼냈다. 당신은 내 연락처 목록을 누른 후 전화번호를 빠르게 입력했다. 나는 그것을 저장했다.

"문자 보내 주시면 그쪽 전화번호도 저장할게요. 나중에 연락드릴 게요."

당신은 휙 돌아서서 건물을 향해 빠르게 걸어갔다.

"알겠어요. 만나서 반가웠어요."

내가 말했다. 손에 들고 있던 휴대폰에서 진동이 느껴졌다. 고개를 숙여 휴대폰을 보았다. 크리스틴이었다.

— 어디야? 수업 시작했어.

나는 얼굴을 찌푸렸다. 무슨 수업? 오, 이런. 그래, 맞아. 요가 수업에 가야 했지.

나는 다시 뒤돌아 건물을 보았다. 당신과 설리번은 사라지고 없었다. 병원 안으로 들어갔을 것이다. 드디어 당신을 만났다는 기쁨에 얼굴에 미소가 번졌다. 재미있었다. 당신은 내 생각과 똑같았다.

체육관에 도착했을 때 수업은 끝나 가고 있었다. 마지막 10분 정도는 들을 수 있었다. 수업이 끝나자마자, 크리스틴이 얼굴을 찌푸리며 나를 돌아보았다.

"어디 있었어?"

"미안. 할 일이 너무 많아서 시간 가는 줄 몰랐네. 오늘 금요일이잖아. 오늘 밤엔 요리를 좀 해야 해."

크리스틴의 얼굴이 약간 부드러워졌다.

"그렇네. 라파엘은 몇 시에 집에 온대?"

한밤중에 나눴던 그 이상한 대화 말고는 이번 주에 라파엘과 나는 거의 이야기를 하지 않았지만, 보통 금요일이면 라파엘이 4시쯤엔 집에 돌아오곤 했기 때문에 그렇게 말했다.

"그렇다면 아직 운동 좀 더 할 시간은 있겠네."

그녀가 미소를 지었다.

"하지만 수업은 방금 끝났잖아."

"그건 요가지. 유산소 운동을 좀 할 필요가 있어. 금요일은 집에서 피자의 밤을 보내곤 하니까 운동을 더 해야 하지 않아?"

나는 웃어 보였다.

"그래, 아론이 어렸을 땐 금요일 밤마다 피자를 많이 먹었는데."

그녀가 소리 내어 웃었다.

"금요일까지 요리를 하기엔 우린 너무 지쳤지. 그렇지 않아?"

고개를 끄덕였다.

"생각해 보면, 그게 우리 가족의 멋진 전통이라고 믿고 싶었던 것 같아. 하지만 네 말이 맞아. 그냥 피곤해서 그랬던 것 같다."

"이유가 있어서 뭘 하는 척하는 일은 포기했어. 현실적으로 생각하자. 그냥 살아남기 위해 노력했던 거야."

크리스틴이 윙크했다.

우리는 일립티컬 머신(팔과 다리를 동시에 움직이는 운동 기구 — 옮긴이) 쪽으로 걸어가 각자 기구에 올라탔다. 물을 벌컥벌컥 들이켠 후 전원을 켰다.

"그래서, 저녁으로 뭘 만들려고?"

크리스틴이 일립티컬 머신의 움직임에 맞춰 다리를 빠르게 앞뒤로 움직이며 물었다.

"모르겠어."

숨을 헐떡이며 대답했다. 그녀가 나에게로 고개를 돌렸다.

"아침에 장 본 거 아니었어? 그래서 요가 수업 놓친 거 아니었어?"

"응, 그래, 장 보러 갔어. 그냥 아직 저녁으로 뭘 하면 좋을지 모르겠어서."

"아, 하긴. 나도 밤마다 고민하는 문제지. 그냥 테이크아웃으로 주문해. 신경 쓸 것 없잖아. 그 시간에 란제리를 사. 그럼 라파엘은 저녁 메뉴가 뭔지도 신경 안 쓸걸."

크리스틴은 놀리는 듯한 미소를 지어 보였다.

전날 밤 라파엘은 평소답지 않게 다정하게 전화했다. 아마도 정말 새로운 란제리가 있어야 할지도 모르겠다. 나는 그것을 입고, 화장과 머리를 하고, 다리를 면도하고, 촛불을 켜고, 테이크아웃으로 요리를 주문하면 된다. 로맨틱한 밤을 함께한 지도 오래되었다. 우린 침대에서 시들해진 채 시간을 보내곤 했다.

"우리가 침대에 얼마나 오래 있었지?"

나는 라파엘의 맨가슴에 얼굴을 기대고 손가락으로 그의 살갗 위에 동그라미를 그렸다.

"그렇게 오래는 아니야."

고개를 들지 않아도 그의 엉큼한 미소가 상상이 갔다. 마음이 따뜻해졌다.

"그래?"

나는 고개를 들어 내 입술을 그의 입술에 갖다 댔다. 머리카락 몇 가
닥이 뺨을 스치자 바닐라 향이 났다. 라파엘이 내 쪽으로 몸을 숙이자
침대의 시트가 바스락거렸다. 그가 팔을 올려 두 손으로 내 머리를 마사
지하면서 부드럽게 쓰다듬었다.

그는 나에게 열심히 키스했지만 너무 세게 하지도 않았다. 안정적이
라는 표현이 더 어울릴지도 모르겠다. 나는 그에게 녹아들었고 우리의
몸은 하나가 되었다.

몇 분이 몇 시간이 되었다. 시간은 흐릿해졌다. 잿빛. 흐려지는 끝.

시간은 더 이상 중요하지 않았다.

몸은 땀으로 젖었고 머리카락은 헝클어졌으며 뺨은 붉게 달아올랐
다. 거울에 비친 모습을 보고 나는 움찔했다.

"오, 세상에, 끔찍해 보여."

황급히 손을 뻗어 머리를 다듬었다. 결혼한 지 몇 주밖에 되지 않았
던 때라 머리와 화장을 하지 않은 모습을 그에게 보이는 것이 익숙하지
않았다.

"그만해. 지금도 충분히 아름다워. 있는 그대로가 좋아."

라파엘이 내 손을 잡고 깍지를 꼈다.

웃으면서 심장 박동이 빨라지는 것을 느꼈다. 나는 창문 쪽을 보았
다. 커튼이 쳐져 있었지만 밖이 어두워졌다는 것을 알 수 있었다. 우리
는 집 안에 영원히 갇혀 있기라도 할 기세였다. 배 속에서 엄청난 소리
가 났다.

"옷 입고 나가서 뭐 좀 먹자."

라파엘이 고개를 저었다.

"침대. 나체. 좋아."

그가 윙크를 했다.

"옷. 바깥. 나빠."

"언제부터 원시인이 되었어?"

"난 원시인이 아니야. 바로 여기 내가 필요로 하는 게 다 있는데, 여길 떠날 필요가 없지."

그가 나를 끌어당기며 말했다.

"정말? 과학적으론 그렇지 않을 텐데. 결국엔 뭘 좀 먹고 마셔야 해."

나는 눈썹을 치켜올렸다.

라파엘은 나에게 즐거운 미소를 지어 보였다.

"똑똑한 말을 하면 섹시하단 말이야."

배에서 또 꼬르륵 소리가 났다.

"정말로 나 너무 배고파."

일어나 앉아서 옷을 집으려고 손을 뻗었다. 라파엘이 나를 다시 침대에 밀어 눕혔다.

"나도 그래."

그의 입이 내 입을 덮었다. 순간 좌절감이 느껴져 나는 라파엘의 손아귀에서 벗어나려고 꿈틀거렸다. 나는 먹을 것이 필요했다. 하지만 그의 눈을 바라보니 마음이 누그러졌다. 그것이 라파엘의 방식이었다. 그를 제외한 이 세상을 모두 잊게 만드는 것.

"그래야겠다."

나는 입술을 깨물며 웃어 보였다.

크리스틴은 몸을 숙이며 옆구리를 살짝 찔렀다.

"잘 생각했어. 좋은 생각이야, 켈. 솔직히 전에 점심 먹으면서 네가 좀 걱정됐어. 너랑 이름이 똑같다는 그 여자 얘기도 그렇고, 차 사건도 그렇고."

"차 얘기는 농담이었다고 했잖아. 그리고 나랑 이름 똑같은 여자는 정말 있어. 오늘 아침에 만났어."

"무슨 얘기를 하는 거니?"

크리스틴이 눈을 크게 뜨고 나를 돌아보았다.

"다른 켈리 메디나 말이야. 만났다고."

크리스틴은 속도를 늦추고 운동용 수건으로 얼굴을 닦고는 나를 걱정스러운 얼굴로 쳐다보았다.

"어디서 그 여자를 만났는데?"

나는 입을 열다가 이내 다시 닫았다. 당신을 소아과에서 만났다고는 차마 말할 수 없었다. 그러면 내가 당신을 찾아갔다는 걸 크리스틴이 알게 될 것이다. 그렇지 않고서는 내가 거기에 갈 이유가 없을 테니까.

"상점에서."

나는 거짓말을 했다.

"켈, 라파엘도 이 얘기 알고 있어?"

고개를 저었다.

"음, 얘기해야 할 것 같아. 그리고 하는 김에, 네가 상담받는 의사한테도 얘기해 봐."

그녀의 어조는 '친구 크리스틴'에서 '걱정하는 엄마 크리스틴'으로 바뀌었다. 나는 화가 나서 발끈했다.

라이터에 불이 붙듯 갑작스럽고 뜨겁게 좌절감이 솟아올랐다. 나는 머신의 전원을 끄고 뛰어내려 수건과 물을 집어 들었다.

"새 친구를 사귄다고 해서 의사에게 전화해야 하는 이유가 뭐니? 말도 안 돼. 왜 이 일에 이렇게 신경을 쓰는 거야?"

한 방 맞은 듯 갑자기 이해가 되었다.

"아, 알겠다. 너 질투하는구나."

크리스틴은 운동 기구를 멈추더니 깊은 한숨을 내쉬었다.

"아니야, 켈. 내가 왜 너의 상상 속 친구를 질투하겠어."

그녀의 말 때문에 뺨을 맞는 것만 같았다.

"상상의 인물이 아니야!"

내가 소리치자 몇몇 사람들이 흘끗 쳐다보았다.

크리스틴은 머리로 손을 올려 힘을 주어 머리카락을 부풀렸다. 그녀는 긴장할 때면 항상 그런 행동을 하곤 했다. 그래, 좋아. 나는 소란을 피우는 일에는 개의치 않는다. 자기가 웃기지도 않는 소리를 한 건데 어떻게 나를 비난할 수 있겠어?

"오늘 아침에 그 여자를 만났어. 이름이 켈리 메디나야. 아들 이름은 설리번이고. 이 동네로 얼마 전에 이사 왔대. 정말 100퍼센트 진실이야."

크리스틴은 내가 때리기라도 할까 봐 두렵다는 듯 두 손을 들고 부드럽게 말했다.

"그래, 알았어. 네 말을 믿을게."

하지만 그녀는 믿지 않는다. 알 수 있었다. 나를 미쳤다고 생각하는 크리스틴과는 1분도 함께 있고 싶지 않았다.

"가야겠다. 라파엘이 집에 오기 전에 할 일이 많아."

"켈, 잠깐. 화내지 마. 내가 왜 그러는지 너도 알잖아."

크리스틴이 내 팔을 잡았다.

하지만 크리스틴의 손을 뿌리치고 체육관을 나섰다. 나는 크리스틴에게 모든 것을 솔직하게 말했지만, 그녀는 그것을 나를 이기기 위해 이용하고 있었다. 공평하지 않았다. 정확하지도 않았다. 그래, 아마도 예전의 나였다면 그런 것들을 상상해 냈을지도 모른다. 하지만 그건 힐러만을 만나기 이전의 일이었다. 그 당시 나의 머릿속은 뒤죽박죽이었다. 지금은 그렇지 않다. 그걸 모르는 걸까?

이제 모든 것이 더 명확해졌다.

당신은 실제 인물이었다.

그렇지 않은가?

나는 강렬한 태양 빛에 눈을 깜박이고 입술에 침을 묻혔다.

그래, 당신은 진짜여야만 했다. 나는 당신과 이야기했다. 당신 아들의 양말을 만졌다.

나는 휴대폰에 당신의 번호를 저장했다.

당신의 번호! 바로 그거였다. 심장이 요동쳤다. 나는 요가 바지의 작은 호주머니에서 휴대폰을 꺼냈다. 연락처 목록을 열었는데 처음에는 당신의 이름이 보이지 않았다. 가슴이 쿵 내려앉았다. 스크롤을 하자⋯⋯. 여기 있었구나. 당신의 이름을 켈리 M.으로 저장했다.

마음을 가라앉히며 천천히 숨을 내쉬었다.

당신은 실제 인물이야.

난 아무것도 상상하지 않았어.

이번엔 아니야.

제5장

롤라는 어릴 적 가장 친한 친구였다. 그녀는 붉은빛이 도는 금발이었고 코와 창백한 볼에는 주근깨가 조금 있었다. 그녀에게선 성격과도 잘 어울리는, 달콤하고 짭짤한 장미와 팝콘이 섞인 향기가 났다. 그녀는 재미있고 모험심이 강했으며 몇 년 동안 나를 그림자처럼 따라다녔다. 그녀는 내 가장 친한 친구였다. 상상 속의 친구라는 것이 슬플 뿐이었다.

부모님은 롤라의 존재를 걱정했다. 내가 계속 그녀가 진짜 있다고 주장하자 부모님은 나를 정신과 의사에게 데리고 갔다. 의사는 내가 상상이 지나친, 외로운 아이라고 결론지었다. 형제자매도 없었고, 부끄러움이 많았기 때문에 나는 친구를 사귀는 것이 쉽지 않았다.

지금까지도 롤라가 실재하지 않는다는 사실을 받아들이기 어렵다는 점이 이상했다. 내게 그녀는 진짜였다. 부모님이 진짜인 것처럼.

내 기억 속에서 롤라는 항상 존재하며 내게 사랑과 우정이란 감정을 일깨워 주었다. 그녀의 얼굴은 여전히 마음속에 새겨져 있다. 숨 쉬고, 살아 있고, 움직이고 있다.

체육관에서 집으로 돌아오는 동안 크리스틴의 말이 맴돌며 머릿 속에서 시끄럽게 덜커덩거리더니 내 몸으로 가라앉았다.

롤라처럼 당신도 내가 상상해 낸 존재인 걸까?

당신은 진짜처럼 보였다. 그리고 다시 말하지만, 롤라도 그랬다.

상상 속의 친구가 롤라 말고도 또 있는 거죠, 그렇죠?

힐러만의 목소리가 귓가에 울려 퍼졌다.

체육관에서 집으로 돌아와 노트북을 켰다. 오늘은 눈부시게 날이 좋았고 창문을 통해 새어 들어온 햇살이 테이블을 레몬 빛으로 물들 였다. 내 브라우저는 여전히 페이스북에 머물러 있었다. 화면을 새 로 고침을 한 다음 검색창에 우리의 이름을 입력했다. 스크롤을 내 려 나는 당신의 얼굴, 검은 머리, 밝은 눈 그리고 부드럽고 창백한 피 부를 찾았다. 나는 당신을 직접 보았다. 소셜 미디어상의 많은 켈리 메디나 중 당신이 있을 것이다. 하지만 그렇지 않았다.

당신이 어떤 소셜 미디어도 하지 않는다는 사실이 이상하게 느껴 졌다. 특히 당신 정도의 나이에 말이다. 아마도 설리번을 보호하기 위해 그런 것일지도 모르겠다. 아론이 아기였을 때는 소셜 미디어라 는 것이 활성화되지 않았지만, 지금은 페이스북에서 아이들의 사진 을 끊임없이 올리는 여자들이 있다. 그런 여자들을 볼 때면 가끔 절 로 고개가 저어진다. 사실상 범죄자에게 아이를 넘겨주는 것이나 다 름없었다.

소셜 미디어 검색을 포기한 후 나는 당신에게 짧은 문자 메시지를 보내기로 결심했다.

— 오늘 만나서 반가웠어요.

당신은 거의 즉시 답을 했다.

— 저도요.

이거 보라고. 당신이 실제로 존재하지 않는다면 나에게 답장을 보낼 수 없을 것이다. 크리스틴에게 보내려고 당신과의 대화를 캡처하려다가 이내 그만두기로 했다.

크리스틴은 나에게 좋은 친구였다. 특히 지난 6개월 동안 그랬다. 병원에 함께 가 주고 올 때는 안아 주었으며 라파엘이 떠나고 혼자인 것이 너무 무섭다고 했을 때는 함께 밤을 보내 주기도 했다.

크리스틴의 남편은 크리스틴이 언제나 취미를 즐겼다고 말했다. 아마도 지금 그녀의 취미는 나일지도 모르겠다. 어쩌면 크리스틴은 내가 절망에 빠져 누군가를 필요로 하기를 원하는지도 모른다. 나를 붙잡아 주는 그녀를 갈망하도록 말이다.

하지만 나는 그러지 않았다.

나는 스스로 나를 붙잡았다.

그녀가 그것을 깨닫는다면 좋겠지만.

차고 문이 열리고, 라파엘의 차가 들어오는 소리가 들렸다. 심장이 멎는 것 같았다. 재빨리 침실용 탁자에 있던 초에 불을 켜고 라이터를 위쪽 서랍에 던져 넣었다. 나는 방을 둘러보았다. 모든 것이 제자리에 있었다.

미소를 지으며 침대에 몸을 눕혔다. 새로 신 란제리의 붉고 얇은 레이스 컵에서 가슴이 삐져나왔다. 가슴을 단정히 한 후 다시 침대에 누워 다리를 구부리고 엉덩이에 손을 얹었다. 그에게 유혹적으로 보이길 바라면서.

차고 안쪽에서 차 문을 쾅 닫는 소리가 들렸다.

나는 입술을 서로 비볐다. 방금 바른 빨간 립스틱 때문에 끈적했다.

차고에서 부엌으로 통하는 문이 열렸다가 닫혔다. 라파엘이 아래층을 걸어 다니는 소리가 들렸다.

"켈리?"

그의 목소리에 걱정이 묻어났다.

"여기 위에 있어!"

내가 외쳤다. 속이 꼬였다.

가늘고 축 처진 머리를 부풀리고 계단을 오르는 라파엘의 발소리를 들으며 심호흡을 했다. 몸이 약간 떨렸다. 라파엘을 위해 속옷을 차려입은 게 얼마만인지 모르겠다.

"켈?"

라파엘이 침실로 들어서자 나는 몸이 굳었다. 그가 미소 지었다.

"와우."

얼굴이 달아올랐다. 그의 시선이 나를 훑자 나는 몸을 가릴 생각으로 본능적으로 팔을 올렸다. 라파엘이 재빨리 고개를 저었다. 그제야 그가 나를 어떻게 바라보는지 알아차렸다. 마치 나를 간절히 원하고 있다는 듯했다. 그가 이런 반응을 보인 것은 실로 오랜만이었다. 내가 라파엘의 이런 모습을 바라고 있었다니, 깨닫지 못했다.

"어때?"

"좋아."

라파엘이 침대로 올라오며 고개를 끄덕였다. 당혹스러운 표정이 그의 얼굴을 스쳤다.

"잠깐만. 내가 기념일 같은 거 잊었을 리가 없는데……."

"아니야."

이번에는 아니라고.

"그럼 무슨 일이야?"

라파엘은 웃으며 손을 뻗어 레이스 가장자리를 가볍게 만지더니 손가락 끝으로 내 허벅지를 가볍게 쓰다듬었다.

나는 몸을 떨었다.

"아무 일도 없어."

시선이 마주쳤다. 그의 미소가 짙어졌다. 나는 일어나 앉아 라파엘에게 시선을 고정한 채 다가갔다. 충분히 가까워지자 나는 그의 얼굴을 잡고 입술을 부딪혔다. 내가 시작하는 경우는 드물었다. 라파엘의 몸이 뻣뻣해졌다. 내가 주도하는 게 별로여서 그러는 걸까 봐 걱정되었다. 하지만 그 순간 라파엘이 강하게 키스했다. 그의 팔은 어느새 내 몸을 감싸고 있었다. 몇 초 후 라파엘은 나를 눕히고 그 위에 올라와 있었다. 손은 내 머리카락, 피부를 만졌고 입술은 내 입술을 지나 턱, 목, 가슴으로 내려갔다. 우리는 10대 커플처럼 침대에서 뒹굴며 탐욕적으로 서로의 옷을 찢고 서로를 만지고 절박하게 키스를 했다.

관계가 끝난 후 우리는 등을 대고 누워서 숨을 몰아쉬며 천장을 올려다보았다.

"이제부터 이렇게 맞아 줄 거라면 집에 좀 자주 와야겠네."

라파엘이 소리 내어 웃었다.

웃겨야 했다. 농담이니까. 그래서 그를 따라 웃었다. 하지만 가슴이 꽉 조이는 느낌이 들었다. 라파엘이 폴브룩 종합 대학교에서 교수를 하겠다며 폴섬 레이크 단과 대학을 그만두었을 때, 아론이 여기서 고등학교를 졸업한 다음 베이 에어리어로 이사하려고 했다. 하지만 대학 근처의 집을 찾아 보니 그곳으로 이사할 정도의 여유는 없다는 것이 분명해졌다. 난 라파엘에게 집에서 더 가까운 곳에 직장을 구하든지 주중에 가끔이라도 집으로 오라고 부탁했다. 베이 에어리어에서 일하는 다른 여자의 남편들은 지금의 라파엘보다 훨씬 자주 집에 왔다.

라파엘은 편도 2시간 이상이나 되는 거리임을 강조하면서 지금 이상으로 더 자주 오가는 것은 불가능하다고 우겼다. 하지만 나는 그게 유일한 이유는 아니라는 걸 알고 있었다.

우리는 결혼한 지 몇 달 만에 아기를 가졌다. 그때부터 우리 사이에는 문제가 생기기 시작했다.

"어떻게 이런 일이 일어날 수 있지?"

라파엘은 입술을 떨면서 내게 물었다. 그의 이마에 핏줄이 붉어졌다.

"두 사람이 정말로 서로 사랑하면, 때때로 그런 일이……?"

나는 분위기를 밝게 하고 싶어 미소를 지으며 대답했다.

"지금 농담하고 있는 게 아니야, 켈."

그가 내 말을 잘랐다.

나는 미소를 거두었다.

"나도 알아."

"약은 먹은 거지, 그렇지?"

나는 고개를 끄덕였다.

"그런데 어떻게 임신이 된 거지?"

나는 작은 방을 둘러보며 시선을 옮겼다. 이 아파트는 원래 라파엘이 혼자 살던 곳이었다. 여전히 나보다는 그에게 더 잘 맞았다. 좀 더 내 공간처럼 여기려고 이것저것 꾸며 보긴 했지만, 종종 내가 그의 집에 놀러와 있을 뿐이라는 생각이 들곤 했다.

"모르겠어. 몇 번인가 약 먹는 걸 잊은 것 같기도 해."

그의 눈빛이 번쩍했다.

"일부러 그런 거구나."

"아니야, 그건 아니야."

사실이었다. 고의적으로 그런 것은 아니었다. 단지 약을 먹어야 한다는 사실에 그다지 주의를 기울이지 않았을 뿐이었다. 우린 결혼했고, 난 언제나 아이를 원했다. 난 다정하지 않은 어머니와 소극적인 아버지 밑에서 자란 외동딸이었다. 자라면서 언젠가는 가족을 꾸리고 싶었다. 나는 결코 받아 보지 못한 사랑을 듬뿍 받으며 자라는 아이들로 가득 찬 집을 꿈꿨다. 라파엘은 그걸 이해하지 못했다. 그는 항상 완벽한 가족을 갖고 있었다. 내가 그에게 끌렸던 이유도 그 때문이었다. 나는 라파엘이 내가 평생 가장 원했던 것을 줄 수 있는 사람이라고 생각했다. 어쨌든, 그건 실수였다. 실수로 약을 잊었다. 라파엘이 생각하듯 계획적으로 이루어진 것은 아니었다.

"대체 뭐가 문제야? 우린 결혼했어. 결혼한 사람들은 다 그렇게 하는 거 아니야? 가족을 만드는 거?"
"난 좀 더 너를 독차지하고 싶었을 뿐이야."
라파엘의 고백을 듣고 내 마음이 조금은 누그러졌다.
라파엘에게 다가가 그를 감싸 안았다.
"앞으로 7~8개월 동안은 여전히 날 독차지할 수 있어."

하지만 그는 그렇게 하지 못했다. 절대 그럴 수 없었다. 임신은 너무나도 힘든 일이었다. 아침마다 끔찍한 입덧에 시달렸고 성욕은 점점 줄어들더니 사라져 버렸다. 나는 늘 피곤했고 온몸이 부어서 밖에 나가는 것조차 싫어하게 되었다. 라파엘은 내가 달라졌다고 말했다. 그가 결혼한 그 여자가 아니라고 했다. 내가 지루하다고 했다.
나는 그것을 시어머니에게 이야기했다. 그녀는 누구나 결혼 생활에서 겪는 일이며 아기가 태어나면 좋아질 것이라고 나를 안심시켰다. 하지만 아론이 태어나자, 상황은 오히려 나빠졌다. 나는 더욱더 피곤해했고 라파엘은 그런 나에게 끊임없이 실망했다. 라파엘의 기대에 결코 부응할 수 없을 것 같았다. 나는 매력적이지 않았다. 섹시하지도 않았다. 거칠지도 않았다.
월요일 아침마다 나와 아론을 두고 떠날 때면 라파엘의 얼굴에는 숨길 수 없는 안도감이 나타났다. 때때로 금요일 저녁에 집에 못 온다며 거짓말을 하기도 했다. 목소리에서 느낄 수 있었다.

지난 6개월 동안 상황은 더 악화되었다. 라파엘은 이제 집에 오는 일을 괴로워하는 것 같았다.

나는 익숙한 분노와 원망을 삼켰다. 지금은 그 이야기를 꺼낼 때가 아니었다. 라파엘과 드디어 연결된 순간을 망치고 싶지 않았다. 나는 억지로 미소를 지으며 몸을 돌려 라파엘을 보았다.

"배고파? 음식은 그냥 주문했어."

라파엘이 몸을 기울여 가볍게 키스하며 말했다.

"배고파 죽겠어."

처음엔 2라운드를 시작하는 게 아닐까 생각했지만 그건 아니었다. 라파엘은 정말로 저녁을 먹고 싶어 했다. 그는 뒤로 물러나더니 침대를 미끄러지듯 내려가 사각팬티를 걸쳤다.

나는 서랍장에서 잠옷 서랍을 뒤졌다. 낡은 티셔츠 하나를 꺼내 입으려고 하는데 라파엘이 벌거벗은 내 몸을 감싸 안았다. 그가 이마에 키스를 했다. 나는 익숙한 냄새를 들이마셨다. 비가 내린 직후의 공기가 떠오르는 냄새였다.

"저 빨간색 란제리 다시 입어. 맘에 들어."

저런 옷을 입으라고 강요하는 게 마음에 들지는 않았지만, 라파엘의 눈을 보면 거절할 수 없을 거라는 걸 알고 있었다. 늘 그랬다. 그는 처음 만났을 때부터 단 한 번의 눈짓으로 나를 무장 해제시키는 능력을 가진 사람이었다.

불편한 란제리를 다시 입은 뒤 라파엘을 따라 아래층으로 내려갔다. 포장해 온 중국 음식이 싱크대에 놓여 있었다. 상자를 열고 두 개의 접시와 포크를 집었다. 내가 차우면(잘게 다진 고기와 야채를 국수와 함께 볶은 중국 요리 — 옮긴이), 닭고기, 채소를 담고 있으니 라파엘은 계속 내 가슴을 쳐다보며 웃었다. 나는 떨면서 내 몸을 껴안았다. 식탁에 앉을 때 한쪽 가슴이 빠져나왔다. 이 란제리는 더 젊고 가슴이 탱탱한 여자들을 위한 것이 분명했다. 내 가슴은 이보단 훨씬 많이 받쳐 줘야 했다.

"좋군."

라파엘이 눈썹을 찡긋하며 고개를 끄덕였다.

나는 동물원에 전시된 동물이나 다름없었다.

위쪽을 잘 정돈한 뒤 자리를 고쳐 앉았다. 이제야 허기가 느껴졌다. 언제 밥을 먹었는지도 기억나지 않았다. 아마도 오늘 아침? 오늘 아침에 난 당신을 만나는 문제에 대해 온정신을 집중하고 있었다. 그 뒤는 기억이 흐릿했다.

평소보다 빠르게 몇 숟갈을 먹었다.

"식욕이 돋지?"

라파엘은 또 그 눈빛이다. 자신이 포식자인 양, 그리고 내가 먹이인 양.

음식을 삼키면서 자세를 고쳐 앉았다. 이게 내가 원했던 거다. 우리의 관계에 다시 불을 붙이고 싶어서 이 모든 일을 감수했고 성공한 것 같다. 그런데, 왜 이렇게 불편한 거지?

나는 잠시 차우면에 포크를 넣고 빙빙 돌리다가 겨우 한 입 먹었다. 지난 일주일간 내가 먹었던 음식 중 단연코 가장 맛있었다. 지난 주말에 라파엘이 집에 왔을 때 스파게티를 한 이후로 아무 요리도

하지 않았다. 보통은 수프나 구운 치즈라도 매일 밤 요리를 하곤 했다. 아론이 집을 떠난 이후로도 도저히 깰 수 없었던 습관이었다. 하지만 크리스틴이 저녁 식사로 팝콘을 먹는 게 어떻겠냐고 했을 때, 나는 매일 밤 요리하는 것이 무의미하다는 점을 깨달았다. 난 이제 혼자였다. 그 사실에 좋은 건 별로 없지만, 적어도 요리를 하지 않아도 된다는 한 가지 특전은 있었다. 난 크래커, 치즈, 팝콘만 먹고도 살 수 있었고, 지난 며칠 동안 그걸 증명했다.

접시에서 고개를 들며 내가 물었다.

"일주일 동안 어떻게 지냈어?"

"좋았어."

그가 음식을 씹었다.

"그게 다야?"

나는 저녁 식사 때마다 아론과도 이런 대화를 했던 것을 떠올리며 라파엘을 다그쳤다. 오늘 하루는 어땠니? 좋았어요. 학교는 어땠니? 좋았어요. 시험은 어땠니? 좋았어요.

"응. 항상 그렇지 뭐. 해 줄 얘기도 없어."

라파엘이 어깨를 으쓱했다.

그러지 말고, 시늉이라도 해 봐.

"프랭크 생일 파티는 어땠어? 어떻게 하게 된 거야?"

"말이 파티지. 그냥 남자들 몇 명이서 같이 술집에 간 거야."

몇 분 전까지만 해도 침대에서 서로 연결되었다고 생각했는데, 어떻게 지금은 몇 킬로미터나 떨어져 있는 것만 같을까?

"당신은 어땠어? 잘 지낸 것 같더라. 크리스틴이랑 외출도 하고 운동도 많이 하고."

나는 라파엘의 무시하는 듯한 말투에 움찔했다. 어린 아론에게 쓰던 말투였다. 오늘 대단한 일을 했더구나. 변기에다 쉬야를 했다니 말이야.

포크를 내려놓고 냅킨으로 입가를 닦았다. 천장에 있던 에어컨 통풍구가 딸깍 켜지더니 맨살에 차가운 공기를 내뿜었다. 나는 몸서리를 쳤다.

"그래. 체육관에 갔다가 점심을 같이 먹었어. 재밌었지."

"잘했네."

라파엘이 비친 진심 어린 미소가 지금까지의 짜증을 사라지게 했다. 그는 나를 사랑한다. 그래서 나를 걱정한다. 그러니 그에게 매정하게 굴어서는 안 된다.

라파엘의 칭찬에 힘입어 나는 계속 앞으로 나아갔다.

"있지, 심지어 새 친구도 사귀었어. 폴섬에 새로 이사 온 젊은 여자야. 내가 이 동네를 소개해 주려고……."

라파엘의 미소가 사라져 갔다. 내 목소리도 점점 작아졌다.

"그게 현명한 일이라고 생각해, 켈?"

이런, 크리스틴처럼 말하네.

"새 친구를 사귀는 거? 그게 왜 현명하지 못한 일이야?"

"아니, 그런 뜻이 아니라……."

라파엘이 입을 꽉 다물었다. 그가 숨을 들이마시고 내쉬었다.

"미안해. 잘된 일이야, 켈. 당신이 새 친구를 사귀어서 기뻐. 단지……. 그러니까, 조심하라고."

조심하라고? 정말? 당신한테서 그런 말을 듣다니 참 재밌네.

"뭘 조심해야 하는데?"

"음, 내 말은, 그 여자에 대해 당신이 뭘 알고 있어?"

"모르는 사람 조심하라는 얘기를 듣기엔 내가 좀 늙은 것 같은데, 라프. 날 믿어, 해로운 사람 아니야."

나는 농담처럼 은근슬쩍 대답했다.

"난 그런 걸 걱정하는 게 아니야. 당신도 알잖아."

씁쓸함이 목구멍을 타고 올라왔다. 숨이 막혔다. 눈물이 고였다.

"당신은 그 여자를 걱정하는 거지, 그렇지? 내가 지금 무슨 괴물이라도 된다는 거야?"

라파엘이 손을 잡으려 해서 얼른 테이블 밑으로 집어넣었다.

"켈. 내가 무슨 생각하는지 당신도 알잖아."

"무슨 생각을 하는데?"

내가 목소리를 높이자 라파엘이 몸을 움츠렸다. 그가 다시 멀어지고 있었다. 그때도 그가 나를 밀어냈다. 내가 미쳤다고 했다. 그건 결혼 생활에서 그가 내내 써 온 전략이었다. 유일한 차이점은 최근에 내가 직접 라파엘에게 나를 쏠 총알을 주었다는 것이다.

"아직 너무 이른 것 같아."

너무 일러? 시간이 흐르면 달라질 것처럼 말하는군.

나는 테이블에서 벌떡 일어났다.

"옷 좀 갈아입을게."

"켈. 진정해. 다시 앉아 봐."

라파엘이 나에게 간청하는 듯한 눈길을 보냈다.

"괜찮아. 추워서 그래. 마저 먹어. 금방 돌아올게."

나는 그의 반쯤 먹다 남은 접시를 흘끗 보았다.

라파엘은 식당에서 나가는 나를 잠시 바라보았다. 그가 서둘러 따라 나오지 않을까 했다. 딱딱한 나무 바닥에 놓여 있는 의자가 긁히는 소리, 발소리가 나지 않을까. 하지만 어깨 너머로 보니 라파엘은 나에게서 등을 돌리고 음식을 향해 몸을 숙이고 있었다. 씹는 소리가 들렸다.

내가 누구랑 있었던 거지?

그는 나와 싸우고 싶은 마음조차 없었다. 라파엘은 그것을 명확하게 보여 주었다.

우리가 침대에서 함께 있을 때 나는 바보같이 모든 것이 좋아질 거라고 믿었다. 우리 사이의 벌어진 틈을 메울 수 있을 거라고 생각했다. 하지만 분명하게도 그것은 나만의 희망 사항일 뿐이었다.

서로가 받은 상처를 치유할 방법은 어디에도 없었다.

침대 발치에 서 있는 누군가의 인기척에 잠을 깼다. 그 남자는 어두운 옷을 입고 덩치가 크고 당당해 보였으며 주변을 맴돌고 있었다. 그가 손가락을 펼치며 손을 뻗었다. 나는 이불을 움켜쥐고 비명을 질렀다.

"켈, 나야."

그 목소리가 누구인지 깨닫는 데는 시간이 조금 걸렸다.

몸이 굳은 채로 나는 비명을 멈췄다.

"라프?"

"그래."

그가 팔을 더듬으며 천천히 다가왔다.

나는 몸을 떨며 숨을 헐떡였다.

"당신이 집에 왔다는 걸 잊고 있었어."

저녁 식사 시간에 그와 다툰 후 잠이 들었다. 알람 시계를 보니 새벽 2시 30분이었다.

라파엘이 내 옆으로 기어 올라왔다.

"아까 했던 말은 미안해."

그가 몸을 움직이자 매트리스가 가라앉았다. 나를 보호하려고 이불을 꼭 끌어안았다.

"난 당신을 걱정하는 거야."

"난 무너지지 않을 거야. 당신이 생각하는 것보다 난 강해."

라파엘이 말을 꺼내기 전에 길고 느린 숨을 내쉬었다.

"나도 그렇게 생각했지."

그가 나를 감싸 안으며 품 속으로 끌어당겼다.

"무슨 뜻이야?"

"잘 모르겠어, 퀠. 그냥…… 처음 만났을 때 당신은 뭐든지 잘 이겨 내는 사람이라고 생각했어. 하지만 지금…… 당신은 달라졌어."

어떻게 그런 말을 할 수 있지? 나는 그를 밀며 몸을 빼냈다.

"왜 그래, 자기야. 그러지 마. 이렇게 얘기하게 좀 더 있어. 우리 대화를 거의 안 하잖아."

"저기, 도대체 이유가 뭔지 궁금해."

침대 끝으로 도망친 나는 몸을 말고 그를 바라보았다. 밖은 아직 어두웠지만 창문을 통해 새어 들어온 달빛이 라파엘을 푸르스름하게 물들였다.

"솔직히 지난 6개월 동안 달라진 게 아무것도 없다고 말할 수 있어, 켈? 날 걱정시킬 일을 전혀 하지 않았다고?"

숨을 쉬기가 힘들 정도로 가슴이 조여 왔다.

"물론 나는 변했지. 우리 둘 다 변했어. 어떻게 아니겠어? 당신이 그런⋯⋯."

입술이 떨렸다. 말을 이어 나갈 수 없었다. 그 일에 대해 말하고 싶지도 않았다. 절대 안 할 것이다.

"켈리?"

나는 고개를 저었다.

"무슨 말 하려고 했어?"

"아무 말도. 피곤해. 다시 자고 싶어."

"그러지 마. 무슨 말이라도 해 봐."

라파엘이 부탁하듯 말했다. 눈을 보니 그가 얼마나 대화를 절실하게 필요로 했는지 알 수 있었다. 나 역시 그랬다. 오늘 아침 일찍부터 라파엘과 함께하기를 간절히 바랐다. 이렇게 함으로써 우리 둘 다 조금이나마 치유가 될 것이라 생각했다.

"뭐라도 대화해 보자."

나는 저 안에 깊이 갇혀 있던 모든 고통을 쏟아 내며 안도감을 느낄 수 있기를 빌며 입을 열었다. 하지만 이내 라파엘이 내 말을 왜곡하거나 비난을 전가하기 위해 나를 속였던 시간이 떠올라 입을 닫았다. 그에게 마음을 털어놓고 기분이 좋아진 적이 없었다. 그는 항상 내 기분을 더 나쁘게 만들었다.

"아니야."

나는 마지막으로 확고하게 대답했다.

달빛 아래에서 라파엘이 표정이 굳어진 채 고개를 떨구었다. 그는 더 이상 아무 말 없이 내게서 등을 돌리고 잠이 들었다. 옆자리에서 차가움과 공허함이 느껴졌다. 심장이 꺼지는 것 같았다. 내가 무언가 말을 했다면, 이번엔 달라졌을까?

월요일 아침, 일어나서 가장 먼저 한 일은 쓰레기통에 빨간색 란제리를 버리는 것이었다.

라파엘과 나는 몇 번 더 잠자리를 가졌다. 그때마다 그는 내 옷이 웃기다고 했다. 일요일 즈음에 나는 란제리를 산 걸 후회했다.

쓰레기통 뚜껑을 쾅 닫고 팔을 내려다보았다. 창백한 피부에 짙은 보라색, 회색, 토한 것 같은 노란색 멍이 남아 있었다. 라파엘의 손톱이 나를 꽉 잡고 살을 파고들었을 때, 나는 즐거움을 위한 것이라고 홀로 되뇌곤 했다. 이제는 이것이 고통을 위한 것이 아닐까 궁금했다.

금요일 이후에는 더 거칠고 폭력적이었다. 마치 라파엘이 벌을 주는 것 같았다. 토요일 밤 그가 어떻게 손을 움직였는지 기억해 내자 목 근처에서 손가락이 떨렸다. 나는 즉시 라파엘의 손가락을 떼어 내고 강한 경고의 표정을 날렸다.

"안심해. 당신에게 상처 주려는 거 아니야."

그는 그런 생각이 터무니없었다는 듯이 웃어넘겼다.

그렇지 않았다. 라파엘은 나를 다치게 한 적이 있었다.

아론이 2살쯤이었을까. 어느 오후에 나는 아이를 시어머니 댁에 데려다주었다. 그런 다음 집에 가서 샤워를 하고 아이가 없는 자유로운 밤을 보낼 준비를 했다. 뜨거운 물이 쏟아지는 샤워기 아래에 서서 우리가 뭘 하면 좋을지 생각해 보았다. 저녁 식사는 밖에서 먹고. 디저트는 집에서. 아마도 영화를 빌려 보겠지.

무슨 소리를 들었을 때 나는 머리를 적시느라 등을 기대고 있었다. 순간 몸이 얼었다. 더 잘 듣기 위해 몸을 앞으로 기울였다.

발소리.

심장이 멈추는 듯했다.

"누구세요?"

소리를 치고 나서 이내 후회가 들었다. 이럴 수가. 공포 영화에 나오는 나약한 여자들 같잖아.

"이봐."

라파엘이 대답했다. 나는 숨을 내쉬었다. 심장이 두근거렸다. 샤워 커튼 사이로 내다보니 그가 청바지와 셔츠를 입고 수증기가 가득 찬 욕실에 서 있었다.

"애 떨어질 뻔했잖아."

"미안."

라파엘은 웃었지만 눈은 마주치지 않았다.

"여기서 뭐해?"

나는 그가 2시간이나 더 일찍 올 거라고는 생각하지 못했다. 라파엘의 눈이 빛났다.

"일찍 퇴근했어. 함께 빨리 밤을 보내고 싶어서."

"그래, 그럼, 금방 나갈게."

나는 웃으며 커튼을 내린 후 다시 물을 맞았다.

"아냐, 계속 있어. 내가 들어갈게."

라파엘이 벌거벗은 채 샤워실로 들어오자 배 아래에서 전율이 느껴졌다. 나의 시선은 즉시 그의 검게 그을린 단단한 가슴에 꽂혔다. 라파엘은 항상 몸이 좋았다. 만날 무렵부터 그는 항상 운동을 우선순위로 삼았다.

라파엘은 옆에 있던 비누를 집어 거품을 낸 후 손바닥으로 피부를 문질렀다. 무릎에 힘이 빠질 때까지 라파엘은 내 살갗을 구석구석 문질렀다. 내 안쪽이 떨릴 때까지. 입술을 깨물며 살며시 비명을 질렀다.

라파엘의 얼굴이 내 얼굴에, 그의 숨결이 내 입가에 닿았다.

"소리 참을 필요 없어."

아, 그래 맞아. 우리끼리만 있지. 아론 때문에 소리를 참는 데 너무 익숙해졌다.

라파엘이 나에게 비누를 건네주었다. 이번엔 내 차례였다.

내가 그의 근육질 팔과 가슴에 비누칠을 하자 그가 내 입을 덮쳤다. 물이 머리 위로 쏟아지며 등줄기를 타고 흘러내렸다. 라파엘이 내 허리를 감싸고 몸을 돌리는 바람에 벽에 등을 부딪혔다. 당시에 나는 그것이 다정한 행동이라고 생각했다. 떨어지는 물로부터 나를 보호해 주는 방법이라고.

하지만 그가 나를 타일로 너무 세게 미는 바람에 혀를 깨물었다.

실수라고 생각하려고 했다. 그는 흥분했다. 열정적이었다. 스스로의 힘이 얼마만큼인지 몰랐다.

시작되는 두통과 입안에서 느껴지는 금속의 맛을 무시한 채 그가 어디를 만지는지 정신을 집중했다. 천천히 키스하며 그의 손이 몸 위로 미끄러져 올라와서는 목을 감쌌다. 농밀하게 키스할수록 내 목에 느껴지는 압박감은 더 세졌다.

기분이 좋았다……. 그전까지는.

압박감이 너무 세지자 나는 눈을 떴다. 라파엘이 키스를 멈췄다. 그는 나를 바라보고 있었다.

그는 숨통을 조였다.

무슨 일이 일어나는 건지 깨닫기까지 얼마간의 시간이 걸렸다. 설마. 내 남편이 나를 질식시킬 리 없지, 그렇지? 덫에 걸린 것 같았다. 무서웠다.

내 생각은 마지막으로 이 두려움을 느꼈던 때로 날아갔다. 그러더니 갑자기 라파엘의 얼굴이 다른 남자의 얼굴로 바뀌었다. 나를 해치려고 했던 남자. 잊기 위해 몇 년이나 노력해야 했던 남자.

입으로 숨을 쉴 수가 없었다. 머리가 빙빙 돌고 목은 찌르듯 아프고 폐가 타들어 가는 것 같았다. 필사적으로 그의 손가락을 내 목에서 떼어냈다. 그제야 라파엘은 멈췄다. 나는 그를 밀쳐 냈다.

"미안해."

"대체 뭐 하는 짓이야?"

"그냥 좀 더 자극적으로 하려고."

그것이 라파엘의 설명이었다. 우리에게 더 자극적인 것이 필요했다는 사실조차 나는 몰랐다.

우리의 성생활에서 있었던 수많은 싸움 중 첫 번째였다. 수년 동안 그는 내가 고상한 척한다며 비난했다. 때로는 내가 양보하며 새로운 것을 시도하기도 했다. 하지만 목을 조르는 것은 절대 허락하지 않았다.

라파엘과 함께한 주말에 대한 모든 생각을 떼어 내 란제리와 함께 쓰레기통에 버린 채 머리를 흔들며 부엌을 나섰다.

집 안은 조용했고 텅 비었다. 보통 월요일은 힘든 날이었지만, 이번 주는 다시 혼자만의 공간을 갖게 되자 기뻤다. 위층으로 올라가, 샤워를 하고 내가 좋아하는 청바지와 폭신한 스웨터로 갈아입었다. 기분이 나아지고 따뜻해졌다. 몸을 가리고 있다는 것이 좋았다.

차를 끓이려고 아래층으로 내려가면서 아론에게 문자를 보냈다.

— 그냥 좋은 아침이라고 인사하고 싶어서. 사랑해, 아들.

라파엘은 내가 아론을 숨 막히게 한다며 비난하곤 했다.

그 애가 당신에게 문자할 때까지 기다리도록 해.

하지만 라파엘이 뭘 알겠는가. 난 코웃음을 쳤다. 그 어느 누구도 라파엘을 올해의 아버지상 후보에 추천하지 않겠지.

머그잔에 김이 오르는 뜨거운 물을 붓고 티백을 넣으며 당신을 생각했다. 주말 내내 당신이 뭘 했는지 궁금해졌다. 갓 태어난 아기와 함께 새로운 동네에 살고 있는데 아는 사람이 전혀 없다니. 당신은 답답해 미칠 지경일지도 모른다.

당신이 결혼반지를 끼고 있지는 않았지만 그렇다고 해서 아이 아빠의 존재를 완전히 배제하고 싶지는 않았다. 요즘 많은 젊은이가 결혼을 하지 않으려고 한다. 아마도 두 사람은 그냥 연애만 하거나 혹은 동거 중인지도 모른다.

당신에 대해 모르는 것들이 너무 많았다.

호기심이 나를 이긴 나머지 당신에게 문자를 보내고 말았다.

― 안녕하세요! 쇼핑하려고 하는데, 혹시 같이 가지 않을래요? 동네 소개도 시켜 드릴 수 있고요.

입술을 깨물며 휴대폰을 응시했다.

몇 분이 지났지만 휴대폰은 조용했다. 답이 오지 않았다.

흠. 당신은 뭘 하고 있을까? 자고 있지는 않은 건 분명했다. 이 시간까지 말이다. 시계를 보았다. 벌써 9시였다. 아기 시절 아론은 알람시계처럼 정확히 5시면 눈을 뜨곤 했다.

차를 한 모금 마셨다. 다시 휴대폰을 확인했다. 여전히 아무 답도 오지 않았다. 손톱으로 싱크대 상판을 톡톡 두들겼다. 끝이 부서져 있었다. 손질할 필요가 있었다. 오, 좋은 *생각이 떠올랐어.*

떨리는 손가락으로 다시 메시지를 보냈다.

― 저기, 쇼핑하자고 했던 건 취소할게요. 손톱을 손질하러 가야 할 것 같아요. 혹시 네일 숍에 같이 갈래요? 돈은 제가 낼게요.

휴대폰 화면에 작은 점들이 떴다. 가슴이 벌렁거렸다. 네일 숍 얘기는 통하겠지? 쇼핑은 지루하잖아. 내가 왜 쇼핑을 하자고 했을까?

― 정말 좋겠어요. 하지만 설리번 때문에 같이 갈 수 없을 것 같아요.

심장이 쿵 내려앉았다. 물론이었다. 내가 왜 그 생각을 못 했을까?

아론을 키운 지가 너무 오래되었나 보다. 당시의 삶이 어땠는지 상상하기가 쉽지 않았다.

— 번갈아 가면서 해요. 그쪽이 손톱 손질받는 동안 제가 아기를 봐 줄게요.

몇 분이 지났지만 휴대폰 화면은 비어 있었다. 집 안에서 삐걱거리는 소리가 났다. 밖에서 새가 지저귀었다. 나는 침묵 속에서 차를 홀짝이며 싱크대에 기대었다. 아이들을 데리고 있던 여자가 길 건너편으로 돌아왔다. 그녀는 허리춤에 한 아이를 받치고 있었고, 다른 아이가 그녀의 손을 잡아 현관문까지 끌어당기고 있었다.

왜 지난주까지는 저 여자를 보지 못했는지 궁금해졌다.

그녀가 아기를 더 높이 끌어 올리자 익숙한 그리움의 고통이 가슴을 찔렀다. 현관문이 열리자 더 큰 아이가 그녀의 손을 놓고 안으로 뛰어 들어갔다. 이곳에서도 그녀의 어깨가 안도감으로 누그러지는 것이 보였다.

나도 그 느낌을 기억했다. 몇 년 동안 내 몸은 정글짐이나 다를 바 없었다. 아론은 내 몸 위에서 뛰고 나를 당기고 때리고 매달렸다. 때로는 단 1분만이라도 내 몸을 내 몸 그대로 혼자 두고 싶기도 했다.

내 인생의 그 시절은 이제 다시 돌아오지 않지만, 다른 렌즈를 통해 그 모습을 보았다. 장밋빛으로 물든 렌즈로 말이다.

손에 있던 휴대폰이 울렸다.

— 정말요?

나는 엄지로 타이핑을 했다.

— 물론이죠. 재밌을 거예요.

메시지를 한 번 더 보냈다.

— 거절은 사양하겠어요.

당신이 재빨리 답을 보내 왔다.

— 선택의 여지가 없는 것 같네요.

나는 웃었다.

— 네, 없습니다.

당신은 주소를 알려 주었다. 나는 30분 내로 도착하겠다고 말했다. 그런 다음 주머니에 휴대폰을 넣고는 머리와 화장을 고치기 위해 차를 들고 위층으로 올라갔다.

준비를 마치고 나자 행복했다.

좋은 일을 하면 느껴지는 감정인 것 같았다. 누군가를 돕는 것과 같은.

거울에 비친 모습을 바라보며 미소를 지었다. 당신이 얼마나 신이 났을까. 아론이 어렸을 때 누군가가 나를 위해 이렇게 해 주었다면 정말 좋아했을 것 같다.

날 만난 것이 당신에게 행운이 아니었을까?

제6장

당신이 알려 준 주소로 찾아가 차를 세웠다. 당신은 밖에 나와 기다리고 있었다. 설리번이 앉아 있는 베이비 캐리어를 들고, 기저귀 가방은 어깨에 메고 있었다. 당신 바로 앞에 차를 주차했다. 차에서 내려 깊이 잠들어 있는 설리번을 내려다보았다. 아기를 붙든 안전벨트가 통통하게 살이 올라 접힌 목을 가로지르고 있었다. 아기는 고개를 옆으로 기울고 입술을 살짝 벌리고 있었다. 눈꺼풀이 파르르 떨렸다.

"너무 귀여워요."

벨트의 끈을 바로 잡으려 손을 뻗으면서 내가 말했다.

"고마워요."

다른 한 손으로 뺨으로 흘러내린 머리카락을 올리며 당신이 대답했다. 당신은 찢어진 청바지에 흰색 티셔츠를 걸치고 슬립온을 신고 있었다. 부츠컷 청바지와 터틀넥 스웨터를 입고 당신 옆에 서 있는 나 자신이 늙고 고루하게 느껴졌다. 그나마 갈색 부츠가 조금 젊어 보이는 것 같았다.

"속눈썹이 정말 길구나. 남자애들이 그렇지, 아론도 그랬어."

설리번의 도자기 같은 피부 위에 살포시 얹힌 속눈썹을 바라보며 혼잣말을 했다.

"네, 정말 불공평한 일이죠. 제 것이 저렇게 길어지려면 인조 속눈썹을 붙여야 하죠."

나는 한 번도 인조 속눈썹을 붙여 본 적이 없지만 당신의 말에 아주 공감한다는 듯 고개를 끄덕이며 웃었다. 오늘 내가 마스카라를 바르기는 했는지 순간 생각해 보았다.

뒷문을 열고 팔을 부드럽게 돌려 당신을 안내했다.

"아기를 어떻게 태울지 알려 줄게요."

이렇게 말했지만 나는 요즘 관련 법규가 어떤지는 알지 못했다. 법은 항상 변하니까.

"네."

당신은 캐리어를 뒷좌석으로 들어 올리고 안쪽으로 몸을 숙였다. 나는 집을 감싸는 현관과 커다란 창이 있는 흰색 집을 올려다보았다.

"집도 참 사랑스럽네요."

창가에 나이 든 여자가 나타나는 바람에 갑자기 말문이 막혔다. 그녀는 미소를 지으며 손을 흔들었고 나도 그렇게 했다.

"부모님이랑 같이 사는 건가요?"

"아, 아니에요."

당신은 고개를 숙이며 뒷좌석에서 내렸다. 그 뒤 허리를 펴고 문을 닫았다. 양쪽 볼이 불긋했고 눈썹 뼈를 따라 광택이 약간 보였다.

"저희 집주인인 엘라예요."

"집주인요?"

당신은 고개를 끄덕였다.

"네, 저는 이 집 뒤쪽에 세 들어 살아요. 엄밀히 말하면 게스트 하우스나 쉐어 하우스, 뭐 그런 거죠."

"아, 그렇군요."

그래, 그게 더 말이 되네. 당신 정도의 나이에 올드폴섬에서 어떻게 이렇게 멋지고 작은 집을 살 수 있는지 궁금하던 참이었다.

"멋지네요. 집은 마음에 들어요?"

"네. 정말 좋아요. 엘라도 좋고요."

뒤를 돌아보니 엘라는 더 이상 창가에 서 있지 않았다. 마치 유령처럼 사라졌다. 찬 바람이 지나가자 몸이 떨렸다. 뾰족뾰족한 나뭇잎 몇 개가 작은 거미처럼 길 위를 미끄러지듯 빠르게 날아갔다.

양팔로 몸을 감싸고 나는 서둘러 운전석에 탔다. 설리번이 조금 칭얼거렸다. 당신이 차에 타고는 장난감을 손에 쥐여 주자 설리번은 그것을 바로 입으로 가져갔다. 엄청난 침이 흘렀다.

"고마워요. 손톱을 손질해 본 게 언제인지 모르겠어요."

네일 숍으로 가는 동안 당신이 말했다.

"아론이 어렸을 땐 저도 전혀 못 했죠."

"네, 그래요. 아기를 맡길 사람이 전혀 없거든요. 하지만 가끔은 휴식이 필요해요, 그렇죠?"

당신은 동의를 구하는 표정으로 나를 바라보았다.

하지만 내가 당신에게 동의할 수 있을지는 모르겠다. 나는 아론이 9개월이 될 때까지 다른 사람에게 맡긴 적이 없었다. 그마저도 라파엘이 아이를 맡기라고 시켰기 때문이었다. 돌보는 사람도 두지 않았다. 라파엘의 부모님께 부탁할 일이 생겨도 나는 아론을 걱정하면서 밤을 보내곤 했다.

"근처에 가족이 살고 있어요? 도와줄 사람이 있나요?"

파트너나 남자 친구 같은? 마지막 질문이 혀끝에 맴돌았지만 차마 물어볼 수가 없었다. 우린 방금 만난 사이였다. 당신이 내가 참견쟁이라고 생각하게 하고 싶지는 않았다.

"없어요."

창밖을 내다보고 있었기 때문에 당신의 표정을 볼 수는 없었지만 어조는 어둡고 슬프게 느껴졌다

낯선 동네에서 혼자라니, 안된 마음이 들었다.

"그럼 어떻게 여기로 오게 된 거예요? 직장이나 뭐 그런 거?"

당신은 고개를 저었다.

"지금은 일을 하지는 않아요. 아기 키우는 데만 집중하려고요."

물어보고 싶은 것들이 너무 많았다. 놀이 기구를 타고 난 뒤 속이 어지러울 때처럼 머릿속이 빠르게 빙빙 돌았다. 내가 말을 더 꺼내기 전에 네일 숍에 도착했다. 주차하자마자 당신은 차에서 뛰어내렸다.

내가 잘 몰랐다면 당신이 도망치려 한다고 생각했을 것이다.

당신이 손톱을 빨간색으로 하겠다며 보여 주었을 때 마음이 답답

해졌다. 좀 더 고상한 색으로 하라고 말하고 싶었다. 프렌치 스타일이나 은근한 누드, 은은한 분홍색 같은. 하지만 아니었다. 당신은 단호하게 빨간색을 선택했다.

그 망할 빨간 란제리가 떠올랐다.

나는 내 손톱을 내려다보았다. 나는 고상한 피치 누드를 선택했다.

설리번은 그곳에 도착한 이후로 계속 캐리어 안에서 잠들어 있었다. 이렇게 이른 아침부터 아기가 낮잠을 자다니 이상했지만 당신은 평소에도 이 시간에 잠을 잔다며 나를 안심시켰다. 아론이 이 나이 때쯤에 언제 낮잠을 잤는지 기억이 나지 않았다. 나는 항상 아론을 상점, 식당, 산책로 등으로 데리고 다녔는데 아이가 그럴 때 때때로 잠들기도 했던 것 같았다.

설리번이 약간 움직여서 아이에게 다가갔다. 드디어. 여기 왔을 때부터 아기가 깨기를 얼마나 기다렸는지 몰랐다. 그를 만지고 싶어 손끝이 간질거렸다. 작고 몰랑몰랑한 몸을 안아 주고 싶었다.

설리번이 눈을 뜨더니 나를 몇 초간 쳐다보았다. 그러더니 얼굴을 찡그리며 작은 울음을 내뱉었다. 그 마음을 이해하며 나는 미소 지었다. 난 인내심이 없었다.

"설리번을 데리고 나가도 될까요?"

"물론이죠."

당신은 고개도 돌리지 않고 대답했다.

나는 허리를 굽혀 설리번을 캐리어에서 꺼냈다. 안아 올리기도 전에 팔에서 무게가 느껴졌다. 통증이 강했다. 무거웠다.

설리번이 내 어깨에 머리를 대고 가슴에 안기자 그 느낌은 사라졌다. 아론에게 했던 것처럼, 나는 손을 아기의 엉덩이에 대고 부드럽게 흔들어 주었다. 설리번이 조용해졌다.

내 마음도 따뜻해졌다.

아직도 할 수 있구나.

코끝에 끼치는 우유 냄새에 몸이 편안해졌다. 무언가에 전염되듯이, 매우 기분이 좋아지는 냄새였다. 게다가 매니큐어와 리무버 냄새도 사라지게 했다. 나는 눈을 감고 숨을 들이쉬었다. 고개를 숙여서 아기의 부드럽고 매끄러운 피부를 코로 가볍게 문질렀다.

설리번이 낑낑거리며 몸을 움직이기 시작했다.

"쉬, 괜찮아."

나는 그를 좀 더 흔들며 중얼거렸다. 이번엔 효과가 없었다.

"배가 고픈 거 아닐까요?"

내가 묻자 당신이 어깨 너머로 흘끗 보며 말했다.

"아마도요. 가방 안에 분유랑 젖병이 들어 있어요."

분유라고?

"모유 수유는 안 해요?"

이런, 크리스틴과 내가 항상 비웃던, 남들을 비판하며 잘난 척하는 엄마들처럼 내가 말하다니.

"안 해요."

당신은 별다른 설명 없이 짧게 답했다. 내 일부는 당신의 말에 반발심을 느꼈다. 나는 아론의 건강에 좋다는 이유로 그 애가 돌이 될 때까지 모유 수유를 했다. 하지만 당신의 자신감이 부럽기도 했다. 당신은 자신이 내린 결정을 항변할 필요성조차 느끼고 있지 않다.

내가 상관할 일이 전혀 아니라는 듯이 왜 모유 수유를 하지 않는지에 대해 중언부언 설명하지 않았다. 사실은 나도 다른 여자들처럼 모유 수유를 좋아하지 않았다. 너무 불편하고 힘들었다. 여러 번 그만두려고 했지만, 엄마가 모유 수유를 그만두는 건 부끄러운 일이라고 나를 종용했다. 내가 엄마에게 모유 수유에 대한 생각을 고백했을 때 엄마 얼굴에 스민 공포심을 결코 잊지 못할 것이다. 가슴이 부풀어 올라서 더 이상 셔츠가 맞지 않는다는 이야기를 솔직하게 털어놓았다. 그리고 허리가 계속 아프다는 사실도.

"너는 항상 그렇게 이기적이구나, 켈리."
엄마는 혐오스러워하는 목소리로 내뱉었다.

그 말이 나에게 족쇄가 되었다. 그 이후로 모유 수유를 그만둘 수가 없었다.
지금 당신이 가진 그 자신감을 나는 가지지 못했다.
"아, 알겠어요."
나는 여기서 어떻게 분유를 타야 할지 생각하면서 기저귀 가방을 살피고는 네일 숍 내부를 둘러보았다. 뒤쪽에 싱크대가 있었다. 하지만 설리번을 안고 분유를 탈 수 있을까? 자신이 없었다. 이런 당혹스러운 일을 해 본 지 너무 오래되었다.
설리번의 울음소리가 커졌다. 나는 아기를 가슴 높이까지 안아 올린 후 손을 뻗어 기저귀 가방을 뒤적였다. 손가락으로 손수건 몇 장, 열쇠, 물티슈 등을 더듬었다. 대체 분유와 젖병은 어디 있는 거지?

"끝났어요."

당신이 자리에서 일어서며 말했다.

아, 젤 매니큐어를 골라서 참으로 다행이네. 보통 매니큐어였다면 마르는 데 평생이 걸렸을지도 몰랐다.

당신이 오자마자 설리번을 넘겨주고 나서야 안심이 되었다.

당신이 설리번을 안아 올릴 때 새로 칠한 손톱이 보였다. 설리번의 하얀색 보디 수트와 대비되는 화사한 빨간색. 내 피부와 어울리지도 않았던 바보 같은 빨간색 란제리가 떠올랐다.

제7장

네일 숍을 나선 후 점심을 먹으러 갔다. 카페 주차장에 차를 세우기 전에 당신에게 뭘 하고 싶은지 미리 물어보지 않았다. 벌써 12시 30분이니 당연히 당신이 배가 고플 것이라고 생각했다.

하지만 당신은 눈살을 찌푸렸다.

"어디죠?"

"아, 뭘 좀 먹어야 할 것 같아서요."

당신은 입술을 깨물더니 뒷좌석에 앉은 설리번을 잠깐 돌아보았다.

"음······. 사실 배가 안 고파요. 아침을 많이 먹었거든요."

난 무척 배가 고팠다. 아침도 먹지 않았다. 이제껏 입에 넣은 것이라고는 차 한 잔뿐이었다. 냉장고에도 먹을 것이 거의 없었다.

"애피타이저나 샐러드 같은 걸 먹는 건 어떨까요. 크리스틴이라고 친구가 있는데 항상 그때 유행하는 다이어트를 하거든요. 가끔 클렌즈 주스 다이어트도 하는데, 그래도 저랑 같이 점심을 먹으러 갈 때가 있어요. 친구에 대한 의리로."

나는 당신에게 살짝 윙크하며 말했다.

당신은 억지라고밖에 할 수 없는 미소를 살짝 보이며 고개를 끄덕였다.

"하지만…… 아시다시피, 설리번이 낮잠 잘 시간이거든요……."

어떻게 이 상황을 벗어날지 고민하는 듯 당신은 창밖으로 시선을 돌렸다.

왜 그렇게 집에 가고 싶어 하는 거지? 우린 즐거운 시간을 보냈고, 서로 가까워졌다고 생각했다. 빈집으로 돌아갈 생각을 하니 소름이 끼쳤다. 당신에게 문자를 보냈을 때 나는 우리가 온종일 함께할 것이라 생각했다. 나는 당신의 네일 숍 비용도 내 주었다. 점심 한 끼 함께 먹는 일이 그렇게 어려운 일인가?

그때 기저귀 가방을 뒤적이느라 드러난 당신의 지갑을 보았다. 낡고 오래된 것이었다.

결혼 초기에 썼던 지갑이 떠올랐다. 우린 젊고 가난했다. 기저귀, 분유, 먹을 것들이 지갑보다 우선순위였다.

"내가 낼게요."

당신의 얼굴이 조금 편안해졌다.

"정말요?"

나는 고개를 끄덕였다.

"그럼요."

당신은 잠시 망설이더니 조용히 말했다.

"좋아요."

마음이 놓였다. 나는 미소 지었고 우리는 차에서 내렸다. 식당에 들어가서 주인에게 바깥 테이블에 앉을 수 있냐고 물었다. 아침 날씨는 쌀쌀했지만, 지금은 따뜻해졌다. 완벽한 가을 날씨였다. 게다가 테라스에 앉아 있는 사람이 거의 없었기 때문에 설리번이 시끄럽게 굴더라도 당신의 마음이 편안할 것 같았다.

우린 둘 다 샌드위치를 주문했다. 드디어 샐러드가 아닌 음식을 먹는 친구가 생겼다는 사실이 감사했다. 설리번이 칭얼거리기 시작했다. 내가 안아 주겠다고 하자 당신은 고맙게도 그를 넘겨주었다.

"요즘 들어 자꾸 칭얼거려요. 뭐가 문제인지를 모르겠어요."

"지난주에 소아과 의사에게 얘기했어요?"

나는 설리번이 어깨에 편히 기대도록 안았다. 설리번의 손이 내 팔에 닿았다. 아이의 손가락이 내 셔츠 너머로 살결을 간지럽혔다.

당신은 고개를 끄덕였다.

"네, 하지만 의사도 이유를 모르더라고요. 그냥 아기들이 그럴 수 있대요."

"글쎄요, 그것도 맞는 말이죠."

나는 네일 숍에서 했던 것처럼 설리번의 엉덩이를 토닥이며 부드럽게 위아래로 흔들었다. 역시 효과가 있었다. 아이의 귀여운 미소를 보자 절로 웃음이 났다.

"아론도 그렇게 칭얼거렸어요?"

잠시 생각해 보았다. 누군가 아기 아론에 대해 질문을 한 적이 언제였던가.

"그게, 배앓이 같은 걸 자주 하지 않았는데 뭔가 필요할 때면 울었어요. 기저귀를 갈아 달라거나 배가 고프다거나 안아 달라고 할 때."

당신은 웃었다.

"설리번은 항상 안아 달라고 해요."

"아론도 그랬어요. 하지만 저를 믿어 봐요. 언젠간 당신이 제발 껴 안아만 달라고 할 때가 올 거예요. 그땐 이미 늦었지만. 그러니 안아 줄 수 있는 지금을 즐기도록 해요."

나는 눈을 찡긋했다.

"다들 그렇게들 말하더라고요. 하지만 지금으로선 이 시간이 영원할 것만 같아요. 다 크는 건 고사하고 언제쯤 되어야 밤에 편히 잘 수 있는 걸까요."

늘 지나고 나서야 후회하는 법이었다. 또 다른 현실을 보여 주는 것은 불가능했다.

"그렇죠. 아론이 어릴 땐 저도 그렇게 느꼈어요. 하지만 정말로, 마치 어제 일 같아요."

설리번이 내 어깨에 얼굴을 비볐다. 셔츠가 축축했다. 젖은 듯했다. 아기들이 얼마나 침을 많이 흘리는지 잊고 있었다.

의심스러운 표정이 당신의 얼굴에 스치고 지나갔다.

"어제라는 게 한 100일 전에 있었던 일 같아요."

웨이트리스가 음식을 들고 나타나자 웃음이 났다.

배고프지 않다더니, 당신은 굶주린 사람처럼 먹기 시작했다. 당신은 샌드위치를 반 정도 먹고서야 설리번과 내가 거기 있었던 것이 생각났다는 듯 고개를 들었다. 하지만 그 마음을 이해했다. 나도 아론이 태어난 이후로는 신선하고 뜨거운 음식이 어떤 맛인지 기억나지 않는다고 농담하곤 했으니까.

"아, 미안해요. 제가 안을까요?"

당신의 볼이 발그레해졌다.

"그러기만 해 봐요."

나는 농담조로 대답했다.

"당신은 천사인 것 같아요. 아니면 신데렐라에 나오는 요정요."

남은 샌드위치에 손을 뻗으며 당신이 농담을 던졌다.

"저는 호박으로 변하는 대신, 12시가 되기 전에 싱글 맘으로 변하지만요. 아, 이런. 어차피 매일 싱글 맘이군요."

당신은 쓴웃음을 짓더니 샌드위치를 한입 베어 물었다.

아하, 그래서 아이 아빠가 보이지 않았구나.

감자튀김을 하나 입에 넣었다. 설리번이 발을 차면서 꼼지락거렸다. 나는 아이의 작은 발가락을 만지며 비단결처럼 보드라운 피부를 느꼈다.

"힘들겠다, 그렇죠? 혼자서 애 키우는 거예요?"

나는 얼버무렸다.

당신은 샌드위치를 입안 가득 베어 물었다. 내 배에서 꼬르륵 소리가 났다. 당신이 그 소리를 듣지 않기를 바랐다. 설리번을 안고 싶은 마음이 뭔가를 먹고 싶은 마음보다 더 강했다.

당신이 냅킨으로 입가를 닦으며 말했다.

"생각보다 훨씬 힘들어요. 있죠, 설리번이 태어나기 전에는 아이를 포기하려고 생각했어요. 혼자서 아이를 키울 수 있을지 확신이 서지 않았거든요."

심장이 멈추는 것 같았다. 나는 설리번을 더 꽉 껴안았다. 지금 뭐라고 한 거지?

"정말 그러려고 했어요?"

"아뇨, 아니에요."

당신이 강하게 부인하자 긴장이 조금 풀렸다.

"제 결정을 후회하는 건 아니에요……. 단지 좀 도와줄 사람이 필요한 것 같아요."

당신과 시선이 마주치자 나는 미소를 지었다. *내가 할 일이 정해졌군.*

"이젠 괜찮아요. 제가 있잖아요."

설리번의 기저귀에서 요란한 소리가 났고 이어서 강렬한 냄새가 났다. 그의 엉덩이를 받치고 있던 손이 갑자기 뜨거워졌다. 나는 고개를 돌리며 움찔했다.

당신은 의자에서 벌떡 일어서더니 내 팔에서 설리번을 빼냈다.

"오, 이런. 제가 기저귀 갈게요. 정말 미안해요."

"괜찮아요."

당신의 사과를 마다하긴 했지만, 셔츠와 무릎과 손이 정말로 깨끗한지 확인해 보았다.

"아기 키우다 보면 이런 일도 있을 수 있죠. 아론이 설리번 나이쯤 되었을 때, 디즈니랜드에 갔는데……."

나는 말끝을 흐렸다. 당신은 이미 한 손에는 기저귀 가방, 다른 한 손에는 설리번을 들고 화장실을 향해 서둘러 걸어가고 있었다. 혼낸 것도 아닌데 설리번은 울고 있었다. 기분이 좋지는 않았다.

당신이 화장실 안으로 들어간 후 몸을 숙여 가방에 손을 넣었다. 더러운 기저귀의 냄새는 무척 강했다. 숨을 멈추고 가방을 뒤적거리며 항균 로션을 겨우 찾았다. 로션을 양손에 조금 짜고 손바닥을 비볐다.

자리에 다시 앉았을 때 쇼핑백을 끼고 길가를 빠르게 걸어가는 크리스틴을 발견했다. 그녀는 오버 사이즈 선글라스를 끼고 백금발 머리와 뚜렷이 대조를 이루는 검은색 모자를 쓰고는 얇게 비치는 블랙 셔츠와 스키니 진을 입고 있었다. 크리스틴이 나를 발견하고 눈을 크게 떴다. 손을 흔들자 크리스틴이 다가왔다.

"켈리? 여기서 뭐해?"

그녀가 내 접시를 내려다보았다.

설명할 필요도 없는 일 같았지만 그래도 설명했다.

"점심 먹고 있어."

"혼자서?"

"사실은, 그 다른 켈리 메디나랑 왔어."

나는 의기양양하여 대답했다.

크리스틴이 코를 찡그리더니 테이블을 훑어보았다.

"어디 있는데?"

나는 식당 안을 보았다. 당신은 어디에도 보이지 않았다.

"아기 기저귀 갈고 있어. 곧 올 거야."

"그 여자 접시는 어디 있는데?"

크리스틴이 미간을 찡그렸다.

나는 테이블을 보았다. 이런. 당신의 접시가 없어졌다. 웨이트리스가 그걸 가져가는 것도 눈치채지 못하다니. 아마도 항균 로션을 바르고 있을 때였나 보다.

"이미 다 먹어서."

"그런데 넌 하나도 안 먹었네."

크리스틴이 내 접시를 보며 고개를 까닥였다.

"나는 설리번을 안고 있느라고. 아기가 있으면 어떤지 알잖아. 음식이 나와도 바로 먹을 수가 없는 거. 그래서 내가 좀 도와줬어."

크리스틴이 나에게 보인 표정은 그 표정과 같았다. 롤라가 우리와 함께 저녁 식사 테이블에 앉아 있다고 말했을 때 엄마가 지었던 표정. 크리스틴의 시선이 식당 안으로 향했다. 그녀의 가슴께와 얼굴이 올라갔다가 다시 내려왔다.

그녀는 손목에 찬 시계를 내려다보고는 입술을 깨물었다.

"매디가 30분 후에 병원 예약이 있어. 그냥 검진이긴 한데. 네가 원한다면 예약 바꾸고 너랑 같이 있어 줄게."

나는 웃었다.

"왜 그렇게 하는데? 난 괜찮아. 친구랑 같이 점심 먹고 있잖아."

"그리고 그 친구의 아기랑."

크리스틴이 천천히 말하며 머리를 위아래로 까닥거렸다.

식당의 문이 열리는 소리가 들렸다. 가슴을 펴며 그쪽으로 고개를 돌렸다. 하지만 종업원이었다. 그는 근처의 테이블을 걸레로 닦기 시작했다. 크리스틴이 시계를 다시 보면서 천천히 숨을 들이쉬었다.

"켈리는 금방 돌아올 거야."

나는 그녀를 안심시키려고 했다.

크리스틴의 눈빛에 동정심과 걱정이 섞여 있는 것이 보였다.

가슴이 답답해졌다.

"그 애가 여기 있어요, 엄마. 안 보여요?"

"엄마에겐 안 보여, 켈리, 그 애는 진짜가 아니라서 엄마 눈에는 안 보이는 거란다."

"좋아, 그럼, 내가 여기 있을 필요가 없겠구나. 그럼 난 매디한테 가는 게 좋겠다."

크리스틴의 억지 미소가 불안해 보였다.

"그 애는 진짜야, 엄마. 진짜라고!"

나는 발을 굴렀다.

엄마는 내 팔을 꽉 잡고 안심시키려고 했다.

"그래, 그래, 괜찮아. 진정하렴. 괜찮아. 그래, 이제 엄마도 그 애가 보인다. 엄마는 널 믿어. 안녕, 롤라."

나는 얼굴을 찡그렸다. 엄마는 다른 방향을 보고 있었다.

가슴속에서 절망감이 피어났다. 레스토랑과 이어지는 문은 여전히 닫혀 있었다.

"잠깐 기다려. 켈리를 만나게 해 줄게."

"미안해, 켈. 나 정말 가야 해."

"하지만 켈리는 잠깐 자리 비운 거야. 정말로."

왜 이렇게 오래 걸리는 거지?

"난 늦었어. 가 봐야 해. 나중에 전화할게, 알았지?"

크리스틴이 내 팔을 부드럽게 잡았다.

"그래."

내가 대답하자 그녀가 팔에서 손을 뗐다.

크리스틴이 가는 것을 지켜보며 나는 한숨을 내쉬었다.

"엄마, 롤라는 거기에 없어요. 바로 여기 있어요."

나는 롤라가 빨간색 오버롤과 줄무늬 티셔츠를 입고 서 있는 오른쪽을 가리켰다. 내가 그 애를 가리키자 롤라는 엄마에게 우스꽝스러운 미소를 지어 보였다. 나는 킥킥 웃었다.

"물론이지. 엄마가 실수했네. 안녕, 롤라."

엄마가 손을 내밀며 다시 말했다.

나는 숨이 막혔다.

"어엄마아. 엄마가 그 애 얼굴을 때렸잖아요."

"아, 이런. 도저히 못 하겠어!"

엄마가 공중에서 팔을 휘저으며 신음했다.

"오래 기다리시게 해서 죄송해요."

당신의 목소리에 깜짝 놀랐다.

"이 꿈틀이 녀석 때문에 기저귀 갈기가 너무 힘들었어요."

나는 크리스틴을 찾아보려고 고개를 돌렸다. 제길. 이제 와 붙잡기에는 너무 멀리 가 버렸다.

"괜찮아요?"

나는 다시 돌아앉았다.

"네. 방금 친구 한 명을 만났어요."

배에서 엄청난 꼬르륵 소리가 울려 퍼졌다.

"아직 음식에 손도 안 대셨네요."

당신이 지적했다.

"네, 그랬네요."

나는 웃으며 샌드위치를 집었다. 식당 밖에는 우리만 있었다. 날씨가 정말 좋았다. 아무도 밖에 앉지 않는 것이 신기할 따름이었다.

의자에 기대며 샌드위치를 한입 물었다. 의자에서 삐걱거리는 소리가 났다. 설리번은 이제 조용해졌다. 울지도 칭얼대지도 않았다. 마치 이곳에 나 혼자 있는 것 같은 무서운 고요가 흘렀다.

"왜 여기서 혼자 놀고 있니?"

"혼자가 아냐. 롤라와 함께 있어."

아빠가 주변을 둘러보았다.

"롤라가 어디 있는데? 아빠는 안 보이는구나."

"안 보여?"

나는 잔디밭에 다리를 꼬고 앉아 있는 롤라를 보았다. 그 애를 볼 수 있는 사람은 왜 나뿐인 걸까?

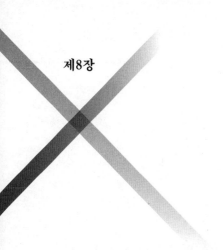

제8장

우리 엄만 요리를 그다지 잘하지 않으셨다. 라파엘과 막 결혼했을
때, 난 타코, 스파게티, 라자냐, 로스트 치킨과 같은 간단하고 쉬운
저녁 식사만 만들 수 있었다. 그리고 그 어떤 것도 아주 처음부터 다
만드는 법은 없었다. 모든 소스는 병이나 깡통에 담긴 것들이었고
크러스트나 도우도 모두 기성품이었다.

하지만 라파엘의 어머니는 훌륭한 요리사였다. 내 남편이 끊임없
이 상기시켜 주고 있듯이, 카르멘 메디나 여사에 비하면 아직도 내
요리 실력은 보잘것없는 수준이다. 카르멘은 나에게 사랑하는 가족
요리의 레시피를 전수해 주며 함께 부엌에서 몇 시간씩 보내곤 했
다. 내가 토르티야나 타말리를 망쳤을 때 라파엘은 나를 바보 취급
했지만, 카르멘은 결코 그러는 법이 없었다. 카르멘은 꽤 훌륭한 요
리 선생님이었지만 그녀가 세상을 떠나기 전까지 나는 레시피 하나
를 겨우 익혔을 뿐이다. 바로 그녀의 홈메이드 엔칠라다 소스였다.

몇 년 동안 카르멘의 닭고기 엔칠라다는 우리 집의 주식이었다. 항상 춥고 비가 오는 가을의 첫날이 되면 꼭 한 번씩 만들어 먹었다. 여름 내내 라파엘은 그릴에 고기를 곧잘 굽곤 했지만 첫 가을비가 내리면 무언가 위안이 되는 음식이 그리워졌다. 오븐에서 나온 뜨끈한 음식 말이다.

그래서인지 오늘 아침 눈을 떴을 때 지붕에 떨어지는 빗소리에 나는 부엌을 뒤졌다. 날씨는 가을이긴 했지만 올해는 엔칠라다를 만들 생각이 없었기 때문에 거의 모든 재료가 있다는 사실이 오히려 놀라웠다. 보통 비는 겨울이 깊어질 때까지 계속 내리곤 한다. 그렇다고 해도 많은 대비를 해야 할 필요는 없었다. 요즘 들어서는 가문 여름이 비 오는 겨울보다 잦았다.

준비를 마친 후 떨어진 재료들을 사러 식료품점에 다녀왔다.

빗방울들이 부엌 창문을 두드렸다. 나는 스토브 앞에 서서 홈메이드 엔칠라다 소스를 저으며 부엌에서 맨발로 서 있는 중이었다. 아론과 라파엘이 오늘 저녁 엔칠라다를 맛보러 집에 오지는 않겠지만, 그렇다고 해서 요리를 그만두고 싶지는 않았다.

어쨌든 그 둘 모두에게 오늘 집에 왔으면 한다고 문자를 보냈다.

라파엘은 슬픈 얼굴의 이모티콘을 보내 왔다.

스토브로 몸을 기울여 칠리소스 냄새를 맡으니 추억이 내 몸을 감싸는 듯했다. 집 안은 더 이상 고요하지 않았다. 우리 가족의 소리로 가득 찼다. 아기인 아론이 내 발밑에서 놀며 옹알이를 하고, 라파엘은 커피 테이블 위에 발뒤꿈치를 올린 채 소파에 앉아 텔레비전에서 나오는 요란한 스포츠 경기를 보고 있었다.

소스가 끓어 넘치는 바람에 나는 다시 현실로 돌아왔다, 텅 빈 집으로. 규칙적으로 지붕을 두드리는 빗소리가 고요함을 깨고 있었다.

안돼, 아가야. 계속 저어줘야 한단다. 카르멘의 목소리가 들렸다.

불을 줄이고 소스가 타지 않도록 부드럽게 저었다. 냄새를 맡으니 약간 눌어붙었을지도 모르겠다는 생각이 들었다. 라파엘이 집에 있었다면 아마도 난 이걸 모두 버리고 새로 만들었을 것이다.

카르멘은 소스를 태우는 실수 같은 건 하는 법이 없었다.

숟가락이 붉은 양념 속에서 소용돌이처럼 빙글빙글 도는 것을 바라보고 있으니 생각이 당신에게로 흘러갔다. 당신의 엄마는 요리를 잘하는지 궁금해졌다. 당신에게 요리를 가르쳐 줬을까? 여기 살지는 않는다는 사실 외에는 당신의 부모님에 대해 아무것도 알지 못한다. 지난번 만났을 때 그 이상의 이야기를 하지 못했다.

사실, 우리는 이야기를 많이 나누지 않았다. 설리번의 아빠와는 어떤 일이 있었던 건지도 아직 모르고, 왜 당신이 폴섬으로 이사했는지도 모른다.

휴대폰이 울리며 문자가 왔음을 알렸다. 나는 돌아보았다. 휴대폰은 아일랜드 식탁 위에 놓여 있었다. 소스를 멈추지 않고 계속 저어야 했기에 서둘러 휴대폰을 낚아챘다. 소스를 젓지 않는 손으로 휴대폰을 잡고 문자를 확인했다.

크리스틴이었다.

— 안녕, 친구. 뭐 하고 있어?

답장을 보내기 전에 소스를 마저 젓고 불을 껐다.

— 요리 중.

— 뭐 만들고 있어?

— 엔칠라다.

— 먹으러 가는 중.

평소 같으면 농담이라고 생각했겠지만 크리스틴이 요즘 들어 나에게 너무 집착하는 경향이 있었기 때문에 정말 그런지 확신할 수가 없었다. 사실 정말로 그녀가 온다고 해도 나쁠 것은 없었다. 엔칠라다 두 그릇은 만들 수 있을 정도로 소스를 만들어 두었으니까. 혼자서 그렇게 많은 양을 먹을 수는 없었다.

휴대폰을 붙잡고 크리스틴에게 다시 문자를 보내서 정말로 오라고 할까 고민하며 엄지를 꼼지락거렸다. 하지만 당신이 했던 말이 떠올라 이내 마음을 접었다.

난 그저 조금 도와주고 싶을 뿐이야.

입술을 깨물며 창밖으로 보이는 어둡고 비 오는 하늘을 응시했다. 바람이 너무 심해서 앞마당에 있는 나무가 이상한 각도로 구부러져 있었다. 나뭇잎이 찢어지며 공중에 나부끼는 모습이 마치 어딘가에 보이지 않는 손이 있는 것만 같았다.

나는 당신과 설리번이 작은 게스트하우스에서 껴안고 있는 모습을 상상했다. 게스트하우스의 외벽은 얇을 것이다. 오래된 집 중 상당수가 중앙 냉난방 시설을 갖추고 있지 않았다. 뒷마당에 있는 집에 편의 시설이 있어 봤자 뭐가 있겠는가.

당신이 추위에 떨며 무서워하고 있지는 않을까?

설리번은 이 폭풍 속에 어떻게 하고 있을까?

아론은 폭풍을 싫어했다. 특히 천둥소리를 들으면 항상 대성통곡을 했다.

"제발, 아론이 우는 건 당연해."

라파엘은 웃으며 말했지만 숨겨진 좌절감을 느낄 수 있었다.

"당신 노래를 계속 듣다가는 내가 울 것 같다."

아론의 머리를 손에 안고 천둥소리가 들리지 않도록 가슴에 아이의 귀를 갖다 댔다.

"무슨 얘기 하는 거야? 당신이 내 노래를 좋아하는 줄 알았는데. 우리 같이 합창단에 있을 때 당신이 그랬잖아."

그가 어깨를 으쓱하며 다시 웃었다.

"물론. 당신이랑 자려고 한 소리였지."

"뭐라고?"

나는 흠칫 놀랐다. 너무 실망스러웠다. 우리는 합창단에서 만났다. 그가 나에게 처음 한 말이 "목소리가 아름다워요."였다.

"그냥 하는 소리란 걸 눈치챘어야지."

"전혀 몰랐어."

나는 솔직하게 대답했다. 아론은 여전히 내 품에 안겨서 울고 있었다. 나는 그를 옆으로 흔들었다. 벌써 몇 시간째였다. 할 수 있는 모든 걸 했다. 내 노래가 끔찍했을지 몰라도 가끔은 아론을 진정시키는 데 도움이 되었다.

"여기, 나한테 줘 봐."

라파엘이 손을 내밀었다. 마지못해 울고 있는 아들을 그에게 안겼다.

"나한테 거짓말을 한 거였어?"

"거짓말이 아니야. 당신과 대화하는 방법이었던 거지. 그게 다야."

내가 했던 것처럼 그도 아론을 흔들었다. 내가 할 때는 전혀 효과가 없었는데 왜 자기가 하면 통할 거라고 생각한 걸까? 그를 바라보는 가슴이 답답해졌다.

"실은, 여자애들이랑 사귀려고 합창단에 들어간 거였어."

열이 등골을 타고 올라왔다.

"여자애들? 복수형?"

그는 우쭐대며 걸어오더니 동정 어린 미소를 지었다.

"결국 당신에게 정착했으니 됐잖아?"

나는 뒤로 물러서며 팔짱을 꼈다.

"내 질문에 대답하지 않았어."

"사실이야, 진과 나는 선택 과목 수업을 들어야 했어. 그저 여자애들 사귀려고 합창단을 고른 거야."

진은 고등학교 때부터 라파엘의 가장 친한 친구였다. 중학교 시절, 어느 날 엄청 꽉 조이는 청바지를 입었는데 점심시간에 엉덩이 부분이 찢어지는 일을 겪은 후로 진이라고 불린다고 했다.

"하지만 당신을 만났을 때, 당신 말고는 아무에게도 관심이 가지 않았어. 거기서 가장 예뻤거든."

라파엘은 어떤 말을 해야 하는지 정확하게 알고 있었다. 그것이 내가 라파엘에게 빠진 이유였다. 그는 항상 나를 칭찬했다.

"당신이 제일 예뻐. 최고야."

내가 그의 말을 믿었는지는 모르겠다.

라파엘이 갑자기 의기양양한 표정으로 웃으며 말했다.

"이거 봐. 아론이 울음을 그쳤어."

"어떻게 한 거야?"

"모르겠어. 아마도 내가 최고의 아빠인가 봐."

그는 어깨를 으쓱하며 대답했다.

"그래, 그런가 보다."

나는 짜증과 감사가 섞인 마음으로 중얼거렸다. 세월이 흐르면서 이런 일에 매우 익숙해진 것 같았다.

휴대폰이 띠링 울리며 주의를 끌었다. 크리스틴에게 온 다른 문자였다. 그녀를 초대하지 않은 것이 마음에 걸렸다. 크리스틴은 가장 친한 친구지만 당신처럼 나를 필요로 하지는 않는다. 크리스틴은 가족들로 꽉 찬 집에 살고 있었다. 그녀의 아이들은 아직 크리스틴 곁에 있고 남편은 매일 밤 집에 돌아온다.

크리스틴이 내 마음을 눈치채 주길 바라며 웃는 얼굴의 이모티콘을 보냈다. 그런 다음 휴대폰을 내려놓았다. 새로운 목적을 갖고, 찬장에서 냄비 두 개를 꺼내 엔칠라다를 만들기 시작했다.

1시간 후, 온 집에 녹은 치즈와 칠리소스 냄새가 가득 찼다. 완성된 엔칠라다를 싱크대에 놓고, 빨간 소스로 얼룩진 티셔츠를 갈아입으러 위층에 올라간 몇 분 동안 식혔다.

따뜻한 옷을 입은 후 차에 엔칠라다를 싣고 나도 올라탔다. 다행히도 어젯밤엔 차고에 주차할 만큼 정신이 멀쩡했다. 차고에서 차를 빼자 앞 유리로 바람이 휘몰아쳐 빗방울이 묻었다.

번개의 섬광이 검푸른 하늘을 가로질렀다. 차도로 나가기 전에 재킷을 단단히 여몄다. 공기가 아직 데워지지 않은 탓에 히터에서 찬 바람이 쏟아져 나왔다. 등골이 오싹해졌다. 밖엔 아무도 없었다. 창문에서 불빛들이 어른거렸다. 아이들과 부부들이 저녁을 먹거나 텔레비전을 보고 있을 것이다.

갑자기 목구멍에서 덩어리 같은 것이 느껴졌다. 가까스로 그것을 삼키고 눈앞의 거리로 시선을 돌렸다. 앞 유리창의 와이퍼가 움직이며 끼익 소리를 냈다. 갈라지는 빗물 사이로 겨우 밖을 볼 수 있었다.

늦은 시간이 아니었음에도 너무 어두워서 한밤중처럼 느껴졌다. 대체 왜 내가 담요를 덮고 소파에 누워 따뜻하고 안전한 집에서 쉬지 않고 여기에 나와 있는지 모르겠다는 생각이 들었다.

이내 저편에서 도움이 필요한 상태로 단둘이 있을 당신과 설리번이 떠올랐다. 액셀을 더욱 강하게 밟았다. 타이어가 매끄러운 조각 같은 것에 부딪히면서 차가 왼쪽으로 미끄러졌다. 가쁜 숨을 내쉬며 나는 차를 오른쪽으로 틀고 속도를 줄였다.

모퉁이를 돌자 헤드라이트 한 쌍이 눈에 비쳤다.

이봐, 상향등은 꺼야지.

그 차가 나를 빠르게 지나쳐 가서 다행이었다. 하지만 눈앞에 불빛의 잔상이 남아 있었다. *정말 대단하군.*

손을 뻗어 조수석에 놓아둔 엔칠라다 냄비가 여전히 안전한지 확인해 보았다. 내가 아끼는 가죽 시트에 음식이 흩뿌려지는 최악의 상황은 원치 않았다. 이 차는 아주 최신형은 아니었다. 아론이 면허를 땄을 때 몰던 차를 그 애에게 주고 이 차를 샀다. 아론이 미니밴을 운전하는 것이 더 낫다고 생각했기 때문이다. 그 애는 가죽에 포도 주스를 묻히고 시트에 지워지지 않는 마커로 낙서를 하고는 했다.

당신이 사는 동네에 가까워졌을 때 거리 이름이 쓰인 표지판을 읽으려고 무척 주의를 기울여야만 했다. 나는 올드폴섬의 시가지는 잘 알지 못했다. 대부분의 내 친구들은 엠파이어랜치나 신시가지에 살았고, 아론의 친구들은 모두 고등학교 근처에 살았다.

겨우 당신이 사는 거리를 찾았다.

이곳의 집들은 자신의 개성을 갖고 있었다. 그것이 좋았다. 나는 어렸을 때 항상 오래된 집을 사겠다고 생각했다. 역사가 있는 집. 이야기가 있는 집. 하지만 라프는 그런 집은 문제가 있게 마련이며 고치는 비용도 만만치 않을 것이라고 반대했다. 그래서 결국 우리는 새집을 샀다.

그 집의 이야기는 우리와 함께 시작되었다.

오직 우리의 영혼만이 집을 떠돌았다.

나는 당신 집을 금방 찾을 수 있을 줄 알았다. 당신이 설리번의 카시트를 차에 고정하는 내내 당신 집을 보고 있었기 때문이다. 하지만 지금으로선 어느 곳인지 알 수가 없었다. 아무리 애를 써도 주소도 기억해 낼 수 없었다.

한 손으로 운전대를 잡고 다른 한 손으로 가방에 손을 뻗어 휴대폰을 찾으려고 했다. 손끝에 휴대폰이 느껴지자 얼른 꺼내 들었다. 재빨리 고개를 숙여서 휴대폰을 켜고 문자메시지함으로 들어갔다.

스크롤을 내려 당신의 이름을 눌렀다. 우리가 마지막으로 주고받은 메시지가 나왔다. 주소를 찾기 위해 약간 위로 스크롤을 올려 보았다. 아하! 여기 있다.

당신의 주소는…….

시야를 가로지르는 빛의 섬광, 허공을 꿰뚫는 커다란 경적. 바퀴가 비에 젖은 아스팔트 위에서 미끄러지면서 차가 내 통제를 벗어났다. 헉 소리가 튀어나왔다. 휴대폰이 발 가까이로 쿵 떨어졌다. 양손으로 핸들을 잡고 다시 차선 쪽으로 틀었다. 경적을 울렸던 차가 내 옆으로 지나갔다. 어두운 데다 비까지 내리고 있어서 그 운전자의 모습이 보이지는 않았지만, 그가 나를 향해 욕설을 내뱉거나 가운뎃손가락을 내밀거나 혹은 그 비슷한 무언가를 하고 있을 거라는 생각이 들었다. 그를 비난하고 싶지는 않았다. 나는 운전 중에 휴대폰을 보면 어떤 일이 일어나는지 누구보다 잘 알고 있었다. 절대 그러지 말라고 아론에게 얼마나 많이 주의를 주었던가?

셀 수 없을 정도였지.

도로변에 차를 세웠다. 차에 앉아서 마구 뛰는 심장을 가라앉히려고 숨을 들이쉬고 내쉬며 호흡했다.

창밖에서 파란색과 빨간색 등이 깜박이는 것이 보였다.

사슴 떼가 지붕 위를 지나가기라도 하는 양 폭우가 쏟아졌다.

두 명의 경찰관이 현관 앞에 서 있었다.

"메디나 씨?"

나는 머리를 흔들며 현재로 돌아오기 위해 노력했다. 괜찮아. 차 문의 손잡이를 잡으며 마음을 가라앉혔다.

진정이 좀 되자 몸을 숙여 휴대폰을 다시 집었다. 당신의 집 주소를 찾아낼 때까지 화면을 스크롤했다.

눈을 찡그리며 창밖을 열심히 살폈지만, 주변이 어두워 코앞에 있는 집의 번지수조차 제대로 보이지가 않았다. 하지만 당신이 사는 집과 비슷해 보여서 가까이 다가갔다. 바람이 몰아치며 마치 고통에 빠진 동물처럼 울부짖는 소리가 났다. 나뭇잎들이 앞 유리창을 가로질러 행진하듯 지나갔다. 몸을 숙여 가며 집들을 자세히 들여다보았다. 왼쪽으로 보이는 집의 부엌 창문에서 불빛이 빛나고 있었다. 한 나이 든 여자가 창밖을 바라보며 서서는 마치 설거지하듯 팔을 움직이고 있었다. 그녀가 내 쪽을 보는 순간 가슴이 철렁 내려앉았다. 누군지 알고 있었다. 당신의 집주인이다.

찾았다. 당신을 찾았다.

비바람은 여전히 거세서 차에서 내려 조수석으로 가는 것조차 쉽지 않았다. 머리카락이 속눈썹과 입술에 붙고 얼굴을 때렸다. 머리카락을 떼어 내며 차 문을 열기 위해 고군분투했다. 차 안으로 몸을 숙이자 따뜻함이 밀려와 마음이 조금 가라앉았다. 숨을 깊게 들이쉬며 캐서롤이 담긴 그릇을 집어 들었다. 재킷 소매로 열기가 느껴졌다.

옷에 달린 모자를 다시 써도 소용이 없었다. 바람은 관심을 간절히 바라는 아기처럼 모자를 계속 벗겼다. 집 쪽으로 서둘러 걸어가면서 나는 엔칠라다 냄비를 꽉 쥐었다. 나이 든 집주인은 더 이상 부엌 창문 앞에 서 있지 않았다. 전등이 꺼져 있어 그 집에 아무도 없는 것 같은 착각이 들었다. 집을 지나서 마당을 따라 계속 걸어갔다. 그곳은 어두웠지만 한 줄기의 빛이 걸어가는 길을 비춰 주고 있었다.

게스트 하우스 앞에 도착했을 때 내 머리카락은 흠뻑 젖어 등에

물이 뚝뚝 흐를 정도였다. 나는 이를 딱딱 부딪히며 몸을 떨었다. 내가 입은 얇은 재킷은 이런 날씨에 적절하지 않았다. 난 뼛속까지 캘리포니아 사람이었다. 이런 추운 날씨는 쥐약이었다.

냄비를 들고 있지 않은 손으로 노크를 하고 기다리는 동안 등줄기를 타고 내려오는 한기가 느껴졌다. 마치 불꽃놀이를 하듯 번개가 번쩍하고 환한 하늘을 가로질렀다. 천둥소리가 허공에서 쾅 울리자 깜짝 놀랐다. 집 안에서 아기가 칭얼거리는 소리가 들렸다.

"무서워요, 엄마."

아론은 나를 올려다보며 말했다. 그 애의 커다란 눈은 나에게 의지하고 있었다. 파란빛이 도자기 같은 뺨을 비췄다. 잠에서 막 깨어난 아론의 머리칼은 헝클어져 있었고 눈은 빨갰다. 가장 좋아하는 스파이더맨 파자마를 입고 있었다.

"괜찮을 거야."

나는 아이를 끌어당겨 부드럽게 머리를 쓰다듬어 주었다.

울음소리는 계속 들려왔다. 다시 문을 두드렸다.

현관에 차양이 없었기 때문에 계속 쏟아지는 비를 맞아야 했다. 모자를 다시 당겨 쓰고 이번엔 제발 벗겨지지 않기를 기도했다.

"켈리!"

다시 한번 문을 두드리며 소리쳤다.

대체 어디 있는 거지?

설리번이 더 크게 울었다. 당신이 설리번과 함께 있는 것은 분명했다. 어떤 엄마가 아기를 혼자 내버려 두겠는가?

문이 조금 열리더니 당신이 얼굴을 내밀었다. 당신의 눈이 커졌다.

"켈리? 여긴 어쩐 일이에요?"

자다 일어난 사람처럼 당신의 머리카락은 눌려 있었고 촉촉한 눈은 충혈되어 있었다. 설리번은 여전히 뒤에서 울고 있었다.

왜 설리번에게 가지 않는 거지?

나는 설리번을 도와주고 싶은 마음에 엔칠라다 냄비를 들고 당신이 어서 들여보내 주길 간절히 바랐다.

"저녁 식사 거리를 좀 가져왔어요."

당신은 잠시 할 말을 찾지 못하는 듯 했다.

"그게, 음⋯⋯. 정말 감사해요. 하지만, 손님이 오실 거라곤 생각하지 못해서."

"손님으로 온 게 아니에요. 도와주러 왔어요."

나는 참지 못하고 문을 밀고 억지로 안으로 들어섰다. 당신은 다소 충격에 빠진 듯했다.

"미안해요. 난 폭풍을 좀 피해야 하고 당신은 설리번을 달래 주러 가야 하니까."

"그래요. 저는 설리번을 달래러 가야 해요. 그러니까⋯⋯ 음, 일단 편히 계세요."

당신은 현관문을 닫으며 고개를 끄덕였다. 몸을 감싸안으며 당신은 거실을 나갔다.

당신이 왜 나를 안으로 들이기 망설였는지 이해가 됐다. 집 안은 매우 좁았고 거실의 한쪽 구석에 작은 주방이 있었다. 싱크대에는 더러운 접시가 가득 차 있었고 조리대에는 쓰레기가 놓여 있었다. 바닥에는 설리번의 담요, 공갈 젖꼭지, 완전히 비었거나 반쯤 마시다 만 젖병들이 뒹굴고 있었다.

하지만 가장 놀라운 점은 가구가 없다는 사실이었다. 접이식 의자 몇 개와 침실용 탁자 위에 놓인 작은 평면 텔레비전이 전부였다. 저쪽 벽에는 아직 포장도 풀지 않은 상자들이 줄지어 있었다.

여기서 얼마나 지낸 거지?

오래 있을 계획인 건가?

사진이나 그림이 한 장도 걸려 있지 않은 벽은 삭막한 하얀색이었다.

부엌의 조리대로 가 물건들을 치우고 캐서롤 접시를 놓을 공간을 만들었다. 드디어 그걸 내려놓으니 기분이 조금은 나아졌다. 뜨거웠던 팔이 이내 식었다. 재킷을 벗어 접이식 의자 뒤에 걸었다.

당신은 설리번을 안고 다시 거실로 들어왔다. 설리번은 울음을 그쳤다. 지붕 위로 내리치는 빗소리가 들렸다. 더러운 누더기에서 날 것만 같은 냄새가 훅 끼쳤다. 집 안이 곰팡이로 뒤덮여 있는 것은 아닌가 싶어 벽을 따라 천장까지 훑어보았다.

아기는 곰팡이가 있는 집에 있어선 안 된다.

설리번의 순수하고 작은 얼굴을 보고 있자니 불안감이 가슴에 내려앉았다.

"집이 불편하시죠. 오늘 좀 힘든 날이었어요. 폭풍이 시작될 때쯤 재우려고 했는데."

당신이 내 생각을 읽기라도 한 듯 말을 꺼냈다. 피곤한 듯한 당신의 목소리에 마음이 누그러졌다.

나는 좀 비판적이었다는 생각에 후회하며 고개를 끄덕였다.

"아론이 어릴 때 낮잠 재우기가 얼마나 힘들었는지 기억나요. 아기였을 땐 정말 진을 다 빼곤 했어요."

당신이 입술을 깨물었다.

"미혼모로 사는 게 생각보다 훨씬 더 어렵네요."

당신의 이 나약한 말 한마디에 내가 왜 여기에 왔는지 깨달았다.

나는 캐서롤 냄비를 가리켰다.

"그럼, 오늘 밤엔 내가 도와줄게요. 내 전문인 엔칠라다를 만들어 왔어요. 설리번을 저한테 넘기고 접시 좀 꺼내 줄래요?"

"정말요?"

당신은 나를 유심히 바라보며 미간을 좁혔다.

"정말요."

내가 웃으며 대답하자 당신도 웃으며 어깨에서 힘을 뺐다. 내가 여기에 온 이후로 당신은 머리를 동그랗게 말아 올려 묶고 있었다. 얼굴에는 전혀 화장기가 없었지만 피부는 화사했고 볼이 밝게 빛나고 있었다. 꼭 어린아이 같은 모습이었다.

"당신은 하늘이 준 선물이에요."

당신은 앞으로 나와 내게 설리번을 안기고 싱크대로 향했다.

나는 안도의 숨을 내쉬며 설리번을 꼭 끌어안았다. 이 몰랑몰랑함. 달콤한 향기. 숨을 깊이 들이마셨다.

당신이 부엌 찬장을 열자 나는 그 안에 접시 몇 개 외엔 아무것도 없다는 것을 알아차렸다. 당신이 접시에 엔칠라다를 담고 있을 때 작은 거실을 둘러보았다.

구석에 있는 램프가 깜박거리고 있었다.

"전구 갈아 끼워야 하는거 아닐까요?"

내가 그것을 눈짓하며 물었다.

"아뇨. 이상하죠. 모든 조명이 가끔 저럴 때가 있더라고요. 아마도 태풍 때문인가 봐요."

"그런가 보군요."

하지만 다시 램프가 깜박거리는 것을 보자 마음이 불편해졌다. 전기 배선에 결함이 있는 거라면 화재가 날 수도 있는데.

"여기서 얼마나 오래 살았어요?"

"한 달 정도요."

한 달이면 짐을 풀고 집을 꾸미기 충분했다.

"재밌네요, 꼭 방금 이사 온 것 같은데."

나는 농담을 던졌다.

"네, 그게, 설리번 때문에 너무 정신이 없어서 짐을 풀고 뭘 할 시간이 없었어요."

당신은 입안 가득 음식을 넣은 채 대답했다. 입가에 엔칠라다의 작은 소스 덩어리가 붙어 있었다.

"그런데 이거 되게 맛있네요."

"잘 먹어 주니 고맙네요."

누군가 나의 엔칠라다를 맛있게 먹어 준다는 사실에 기분이 좋았다. 아직 당신의 집이 아주 편안하지는 않았지만, 집에서 혼자 식사하는 것보다 나은 건 확실했다.

설리번을 안고 좁은 집 안을 걸어 다니면서 위아래로 흔들었다. 설리번은 내 어깨에 얼굴을 비비고 손가락을 깨물며 작게 빠는 소리를 냈다. 아기가 셔츠에 침을 뚝뚝 흘려서 빗물 자국들과 섞였다. 내 머리카락은 여전히 축축했기 때문에 뼈가 시릴 정도로 추웠다. 상자들이 벽을 따라 늘어서 있었다. 그중 하나에는 옷가지들을 마구 쑤셔 넣어둔 듯했다. 이사를 했을 때 난 옷가지가 들어간 상자를 가장 먼저 풀었기 때문에 아침에 나갈 준비를 할 때 상자들을 샅샅이 뒤질 필요가 없었다.

"짐 풀고 정리하는 거 도와드릴까요."

"아, 그런 부탁을 어떻게 하겠어요."

입에 음식을 넣고 있던 당신은 손으로 입을 가리고 대답했다.

"당신이 부탁하는 게 아니라 제가 해 주는 거예요."

천둥이 하늘을 가로지르는 소리에 우리 둘 다 놀랐다. 설리번이 울기 시작했다. 나는 그를 꽉 안고 앞뒤로 흔들며 부드럽게 말했다.

"괜찮아."

"저도 그랬대요."

당신이 설리번에게 시선을 고정한 채 말했다. 당신의 포크는 접시 위에 걸쳐져 있었다. 엔칠라다는 거의 남아 있지 않았다.

"엄마가요. 제가 아기였을 땐 폭풍이 올 때마다 울었대요."

"그랬군요. 아론도 폭풍을 좋아하지 않았어요."

나는 설리번의 머리를 부드럽게 쓰다듬었다.

"당신은 어때요? 당신도 아이처럼 폭풍을 무서워했나요?"

난 솔직하게 대답했다.

"모르겠어요. 난 엄마랑 그런 대화를 해 본 적이 없는 것 같아요. 우린 정말로……. 대화를 별로 안 했거든요."

왜 이런 이야기를 당신에게 하는지 알 수 없었다. 부모 이야기를 누군가에게 한 건 처음이었다. 누구에게도 한 적이 없었다. 깊은 한숨을 내쉬고 나는 설리번을 흔들며 계속 걸었다. 침실을 들여다보았다가 가슴이 내려앉았다. 방 한가운데에는 1인용 매트리스 하나가 놓여 있었다. 그 옆에는 낡은 유아용 놀이 울타리가 설치되어 있었다. 아기가 이런 환경에서 살다니.

"미안해요."

당신의 다정한 목소리에 마음이 누그러졌다. 부끄러움이나 죄책감 없이 누군가가 내 마음을 알아준 것이 언제였던가.

눈물이 차올랐지만 억지로 삼키고 눈을 깜박였다. 나는 당신을 돕기 위해 여기 왔다. 그 반대가 아니라.

나는 손사래를 쳤다.

"괜찮아요. 그래도 당신이랑 당신 엄마는 가까웠나 봐요."

나는 조심스레 이야기를 던져 보았다. 여기서 혼자 살고 있다는 게 쉽게 이해되지 않았다. 아는 이 하나 없는 이런 곳에서 말이다. 당신이 엄마와 친밀한 관계였다면 더욱 그랬다. 당신이 설명했다.

"그랬죠. 항상 우리 둘뿐이었거든요. 엄마는 혼자서 날 키웠어요. 아빠와 함께한 시간은 없어요. 하지만 엄마는 5년 전에 돌아가셨어요."

다시 한번 내가 바보가 된 기분이 들었다. 대체 뭘 의심하고 있었던 거지?

"아, 정말……. 정말……. 미안해요."

그 순간 당신을 돕고자 하는 마음이 급격히 커졌다. 당신은 이 세상에 완전히 혼자였다. 더 이상 당신에게서 등을 돌릴 이유가 없었다.

"부모님이 곁에 없을 때 얼마나 힘든지 나도 겪어 봐서 알아요."

당신이 고개를 끄덕이며 얼굴을 찡그렸다. 눈가가 누그러졌다.

나는 분위기를 밝게 하려고 말을 꺼냈다.

"우리가 이름만 같은 게 아니었나 봐요."

"네, 당신 말이 맞아요."

당신이 억지 미소를 지으며 팔을 내밀었다.

"제가 설리번 안을게요. 식사는 하셨어요?"

"아뇨."

몸을 돌려 당신에게 설리번을 건네주었다. 당신은 아이를 품에 안고 꽉 껴안으며 만족스러운 미소를 지었다.

당신이 아이를 사랑한다는 걸 알 수 있었다. 분명한 일이었다.

하지만 좋은 부모가 되기 위해서는 사랑보다 더 많은 것이 필요했다.

제9장

유아용품을 쇼핑해 본 적이 언제였는지 모르겠다. 아기에게 필요한 물건이 뭐가 있지? 넓디넓은 유아용품 코너에서 놀이용 울타리, 유아용 식탁 의자, 바운서 등을 둘러보며 아론이 어떤 물건을 썼는지 기억해 내려고 애썼다. 하지만 아론이 썼던 물건들과는 많이 달라 보였다. 지금은 모든 것이 첨단화되어 있었다. 스크린이 달린 아기용 모니터, 블루투스에 연결된 장난감.

고개를 저었다.

그건 지나쳤다. 설리번은 기본적인 것들이 필요했다. 유아용 침대. 유아용 식탁 의자. 기저귀. 담요. 수건. 그리고 또? 아기그네에 시선이 닿자 절로 미소가 지어졌다. 아론은 그네에 몇 시간이고 앉아 있곤 했다. 내 팔에 안기는 것만큼이나 좋아했던 유일한 물건이었다. 그네는 나를 구원해 준 은총 같은 것이었다. 덕분에 샤워나 청소, 머리 손질 등을 할 수 있었다.

오늘 아침 당신에게 전화를 먼저 할까 생각했다. 당신 아들을 위해 몇 가지 물건을 사도 괜찮을지 확인하기 위해서 말이다. 하지만 깜짝 선물이 훨씬 재밌지 않을까 싶었다.

점원이 내가 고른 물건들을 정리하는 걸 보며 이것들이 집에 도착했을 때 당신의 얼굴을 상상했다. 상상만으로도 기뻤다. 당신은 엄마가 없지 않은가. 혼자였다. 그리고 무엇보다도 도움이 필요했다. 당신은 당신 자신에게 그렇게 말할 것이다.

네가 켈리를 만난 건 정말 행운이야, 켈리.

아론이 아기였을 때, 나에겐 라파엘이 있었다. 그의 부모님도. 친구들도.

당신 곁엔 아무도 없었다.

지금까지는 말이다.

나는 웃으면서 점원에게 신용 카드를 건네주었다. 카드를 긁은 후 그녀는 커다란 물건들을 뺀 나머지를 쇼핑백에 담았다. 큰 물건들은 직접 배달될 것이다. 날짜와 시간을 정해 주고 그것들이 배달될 때 나도 가 볼 수 있도록 했다. 당신의 게스트하우스는 거리에서 멀리 떨어져 있어서 찾기 어려울 수 있었다.

양손 가득 쇼핑백을 들고 가게를 나섰다. 쇼핑백 끈들이 피부를 파고드는 바람에 피가 통하지 않아 손이 하얗게 질렸다. 고쳐 잡고 싶었지만 쉽지 않았다. 눈을 찡그리며 차를 찾았다. 멀지 않은 곳에 있었다. 어서 쇼핑백을 내려놓고 싶은 마음에 빠르게 걸었다.

차에 다다른 나는 키를 눌러 트렁크를 열었다. 쇼핑백을 안에 던져 넣는데 익숙한 목소리가 내 이름을 불렀다.

"켈리?"

뒤를 돌아보자 수잔이 운동 바지와 스포티한 재킷을 걸치고 머리를 하나로 당겨 묶은 채 내 쪽으로 빠르게 걸어오고 있었다. 그녀의 포니테일이 진자처럼 뒤에서 대롱거렸다. 그녀의 시선이 내가 옆에 끼고 있는 기저귀에 꽂혔다.

"안녕, 수잔."

나는 2분만 일찍 가게를 나설걸 생각하며 애써 밝게 대답했다. 수잔은 나와 크리스틴과 함께 요가 수업을 듣곤 했는데 가끔 한 번씩 함께 밖에서 어울리기도 했다. 하지만 최근에는 만난 적이 없다. 사실 몇 달 동안 대화를 나누지도 않았다. 나는 그녀와 나눈 마지막 대화를 떠올리며 침을 삼켰다. 수잔은 나를 동정심 어린 표정으로 바라보더니 마치 나의 비극이 자신에게 전염되기라도 한다는 듯 뒤로 물러섰다. 감기나 독감처럼 불운이 옮을까 두렵기라도 한 걸까.

"뭐 하고 있어?"

"쇼핑."

나는 조금 짜증스럽다는 듯 대답했다. 보면 알 수 있잖아?

"하지만 아기 물건을 샀잖아."

수잔은 차를 들여다보며 쇼핑백을 열심히 살폈다. 그러고 나서 내 배에 시선을 주었다.

"너 혹시……?"

그녀의 말에 옛 기억이 떠올랐다. 아름답게 불러 오는 나의 배, 배를 걷어차는 아기의 발.

"물론 난 아니야. 친구에게 주려고."

"와우. 많이도 샀구나."

수잔이 아기 침대, 그네, 의자는 보지 못한 것이 다행이었다.

"필요한 것들이 좀 많아서."

나는 당신의 텅 빈 게스트하우스를 떠올리며 대답했다. 수잔은 무언가 더 할 말이 있는 것처럼 입을 열었지만 내가 자르며 말했다.

"아무튼 난 가 봐야 해. 가족들에게 안부 전해 줘."

"그래, 너도."

수잔은 대답하고는 살짝 손을 흔들더니 걸어갔다.

그녀는 나나 라파엘이 어떻게 지냈는지 물어보지도 않았다. 놀랍지도 않았다. 수잔은 항상 자기 위주였다. 상관없었다. 나에겐 그녀가 필요하지 않았다. 이제 당신이 내 삶에 의미 있는 존재였다, 켈리.

당신 집의 주소는 이제 머릿속에 새겨졌고 가는 길도 익숙해졌다. 길가에 차를 세운 뒤 서둘러 내렸다. 축축한 흙냄새를 신고 상쾌한 공기가 얼굴을 스쳤다. 하늘 높이 떠오른 태양이 밝게 내리쬐고 있었지만, 아직 따뜻하지는 않았다. 재킷을 여미며 차 뒤로 걸어갔다.

쇼핑백을 모두 들고는 게스트 하우스로 향했다. 강하고 톡 쏘는 듯한 담배 냄새가 코를 찔렀다. 그 냄새 때문에 대학 시절이 떠올랐다.

라파엘이 교수가 되다니, 사실 좀 웃기는 일이었다. 함께 학교를 다니던 동안에 라파엘은 늘 트러블 메이커였다. 파티광. 악동. 바람둥이. 모든 친구가 그를 멀리하라고 경고할 정도였으니까.

아마도 그 경고를 들었어야 했는지도 모르겠다.

그들이 옳았다는 생각이 마음속 깊은 곳에서 올라왔다.

하지만 그는 매력적이었다. 나는 라파엘에게 강하게 끌렸다. 완전히 사로잡혔다. 심지어 지금도 가끔 그렇게 느끼곤 한다.

주위를 둘러보며 이 냄새가 어디에서 오는 건지 궁금해졌다. 집주인인 나이 든 여자는 확실히 아니었다. 다른 이웃일까?

당신의 집 현관에 가까워질수록 냄새가 더 강하게 풍겼다. 당신이야? 말도 안 돼. 나는 고개를 저었다. 당신의 게스트하우스에서 나는 냄새일 리가 없다. 당신은 책임감 있는 싱글 맘이다. 당신이 이보단 나을 거라고 난 확신한다.

하지만 이내 당신의 꾸미지 않은 집 안, 싱크대의 접시들, 바닥에 늘어진 옷들, 그리고 쓰레기통에 아무렇게나 던져진 포장지와 음료수 캔이 떠올랐다. 속이 뒤틀리는 것이 느껴졌다.

다양한 색조의 나뭇잎 더미를 밟고, 발치에 쇼핑백을 내려놓은 뒤 문을 두드렸다. 저 멀리서 개 짖는 소리가 들려왔다. 자동차 한 대가 지나가면서 아스팔트와 마찰하는 타이어 소리가 들렸다. 길 건너 어딘가 열린 창문을 통해 희미하게 음악도 흘러나왔다. 알고 있는 90년대 노래였기에 나도 모르게 흥얼거리며 옛 추억을 떠올렸다.

노래가 끝나고 주변을 둘러보았다.

당신은 어디에 있는 거지?

앞으로 나가 블라인드의 작은 틈새로 안을 들여다보려고 했다. 하지만 아무것도 보이지 않았다.

다시 문을 두드려 보았지만 아무런 대답이 없었다. 큰길로 다시 걸어가 주변을 살폈다. 처음 만났을 때 당신이 운전했던 밴이 보였다. 당신은 집에 있는 것이 틀림없다.

그런데 왜 대답하지 않는 거지?

큰 보폭으로 다시 현관을 걸어가 문을 두드렸다. 이번엔 안에서 인기척이 들렸다. 맥박이 빨라졌다. 지난번처럼 문이 살짝 열리더니 당신은 고개만 빼꼼히 밖으로 내밀었다.

이상했다. 나 말고는 아는 사람 하나 없는 이 동네에서, 왜 당신은 항상 무언가 죄지은 사람처럼 문을 열어 주는 걸까? 손님이 자주 오는 것도 아닐 텐데.

"아. 켈리. 안녕하세요."

당신은 뚝뚝 끊기듯 말을 할 뿐 나를 안으로 들이지 않았다. 한쪽 눈만 간신히 보일 정도로만 문을 조금 열 뿐이었다.

왜 날 보고 반가워하지 않는 거지, 켈리? 난 우리가 친구라고 생각했다. 당신이 나를 필요로 한다고 생각했다. 지난번에 나에게 뭐라고 했지? 하늘이 준 선물이라고 하지 않았던가.

그런데, 지금은 왜 이렇게 행동하는 거지?

"물건을 좀 가지고 왔어요."

당신의 이해할 수 없는 행동에 기죽고 싶지 않아 일부러 밝은 표정으로 말했다.

당신의 한쪽 눈이 아래를 내려다보았다. 내가 잘못 본 것일까, 아니면 진짜 붉게 충혈된 걸까?

허리를 구부려 쇼핑백 몇 개를 집어 들었다.

"이것들 안으로 좀 들여놓는 거 도와주겠어요?"

당신은 망설이는 듯했다. 꽃밭에 잡초가 자라나듯 마음속에서 걱정이 커져 갔다.

"그래요."

마침내 당신이 대답했지만 환영하는 말투는 아니었다. 그래도 불쾌해하지 않으려고 노력했다.

"설리번을 데려와야 해서 잠시만 기다리세요."

나를 밖에 둔 채 문이 쾅 닫혔다.

이 모든 것들이 잘못 돌아가고 있다는 생각이 들었다. 무언가에 얻어맞은 느낌이었다. 당신은 알 수 없는 사람이었다. 난데없이 내 앞에 나타난 낯선 이. 이름이 같다는 정도가 내가 당신에 대해 가장 잘 알고 있는 사실이었다. 그것이 우리를 친구로 만들어 주지는 않았다. 당신을 안전하게 만들어 주지도 않았다.

단조의 음계처럼 우울하고 슬픈 의심들이 마음속을 맴돌았다.

돌아가야겠다 마음먹었을 때야 문이 열렸다. 그때도 여전히 그냥 가야 하는 게 아닐까 하는 생각이 들었지만, 설리번 때문에 그럴 수가 없게 되었다. 당신은 설리번의 허리께를 안고 바깥을 보여 주었다. 설리번의 커다란 눈이 세상의 모든 것을 파악하려는 듯 주위를 둘러보았다. 쇼핑백에 있는 유아용품들이 소리치는 듯했다.

이것들은 설리번을 위한 거야. 당신이 아니라.

나를 바라보며 미소 짓는 아기의 얼굴에 돌아가려는 결심은 깨졌다.

"참 활발하구나."

손가락에 쇼핑백들을 걸고 안으로 들어서며 중얼거렸다.

집 안은 지난밤보다 더욱 지저분했다. 어떻게 이런 일이 가능한 거지?

"맞아요, 밤새도록 활발했어요."

당신이 피곤한 목소리로 대답했다.

그때 당신의 눈 밑에 어린 다크서클과 칙칙한 안색이 보였다. 기분이 좋지 않아 보였다. 당신은 매우 지쳐 있었다.

나는 다 알고 있다는 미소를 지었다.

"밤새 못 잤죠? 힘든 일이죠. 아론이 고만할 때 어땠는지 기억해요. 정말 죽을 것 같았어요."

"정말요? 저도 그래요."

당신의 웃음이 자연스럽지는 않았다. 거의 울음처럼 들렸다.

믿거나 말거나 내 속의 모성애가 당신에게 반응했다. 나는 쇼핑백을 바닥에 내려놓았다.

"여기. 내가 안을게요."

설리번은 따뜻했다. 부드럽고. 완벽했다.

뭘 해야 할지 모르겠다는 듯 당신은 가방을 내려다보았다. 긴장감과 순진함이 섞인 당신의 표정이 마음을 녹였다.

"어서 좀 살펴봐요."

당신은 바닥에 주저앉아 마치 오늘이 크리스마스 아침이고 그것들이 크리스마스 선물인 것처럼 쇼핑백을 뜯었다.

"설마 이것들을 다 산 건가요?"

당신이 분유 캔과 담요 두 장을 꺼냈다. 눈길은 기저귀와 우주복을 살피고 있었다.

"주고 싶었어요. 그리고 실은, 이게 다가 아니에요. 내일 오후 2시에 몇 가지가 더 배달될 거예요."

나는 미소를 지으며 대답했다.

당신이 기뻐할 것이라 생각했다. 아마도 비명을 지르지 않을까. 나를 껴안지 않을까. 하지만 당신은 고개를 숙였다.

뭐가 문제인 거지?

이런, 아론이 사춘기를 한창 겪을 때가 떠올랐다. 그 애는 금세 기뻐하더니 다음 순간 엉엉 울곤 했었다.

어느 날 밤, 그 애가 내 앞에 서서 좌절감에 차서 눈물을 흘리며 소리쳤던 것이 문득 떠올랐다.

"내가 왜 우는지 나도 모르겠어!"

호르몬은 사람을 미치게 만들 수도 있었다.

하지만 당신은 더 이상 10대가 아니었다. 철이 들어야 할 나이였다. 널뛰는 기분을 억제할 수도 있어야 했다.

"켈리, 이것들을 다 받을 수는 없을 것 같아요."

당신이 떨리는 입술로 드디어 말했다.

"왜죠?"

"너무 많아요."

"아니에요, 많지 않아요. 내가 주고 싶어서 그래요. 당신을 위해서. 설리번을 위해서."

나는 당신의 마음을 편하게 해 주고 싶었다. 우리의 시선이 마주쳤다.

"정말요. 당신에게 주고 싶어요."

"정말 친절하세요……. 전, 음……. 전 그저……. 그게, 이런 걸 받을 자격이 없어요."

당신이 다가와 설리번을 안지 않은 쪽 팔로 조심스럽게 나를 안아 주었다. 무척 놀랐다. 딩신이 가까이 오자 꽃향기가 났다. 당신의 머리카락에서 나는 것 같았다.

깨끗한 향이었다. 좋았다. 안도감이 느껴졌다.

불안한 생각이 완전히 사라지지는 않았지만 희미해졌다.

"고마워요."

당신이 속삭였다.

"뭘요. 자, 가서 좀 쉬고 내가 설리번을 보면 어떨까요? 그리고 같이 짐을 좀 풀고 청소도 해요."

"짐 푸는 일은 정말 안 도와주셔도 돼요. 저 혼자서 할 수 있어요."

"혼자서는 안 돼요. 둘이서 하면 더 빨리 끝낼 수 있을 거예요."

당신이 고개를 숙이고는 초조한 듯 맨발로 카펫을 밀었다. 파랗게 칠한 발톱의 가장자리가 부서져 있었다.

"엄마랑 할머니 물건이 많아요. 혼자서 정리해야 할 물건들이에요."

"할머니의 물건들요?"

당신은 지금까지 할머니에 대해서는 말한 적이 없었다.

당신의 입술이 떨렸다. 당신은 고개를 들지 않았다.

"엄마가 돌아가시고 나서는 할머니랑 살았어요. 최근에 할머니도 돌아가시기 전까지요."

불쌍한 사람.

이런, 난 정말 최악이었다. 여기에 와서 조금 전까지만 해도 당신을 좋지 않게 생각했다. 당신은 아직 이렇게 어린데, 당신에게 중요한 모든 사람을 잃었다.

나도 그 기분을 알았다.

상실감.

외로움.

그 모든 걸 너무나도 잘 알았다.

우리 집 뒷마당에는 창고가 있었다. 언뜻 보면 쓰레기 같은 물건들로 가득 찬 곳이었다. 오래된 물건들을 담아 둔 상자들. 하지만 그것들은 마법과도 같았다. 내 모든 추억을 한곳에 모아 두었기 때문이다.

엄마의 오래된 크리스마스 장식들. 아빠의 낡은 레코드판. 카르멘의 요리 레시피가 담긴 책. 라파엘의 가족 사진 앨범들. 아론의 학교숙제, 각종 증명서, 상장. 유아용 담요와 옷들. 오래된 장난감.

나는 그 상자들을 뒤져 보면서 몇 시간이고 시간을 보내곤 한다. 카르멘과 함께했던 시간, 아빠와의 좋았던 시간, 엄마와의 행복한 추억들 조금, 아론의 어린 시절의 추억들을 회상하며. 라파엘에게는 이런 모습을 보이고 싶지 않았다. 내가 그렇게 추억에 잠겨 있는 모습을 보면 그는 아마 비웃을 것이다.

그런 추억 회상은 혼자서 할 필요가 있다는 걸 잘 알았다.

"좋아요, 그렇게 해요. 이해해요."

나는 팔에 안긴 설리번을 부드럽게 흔들었지만, 그는 쉬이 잠들지 못하고 꿈틀거렸다. 태양 빛이 창문의 블라인드 사이로 살며시 들어오고 있었다.

"유모차 있어요? 바깥 날씨가 좋아서 설리번이랑 산책할 수 있을 것 같아서요."

내가 살 생각도 못 했던 물건 중 하나다.

"네, 있어요. 하지만 전 밖에 나가고 싶지 않아요."

당신이 가리키는 곳에 유모차가 접혀서 벽에 기대어 있었다. 당신은 하품을 하고는 손가락을 쫙 펴며 기지개를 켰다.

"괜찮아요. 당신은 집에서 낮잠을 좀 자요. 내가 설리번을 데리고 산책할게요."

나가고 싶은 마음을 너무 드러내지 않으려고 입술을 깨물었다.

"아, 그러면 정말 좋겠어요."

당신은 웃으면서 힘차게 고개를 끄덕였다. 당신이 지금까지 보인 반응 중에 가장 빠른 반응이었다.

"산책할 준비가 되셨나요?"

설리번을 들어 올리자 그는 허공에서 수영을 하듯 작은 다리로 발차기를 했다.

"그래, 너도 산책하고 싶은 거지?"

설리번의 얼굴에 코를 비비며 나는 웃었다.

"정말 고마워요. 정말로요. 당신은 천사가 확실해요."

당신이 소리치듯 말했다.

아론은 뒷마당에 있는 담요 위, 내 옆에 앉아 파란 하늘을 올려다보았다. 우리는 피비엔제이(빵 한쪽에 땅콩버터를 바르고 다른 쪽에는 과일잼을 발라 먹는 샌드위치 — 옮긴이)로 점심 소풍을 즐기는 중이었다. 그 애는 손을 뻗어 작은 손가락으로 내 등을 만졌다. 피부를 따라 소름이 돋았다.

"어디 있어, 엄마?"

"어디 있냐니, 뭐가?"

"엄마의 천사 날개."

나는 웃었다.

"이 귀염둥이야, 왜 엄마가 천사 날개를 갖고 있다고 생각해?"

"왜냐하면, 아빠가 천사들은 우리를 지켜 주는 사람이래. 엄마는 나를 지켜 주잖아."

나는 아론의 팔을 감싸 안고 가까이 끌어당겨 그의 단추 같은 코에 입을 맞추었다.

"엄마는 천사가 아니지만 네 말은 맞아. 엄마는 언제나 널 지켜 줄거야."

내 말은 거짓말이 되었다.

"난 천사가 아니에요."

당신 때문에 기억하고 싶지 않은 추억을 떠올렸다는 비이성적인 좌절감이 찾아왔다.

"천사는 아닐지 모르지만, 천사처럼 행동하시잖아요. 설리번이 배고플 때 주려고 냉장고에 분유 타 둔 거 넣어 놨어요."

마지막으로 하품을 한 뒤 당신은 거실에서 걸어 나갔다.

나는 유모차를 펴고 설리번을 앉혔다. 설리번을 꽁꽁 싸맨 후 재킷을 입고 현관문으로 향했다.

"너랑 나 둘뿐이야, 친구."

나는 노래를 부르듯 말했다. 설리번이 이가 없는 잇몸으로 미소를 지어 보이자 뺨이 위로 올라갔다. 갑자기 속이 뒤틀리는 것 같았다.

이기의 미소는 내가 정말 좋아하는 것이었다. 아론이 처음으로 웃었을 때를 결코 잊지 못할 것이다. 나는 즉시 육아 일기를 꺼내어 날짜를 적어 넣었다.

그런 다음 다시, 그 애가 그때 했던 모든 일을 기록했다.

아론이 처음 한 말 : 엄마.
아론이 처음 기었을 때 : 7개월 때.
아론이 처음 걸었을 때 : 10개월 때.
아론이 처음 머리를 잘랐을 때 : 2살 때.

빠뜨린 것 없이 모두 적었다. 심지어 아론이 나중에 나이 들어 읽을 편지도 썼다. 그 애가 자신의 가정을 이루었을 때 읽을.

당신은 설리번의 육아 일기를 쓰는지 궁금해졌다.

유모차를 밀고 거리를 나섰다. 곧 빠질 것만 같이 바퀴가 덜그럭거리는 소리만 들릴 뿐 조용했다. 낙엽을 밟으며 걸었다. 설리번은 눈을 크게 뜨고 하늘을 올려다보았다. 줄지어 선 가로수들이 길 건너편으로 손을 뻗은 듯 중앙을 향해 구부러진 모습이 한 폭의 그림 같이 아름다웠다.

우리는 골동품 상점과 식당들을 지나 서터 스트리트까지 쭉 내려갔다. 아론이 어렸을 때는 항상 이곳에 데려오곤 했다. 오늘 날씨가 이렇게나 좋은데 거리에 나온 사람은 별로 없었다.

길 끝에 도착했을 때 주머니에 있던 휴대폰이 울렸다. 처음엔 당신일 것이라 생각했다. 허둥지둥하며 서둘러 휴대폰을 꺼냈다.

하지만 크리스틴이었다.

오늘 그녀가 열 번은 전화한 것 같았다.

한숨을 쉬며 전화를 받았다.

"안녕, 무슨 일이야?"

"아……. 드디어 받는구나."

휴대폰 너머로 숨소리가 들렸다.

"전화를 백만 번쯤 했던데. 응급 상황이라도 생긴 거야?"

오토바이 한 대가 지나갔다. 그 소리가 너무 커서 크리스틴의 대답을 들을 수가 없었다.

"너 어디야?"

다시 주변이 조용해지자 그녀가 말했다.

"서터 스트리트야."

"거기서 뭐 해? 쇼핑 간 거니?"

"아니. 설리번 산책시키고 있어."

나는 설리번의 유모차를 돌려 당신의 집을 향해 걸었다.

"설리번?"

"응, 켈리의 아기야. 켈리는 집에서 낮잠 좀 자라고 했어."

"그렇구나. 그런데, 음……. 내가……. 애들 학교에서 수잔을 만났거든."

그녀는 무언가 불편한 듯 이야기를 꺼냈다.

오, 그랬군. 수잔과 크리스틴의 아이들이 같은 나이라는 걸 잊고 있었다.

"수잔이 어제 널 봤다고 말하더라."

"응, 설리번한테 주려고 유아용품들을 좀 샀거든."

"그리고 지금은 그 애를 산책시키는 중이고. 그래서, 네가 지금 그 애랑 같이 있다고? 서터 스트리트에? 혼자?"

그녀는 이상하게도 내 말을 천천히 반복했다.

나는 설리번의 유모차를 계속 밀며 침을 삼켰다. 우리가 함께 나와 걷기 시작한 이후로 설리번은 아무 소리도 내지 않았다. 단지 하늘을 올려다보고 구름을 보며 만족해했다.

아기들은 운이 좋다. 그들에게는 모든 것이 단순하니까.

"응."

나는 단호하게 말했다.

"그 사람이……. 그러니까 내 말은, 네 친구도 네가 그 애를 데리고 있는 걸 아는 거지? 그렇지?"

얼굴에 열이 확 올라왔다.

"물론 알지. 어쩌면 그런 말을 할 수가 있어?"

"이거 봐, 켈. 내가 왜 그런 질문을 하는지 너도 알잖아."

그 남자는 냉담한 표정을 지어 보이며 팔을 내밀었다. 그가 단호하게 말했다.

"그 애는 당신의 아이가 아닙니다. 아이를 이리 주세요."

나는 침을 삼켰다.

"그때랑은 달라."

머리가 어지러웠다. 나는 콧등을 찡긋했다.

나는 이제 나아졌다.

건강해졌다.

그렇지 않은가?

"그래. 난 널 믿어."

크리스틴이 마침내 대답했다.

"네가?"

크리스틴이 내 말을 이어 주길 기다렸지만 그녀는 그러지 않았다.

"그래, 믿어. 난 그저……. 음……. 그게, 난 항상 여기 있다는 걸 네가 알아주었으면 좋겠고……. 얘기하고 싶을 때나 언제든 말이야."

한 커플이 내 옆을 지나가며 고개를 끄덕이고는 손을 흔들었다. 양손으로 유모차를 잡고 있었기에 고갯짓만 했다. 설리번이 유모차에서 작게 옹알이했다.

"나도 알아."

모퉁이를 돌아 서터 스트리트를 벗어난 뒤 당신의 집으로 향했다. 꽤 가파른 언덕을 올라야 했기에 좀 힘들었다. 건강이 좋지는 않았기에 혼자 걸어도 힘들 길이었는데 설리번의 유모차까지 밀어야 해서 더 했다. 숨이 찼고 한쪽 팔이 타들어 가는 듯했다.

"저기, 크리스틴. 지금 언덕길을 오르고 있어서 양손을 다 써야 할 것 같아. 나중에 다시 전화해도 될까?"

"그럼, 나중에 얘기하자."

의도한 건지는 모르겠지만 크리스틴의 대답이 경고처럼 들렸다.

전화를 끊고 주머니에 휴대폰을 다시 집어넣었다. 양손으로 유모차를 잡고는 언덕 꼭대기까지 겨우겨우 올라갔다. 마침내 도착해서 몇 번의 심호흡을 했다. 한 여자가 신기하다는 표정으로 날 보면서 지나갔다. 마치 자신은 나보다 훨씬 건강하다는 듯이.

내가 유모차를 밀고 올라오는 게 안 보였나? 혼자 올라오는 것보다 두 배는 더 힘든데 말이다.

설리번이 칭얼거리며 입술을 오물거렸다.

나는 그 표정이 무엇인지 알았다.

"배가 고프구나?"

설리번이 대답이라도 할 수 있는 양 내가 물었다.

그가 이번엔 좀 더 크게 울었다.

설리번이 대답할 수도 있다는 생각이 들었다.

"그래. 집에 거의 다 왔단다."

설리번의 울음소리가 커졌다. 유모차를 더 빨리 밀며 아이를 달랬다.

게스트 하우스로 돌아왔을 때 설리번은 꽤 큰 소리로 울고 있었다.

"착하지. 엄마가 냉장고에 젖병 있다고 했어."

부엌으로 유모차를 밀며 설리번에게 말했다. 한 손으로는 계속 유모차를 앞뒤로 흔들고 다른 한 손으로는 냉장고 문을 열었다. 그렇게 하니 잠시나마 효과가 있는 것 같았다. 젖병은 찾았지만 뚜껑을 열자 시큼한 냄새가 났다. 얼굴을 찡그리며 그나마 내가 확인해서 다행이라고 생각했다. 아이한테 상한 우유를 먹이려고 했던 거야?

오, 켈리, 우리가 만난 게 천만다행이군. 당신에게 가르쳐 줄 것이 너무 많아.

설리번이 먹을 새 분유를 만들고 그를 유모차에서 내려 거실로 데리고 갔다. 소파에 앉아 분유를 먹었다. 당신의 숨소리가 침실에서 들려왔다. 당신은 깊이 잠들었고, 때마침 설리번도 분유를 다 먹고 잠이 들었다. 설리번은 내 팔에 누워 입을 벌린 채 눈을 감고 있었다. 그의 창백한 얼굴을 내려다보았다. 너무 부드러워서 손가락이라도 닿을까 무서울 정도였다. 아기를 깨우고 싶지 않았다.

당신이 짐을 정리할 때 프라이버시가 필요하다는 건 이해했지만 당신이 자는 동안 여기 앉아서 아무것도 하지 않을 수는 없다. 적어도 정리하고 청소할 수는 있었다. 바닥에 깔아 놓은 담요 위에 조심스럽게 설리번을 내려놓았다. 팔이 저려서 일어서며 팔을 흔들었다.

가장 심각한 부엌부터 시작하기로 했다. 싱크대에 쌓여 있는 접시를 닦고 설리번의 젖병도 닦았다. 접시들이 마르자 찬장에 정리해 넣었다. 유모차는 접어서 문 옆에 세워 두었다.

그런 다음 거실을 정리하기로 마음먹었다. 딸랑이와 담요, 젖꼭지 등이 바닥에 흩어져 있었다. 아론이 아기였을 때 나는 정말 기진맥진했지만 라파엘은 집이 이렇게까지 되는 걸 결코 이해하지 못했다.

"빌어먹을, 켈. 이럴 수가 있어?"

라파엘이 쏘아붙였다.

"무슨 일인데?"

나는 서둘러 거실로 들어갔다.

라파엘이 장난감 자동차를 손에 들고 있었다.

"내가 이걸 밟고 넘어졌다고."

아이들 키우는 집에 온 걸 환영한다고 말하고 싶었지만, 그 말을 내

뺕기엔 나는 그를 너무도 잘 알았다.

"미안해. 내가 미처 못 치웠네."

라파엘이 밖에 있는 동안에는 아론이 자유롭게 놀도록 해 주었다. 그 애가 원하는 곳이면 어디라도 장난감을 둘 수 있도록 했다. 아이는 거실 전체를 자신의 마을로 만들곤 했다. 가끔씩 장난감이 발에 걸려 넘어지기도 했다. 하지만 아들이 상상력을 발휘하도록 하기 위해 지불해야 할 작은 대가일 뿐이었다. 그 애에게는 마음껏 놀고 상상을 펼칠 자유가 있었다. 나는 어렸을 때 그런 자유를 누려 보지 못했고 그래서 그런 자유를 항상 바라곤 했다.

난 어느새 아론의 오후 낮잠 시간 동안 재빨리 주변을 치우는 데 능숙해져 있었다. 모든 것을 잘 정리했다고 생각했다. 그런데 라파엘이 내가 놓친 장난감 한 개를 발견하다니.

"아론!"

자기 기분을 망친 장난감을 손에 쥔 채 라파엘이 소리쳤다.

가슴이 철렁했다. 나는 팔을 뻗어 손바닥을 내밀었다.

"장난감 이리 줘. 별거 아니잖아."

"이게 당신의 육아 철학이야? 그래, 별거 아니란 말이지. 좋아, 켈."

라파엘이 눈을 치켜뜨며 말했다.

"네, 아빠."

아론이 밝고 순수한 미소를 보이며 뛰어 들어왔다.

나는 숨을 죽이고 라파엘이 어떻게 반응하는지 지켜보았다.

아론은 팔을 들고 곧장 아빠에게 달려갔다.

나는 라파엘의 팔을 보고는 '그 애를 안아 줘. 당신 아들을. 장난감은 내려놓고.'라고 말하는 듯 고개를 끄덕였다. 내가 그렇게 직접적으로 부탁하지 않았다면 오히려 라파엘은 그렇게 했을지도 모른다.

"이 장난감 보여?"

라파엘이 아론에게 단호하게 물었다.

아론의 미소가 사라졌다.

"아빠가 방금 이걸 밟고 넘어졌어. 다칠 뻔했잖아."

라파엘은 아론의 손에 장난감을 쥐여 주었다.

"장난감을 갖고 놀고 나서는 반드시 제자리에 갖다 둬야 해."

"엄마가 그러지 않아도 된다고 했어."

아론이 인상을 쓰고 아랫입술을 내밀며 뾰로통하게 대답했다.

라파엘이 내 쪽으로 고개를 휙 돌리더니 마치 배신자를 바라보는 듯한 표정을 지었다.

나는 입술을 깨물었다.

"아직 4살이잖아."

"난 4살 때부터 스스로 치웠어."

물론 그랬겠지. 나는 한숨을 쉬며 제안했다.

"당신은 방금 퇴근했어, 라프. 우선 아들 좀 안아 주면 안 돼?"

라파엘이 잠시 멈칫했기 때문에 그렇게 할 거라고 나는 생각했다. 하지만 대신 그는 이렇게 말했다.

"어서 장난감 갖다 놔, 아론."

아론이 서둘러 방을 나서자 라파엘이 나를 보았다.

"응석을 받아 주는 건 당신이나 해."

눈물이 솟구쳐서 눈을 깜박여야 했다.

"그리고 소파에 있는 컵을 어서 치우는 게 좋을 것 같네. 우유가 흐르고 있어."

그가 새 가죽 소파 쪽으로 고갯짓을 했다. 집에 아장아장 걷는 아기가 있음에도 불구하고 그가 사겠다고 우겨서 산 그 소파.

"고무가 식기세척기 돌릴 때 빠졌나 봐."

나는 그것을 얼른 집어서 끈적끈적한 우유를 팔로 받았다.

"그런 건 손으로 직접 씻어야 할 것 같군."

라파엘이 중얼거리며 거실을 나섰다.

좌절의 한숨을 내쉬며 나는 소파에 털썩 주저앉았다. 집은 아주 깨끗했다. 먼지도 털었고 청소기도 돌렸고 걸레질도 했다. 이런 상태를 유지하기 위해 최선을 다했다. 하지만 여전히 부족했다.

"엄마, 미안해요."

아론의 목소리에 정신이 돌아왔다. 아이의 눈은 빨갛게 충혈되어 슬퍼하고 있었다.

"오, 아가야. 괜찮아. 네가 잘못한 건 없어."

나는 아론을 끌어당겼다.

"아빠를 다치게 할 생각은 없었어요."

"네가 그런 거 아니야."

나는 아이를 안심시키려 등을 쓸어 주었다.

우리 둘 다 그를 만족시키기엔 부족한 것 같았다.

한숨을 내쉬며 거실로 들어갔다. 아론이 어렸을 때 나는 집안일을 도와줄 사람을 두지 않았다. 당신을 위해서 이런 일을 할 수 있다는 것이 기뻤다. 흩어진 유아용품들을 치우고는 옷더미가 쌓여 있는 구석으로 향했다. 그것들을 집어 들고 더러운 옷들인지 확인하기 위해 냄새를 맡았다. 옷에서는 충분히 깨끗한 냄새가 났다. 나는 놀라웠다. 세탁기도 건조기도 없는데 어디서 세탁을 한 거지? 당신이 빨래방에 가지 않는 건 확실했다. 그런 곳에 아기와 함께 갈 수는 없다.

나는 언제든지 우리 집 세탁기와 건조기를 사용해도 좋다고 당신에게 말해야겠다고 생각했다.

옷가지들은 깨끗했기 때문에 나는 그것들을 접어서 바닥에 깔끔하게 정리했다. 마지막 셔츠를 접으려고 들어 올린 순간, 얼굴이 화끈해졌다. 잠시 잘못 본 것이라고 생각했다. 하지만 그것을 집어 들자, 잘못 본 것이 아님이 확실해졌다.

나는 이 로고를 알고 있었다.

이 셔츠를 알고 있었다.

당신이 왜 이걸 갖고 있는 거지?

"뭐 하는 거예요?"

당신의 목소리에 깜짝 놀랐다.

셔츠를 떨어뜨리고 돌아보았다. 당신이 문가에 서 있었다. 눈은 부었고 머리카락은 한쪽으로 뻗쳐 있었다. 나는 우리가 이름이 같다는 사실에 대해 생각했고, 당신이 익숙하게 느껴진다는 사실에 대해 생각했고, 내가 설리번을 얼마나 열심히 돌보았는지 생각했다. 입이 바짝 말랐다. 처음부터 당신과 설리번, 그리고 내가 인연이라고 느꼈던 이유가 있었다.

당신은 낯선 사람이 아니다.

정말 그랬다.

나는 당신을 알고 있었다. 아니면 적어도 당신에 대해 알게 된 것 같았다.

그리고 지금 당신이 왜 이곳으로 왔는지 알게 되었다.

제10장

그날 저녁 일찍 라파엘에게서 전화가 왔다. 종일 그의 연락을 기다렸다. 무시해 버릴까도 생각했지만 상황을 더욱 악화시키기만 할 것 같았다.

심호흡한 후, 전화를 받았다.

"여보세요."

최대한 평범한 목소리로 말했다. 내가 옷가지를 뒤지는 것을 보고 말을 걸 때의 당신도 지금의 나와 같은 심정이었을 것이다. 나는 얼른 발로 다른 옷들 밑으로 그 셔츠를 쑤셔 넣고는 아무것도 모른다는 순진한 미소를 지어 보이며 청소를 조금 도와주는 중이었다고 설명했다. 당신은 바닥을 응시했지만, 그 문제의 셔츠는 이미 보이지 않았다. 당신이 안심하는 것처럼 보여서 나는 오히려 더 당혹스러웠다. 왜 나에게 당신의 정체를 숨기려고 하는 거지?

"켈리, 방금 은행 계좌를 확인했는데 도대체 무슨 일이야?"

"목소리 들으니 반가워, 라프."

나는 할 수 있는 한 건조하게 대답했다.

"이거 봐, 켈."

그는 거의 으르렁거리다시피 말했다. 조바심이 짙게 묻어났다.

나는 한숨을 쉬었다. 솔직하게 말하는 것이 유일한 방법이었다. 이 문제를 처리할 다른 방법은 없었다.

"새로운 친구를 위해서 필요한 것들을 좀 샀어. 내가 그 친구에 대해 말했던 거 기억나?"

"정말로? 그래서 산 거라고?"

"별거 아니야. 그 친구를 도와주려고."

나는 모욕감을 느꼈다. 처음 물건들을 살 때만 해도 이렇지는 않았다.

"나랑 먼저 상의를 했어야지."

"그게 아니라, 당신한테 허락을 받았어야 했다는 거겠지."

나는 쏘아붙였다. 우리가 항상 이랬던 것은 아니었다. 우리의 관계를 자랑스럽게 생각하던 때도 있었다. 라파엘이 정말 진보적인 사고를 하는 사람이라고. 이제는 다 지난 일일 뿐이지만.

"우리는 모르는 사람에게 쓸 돈이 없어."

"모르는 사람이 아니야. 내 친구야."

이것도 틀린 말일까?

"글쎄, 그 여자가 누구든 간에, 아기 물건이 왜 그렇게 많이 필요한 건데? 그런 게 하나도 없대?"

"그녀는 아직 어려. 혼자고. 가난해."

"켈, 그 아기는 엄마랑 같이 있는 거지? 우리 집에 있는 건 아니지? 그렇지?"

"지금 날 의심하는 거야?"

다시 모욕감을 느끼며 내가 물었다. 휴대폰을 너무 세게 쥐는 바람에 손가락 관절들이 하얘졌다.

"당신이 또 그런 짓을 할까 봐 걱정되어서 그러지."

"그런 짓을 또 하다니?"

"당신 내가 무슨 말 하는지 알잖아, 켈. 그 아기는……. 당신 아기가 아니야."

나는 그의 말을 끊었다.

"나도 알아. 저기, 나는 좋은 일을 하려고 하는 거야. 당신이랑 힐러만이 늘 하던 말이 그런 거 아니야? 취미를 찾아, 켈리. 목적 의식을 가져. 사람들에게 봉사해. 자신만의 생각에서 벗어나. 그래서 지금 그렇게 하고 있는데 당신은 나한테 화를 내고 있다고."

"그래, 당신이 그런 약속을 잘도 지킨다니까 기쁘군."

그가 빈정거렸다.

"2주 전에 상담 약속 한 번 놓친 게 다야."

"다음 상담 약속은 내일이지 아마?"

"응."

나는 투덜거렸다.

당신의 진짜 정체를 말하지 않는 일은 너무 어려울 것 같았다. 힐러만은 내가 원하지 않을 때에도 모든 것을 털어놓게 하는 방법을 잘 아는 사람이었다. 하지만 내가 다른 누군가에게 이 문제를 말하는 건 시기상조였다. 게다가, 엄밀히 말해서 아직은 아무것도 모른다. 지금 당장은 의심에 불과할 뿐이다. 모든 것이 정확해질 때까지 기다려야 했다. 왜 당신은 아직 사실을 말하지 않는 거지? 나를 믿지 못했던 걸까? 겁을 먹은 걸까?

"잘됐네, 켈. 정말 걱정돼. 크리스틴도 당신을 걱정하고 있어."

배신감이 들었다.

"당신 크리스틴이랑 얘기했어?"

"크리스틴은 당신을 진심으로 아껴, 켈."

나는 소리쳤다.

"난 괜찮아. 그저 도움이 필요한 여자를 돕고 있는 거야. 그건 칭찬받아야 할 일이지, 비판할 일이 아니야."

당신은 천사예요. 당신의 말이 내 마음속을 떠다녔다. 당신이 나를 믿기 시작했다. 우리는 가까워지고 있었고 나는 그걸 느낄 수 있다. 곧 당신이 마음의 문을 열고, 내가 이미 알고 있는 그 일에 대해 말할 것이다.

마음이 편안해지면서 웃음이 나왔다. 당신을 만나는 내내 당신만이 나를 필요로 한다고 생각해 왔다. 나도 이젠 당신이 필요할지도 모르겠다.

"지난 주말엔 라파엘과 잘 보내셨나요?"

힐러만은 눈을 가늘게 뜨고 나에게 도전적인 시선을 보내왔다.

"좋았어요."

"단지 좋았다?"

"네."

힐러만 어깨 너머의 창문에 시선이 닿자, 기억의 한 조각이 떠올랐다.

중학생이었던 나는 친구들과 함께 주 박람회에 갔다. 우리는 핫도그를 먹고, 슬러시를 마시고, 동물들을 구경하고, 놀이 기구를 탔다. 전에도 부모님과 몇 번 간 적이 있었지만 그때처럼 재밌지는 않았다. 부모님은 항상 간식을 사 먹지 못하게 하고 관람차 정도만 태워 주셨다. 나는 친구들과 한 번도 경험해 보지 못한 자유를 누렸다.

나는 대담해졌고 자신감을 얻었다.

길을 잃기 전까지는.

지금까지도 어떻게 된 일인지 잘 모르겠다. 잠깐 친구인 헤더와 이야기를 나누고 있었던 것 같은데 그다음 순간 낯선 사람들 한가운데 서 있었다. 빙글빙글 돌면서 미친 듯이 주변을 뒤졌다. 심장이 두근거렸고, 땀이 이마에서 흘러 내려 어깨까지 떨어졌다. 그날 날씨가 덥긴 했지만 땀은 더위와는 전혀 상관이 없었다. 내 안에서 퍼져 가는 공황 때문이었다.

엄마는 그날 아침 지시 사항을 읊었다. 그중 하나가 친구들과 항상 붙어 있으라는 것이었다. 친구들과 떨어지지 않을 것.

지시 사항을 따랐어야 했는데.

내가 그렇게 혼란에 빠지지만 않았다면 처음으로 반항적인 무언가를 해낸 스스로를 자랑스러워했을지도 모르겠다.

튀긴 음식들과 끈적한 사탕 냄새가 코끝을 자극했지만 전처럼 흥분

되지는 않았다. 사실, 거의 토하기 직전이었다. 마법처럼 집으로 돌아
갈 방법이 있기를 바라며 나는 눈을 질끈 감았다.

다시 눈을 떴을 땐 심장이 내려앉았다. 이런. 아직도 박람회장이잖
아. 여전히 나는 혼자였다.

"켈리?"

한 남자의 목소리가 갑자기 내 안의 두려움을 깨뜨렸다.

나는 고개를 돌렸다. 내 앞에 서 있는 10대 소년이 누구인지 알아보기
까지는 시간이 걸렸다. 그가 누군지 알고 나자 안도감이 몰려왔다.

"제레미?"

그는 웃으며 고개를 끄덕였다.

아, 하느님. 감사합니다.

숨을 내쉬자 온몸의 근육이 이완되는 것 같았다. 제레미는 헤더와 내
가 함께 참여하는 지역 여름 캠프의 카운슬러였다. 사실, 우리 둘 다 그
에게 약간 반했다. 제레미는 귀여웠을 뿐만 아니라 우리를 어린애 취급
하지 않았다.

"여기 혼자 온 거야?"

사람들이 파도처럼 계속해서 우리 주위에서 움직였다. 하지만 우리
는 해류에도 흔들리지 않는 바위 같았다.

"친구들이랑 왔어, 헤더도 같이. 근데 친구들이랑 헤어져 버렸어."

"그랬구나. 그럼, 애들 찾는 걸 도와줄게."

제레미가 망설임 없이 제안했다.

"오빠가? 누구랑 같이 왔어?"

그는 고개를 끄덕였다.

"친구들 몇 명 더. 걔네는 카니발 게임을 끝냈을 거야."

"왜 걔네랑 같이 있지 않았어?"

제레미도 돌아다니다가 길을 잃은 걸까?

"화장실 가느라고."

그의 뺨이 붉어졌다.

나는 소리 내어 웃었다. 이거 봐, 그는 날 어린애 취급하지 않아. 친구로 대해 준다고.

우리는 친구들을 계속 찾으면서 군중을 헤치고 나란히 걸었다. 약 30분을 그렇게 돌아다니다가 그가 건물 안으로 들어가 보자고 제안했다. 아마도 한 명쯤은 안에 있을 수도 있다고 했다. 그럴 것 같지는 않았지만 그때의 나는 어디라도 따라갔을 것이다. 게다가 그는 나보다 나이도 많고 더 똑똑했다. 내가 뭘 알겠어? 애초에 길을 잃어버린 건 나니까.

우리는 모퉁이를 돌아 몇몇 건물을 찾았다. 제레미는 내 손을 잡고 뒤쪽으로 잡아끌었다. 그의 손길이 닿자 소름이 돋았다. 헤더에게 빨리 얘기해 주고 싶었다. 두 건물 사이의 작은 틈으로 들어섰다. 나는 흥분의 맥박이 몸을 관통하는 걸 느끼며 깍지 낀 손을 내려다보았다. 제레미가 나를 이끌고 간 그 좁은 공간은 어둡고 추웠다. 몸이 떨렸다. 그가 내 손을 놓았기 때문에 처음엔 실망감이 찾아왔다. 하지만 오래지 않아 내가 미처 깨닫기도 전에 제레미는 나를 건물 쪽으로 밀어붙이더니 내 몸의 다른 곳을 만졌다. 결코 그 누구도 만진 적 없는 곳. 나를 즐겁게도 특별하게도 만들어 주지 않는 곳.

나는 도망치려 했다. 고개를 돌렸다. 그를 밀어냈다.

하지만 제레미의 손이 내 목으로 미끄러져 올라와 조였다. 움직일 수

도 숨을 쉴 수도 없었다. 모든 깃이 끝나자 그는 떠났고 나는 다시 혼자
가 되었다.

나는 왜 그 이야기를 그에게 하기로 결심했을까?

이상했다. 몇 년 동안 그 일에 대해 생각해 본 적도 없다. 난 어린
아이였다. 내 인생의 한순간일 뿐이었다. 그 이후로 훨씬 더 나쁜 일
도 겪었다.

"내가 왜 이런 이야기를 하는지 모르겠어요."

"당신이 가지고 있는 신뢰 문제와 관련이 있다고 생각해요, 켈리."

힐러만은 집게손가락과 엄지손가락 사이로 펜을 굴리며 말했다.

"저는 신뢰 문제를 갖고 있지 않은데요."

내가 날카롭게 대답하자 힐러만의 이마에 주름이 잡혔다.

"그런가요? 당신이 최근에 여기 왔을 때 라파엘과의 문제에 대해
이야기했죠. 그 문제는 해결이 되었나요?"

나는 어깨를 으쓱했다.

"조금은요."

"주말은 잘 지냈다고 했죠?"

"훌륭했어요."

나는 턱을 들어 올리며 확고하게 대답했다.

"아까 주말에 대해 물었을 때 당신은 단순히 좋았다고 대답했죠.
그리고 당신이 폭행당하고 갇혔다고 느꼈던 때에 대해 이야기를 하
기로 결심했어요. 사실은 그것이 지난 주말에 라파엘에게 당신이 느
꼈던 감정 아닐까요?"

숱이 무성한 한쪽 눈썹이 위로 올라갔다. 6개월 전쯤 처음 여기 왔을 때는 힐러만이 말하는 내용에 집중조차 할 수가 없었다. 대신에 나는 그의 놀랍도록 숱 많은 눈썹만 오롯이 응시하고 있었다. 나가는 길에 그에게 내 미용사 전화번호를 주고 싶은 강한 충동을 종종 느끼기도 했다. 하지만 힐러만이 거기에 갈 것 같지는 않았다.

"제 말은……."

나는 말을 멈추고 의자에서 몸을 꿈틀거렸다. 도대체 왜 치마를 입었는지는 모르겠다. 아마도 전문적으로 보이고 싶었던 것 같다. 하지만 치마가 계속 다리를 타고 올라와 기분이 엉망이었다. 내 모든 걸 다 보여 준 것만 같았고, 천박해 보일 것 같기도 했다. 치마를 계속 내리며 침을 꿀꺽 삼켰다.

"모르겠어요."

하지만 난 알고 있었다. 힐러만은 그 점을 정확히 알고 있었다. 그의 그런 능력이 짜증 났다.

"그가 당신을 폭행했다고 느꼈는지 모르겠다고요?"

나는 억지로 웃어 보였다.

"그이는 제 남편이에요. 물론 저는 폭행당했다고 느끼지 않았고요. 지난 주말은 정말로 좋았어요. 우리는 오랜만에 서로 통했어요."

부분적으로는 사실이었다. 그런 순간도 있었으니까. 하지만 지난 주말 이후 모든 것이 바뀌었다. 나의 생각은 당신에게로 옮겨갔다. 그리고 설리번에게로. 지난밤 라파엘과 나눴던 우리의 대화로.

"지난번과 같은 문제로 싸우지는 않아요. 말하자면 약간 새로운 문제로 옮겨 갔어요."

"무슨 문제죠?"

"그게, 최근에 제게 새 친구가 생겼어요. 제가 그 친구를 여러 가지로 도와주고 있고요."

"어떤 방식으로 그 친구를 돕는다는 겁니까?"

힐러만이 돌리고 있던 펜을 멈추었다. 그는 의자에 몸을 기대더니 양손으로 텐트 모양을 만들었다. 나는 이 동작이 무엇을 의미하는지 알고 있었다. 강하게 흥미를 느끼고 있다는 뜻이다.

내가 왜 당신의 이야기를 꺼낸 걸까. 그럴 생각은 전혀 없었다. 하지만 내가 나쁜 일을 하는 것은 아니니까. 나는 좋은 일을 하고 있었다. 당신을 돕는 일은 내가 발전하고 있다는 사실을 증명하는 격이었다. 나는 힐러만이 나를 자랑스러워할 것이라 생각했다.

물론 그가 당신의 정체에 대해 모두 알 필요는 없었다.

나는 모호하게 말하려고 노력했다.

"그냥, 그녀와 가끔 만나곤 해요. 아기도 봐 주고. 음식도 만들어 주고, 아기에게 필요한 물건도 사 주고요."

"그녀가 아기를 키우고 있군요?"

힐러만이 나를 바라보는 방식이 마음에 들지 않았다. 자세를 고쳐 앉았다.

"네. 그녀는 아기를 돌봐 줄 사람이 필요해요. 엄마의 역할에 대해 거의 아는 것이 없는 것 같거든요."

"그렇군요."

힐러만은 종이에 무언가를 적더니 다시 나를 보며 눈을 가늘게 떴다.

"두 분은 어떻게 만나셨나요?"

대답을 해야 할지 알 수가 없어 입을 꾹 다물었다. 대화는 생각했던 방향으로 진행되지 않았다. 꼬았던 다리를 폈다가 반대쪽으로 꼬았다. 의자에서 삐걱거리는 소리가 났다. 이 의자가 언제나 마음에 들지 않았다. 힐러만이 인테리어 디자이너를 고용하면 좋았을 텐데. 이곳은 모든 것이 낡았다. 진부했다. 불편했다. 퀴퀴한 냄새도 났다.

"켈리?"

나는 고개를 들었다. 목 뒤를 긁었다.

"죄송해요. 이 의자가 너무 불편해서요. 진료실을 새로 꾸미는 게 어떨까요? 인테리어 디자이너인 친구를 알고 있어요. 그 친구의 전화번호를 알려 드릴게요."

그는 부드러운 미소를 지어 보였다.

"감사하지만 저는 제 진료실에 매우 만족하고 있어요. 당신과 당신의 새로운 친구가 어떻게 만났는지 저에게 이야기해 주시는 게 불편한 이유라도 있나요?"

제길, 또 당했다. 이야기를 하지 않음으로써 내가 무언가를 숨기려고 한다는 사실을 오히려 분명하게 만들었다.

"사실은, 좀 웃긴 일이에요. 우리 둘 다 이름이 같거든요."

무심결에 내뱉고 말았다.

"켈리? 그렇게 드문 이름은 아닌 것 같은데, 그렇죠?"

"네. 그런데 그녀는 저와 성까지 완전히 똑같아요. 켈리 메디나거든요."

"흥미롭군요."

나는 그가 크리스틴과 같은 반응을 보이지 않을까 걱정되었다. 하지만 놀랍게도 힐러만은 이렇게 말했다.

"몇 년 전 폴섬에 또 다른 닥터 힐러만이 있었죠. 그는 개업의였는데 꽤 혼란스러웠죠. 항상 서로의 메일과 전화를 받아야 했거든요."

나는 그가 이해해 준다는 생각이 들어 안도감으로 흥분하여 대답했다.

"저도 그런 식으로 또 다른 켈리가 있다는 사실을 알게 되었어요. 그녀에게 가야 할 전화를 제가 받았거든요."

힐러만은 마치 우리가 남자애들 같은 문제에 대해 수다를 떠는 두 여자인 것처럼 무언가를 공모하듯 눈썹을 움직였다.

"그랬나요? 다행이었던 건 또 다른 힐러만이 저보다 좀 더 어렸기 때문에 실제로 만났을 때 누구도 우리를 착각하지는 않았을 거라는 점이죠."

우리의 확연한 나이 차이가 아니라면 당신과 내가 어떻게 보일지 생각해 보았다.

"네, 다른 켈리도 마찬가지예요. 그녀는 저보다 20살은 어려요. 그리고 그녀는 사랑스러운 작은 아기를 키우고 있어요."

나는 설리번을 떠올리며 웃었다.

"흠. 당신의 젊었을 때 모습과 닮았군요. 당신도 20대 초반에 아론을 낳지 않았나요?"

이 한마디가 나를 때렸다. 나는 접힌 종이처럼 몸을 움츠렸다. 머리를 숙이고 팔도 몸을 감싼 채 침을 꿀꺽 삼키고 고개를 끄덕였다.

"지난번에 처음으로 돌아가 모든 걸 다시 시작하기를 얼마나 바라는지 모른다고 얘기하셨죠."

　머리가 어지러웠다. 어떻게 이런 일이 다시 일어나게 내버려 뒀을까. 그는 내 말을 왜곡하고 있었다. 나쁘게 몰아가고 있었다. 불길했다.

　힐러만은 내가 제정신이 아닌 것처럼 말하고 있었다.

　"그렇게 말하지 않았나요?"

　그가 강조했다.

　"저는 기억이 나지 않아요."

　나는 거짓말을 했다.

　"기억이 안 나신다고요? 우리가 분명히 이야기했던……."

　"그만!"

　나는 손으로 귀를 막았다. 듣고 싶지 않았다. 그는 내가 진실을 직시하기를 원했지만, 나는 준비가 되어 있지 않았다. 아직은.

　당신 이야기를 꺼낸 것이 실수였다.

　커다란 실수였다.

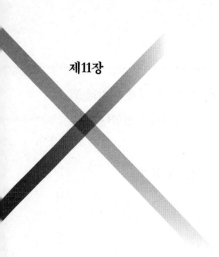

제11장

힐러만의 진료실을 떠나려는데 당신에게서 문자가 왔다.

— 아기 침대랑, 의자, 그네까지 정말 고마워요. 이렇게까지 안 하셔
  도 되는데.

심장이 쿵 내려앉았다. 이런. 가구들이 도착했을 때 거기 있고 싶
었는데. 배송 일정을 잡을 때는 오늘 상담 약속이 있다는 걸 완전히
잊고 있었다.

신호등의 빨간불 앞에 차를 세우고 답을 보냈다.

— 천만에요.

당신에게 또 다른 문자가 도착했을 무렵 나는 간신히 그 거리의
끝에 다다른 참이었다.

— 정말 감사합니다. 어떻게 보답해야 할지 모르겠어요.

나는 웃으며 이렇게 답했다.

— 보답할 필요 없어요. 제가 좋아서 한 일인걸요.

당신이 나를 좋아하는 게 틀림없었다. 나를 편하게 해 주려고 했다. 당신이 나를 믿지 못할 이유도 없었다. 그렇다면 왜 나에게 무언가를 숨기고 있는 거지?

휴대폰이 울렸다. 당신에게서 또 다른 메시지가 온 것이라 생각했지만 아니었다. 크리스틴이었다.

— 이번 주에 너를 못 봤네. 우리 집으로 올래?

잠시 멈춰 서서 입술을 깨물었다. 당장 당신 집으로 가서 가구들이 모두 설치된 걸 보고 싶었지만, 크리스틴은 나의 가장 친한 친구였다. 크리스틴을 피하고 있다는 사실이 나에게도 기분 좋지는 않았다. 그래서는 안 됐다. 크리스틴의 말 때문에 마음이 상하긴 했지만, 그녀가 내게 좋은 친구가 되고 싶어 한다는 것을 잘 알고 있었다.

— 좋아, 바로 갈게.

신호가 바뀌자 크리스틴의 집으로 차를 돌렸다. 거리를 따라 늘어선 나무들이 춤을 추는 듯 바람에 살짝 흔들렸다. 녹색의 잎사귀들이 색종이 조각처럼 땅에 떨어졌다. 아론이 어렸을 때는, 떨어지는 잎사귀들을 보고 주황색, 빨간색, 노란색, 갈색 하면서 그 색깔을 항상 읊었다. 낙엽이 모두 떨어지면 우리는 앞마당에다 뛰어들 수 있는 나뭇잎 더미를 만들어 놓고는 했다. 그 애가 다시 엉망으로 만들어 놓을 수 있도록 매번 나뭇잎을 긁어모으는 나를 보며 라파엘은 제정신이 아니라고 했다. 하지만 나뭇잎 사이에서 노는 아론의 웃음소리를 들었다면 충분히 그럴 만한 가치가 있다는 것을 알 수 있을 것이다.

언젠가는 설리번도 나뭇잎 사이에서 놀 만큼 자랄 것이다.

배달되었을 새 가구에 생각이 미쳤다. 네가 설리번과 같이 있지 못할 때 나의 일부라도 그 아이와 함께할 수 있다는 사실이 기뻤다. 적어도 아기가 바닥에서 잠을 자거나 끔찍한 놀이 울타리에서 놀 일은 없을 것이다.

이제 설리번은 멋진 아기 침대와 언제든 탈 수 있는 그네를 갖게 되었다.

아론의 얼굴이 떠올랐다. 그네를 타며 미소 짓고 깔깔 웃는 아론이. 생각에 빠져 신호등이 빨간색으로 바뀌는 것도 알아차리지 못했다. 브레이크를 급하게 밟는 바람에 휴대폰이 조수석에서 미끄러져 바닥으로 떨어졌다.

떨어진 휴대폰을 내려다보자 라파엘이 아기그네를 조립할 때 볼트를 조이는 걸 잊었던 일이 떠올랐다. 아론을 벨트에 묶자마자 그네가 와장창 내려앉았다.

다행히도 내가 바로 앞에 서 있었기 때문에 손으로 아이를 받았다. 얼른 벨트를 풀고 아론을 그네에서 빼냈다.

등골이 오싹했다.

당신은 그네를 제대로 조립할 수 있을까? 볼트를 꼭 조여야 한다는 걸 알까?

당신은 아기를 키우는 일에 대해 아는 것이 없어 보였다. 당신이 최선을 다하고 있다는 사실은 나도 알았다. 혼자서 아이를 키우는 일이 쉽지 않았겠지.

그래서 내가 여기 있는 것이다.

나는 당신을 더 이상 혼자 두지 않을 것이다. 특히 지금은 더욱 그릴 수 없었다.

당신의 집을 막 지나쳤다. 급히 방향지시등을 켰다. 힘들게 차를 돌려 크리스틴이 아니라 당신의 집으로 향했다.

당신은 내가 본 이래 가장 흥분해 있었다.

그뿐 아니라 내가 갑자기 나타났는데도 전혀 놀라지 않았다. 현관문을 열어 주며 당신은 활짝 웃어 보였다. 눈빛이 반짝거렸다. 당신을 만난 이후로 그런 눈빛은 처음이었다.

"다시 한번 감사드려요!"

당신이 날 꼭 안으며 말했다.

당신의 애정 표현에 녹아들었다. 이런 손길을 받아 본 지가 언제인지 모르겠다. 놀라울 정도로 기분이 좋았다. 나의 시선이 당신의 어깨 너머 지난번 내가 접어 놓았던 셔츠 더미로 향했다. 그 문제의 셔츠는 여전히 그 밑에 깔려 있는 듯했다. 그것의 존재가 당신이 누구인지를 내게 상기시켜 주었다.

너무나도 셔츠에 대해 물어보고 싶었다. 혀끝에서 질문이 맴도는 것이 느껴질 정도였다. 하지만 아직 당신이 나에게 털어놓지 않는 데는 이유가 있을 것이다. 당신을 겁주거나 밀어내는 일은 최대한 피하고 싶었다.

아론이 중학교 때 내가 배운 것이 있었다. 너무 많이 말하지 않는 기술이었다. 말하라고 강요하지 않고 준비가 되었을 때 말할 수 있도록 하는 것. 라파엘은 결코 습득하지 못한 기술이었다. 그는 아론이 아버지와 대화를 아예 끊어 버릴 정도로 아이를 압박하고 들들 볶았다.

내가 그런 것들을 싫어했던 만큼 인내심을 가져야 했다. 당신이 준비될 때까지 기다려야 했다. 그것이 당신을 밀어붙이는 것보다 나았다.

포옹이 끝나서야 드디어 방을 자세히 볼 수 있었다. 그네는 방 한쪽 구석에 설치되어 있었다. 주방에는 유아용 식탁 의자가 놓여 있었다. 모든 것이 제대로 놓여 있는 것처럼 보였다.

단 한 가지 문제를 제외하고.

나는 얼굴을 찡그렸다.

"설리번은 어디 있죠?"

당신의 미소가 더욱 커졌다.

"이 중에서 가장 마음에 드는 것과 같이 있어요. 자고 있어요. 정말로 깊이 자는 것 같아요. 아마도 태어나서 처음 있는 일인 것 같아요. 놀이용 매트나 소파에 내려놓으면 뒤척이면서 울고는 했거든요. 그런데 아기 침대에서는 깊이 잠들었어요."

당신이 내 어깨를 만졌다.

"정말 고마워요. 정말로, 정말로 감사해요. 아기를 키워 보신 지 오래되셨겠지만 아기가 잠을 안 자면 얼마나 힘든지는 잘 아시잖아요."

알고 있었다. 수면 부족은 아기를 키우며 겪는 어려움 중 최악이다. 아론을 재우기 위해 나는 오른팔을 항상 희생해야 했다.

고개를 끄덕였다.

"네, 그때는 힘들었죠. 잠시 봐도 될까요? 아기 침대가 어떻게 생겼는지 궁금해요."

"그럼요."

당신은 내 팔을 잡고 앞으로 이끌었다.

당신이 이렇게 감정을 숨김없이 드러낸 적이 있었던가. 가슴이 쿵
쿵 뛰었다. 당신이 마음을 열려고 하고 있음을 느낄 수 있었다.

"다시 말하지만, 가구 배달 올 때 같이 못 있어 줘서 미안해요."

"아, 걱정하지 마세요. 그분들이 알아서 다 설치해 주셨어요. 문제
없었어요."

당신은 손을 휘두르며 내 사과를 사양했다. 크리스틴이 항상 하던
행동과 비슷했다.

젠장. 크리스틴. 지금 내가 오길 기다리고 있을 텐데.

우리는 함께 작은 침실을 들여다보았다. 심장이 멈추는 듯했다.
숨이 턱 막혔다.

나는 고개를 세게 저었다.

"안 돼. 엎어져서 자면 안 돼요. 아기들은 항상⋯⋯. 항상⋯⋯. 똑
바로 누워서 자야 해요. 그걸 몰랐단 말이에요?"

이런 상식도 모르다니 끔찍한 일이었다.

적어도, 육아 서적 정도는 읽어야 하지 않나? 온라인 기사라도?
인터넷 검색만 대충 해 봐도 충분할 텐데.

당신의 아랫입술이 떨리더니 반복적으로 눈을 깜박였다.

정신 차려, 켈.

이런, 내가 우리 엄마처럼 변하고 있었다.

나는 중얼거리듯 말했다.

"미안해요. 그저 아기가 엎드려서 자는 게 좋지 않다는 걸 말하려던 것뿐이에요. 우리가 설리번을 뒤집어 줘야 해요."

내가 방으로 한 걸음 들어서자 당신이 팔을 조금 세게 움켜쥐었다. 셔츠로 감추고 있던 멍 자국이 생각나 힘차게 팔을 잡아당겨 뺐다. 당신이 미간을 좁혔다.

"그냥 좀 이대로 두면 안 될까요? 앞으로 다시는 엎드려서 재우지 않을게요. 지금 너무 곤히 잠들어서 그래요. 깨우고 싶지 않아요."

"유아 돌연사로 죽이고 싶어서 그래요?"

나는 쏘아붙였다.

얼굴에 겁먹은 표정이 스치더니 당신이 휘청거리듯 뒤로 물러섰다. 좀 더 부드럽게 말할 수도 있었겠지만 어쨌든 의도는 좋은 것이다. 당신의 아기를 지키려고 하는 거니까.

주머니에 있던 휴대폰이 울렸다. 나는 한숨을 내쉬며 휴대폰을 꺼내 들었다.

— 길을 못 찾고 있니?

나는 크리스틴에게 빠르게 답장했다.

— 아니야. 일이 좀 생겨서. 빨리 갈게.

"미안해요. 지금 가야 하는데 설리번이 안전하지 않다는 사실을 알고도 갈 수가 없네요. 설리번을 등으로 눕히고 나면 더 이상은 참견하지 않을게요."

당신은 심통 난 아이처럼 한숨을 쉬었다. 그게 당신의 진짜 모습일지도 모르겠다. 어른답지도 않고. 그렇다고 어린아이답지도 않은. 어른아이라는 말을 쓴다면 적절한 표현일까. 당신은 확실히 아이를 키울 준비가 되어 있지 않다. 지금처럼 그 사실이 명백한 적이 없었다.

당신이 나를 알게 되어 천만다행이었다.

어깨를 숙이고 당신은 침대로 터벅터벅 걸어갔다.

아론이 10대였을 때 수도 없이 했던 행동이었다. 내가 방을 청소하라거나 쓰레기를 버리라거나 설거지를 도와 달라고 했을 때마다 말이다.

당신이 설리번의 몸 아래로 손을 집어넣자 아기는 눈을 뜨더니 울기 시작했다. 당신은 나를 보며 좌절의 표정을 지었다. 난 그저 어깨를 으쓱했다.

진짜 엄마의 세계로 온 걸 환영해. 이렇게 말하고 싶었다.

당신은 설리번을 뒤집었지만 설리번은 주먹을 꽉 쥔 채 얼굴을 찡그리고 벌겋게 달아오르도록 큰 소리로 울었다.

"정말 고맙네요."

당신은 한숨을 내쉬었다. 당신이 짜증스러워 한다는 사실에 기분이 좋지는 않았지만 설리번이 이제 안전하다는 안도감이 그 모든 것을 덮었다.

"좋아요. 그럼 가 봐야겠어요. 항상 설리번이 제대로 누워 있는지 잘 확인해요."

돌아서려다가, 검지로 당신을 가리키며 말을 이었다.

"아, 한 가지 더."

나는 당신을 마주 보기 위해 몸을 돌렸다. 당신은 설리번을 안고 부드럽게 흔들고 있었다. 그를 가까이 안고 이마에 코를 문지르고 있는 이 순간만큼은 당신이 엄마처럼 보였다. 나는 미소 지었다. 당신에게는 아직 희망이 있었다.

"아기 의자랑 그네에 앉힐 때는 항상 벨트를 채워야 한다는 거 잊지 말아요. 아론은 의자에 앉으면 계속 트레이를 밀어내려고 했어요. 한번은 그걸 밀고 앞으로 떨어질 뻔했는데 내가 벨트를 안 채웠다면 큰일 날 뻔했죠."

"알겠어요."

당신이 고개를 끄덕였다.

크리스틴에게 문자가 왔다.

— 나 애들 데리러 가야 하니까 서둘러 줘.

이런, 크리스틴과의 약속을 저버릴 수는 없다. 벌써 지쳐 가고 있기는 했지만. 가장 친한 친구와 시간을 보낼 필요도 있었다.

"나는 정말로 가야 해요. 필요한 거 있으면 전화해요."

현관문을 향해 걸어가면서 손을 흔들었다. 밖으로 나와 상쾌하고 깨끗한 공기를 들이마셨다. 답답한 공간에서 빠져나와 다행이라는 생각이 들었다.

도로의 연석을 따라 이어지는 길로 바삐 걸음을 옮기는 내내 설리번의 울음소리가 나를 따라왔다. 설리번이 우는 동안 집을 나온 것에 마음이 쓰이기는 했지만 그 울음도 잠깐일 것이다.

곧 모든 진실이 밝혀질 것이고 아이는 잘 지낼 수 있을 것이다.

제12장

"어디 갔다 온 거야? 벌써 1시간 전에는 도착할 줄 알았는데."

크리스틴이 집 안으로 나를 안내하며 말했다. 그녀의 머리는 포니테일로 단단히 묶여 있었고 복숭아 빛의 촉촉한 메이크업은 흠잡을 데가 없었다.

"미안해."

코트를 벗으며 말했다. 크리스틴은 항상 난방을 지나치게 한다.

크리스틴은 추위를 탔지만 옷을 껴입는 걸 좋아하지 않았다. 코트를 건네주자 그녀는 그것을 현관문 근처의 벽장에 걸고 맨발로 거실로 걸어갔다. 발등까지 오는 요가 팬츠 아래로 적갈색으로 칠한 발톱이 살짝씩 보였다.

그녀를 따라 들어가는데 내 테니스 신발이 나무 바닥에 쿵쿵 부딪히는 소리가 났다. 무언가 굽는 듯한 냄새가 풍겼다. 그것이 무슨 냄새인지 잘 알고 있었다. 시선이 근처에서 타고 있는 계피향 양초로

항했다.

"좀 먹을래?"

크리스틴이 두 개의 와인 잔과 나무 판이 놓인 커피 테이블을 가리키며 물었다. 나무 판에는 모듬 치즈와 크래커가 있었다. 와인 잔 하나에는 립스틱 자국이 묻어 있었다. 크리스틴이 나를 기다리지 않았다는 뜻이었다.

크리스틴을 비난하겠다는 것은 아니었다.

"좀 더 빨리 오려고 했는데, 켈리 집에 먼저 들러야 했어."

나는 소파에 털썩 주저앉아 크래커를 집었다. 크래커에 치즈를 바른 후 입으로 가져갔다. 치즈가 녹으며 풍부한 버터의 맛이 느껴졌다.

크리스틴은 눈썹을 찡그리며 맞은편에 앉았다.

"켈리라고?"

"응, 오늘 유아용 가구가 배달되는 날이었거든. 제대로 설치가 되는지 확인하고 싶었어."

입안에 남은 크래커를 와인 한 모금으로 씻어 내렸다.

"가 보기를 잘했어. 아기가 엎드려서 자는 거 있지. 맹세컨대, 그 여자는 육아에 대해서 아무것도 몰라."

"그래서 그게 네가 하는 일이야? 그 여자가 좀 더 나은 부모가 되도록 도와주는 거?"

크리스틴은 앞으로 몸을 기울여 팔꿈치를 무릎에 얹은 채 나를 진지하게 바라보았다.

"응, 그러려고 하고 있어. 이런, 치즈 정말 맛있다."

또 다른 크래커를 우적우적 먹으며 대답했다.

"어, 그래, 나도 그 치즈 좋아해. 하지만 무슨 치즈인지는 묻지 마. 포장지만 보고 사는 거야."

크리스틴이 치즈를 쳐다보며 말했다.

나는 웃으며 와인 잔을 손에 들고 소파에 몸을 기댔다.

"저기, 요즘 내가 했던 행동들은 미안하게 생각해. 내가 정말 좋은 친구가 되어 주지 못했다는 거 알아. 너는 좋은 친구인데 말이야."

크리스틴이 똑바로 자세를 고쳐 앉고 내 얼굴을 살펴보았다.

"그래, 내가 좀 그렇지."

크리스틴은 입술을 샐룩하며 농담을 던졌다.

나는 다시 웃음을 터뜨렸다.

그녀는 무릎을 꿇고 앉더니 와인을 한 모금 마셨다.

"내가 요즘 너에게 좀 강하게 말했던 거 나도 알아, 켈. 그건 단지…… 걱정이 돼서. 너도 알겠지만."

그녀가 말을 멈추고 입술을 깨물더니 이마의 주름을 폈다.

"나는 너에게 좋은 친구가 되고 싶어. 그런데 난 방법을 잘 알지 못하는 것 같아. 너와 같은 경험을 난 해 본 적이 없어서."

침을 삼키는 크리스틴의 목이 부풀어 올랐다.

"알아. 이해해. 정말로."

정말로 나는 이해했다. 입장이 바뀌었다면 나도 그렇게 행동했을 것이다.

그녀가 나를 보고 웃으며 말했다.

"우리 여자들끼리 함께 뭉쳐야지?"

"우리 여자들끼리 함께 뭉쳐야지."

이 말을 머리에 새기며 나는 큰 소리로 따라 했다.

지난 6개월은 내 평생 최악의 시간이었다. 크리스틴 말고는 아무도 내 옆에 있어 주지 않았다. 미소를 지으며 소파에 몸을 기대고 와인을 한 모금 더 마셨다. 와인이 퍼지며 몸이 따뜻해지자 어깨의 긴장이 풀렸다.

"우리 인생에서 남자는 도움이 안 되는 존재니까."

유리잔에 담긴 레드 와인을 휘휘 돌리며 내가 덧붙였다.

"어허, 그럼 라파엘은 어떡하고?"

크리스틴이 크래커에 손을 뻗었다. 나는 건조하게 말을 이었다.

"아무것도. 그게 문제야. 나에게 아무 도움도 주지 않은 사람이야. 지난 주말에 집에 왔을 때도 자기 이야기만 했어."

"아, 맞다. 우리가 주말에 대해 얘기를 하지 않았구나."

크리스틴이 와인을 마시더니 또 한 잔을 따랐다.

나는 벽에 걸린 시계를 보았다.

"애들 데리러 가야 하지 않니?"

그녀가 웃으며 말했다.

"괜찮아, 데리러 가려고 했지. 근데 아이들이 친구 집에 놀러 가도 되냐고 문자를 했더라. 야호! 그래서, 지난 주말에 어땠는지 얘기해 봐. 결국 란제리는 산 거야?"

나는 고개를 끄덕였지만, 온몸에 소름이 돋았다.

"남편이 좋아했어?"

크리스틴의 입술 한쪽 끝이 올라갔다.

"과할 정도로."

내가 움찔하며 대답하자 그녀가 얼굴을 찌푸렸다.

"무슨 얘기야?"

와인 한 모금을 꿀꺽 삼키니 목구멍으로 미끄러져 들어가면서 뜨거워졌다. 느낌이 좋았다.

"모르겠어. 처음에는 좋았던 것 같아. 예전의 라프처럼 달콤하고 부드러웠어."

크리스틴이 더 크게 미소 지으며 계속 얘기하라는 듯 고개를 끄덕였다.

"하지만 저녁을 먹으면서 또 짜증 나게 굴기 시작하더니 결국 주말 내내 그러더라."

크리스틴에게 다 털어놓고 싶었다. 그가 나를 어떻게 대했는지. 그가 내 몸에 어떻게 멍 자국을 남겼는지.

당신의 실체까지도, 모두 다 이야기하고 싶었다.

하지만 어디서부터 이야기를 시작해야 할지 알 수가 없었다.

크리스틴이 눈을 굴리며 말했다.

"아, 그래. 나도 그런 적이 있어. 왜 남자들은 항상 그렇게 모든 걸 망쳐 놓는 거지? 조엘도 지난밤에 그랬어. 애들이 둘 다 친구 집에 가 있어서. 내가 정말 열심히 유혹했어. 그의 목에 키스하고 가슴을 보여 주고. 그런데 딱 한마디 하는 거야. '나 오늘 해고당했어. 그러니 당신이 다시 일을 시작해야 할 것 같아.'"

"뭐?"

나는 몸을 앞으로 당겨 앉았다. 크리스틴의 눈이 약간 처지더니 침을 꿀꺽 삼켰다. 만만치 않은 여자라는 인상이 사라지더니 거의 두려워하고 있는 듯한 모습이 드러났다. 그녀에게 내가 필요했을 텐데 이번 주 내내 그녀를 피했던 나에게 화가 났다.

"크리스……."

크리스틴이 재빨리 다시 회복하더니 태연한 웃음을 지어 보였다.

"괜찮아. 잘 해결될 거야."

"정말로 일을 시작해야 하는 거야?"

그녀가 눈을 가늘게 뜨며 손을 내저었다.

"아니야. 당연히 아니지. 애들한텐 아직 내가 필요해. 게다가 누가 나를 고용하겠어? 일한 지 너무 오래되었어."

취업이 얼마나 어려운지 나도 겪어 봐서 잘 알았다. 나는 진심을 담아 말했다.

"정말 힘들겠다."

"아, 그러지지 마. 조엘이 할 줄 아는 게 많잖아. 인맥도 좋고. 금방 다른 일을 찾을 수 있을 거야."

"아니면, 치위생사 일 다시 해 보는 건 어때?"

그녀는 두 번째 와인 잔도 다 비웠다. 적어도 내가 여기 온 이후로는 두 번째였다. 크리스틴의 목소리는 어두웠다.

"모르겠어. 달라진 게 많을 거야. 아마 다시 배워야 할 것 같아."

크리스틴은 풀 죽은 얼굴로 입술을 깨물었다.

"너는 아마 금방 적응할 거야."

그녀의 손을 잡았다. 사실, 사회생활 경험이 있는 크리스틴이 항상 부러웠다. 나는 영어로 학사 학위를 받았지만, 막상 작년에 일자리를 찾을 때는 아무 도움이 되지 않는 것 같았다. 사회생활 경험이 없다는 것 때문에 참 힘들었다. 크리스틴처럼 취직에 도움이 되는 기술을 가질 수 있다면 뭐든 다 할 수 있을 것 같았다.

"그렇게 나쁘지는 않을 거야, 그치? 너는 그 일을 좋아했잖아."

"그랬지. 정말 좋아했어. 그래도 난 어렸을 때 늘 어린이집에 맡겨져서 내 아이들은 그런 일을 겪게 하고 싶지 않았어. 집에서 아이들 키우겠다고 그만둘 때, 애들이 고등학교 때까지는 절대 일하지 말라고 조엘이 말했거든."

그녀의 눈이 어두워졌다.

"그렇게 약속했지."

당신이 아플 때나 건강할 때나, 죽음이 우리를 갈라 놓을 때까지 사랑하고 아낄 것을 맹세합니다.

그래, 그렇게 깨진 약속들을 나는 잘 알고 있었다.

제13장

금요일 아침 일찍 라파엘에게서 문자가 왔다. 이번 주말에 집에 오지 않겠다는 내용이었다. 변명인즉슨 채점해야 할 리포트가 너무 많고 학교 업무가 밀려 있다는 것이었다.

그래, 그렇겠지.

놀랍지도 않았다. 화가 나지도 않았다. 우리가 주말마다 함께했던 때도 있었지만 오랜 옛날이다.

다들 이렇게 사는 거겠지.

그에게 답장을 보낸 후 뜨거운 차 한 잔을 들고 식탁에 앉아 앞뜰을 바라보았다. 잔디는 이슬에 젖었고 길가에 주차된 차에는 살얼음이 얼어 있었다.

학교에 가기 전에 앞 유리창의 얼음을 긁어 내는 아론의 모습이 떠올랐다. 라파엘이 차에 물을 붓는 것을 보고 꾸짖은 적이 있어서인지 그렇게는 하지 않으려는 것 같았다. 아이는 아버지의 말을 잘 들으면 칭찬을 들을 거라고 생각했을 것이다. 하지만 그런 일은 없었다. 라파엘은 항상 비판적이었다. 칭찬을 하는 법이 없었다.

아론이 어렸을 때 나는 항상 그 애가 아빠와 함께 폴브룩 대학에 다녔으면 했다. 그 애는 언제나 무엇이든지 혼자서 하고 싶어 하는 독립적인 성격이니 먼 곳으로 대학을 갈 거라는 예감이 들었다. 하지만 폴브룩으로 진학한다면 그래도 아빠 곁에 있을 것이다. 그리고 나로부터는 2시간 거리. 2시간은 아무것도 아니다. 나는 두 사람을 찾아가서 라파엘의 아파트에 머물며 아들과 가끔 점심을 먹을 수 있을 것이다. 순진한 생각인지도 모르겠지만, 적어도 그 애와 완전히 멀어지지는 않을 수도 있다고 믿었다.

아론이 고등학교에 들어갔을 때야 그 아이가 아빠를 따라가지 않을 것이라는 점을 확실히 알았다. 두 사람은 한 방에 있는 법이 거의 없었다. 라파엘은 아이에게 끊임없이 잔소리를 퍼부었다. 언제나 그 애를 깎아내리고 흠을 잡았다. 아이의 생각과 꿈을 짓밟았다.

아들이 차로 10시간 가까이 걸리는 호프만 대학을 선택한 것도 그 때문이었다.

내가 지금 혼자인 것도 그 때문이었다.

찻잔을 꽉 움켜쥐니 손가락 마디가 아파 왔다. 심호흡을 하며 손의 힘을 풀었다. 길 건너편에 사는 여자가 집으로 돌아왔다. 아이들과 함께. 그녀는 행복하게 그들을 줄세워 현관으로 걸어 올라갔다. 으스대네. 일어나 창문에서 몸을 돌리고 싱크대에 머그잔을 넣었다.

컵을 물에 헹군 후 위층으로 올라갔다. 텅 빈 복도를 걸어가자니 몸이 떨렸다. 아론의 방 앞을 지나는데 안에서 쿵 소리가 들렸다. 걸음을 멈추었다. 심장이 멎는 듯했다. 소리가 다시 들렸다. 나는 신중하게 한발 앞으로 나아갔다. 완전히 닫히지 않은 문을 손바닥으로 조용히 밀어 열었다. 경첩에서 삐걱거리는 소리가 났다. 어깨에 힘이 들어갔다. 숨을 죽인 채 안을 들여다보았다.

아론이 침대 가장자리에 몸을 웅크리고 앉아 있었다. 머리는 헝클어진 채 옆으로 삐죽삐죽 뻗쳐 있었다. 보통 그 애는 라파엘처럼 젤을 발라 머리를 만지곤 했다. 눈은 빨갛게 충혈되어 있었고 눈 주변이 푸르스름했다. 나는 숨을 몰아쉬며 조심스럽게 그에게 다가갔다.

"아론?"

그 애가 고개를 들어 눈을 마주쳤다.

내 아들. 집에 왔구나.

아들의 얼굴을 만지려고 손을 뻗었다. 하지만 아론은 고개를 저으며 뒤로 물러섰다.

"아론? 무슨 일이니?"

그 애답지 않은 행동이었다.

계속 고개를 흔드는 아론의 눈이 커졌다. 내가 무서운 거니? 속이 메슥거렸다. 아무것도 무서워할 것 없다고 말하려고 했지만, 그 애는 나를 쳐다보지 않았다. 아론의 시선은 내 어깨에 고정되어 있었다. 나는 고개를 돌렸다. 라파엘이 문 앞에 서서 입을 굳게 다문 채 이마를 찡그리고 있었다.

언제 집에 온 거지?

대체 무슨 일이야?

머리가 어지러웠다.

"대체 무슨 생각이었던 거니, 아론?"

라파엘의 크고 화난 목소리가 윙윙 울렸다. 몸이 오그라드는 것 같았다.

"실수였어요, 아빠. 너무해."

아론은 침대에 털썩 누우며 손으로 얼굴을 가렸다. 마지막 말에 맥박이 빨라졌다.

"뭐라고?"

라파엘이 눈에 불을 켜고 방 안으로 걸어 들어왔다.

본능적으로 나는 두 사람 사이에 섰다. 막아 주려고. 보호해 주려고. 늘 그래 왔던 것처럼.

"내가 '너무'한 게 아니야. 네가 주차된 차를 박았어, 아론. 그게 얼마나 멍청한 짓인지 알고나 있어?"

라파엘은 '너무'라는 단어를 따라 하며 강조했다.

아론의 얼굴이 붉어졌다.

"박은 건 아니에요. 좀 긁혔을 뿐이라고요. 차를 돌릴 때 미처 못 봤어요."

"이제 보험료가 엄청나게 오를 거야. 알기나 해?"

"죄송해요. 제가 낼게요."

아론이 고개를 숙였다.

"아니, 네가 뭘 해? 그럴 필요 없다. 보험료는 낼 필요 없어. 왜냐하면 앞으로 너는 운전을 못 하게 될 테니까 말이야."

"뭐라고요?"

아론이 고개를 들었다.

나는 반대하고 싶어 입을 열었지만 이내 다물었다. 내가 아론을 변호해 봤자 역효과만 날 뿐이었다. 라파엘은 2 대 1의 상황이 되는 걸 좋아하지 않았다.

"하지만 면허 따려고 정말 열심히 했단 말이에요."

아론의 목소리가 약간 떨렸다. 곧 울 것만 같았다. 나는 아론이 울지 않기를 기도했다. 오히려 라파엘의 화만 돋울 것이다. '남자는 울지 않는다' 같은 말이나 하겠지.

"그렇게 어렵지도 않았잖아."

"정말요, 아빠, 아빠도 이런 실수 하신 적 있잖아요."

"난 그런 적 없다."

라파엘이 잘라 말했다.

"네, 그렇겠죠."

아론이 눈을 치켜뜨더니 한숨을 내쉬며 중얼거렸다.

라파엘이 다가섰다. 나는 몸을 움직여 다시 두 사람 가운데에 섰다. 심장이 쿵쾅거렸다.

"조심하는 게 좋을 거야."

"이제 그만해. 내려가서 아침들 먹자. 두 사람 지금 너무 흥분했어. 다들 진정하고 나서 다시 이야기하자."

나는 초조한 심정으로 말했다.

아무도 대답하지 않았다. 내가 보이지 않는 것 같았다.

"그렇게 큰일이 난 것도 아니잖아요."

아론이 손톱을 뜯으며 시무룩하게 말했다.

라파엘은 고개를 저었다.

"봐라, 그게 잘못됐다는 거야. 그건 큰일이야. 그리고 이게 바로 네가 그 바보 같은 실수를 계속 반복하는 이유다. 한 번에 제대로 배울 능력이 안 되는 것 같구나. 그러니 아직 운전할 나이가 되지 않다는 뜻이지."

아론이 고개를 떨구었다. 가슴이 철렁 내려앉았다.

"그렇지 않아. 넌 정말 똑똑한 아이란다."

나는 아빠의 말이 아이에게 준 상처를 지우려고 했지만 소용없었다. 아론은 내가 자기를 사랑한다는 것을 잘 알고 있었다. 하지만 그 애에게 필요한 건 나의 인정이 아니었다.

화가 난 나는 라파엘에게 달려들었다. 나는 라파엘이 아들을 멀리 멀리 밀어내는 동안 바보같이 가만히 있었다. 그는 내가 호구라며 아이들은 훈육이 필요하다고 했다. 하지만 바로 그게 문제다. 그 훈육에 문제가 있었다. 나는 라파엘이 하는 멸시와 인격 모독을 도저히 감당할 수 없었다.

"됐어, 그만해요."

나는 강하게 라파엘을 막았지만 그의 가슴에 팔이 닿지 않았다. 내 팔엔 아무것도 닿지 않았다.

눈을 깜박였다.

라파엘이 사라졌다. 몸을 돌려 뒤를 돌아보았다. 아론은 더 이상 침대에 없었다. 방 안을 둘러보았다. 텅 비어 있었다.

나는 침대로 걸어가 이불을 만졌다. 단단히 당겨진 채로 펴져 있었다. 어느 한 곳 움푹 들어가지도 주름지지도 않았다. 숨을 들이마시며 그 위에 앉았다. 퀴퀴한 냄새가 났다. 아론의 냄새가 아니었다.

너무 강한 데오도란트에 섞인 헤어젤의 냄새. 나는 데오도란트를 너무 많이 뿌린다고 항상 그 애를 놀리곤 했다.

아론은 여기에 없었다.

두통이 올라와 눈을 꼭 감았다. 다시 눈을 떴을 때, 나는 여전히 혼자였다. 정말 진짜 같았는데.

정말로 진짜였기 때문일 것이다. 정말로 그랬을 것이다.

오늘 일어난 일이 아닐 뿐.

숨을 내쉬며 일어났다. 떨리는 다리로 아론의 방을 나섰다. 몸을 감싸며 내 방을 향해 서둘러 걸어갔다. 부드럽게 방문을 닫고 벽에 기대어 심호흡을 계속했다.

침묵이 엄습했다. 별거 아니었다. 너무 오래 혼자 지냈다. 그게 다였다. 그건 환영이 아니었다. 그냥 기억일 뿐이다. 누구나 겪는 일이었다.

생각을 떨쳐 버리고 싶어 알람 시계에 손을 뻗어 라디오를 켰다. 라디오는 내 자식이 아니었다. 남편도 아니었다. 집 안에 있는 다른 어떤 사람도 아니었다. 하지만 시끄럽기는 했다. 이 빈 공간을 채워 줬다.

침대 탁자에 놓인 알람 시계 앞에 식재료 목록이 놓여 있었다. 오늘 밤 할 볶음 요리에 필요한 재료들을 휘갈겨 써 둔 것이었다. 오늘 아침 라파엘의 문자를 받기 전까지 사러 가려고 생각하고 있었다. 그 종이를 버리려고 확 잡아챘다. 이제 나 혼자이니 그렇게 많은 음식을 만들 필요가 없었다. 하지만 나는 손가락 사이로 종이를 돌돌 말면서 어제 크리스틴이 했던 말을 떠올렸다.

우리 여자들끼리 함께 뭉쳐야지.

식재료 목록을 손에 들고 다른 한 손으로 휴대폰을 들어 당신에게 문자를 보냈다.

— 오늘 밤 남편이 집에 안 온다네요. 볶음 요리를 만들고 있는데, 저
녁 먹으러 오지 않을래요?

몇 분인가 기다렸지만 답이 없었다. 입술을 씹으며 답장을 하고 있다는 작은 점들이 화면에 나타나길 기다렸지만, 결코 나타나지 않았다. 실망감에 나는 휴대폰을 침대에 던지고 샤워를 하러 욕실로 들어갔다.

뜨거운 물이 등줄기를 타고 흘러내리고 수증기가 얼굴을 감싸자 내 생각은 당신에게로 흘러갔다. 당신이 누군지 처음 알게 되었을 때 솔직히 조금 마음이 아팠다. 혼란스럽기도 했다. 왜 지금이지? 왜 지금에 와서야?

나에게 뭘 원하는 거지?

처음으로 당신이 내 집에 왔다. 집 안을 둘러보며 당신의 눈이 커졌다. 당신이 무슨 생각을 하는지 알고 싶었다. 당신은 마치 감시하는 것처럼 거실을 빠르게 둘러보았다.

잠깐. 뭐 하는 거지?

의도를 알 수 없었다. 아무 뜻 없었을 거라고 믿고 싶었지만, 당신의 미심쩍은 행동이 의심을 불러일으켰다.

설리번을 꽉 안은 채 당신을 주의 깊게 살펴보았다. 아침 식사용

간이 테이블을 보고 당신의 입술이 움찔했다. 노트북 바로 옆, 가운데에 놓인 놋쇠 촛대에 반응한 것이라는 점을 알 수 있었다. 내가 직접 꾸민 이 집 전체의 현대적인 인테리어와는 어울리지 않았다. 내가 처음 그걸 꺼내 놓았을 때 라파엘도 비웃었다. 하지만 그건 카르멘의 선물이었다. 그녀도 그것을 식탁에 항상 이렇게 놓아두었다. 그녀와 나는 식탁에 앉아 그 오래된 촛대를 사이에 두고 수다를 떨고 차를 마시며 시간을 보내곤 했다. 라파엘은 그 촛대를 싫어했다. 벼룩시장이나 중고품 가게에서 사 온 물건 같다고 했다. 하지만 치우고 싶지 않았다. 카르멘의 물건이 여기에 있는 것이 좋았다.

"이분이 남편분인가요?"

당신은 작은 테이블에 세워져 있던 라파엘과 나의 사진을 바라보고 있었다. 당신의 목소리는 이상하리만치 순수했고 표정에는 아무 느낌이 없었다.

"네. 그이가 라파엘이에요."

"잘 어울려요, 두 분."

"고마워요."

나는 중얼거렸다. 라파엘이 아론을 억누르며 멍청한 아이라고 말하는 모습이 머릿속에 떠올랐다. 생각을 지우려 머리를 흔들었다.

"오늘 어디 계셔요?"

"베이 에어리어에서 일해요."

"그럼 주말마다 집에 오시지 않는 건가요?"

"보통은 집에 와요. 이번 주에는 할 일이 많다나 봐요. 다음 주에는 집에 올 거예요. 그때 당신도 와서 그이를 만나 봐요."

"네, 그럴까요."

대답은 했지만 당신이 그럴 것 같지 않았다.

설리번이 칭얼대어 내가 안아 주었다. 당신은 처음 잠깐 망설였을 뿐 그 이후론 전혀 거리낌이나 망설임 없이 나에게 아이를 맡겼다.

그래, 그래야지.

아이는 내 팔에 행복하게 안겨 있었다.

나는 당신이 이렇게 쉽게 나를 믿어 주는 것이 좋았다. 나는 아론이 아기였을 때 다른 사람에게, 심지어 가족들에게도 아론을 맡기는 일이 쉽지 않았다.

당신의 시선이 아론의 사진으로 옮겨 가자 불안감이 바이러스처럼 가슴속에 퍼져갔다. 당신이 무언가를 말하려고 하자 공황 상태가 되었다. 난 많은 것들을 할 수 있다.

당신의 아이와 놀아 주기.

당신에게 웃어 주기.

당신에게 저녁을 요리해 주기.

당신에게 와인을 따라 주기.

당신의 친구가 되어 주기.

하지만 아론에 대해서는 말해 줄 수 없었다.

아직은 아니다. 지금은 아니다.

내가 당신을 믿을 수 있을 때까지는.

당신이 집 안에 들어왔을 때부터 당신이 누구인지 알고 있다는 말이 혀끝에서 뱅뱅 맴돌았다. 발톱으로 할퀴며 밖으로 빠져나가려고 싸우듯 있는 말을 참는 건 육체적으로 무척 힘든 일이었다. 침묵하기 위해 엄청난 의지력이 필요했다. 숨겨야 한다. 비밀로 해야 한다.

"뭐 좀 마시겠어요?"

나는 일부러 활발한 목소리로 물었다.

당신이 고개를 끄덕이며 사진에서 고개를 돌렸다. 안도감이 퍼졌다.

"네."

"와인?"

나는 모유 수유를 했기 때문에 아론이 어릴 때는 와인을 마시지 않았다. 하지만 당신은 모유 수유를 하지 않으니 알코올을 주어도 문제가 없을 것 같았다.

"좋아요."

내 생각이 맞았어.

"싱크대 선반에 따 놓은 와인이 있거든요. 설리번을 안고 있어서 그런데 좀 따라 주시겠어요?"

당신에게 설리번을 넘겨줄 수도 있었지만 그러고 싶지 않았다. 게다가, 우리 둘 다 당신이 아이를 별로 안고 싶어 하지 않는다는 사실을 잘 알고 있었다.

와인을 따르는 당신은 정말 그것을 마시고 싶어 하는 것 같았다.

"와우. 넉넉하게도 따라 주셨네요."

당신이 잔을 건네자 내가 중얼거렸다.

입을 샐쭉하며 당신은 당황한 표정을 지었다.

"아, 미안해요."

"아니요, 괜찮아요. 이제부턴 계속 따라 주세요."

나는 웃으며 와인 잔을 거실 테이블에 내려놓고 소파에 편안한 자세로 앉았다. 당신은 여전히 슬픈 강아지 같은 얼굴을 하고 있었다. 내가 한 말이 조금 신경 쓰였다. 당신은 꽤 소심한 사람인데 너무 강하게 말한 것 같았다.

당신은 소파의 반대편 끝에 앉아서 와인을 한 모금 마셨다. 나는 설리번을 어깨에서 내려 무릎에 앉히고 앞을 볼 수 있도록 했다. 그는 상상 속의 무언가를 때리는 시늉을 하며 작은 소리를 냈다.

갑자기 깨달은 듯 당신은 발 근처에 있는 기저귀 가방에 손을 뻗었다. 당신이 장난감을 꺼내 설리번에게 내밀었다.

"여기 있어, 아가."

설리번의 통통한 손가락이 그것을 잡고 위아래로 흔들자 딸랑거리는 소리가 났다.

당신이 다시 몸을 뒤로 하다 와인을 쏟았다. 아이보리색 소파에 와인이 조금 묻었다.

"제길."

당신이 나직이 내뱉으며 손으로 재빨리 닦으려고 했다.

"아니에요."

내가 제지했다.

당신이 소파에 불이 붙은 듯 손을 뒤로 빼는 바람에 와인이 다시 쏟아졌다.

"아, 이런. 정말 미안해요."

"괜찮아요."

멈춰 세우지 말걸. 나는 당신을 안심시켰다.

"그냥 두세요. 닦을 걸 가지고 올게요. 손으로 문지르면 얼룩이 더 커져요. 여기. 설리번 좀 받아 줘요."

와인을 내려놓은 당신에게 설리번을 안겼다.

서둘러 부엌으로 가면서 내가 우리 엄마처럼 말하고 있었다는 걸 깨달았다. 어릴 때 나는 거실 소파에서 먹거나 마실 수 없었다. 나는 규칙을 잘 지키는 편이라 한 번도 그것을 어긴 적이 없었다. 어느 해 크리스마스이브에 엄마가 소파에서 반짝이는 크리스마스트리를 바라보며 핫초코를 먹게 해 주었던 날이 오기 전까지는. 물론, 나는 그것을 쏟았다. 그리고 지금 당신처럼 똑같이 했다. 엄마가 눈치채지 못하길 바라면서 그것을 손으로 닦았다. 하지만 엄마는 알았다.

그 이후로 다시는 소파에서 아무것도 먹을 수 없었다.

아론을 가졌을 때, 나는 엄마처럼은 행동하지 않을 것이라고 맹세했다. 재미있고도 걱정 없는 엄마가 될 것이다. 아이가 좋아하는 장소라면 어디에서든 먹고 마실 수 있게 할 것이다. 그 약속은 대체로 지켜졌다. 아론을 키우는 동안 나는 내가 바라던 엄마 그 자체였다.

단 한 가지만 제외하고.

그 한 가지로 나는 아들을 끔찍하게 실망시킨 셈이다.

나는 헛기침을 하며 빠르게 눈을 깜박인 후, 싱크대 밑으로 몸을 숙여 행주 두 개를 꺼냈다. 한 개를 물에 적셔서 소파로 돌아갔다. 당신은 설리번을 안고 안락의자에 앉아 있었다. 내가 거실로 들어서자 설리번의 큰 눈이 나를 따라 움직였다.

쏟아진 와인은 꼭 피가 튄 것만 같은 자국을 남겼다. 그것을 닦아 내려고 몸을 숙이자 무릎이 삐걱거렸다.

"제가 할 수 있어요."

당신이 나섰다.

"아니에요."

나는 젖은 행주로 얼룩이 사라질 때까지 빠르고 힘차게 소파를 문질렀다.

"와우. 다 지워졌네요."

당신이 어깨 너머로 바라보며 말했다.

"네. 인내심과 팔 힘만 있으면 돼요."

아, 이런. 엄마도 이런 말을 했지. 대체 왜 당신은 내가 엄마처럼 굴게 만드는 거지?

행주를 갖다 두고 난 후 당신과 다시 거실에 앉았다. 당신이 와인을 거의 다 마셨기에 보조를 맞추기 위해 몇 모금 더 마셨다.

"집이 정말 멋져요."

당신이 말을 꺼냈다. 설리번이 장난감으로 자기 다리를 반복해서 때렸다. 그래도 웃으며 옹알거리는 걸 보니 아프지는 않은 모양이었다.

"고마워요."

나는 당신의 입장을 이해하려고 노력하며 집 안을 둘러보며 대답했다. 폴섬은 부유한 마을이었다. 우리 집은 괜찮은 편이지만 주변의 다른 집들에 비하면 아무것도 아니었다. 지금의 당신처럼 넋을 잃고 집을 보는 사람은 거의 없었다.

"여기에 오래 사셨나요?"

"네. 10년 넘게 살았어요."

"이런 곳에서 이이를 키우셨다니 정말 좋았을 것 같아요. 아드님도 좋아했죠?"

여기서 나가고 싶어. 아론의 말이 내 머릿속에서 맴돌았다.

침을 꿀꺽 삼켰다.

"음…….네, 그런 것 같아요."

거짓말은 아니었다. 그 애가 웃으며 작은 손가락으로 내 손을 잡고 뒷마당을 뛰어다니던 모습을 떠올렸다. 거실에서 장난감을 갖고 놀거나 텔레비전을 볼 때 얼마나 행복해 보였는지 모른다.

이 집을 가득 채웠던 아이의 웃음소리가 아직도 들리는 것 같았다.

하지만 그건 모두 그 애가 어렸을 때의 일이다.

"그랬을 것 같아요. 저도 이런 곳에서 자랄 수 있었다면 뭐든 할 수 있을 것 같아요."

아치형 천장을 올려다보며 당신이 대답했다.

그 말이 진심인지 거짓인지는 알 수 없었지만 당신이 자란 환경이 궁금해졌다.

"네? 어디서 자랐어요?"

나는 와인 잔을 천천히 입술로 가져가면서 친구끼리 수다를 떠는 것뿐이라는 듯 태연한 모습을 보이려고 노력했다. 뭐, 간절하게 알고 싶은 일은 아니었으니까.

"그냥 좀 작은 집에서요. 저희 엄마는 이런 집을 감당할 능력은 없으셨죠."

당신은 어깨를 으쓱하더니 와인을 한 모금 마셨다.

"아빠는 항상 안 계셨어요?"

당신이 고개를 끄덕였다.

"설리번의 아빠는 어디 있어요? 아이에게 전혀 관여하지 않나요?"

너무 궁금한 마음을 숨기고 아무렇지도 않은 척 한쪽 팔을 소파 옆으로 늘어뜨리고 앉아 있으려니 엄청난 의지력이 필요했다.

당신의 눈빛이 바뀌었다. 긴장하는 듯했다.

"네."

너무 작게 말해서 거의 들리지 않을 지경이었다.

"설리번의 존재에 대해서 모르고 있어요?"

당신은 쓴웃음을 지었다.

"아, 잘 알고 있어요."

이 상황이 재미있으면서 짜릿하기도 했다.

"아이를 만나기는 했어요?"

얼굴을 찡그리며 당신이 고개를 저었다.

"아뇨. 임신했을 때 본 게 마지막인데, 아이를 지우라고 했어요."

당신의 말은 충격적이었다.

"세상에. 끔찍하네요."

"어쨌든. 다 끝났어요."

끝난 게 아니라고 말해 주고 싶었다.

무엇을 해야 할지 알 수 없었다. 당신을 안아 주며 다 괜찮아질 거라고 말해 주고 싶기도 했다. 하지만 몸이 말을 듣지 않았다. 너무 공포스러운 나머지 충격으로 마비가 된 것만 같았다.

당신이 커피 테이블에 와인 잔을 내려놓더니 갑자기 일어서서 기저귀 가방을 꺼냈다.

"설리번 기저귀 좀 갈아 줄게요. 어디서 하면 좋을까요?"

당신의 질문에 놀라서 눈을 깜박였다.

"음……. 손님방을 쓰세요. 오른쪽 복도 바로 아래에 있어요."

나는 손가락으로 가리키며 말했다.

당신이 복도를 느긋하게 걸어가는 모습을 지켜보며 입술을 깨물었다.

"친구들 많이 사귀었다고 했잖아. 여자 친구도 있는 거야?"

나는 눈썹을 움직이며 아론을 보았다. 그 애는 크리스마스 연휴에 집에 와 있었다. 한밤중에 우리는 조명이 켜진 크리스마스트리 옆의 소파에 앉아 이야기를 나누었다. 아론의 경계심이 풀렸다. 어느 때보다 더 나에게 마음을 열고 있었다. 이때를 잘 활용해야겠다고 생각했다.

소파에 등을 기대는 아론의 눈이 반짝 빛났다.

"아마도."

꺅 소리를 지르며 아론의 무릎을 부드럽게 때렸다.

"어서 말해 줘."

"말할 것이 없어. 만난 지 얼마 안 돼."

"그럼 데이트를……. 아님 그냥 뭐 만나는 중인 거구나."

"아직은 아냐. 내가 그 애를 좋아해. 멋있는 애야."

당신의 집에서 호프만 대학교 셔츠를 발견했을 때, 나는 아론이 말했던 그 여자 친구가 당신일 것이라고 생각했다. 그가 설리번의 아빠라고 생각했다.

하지만 그걸 말로 꺼낼 수는 없었다. 모든 것이 확실해질 때까지.

그런데 당신의 이야기가 나를 당혹스럽게 했다. 내 아들이 그런 말을 할 리가 없다. 그 애는 결코 아이를 지우라는 말을 할 사람이 아니었다. 나는 아이를 그렇게 키우지 않았다.

아론은 그런 사람이 아니었다. 그렇다면 왜 당신은 그렇게 말했지? 왜 그에 대해 거짓말을 했지?

무슨 짓을 하려고 하는 거지, 켈리?

제14장

술이 과했는지 당신은 저녁을 먹고 두어 시간이 지나자 소파에서 잠이 들었다. 당신이 술을 얼마나 마셨는지 생각해 보면 그리 놀랄 일도 아니었다. 늘 있는 일은 아니길 바랐다. 그다지 좋아 보이진 않았기 때문이다.

게다가, 내가 여기 없었으면 어쩌려고 했는가? 불쌍한 설리번은 혼자 있는 것과 다름없었겠지. 당신도 나도 알다시피 아기들은 혼자 있을 수 없는 존재인데 말이다.

세 번째 잔을 따를 때쯤 당신은 택시를 불러 집에 가겠다고 했다. 하지만 안 될 일이었다. 그렇게 할 이유도 없었다. 당신과 설리번은 환영받는 손님 그 이상이었다. 손님방에는 깨끗한 이불과 수건도 준비되어 있었다. 당신이 필요로 하는 것이라면 다 갖추고 있었다. 당신의 정체에 대해 조금 의혹이 있기는 하지만, 그렇다고 해서 당신과 설리번을 돕고 싶은 마음이 변하지는 않았다.

나는 관대하며 남을 기꺼이 돕는 사람이었다. 내 아들에게도 그렇게 살라고 가르쳤다. 도움이 필요한 미혼모와 그 아기를 외면하는 것은 옳지 않았다. 비록 그 미혼모가 무언가 비밀을 감추고 있는 것이 확실하다고 하더라도 말이다.

이불에 싸여 거실 한가운데 누워 있는 설리번을 보고는 우리 집에 한 가지가 없다는 사실을 깨달았다. 바로 아기 침대였다.

입술을 깨물며 아기인 아론이 이런 상황에 처했을 때 내가 어떻게 행동했는지 떠올려 보려고 기억을 더듬었다. 이런 특수한 곤경을 겪은 적이 한 번도 없었다는 결론에 도달하는 데는 그리 오랜 시간이 걸리지 않았다.

아론이 어렸을 때 나는 다른 사람의 집에서 취할 때까지 술을 마신 적이 없었다. 당신과 달리, 나는 엄마로서 항상 주의를 기울였다.

당신을 내 곁에 두어야 할 또 다른 이유였다.

당신이 누구든 켈리, 당신은 내가 필요해.

문득 방법이 떠올랐다. 들뜬 마음에 슬리퍼를 신은 채로 뒷마당으로 향했다. 몹시 추웠다. 뒷마당으로 가는 동안 얼음장 같은 공기가 살갗을 스쳤다. 열을 일으켜 보려고 맨살이 드러난 양팔을 앞뒤로 흔들었다. 히터를 켠 집은 따뜻했기 때문에 나는 긴소매를 입고 있지 않았다.

창고에 도착했을 때는 이가 덜덜 떨렸다.

자물쇠를 열고 안으로 들어갔다. 안은 더 추웠다. 어둡기까지 했다. 휴대폰을 꺼내 손전등으로 사용했다. 바닥에 아론의 낡은 장난감 몇 개가 뒹굴고 있었다. 돌무더기도 보였다. 그 애는 가끔 여기서 놀곤 했다. 군대의 벙키 비슷한 곳으로 여기고 싶어 했던 것 같다.

앞으로 한 걸음 나아가, '아기'라고 표시해 둔 상자에 손을 뻗어 열어 보았다. 파란색 담요와 우주복들, 아마도 아론의 낡은 장난감 몇 개가 나를 맞이할 것이라 생각했다. 하지만 열은 분홍색의, 푹신한 담요가 제일 먼저 눈에 띄었다.

목 안쪽에서 숨이 턱 막혔다. 떨리는 손으로 담요를 만져 보았다. 부드럽고, 보송보송했다. 손가락으로 그것을 감싸 쥐고 상자에서 꺼냈다. 얼굴로 가져와 냄새를 맡아 보았다. 축축하고 퀴퀴한 냄새가 났다.

가슴이 내려앉았다.

눈에 힘을 주고 상자 안을 다시 들여다보았다. 더 많은 분홍색 물건들이 보였다. 우주복, 드레스, 신발들. 모두 새것이었다. 가슴이 조여 와 담요를 바닥에 떨어뜨리며 마치 상자에서 전염병이라도 퍼져 나오는 것처럼 물러섰다. 목이 타들어 가는 것 같아 숨을 헐떡였지만 전혀 상쾌해지지 않았다. 여기는 먼지도 많고 더러웠다. 밖으로 나가고 싶었다.

바람이 불어오는 문 쪽을 향해 시선을 돌렸다.

그리고 그것을 보았다.

내가 여기 온 이유.

그것을 꺼내려고 상자 사이를 헤치고 지나가는 동안 가슴이 확장되는 것이 느껴졌다. 손전등으로 그것을 비추자 미소가 절로 지어졌다. 라파엘은 나에게 이것들을 모두 버리라고 했다. 일부는 직접 내다 버리기도 했다. 그래서 결국 이 창고에 이것들을 갖다 둔 것이다.

원래는 정원용품들을 보관하는 곳이었지만, 언젠가는 필요할지도 모른다고 생각하면서 이 상자들과 오래된 가구들을 모두 여기에 보관했다.

그렇게 하길 참 잘했다.

조금만 기다려요, 켈리.

"켈리! 설리번!"

나는 침대에서 뒹굴며 라파엘이 없는 빈자리까지 몸을 뻗치고 누워 있었다. 눈꺼풀을 계속 감고 있었지만 주황빛이 들어오는 게 느껴졌다. 날이 밝은 것이다. 나는 늘 올빼미형 인간이었다. 라파엘은 아침형이다. 처음 결혼했을 때 그는 토요일마다 내가 자는 동안 커피와 빵을 사러 밖으로 나가곤 했다. 덕분에 뜨거운 바닐라 라떼와 따뜻한 스콘을 먹으며 잠을 깰 수 있었다.

그가 언제까지 그걸 사다 주었는지는 기억나지 않는다. 생각을 멈추고 베개에 얼굴을 누르며 다시 잠들려고 했다.

"설리번! 켈리!"

깜짝 놀랐다. 눈이 떠졌다. 당신이 우리 집에 와 있다는 사실을 잊고 있었다.

계단으로 올라오는 발소리가 들렸다.

"여기예요."

잠긴 목소리로 불렀다.

"켈리?"

당신의 목소리가 침실로 새어 들어왔다.

"들어와요."

일어나 앉으며 헝클어진 머리를 손가락으로 정리했다.

문이 활짝 열리자 당신은 귀신이라도 본 듯 눈을 동그랗게 뜨고 서 있었다.

"설리번은 어디 있어요?"

당신의 말투에 약간 짜증이 올라왔다. 내가 그 애를 해치기라도 한 것처럼 말하다니. 앞으로 몸을 뻗으며 내가 말했다.

"진정해요. 여기 잘 있어요."

입술을 꾹 다문 채 당신은 방 안으로 쑥 들어왔다. 곱슬곱슬한 머리카락은 완전히 헝클어져 있었다. 검게 한 눈 화장이 눈 밑과 뺨까지 내려왔고, 짙은 립스틱과 와인 자국이 입 주변에 묻어 있었다. 영락없이 숙취에 시달리는 사람의 모습이었다. 침대 주변으로 온 당신의 눈썹이 치켜 올라갔다.

왜 겁먹은 표정을 짓는 거지?

설리번은 잘 있었다. 그는 내 침대 옆에 둔 요람에서 고요히 자고 있었다. 밤새 아이를 지켜보았다. 설리번은 안전하고 편안했다.

"이게 어디서 났어요?"

당신이 가리키며 물었다.

"요람요? 아론이 쓰던 거예요."

좀 전에는 당신이 겁먹은 것처럼 보인다고 생각했다면, 지금은 완전히 두려워하는 것 같았다. *대체 왜?*

"이걸 아직도 갖고 있다고요? 이 집에?"

왜지? 내가 그 정도로 이상하다고 생각하는 건가?

"아뇨. 물론 그건 아니에요. 뒷마당 창고에 있었어요."

"창고에서 꺼내 온 거라고요?"

"걱정 말아요. 상자에 보관했던 거고 설리번을 넣기 전에 깨끗이 닦았어요. 정말 괜찮아요. 그리고 보세요, 설리번도 좋아해요."

나는 당신을 안심시키려 했다.

어젯밤 나는 설리번을 안고 흔들어 잠을 재웠다. 아기의 몸이 내 몸에 닿는 느낌을 즐기며 그렇게 두었다. 설리번을 요람에 눕혔을 때 아기는 완전히 잠들어 있었고 밤새 깨지 않았다. 창문으로 들어오는 달빛에 그의 피부가 환하게 빛나는 모습을 잠시 지켜보았다. 아론과 정말 닮아 보였다. 어두운 피부색과 짙은 머리카락도 같았고, 콧날의 모습, 하트 모양의 입술, 아몬드 모양의 눈도 같았다. 당신은 나처럼 피부가 희고 입술은 도톰하고 작은 코끝은 단추 모양으로 생겼으며 눈은 크고 동그랗다.

마음 깊은 곳에서, 여전히 이 아이가 내 손자라는 생각이 들었다. 하지만 그게 사실이라면 아론은 왜 그걸 나한테 숨겼을까? 그리고 왜 당신은 아론에 대해 거짓말을 하는 것일까?

"담요는 새것인가요?"

당신의 질문 덕에 생각의 소용돌이에서 벗어났다. 당신의 얼굴은 걱정으로 잔뜩 찌푸려져 있었다.

솔직히 신경에 거슬렸다. 당신의 행동 때문에 당혹스러웠다. 지난밤에 술에 취해서 소파에 쓰러져 잔 사람은 당신이다. 나는 그런 당신의 아들을 돌봐 주었다. 당신이 적어도 감사해야 한다고 생각했다.

"네."

설리번의 몸을 감싼 푹신한 분홍색 담요를 잡으며 미소를 지었다. 그것을 한 번도 사용하지 못한 채 치워 버려야 했을 때는 죽을 것만 같았다.

이제야 그것을 사용했다.

일이 제대로 돌아가는 기분이었다. 아름다운 일이었다. 우리는 모두 제자리로 돌아왔다.

당신이 말꼬리를 길게 빼며 대답했다.

"그으렇군요. 음, 저희를 대접해 주시고 재워 주셔서 정말 감사해요. 하지만 너무 폐를 끼쳤네요. 어서 가 봐야 할 것 같아요."

"아니에요."

이불을 던지듯 놓고 나는 고개를 저었다. 마음속을 휘젓고 있는 이 모든 질문에 대한 답도 얻지 못한 채 당신을 떠나보낼 수는 없었다.

"설리번도 아직 자고 있고 아침도 안 먹었잖아요."

침대에서 미끄러져 내려섰다.

"어서요. 내가 먹을 것 좀 만들어 줄게요."

당신은 망설이면서 설리번을 바라보았다. 배 속이 꼬이는 듯했다. 혀끝에서 맴도는 말들을 꾹 참아 냈다.

"음……. 그러면 정말 좋겠지만, 이미 많이 해 주셨어요. 저희는 가는 게 나을 것 같아요."

"아침밥도 안 주고 보내는 집주인이 어디 있대요? 어제 와인을 많이 마셔서 좀 먹어 둬야 할 거예요."

나는 농담을 던지며 앞으로 걸어 나가면서 당신의 팔을 잡아당겼다. 문 앞에서 당신은 뒤를 돌아보며 멈춰 섰다.

"괜찮아요. 깨면 소리가 들릴 테니까."

당신은 그다지 납득하는 것 같지는 않았지만, 천천히 고개를 끄덕이며 아래층으로 따라 내려왔다. 나는 커피를 끓이고 달걀과 감자를 삶았다. 라떼와 스콘은 아니었지만 이것도 괜찮을 것이다.

"설리번은 평소에도 저렇게 잘 자요?"

이미 답을 알고 있었지만, 테이블에 앉으며 질문을 던졌다. 설리번의 일관적이지 않은 수면 패턴에 대한 불평을 여러 번 들었다. 하지만 어젯밤 설리번은 아무런 문제가 없어 보였다.

"사실은 안 그래요. 보통 밤에 여러 번 깨고 6시까지도 깨어 있기도 해요."

당신은 커피를 한 모금 마셨다.

"그럼 여기가 편한가 봐요."

나는 은근히 말을 흘렸다.

내 의도를 눈치챘다면 당신은 그냥 넘기지 않았을지도 모른다. 그러나 당신은 그저 포크로 감자를 찔러 한입 베어 물었다. 당신은 내 방식대로 핫 소스를 바른 달걀을 좋아했다. 아론은 항상 케첩을 듬뿍 발라 먹곤 했는데 나는 그게 역겹게 느껴져서 그 애가 그렇게 먹을 때면 다른 곳을 쳐다보곤 했다.

라파엘도 핫 소스에 먹는 걸 좋아했다. 실은 내가 그렇게 먹도록 만든 장본인이 라파엘이었다.

"정말 맛있어요. 요리를 정말 잘하시네요."

당신이 입안 가득 넣고 말했다.

"고마워요. 내가 요리하는 길 좋아해요. 딩신은 뭘 좋아하죠?"

나는 대화를 주도하려고 말을 꺼냈다.

당신은 내 뒤의 창밖을 바라보며 어깨를 으쓱했다.

"모르겠어요. 전 그저 설리번이랑 같이 있는 게 좋아요. 텔레비전 보는 것도 좋아하고요."

아, 이런.

"아뇨, 내 말은, 취미가 뭐냐고요. 관심사 같은 것? 나중에 언젠가 직업을 갖게 된다면 하고 싶은 일이 있나요?"

몇 가지 질문을 더 하고 싶었다. 당신은 왜 지금 직업이 없는가? 집세는 어떻게 감당하고 있는가? 폴섬에 정확히 어떻게 오게 되었는가? 하지만 서두르면 안 된다. 경솔하게 행동하지 말자. 강하게 압박하는 건 피해야 한다.

당신이 선뜻 대답하지 못했기 때문에 내가 말을 꺼냈다.

"아론을 임신하기 전에 난 기자가 되고 싶었어요. 라파엘이 제안해서 영어를 전공했는데, 그렇게 하면 선택권이 많을 거라고 생각해서였어요. 아이들을 가르치거나 회사에서 일을 할 수도 있으니까요. 하지만 하고 싶었던 건 다른 일이어서 저널리즘을 부전공으로 했어요."

"텔레비전에 나오는 기자요? 뉴스캐스터 같은 거요?"

"아뇨, 잡지나 신문에 글을 쓰는 거요."

"맙소사, 사람들이 아직도 그런 걸 읽나요?"

마개를 따기 직전의 샴페인처럼 속에서 화가 끓어올랐다.

"그럼요, 사람들은 아직도 그런 걸 읽어요."

"아, 그렇군요. 휴대폰이나 뭐 그런 걸로도 읽으니까요. 그렇겠네요."

나는 고개를 저으며 한숨을 내쉬었다.

"어쨌든 당신은요? 설리번을 임신하기 전에 학교에 다녔나요?"

"네, 그랬죠. 하지만 뭘 하고 싶은지도 정말 몰랐어요. 그래서 학교를 그만두는 것도 큰 문제는 아니었어요."

다시 한번 시도해 보기로 하고 내가 물었다.

"어디 학교 다녔어요?"

당신이 고개를 저으며 대답했다.

"아, 작은 전문대학이에요. 아마 이름도 모르실 거예요."

나는 실망감에 얼굴을 찡그렸다. 아무런 소득이 없었다.

"그래요, 언젠가는 다시 학교로 돌아갈 수 있었으면 좋겠네요."

"네. 그러게요."

당신이 달걀의 마지막 한입을 먹었다. 그때 아기의 울음소리가 들려왔다.

아론이다.

심장이 뛰었다.

"아, 설리번이 깼네요."

당신이 테이블에서 일어섰다.

아, 그래. 설리번이구나. 물론이야. 나도 알고 있었어.

당신이 위층으로 올라간 사이 식탁을 치우고 접시를 설거지했다. 당신이 다시 내려왔을 때는 설리번을 팔에 안고 기저귀 가방을 어깨에 메고 있었다. 당신은 얼굴에서 안도의 표정을 감추지 못하고 있었다.

"정말 감사해요."

"가는 거예요?"

"네, 집에 가야죠."

"정말요? 더 있어도 괜찮아요. 라프는 주말 내내 집에 안 온다고 했고 난 이 큰 집에 혼자 있어야 해요. 사실 괜찮다면 더 오래 있어도……. 주말 이후에도요."

이 아기가 나와 관련이 있을 가능성이 조금이라도 있다면 되도록 여기 머물도록 하고 싶었다.

당신은 고개를 숙이며 물러섰다.

"네, 죄송해요."

이상했다. 지난밤에는 이런 집에 사는 것이 얼마나 멋진지 계속 이야기하지 않았던가. 그랬던 당신이 아침이 되자 떠나고 싶어서 안달이었다.

내가 놓친 게 있는 걸까?

당신이 이곳에 있는 걸 더는 참을 수 없다는 듯 설리번을 안고 도망치듯 집을 나가자 나는 내가 무엇을 잘못했는지 궁금해졌다. 당신은 나와 이름이 같은 사람 그 이상도 이하도 아닌 걸까? 이 모든 것이 우연일까?

당신 상담 좀 받아야겠어. 대체 무슨 소릴 하는 거야.

라파엘의 목소리가 내 마음을 뒤흔들고 이어 힐러만의 말이 떠올랐다.

당신은 존재하지 않는 것들을 봅니다, 켈리.

제15장

이사벨라 그레이스 메디나.

내 딸의 이름이다. 아론이 태어나고 2년 후에 태어났다. 그 아이를 병원에서 집으로 데려왔을 때는 꿈만 같았다. 믿어지지 않았다. 난 외동으로 자랐기 때문에 항상 대가족을 꿈꿔 왔다. 라파엘과 나는 이미 아들을 키우고 있었는데 이제는 딸을 얻은 것이다.

게다가 그 아이는 완벽했다. 아론처럼 숱이 많고 검은 머릿결을 갖고 있었다. 올리브색의 피부에 하트 모양의 입술도 닮아 있었다. 이사벨라가 태어난 후 몇 주 동안은 그 애에게서 눈을 뗄 수 없었다. 아론 또한 놀라울 만치 이사벨라와 너무 잘 지냈다. 물론 내가 이사벨라를 너무 오래 안아 주거나 아론 대신 그녀를 선택해야 할 때면 질투를 하기도 했다. 하지만 대부분 나 못지않게 여동생을 사랑해 주었다. 아론은 이사벨라의 머리를 쓰다듬고 엉성한 노래를 불러 주곤 했다. 뺨에 뽀뽀하기도 하고 앞에 앉아서 웃긴 표정을 지어 보이기도 했다. 아론은 왜 이사벨라가 자기에게 반응을 보이거나 함께 놀지 못하는지 이해하지 못했다.

언젠가는 함께 놀 수 있을 거라고 말해 주곤 했다.

그것이 내가 아들에게 처음으로 한 거짓말이었는지도 모르겠다.

라파엘도 이사벨라에게 꽤 다정했다. 이른 아침부터 기저귀를 갈아 주고 돌봐 주었기 때문에 좀 더 잠을 잘 수 있었다. 하지만 나처럼 아이와 깊은 유대감을 갖지는 않는 것 같았다. 아론에게도 늘 그래 왔기 때문에 그 문제를 크게 걱정하지 않았다.

언젠가 그 이야기를 하자 카르멘은 남자들은 갓난아기를 키울 때 종종 그럴 수 있다고 얘기했다. 한편으론 이해가 되기도 했다. 아론을 낳고 나는 약간 산후 우울증을 앓았다. 아마도 그런 것을 남자들도 겪는 게 아닐까 했다.

지금은 그렇게 생각하지 않지만.

라파엘과 아론 사이의 거리는 결코 좁혀지지 않았다. 아론이 자란 후에도 달라지지 않았다. 솔직히, 라파엘은 항상 아들을 질투하는 것처럼 보였다. 나는 그 문제에 대해 종종 스스로를 탓하곤 했다. 내가 아론을 너무 오냐오냐 키웠던 건 사실이었다. 약간은 극성스러웠다. 나는 항상 아론 가까이에 있으려고 했다.

이사벨라가 살아 있었다면 계속 그랬을까 하는 생각이 가끔 들곤 한다. 하지만 이젠 알 수가 없다.

이사벨라는 2개월 때 세상을 떠났다.

나는 그때 집에 없었다. 친구들을 만나러 외출했다. 이사벨라와 처음으로 떨어진 날이었다. 그녀가 낯선 사람이나 시터와 함께 있었던 것은 아니었다. 라파엘과 아론이 집에 있었다. 그래서 걱정하지 않았다. 라파엘은 괜찮을 거라며 나를 안심시켰다. 자신이 아이들과 친해질 좋은 기회라고까지 했다.

그래서 나는 내가 나가 주는 것이 좋겠다고 생각했다. 그게 그 사람을 도와주는 것이라고.

내가 웃으며 수다 떨며 와인을 마시는 동안 우리 딸은 침대에서 죽어 가고 있었다.

유아 돌연사 증후군이었다.

설명을 듣고 싶었다. 이유를 알고 싶었다. 하지만 아무것도 듣지도, 알지도 못했다.

나는 내 딸아이를 다시는 안아 볼 수 없었다.

"딸에게 일어난 일에 대해 라파엘을 원망하나요?"

힐러만이 언제나처럼 양손으로 텐트 모양을 만들며 물었다.

"아뇨. 제 자신을 원망해요."

나는 거짓말을 했다.

"그건 왜죠?"

힐러만이 눈썹을 구부려 고랑을 만들었다.

그의 눈썹에서 시선을 돌렸다. 내가 이곳에 마지막으로 왔을 때보다도 더 숱이 많아졌다고 맹세할 수 있었다.

"제가 집에 있었어야 했어요."

"하지만 그게 합리적인 생각은 아니라는 거 아시죠? 내 말은, 유아 돌연사 증후군을 막기 위해 당신이 할 수 있는 일은 아무것도 없다는 뜻입니다."

들어 본 적 있는 이야기였다. 하지만 나는 더 잘 알고 있었다. 내가 집에 있었다면 그 애가 등을 대고 누워 있는지, 침대에 담요나 장난감이 없는지 확인할 수 있었을 것이다. 라파엘은 그런 일에 전혀 관심을 기울이지 않았다. 내가 상기시켜 주려고 할 때마다, 알고 있는 일을 너무 잔소리한다고 말하곤 했다.

내가 그 애를 발견했을 때 분명히 아이는 엎드려 있었다. 라파엘은 내 지시를 무시했다.

"저는 결코 알 수 없을 것 같아요."

"하지만 아직도 많이 생각하고 있는 거죠?"

나는 고개를 저었다.

"많이는 아니에요. 사실, 요즘은 전혀 생각하지 않고 지냈어요."

"뭐가 달라진 거죠?"

당신, 켈리 덕분이었다. 당신이 모든 것을 바꿔 놓았다. 나는 헛기침을 하며 목청을 가다듬었다.

"제 친구 켈리라고…… 전에 말씀드린 적 있는데 기억하시죠?"

힐러만은 무릎에 있는 종이를 내려다보며 펜 끝으로 그것을 톡톡 두드렸다.

"당신과 같은 이름을 가진 여자분과 그 아기 말씀이시죠?"

나는 고개를 끄덕였다.

"그게, 금요일에 그 친구가 우리 집에서 자고 가게 되어서 아기를 재울 곳이 필요했어요. 그래서 창고에 가서 아론이 쓰던 오래된 요람을 찾아냈어요. 하지만 거기서 이사벨라의 물건들도 찾았죠."

"마음이 힘들었겠군요."

"그랬죠."

나는 힐러만의 등 뒤로 보이는 작은 창문을 응시하고 있었다. 옆 건물의 벽 말고는 아무것도 보이지 않았다. 먼지가 뒤덮인 회색빛의 음울해 보이는 벽이었다.

"저는 그 담요를 찾았어요. 폭신하고 분홍색의……."

머릿속에 그림이 그려지자 나는 잠시 말을 잇지 못했다. 눈을 감고 설리번이 그 담요를 덮고 자고 난 다음 날 맡을 수 있었던 베이비 파우더의 향기와 손끝 사이로 느껴졌던 부드러움을 떠올렸다.

"크리스마스 선물로 이사벨라에게 주려고 샀던 거였어요. 하지만 그 앤 그걸 써 보지도 못하고 죽었어요."

목구멍이 조여 왔다. 안에서 솟아오르는 덩어리를 힘껏 삼켰다. 눈을 깜박이며 다시 회색 벽을 응시했다.

"금요일 밤에 켈리의 아들은 얇디얇은 담요에 싸여 있었어요. 그래서 제가 이사벨라의 담요를 덮어 주었어요. 그랬더니 밤새 잘 자더라고요. 제 침대 바로 옆에 둔 아론의 요람에서요."

나는 미소 지었다. 그 기억의 온기가 내 몸에 퍼져 갔다.

"당신의 침실에 친구의 아기를 두었다고요?"

힐러만은 눈을 가늘게 뜨고 입술을 오므리며 물었다. 왜 내 얘기에 대해 저렇게 이상하게 반응하는 거지?

나는 어깨를 으쓱하며 대답했다.

"네. 켈리가 소파에서 완전히 기절하듯 잠이 들었거든요. 아기에겐 제 방이 더 편할 거라고 생각했어요. 아론은 항상 제 침대 옆에서 자는 걸 좋아했어요."

"이사벨라는 요람을 사용하지 않았나요?"

나는 고개를 저었다.

"그렇군요."

힐러만은 종이에 무언가를 적어 넣었다. 어깨가 긴장되었다.

"그것이 당신이 자신을 원망하는 이유 중의 하나일까요?"

"그건 제 잘못이 아니에요. 모두 라파엘이 결정한 일이었어요."

나는 경멸스럽다는 듯 말했다.

"이사벨라는 여기서 자지 않을 거야."

라파엘이 단호하게 말했다.

"하지만 그래야 해. 아직 아기라고."

라파엘은 화를 내며 한숨을 쉬었다.

"아기는 대부분 아기 침대에서 자, 켈. 그게 아기 침대가 있는 이유야. 아기들이 여기서 자는 거야."

"그래. 아기들. 신생아는 아니지."

"아기나 신생아나 다를 거 없어."

"달라."

"그저 아기를 우리 공간 밖에 두는 것일 뿐이야. 더 이상은 어떤 아기도 우리의 공간에 들이지 않을 거야."

"몇 달만이야."

내가 우겼다.

"아론이 어릴 때도 그렇게 말했는데 그 애는 2년 동안을 여기서 같이 잤어."

사랑스러운 내 딸을 방에 혼자 둘 생각을 하니 가슴이 아려 왔다. 그 애에게 내가 필요할 때는? 내 마음을 읽기라도 한 듯 라파엘이 가까이 다가와 손을 잡았다.

"여기에 모니터를 두자. 그러면 괜찮을 거야. 침실은 당신이랑 나만이 함께하는 공간이어야만 해. 아이들 없이 말이야."

그는 부드럽고 따뜻한 입술로 내 손에 키스했다. 라파엘이 윙크를 했고 나는 좀 누그러졌다. 더 이상 다툴 수 없다는 걸 나는 알고 있었다.

"그렇다면 라파엘을 원망하는 거군요?"

내가 이렇다. 너무 많은 얘기를 한다. 말을 아끼지 못했다.

"그게, 조금은요."

"당신은 아론이 떠난 것에 대해서도 라파엘을 원망하고 있군요. 이것이 두 사람 사이의 문제와 관련이 있다고 생각하시나요?"

이마와 등줄기를 따라 땀이 흘러내렸다. 한숨을 내쉬며 손등으로 땀을 닦았다.

"그건 중요하지 않아요. 과거는 되돌릴 수 없어요. 전 그저 앞으로만 나갈 뿐이에요."

화제를 무엇으로 돌려야 할지 필사적으로 생각하며 중얼거렸다.

"그게 당신이 지금 하려는 거죠? 당신 친구와 함께? 당신이 아기 키우는 걸 도와준다는 그 친구와?"

"네."

대화의 주제가 내가 아닌 당신으로 바뀌었다는 사실에 감사하며 안도의 한숨을 내쉬었다. 자세를 고쳐 앉으니 좀 정신을 차릴 수 있었다.

"바로 그거예요. 그녀를 돕는 건 일종의 속죄와도 같아요."

"그렇군요."

그는 다시 무언가를 써 내려갔다. 제길. 이번엔 또 내가 뭘 잘못한 거지?

"아니, 아마도 속죄는 아닐지도 몰라요. 저도 잘은 모르겠지만. 제 말은, 무언가 옳은 일을 하고 있다는 거예요. 전에 말씀드린 것처럼, 그녀는 많은 도움이 필요해요. 자신이 뭘 해야 하는지도 모르고 주변에 아무도 없어요."

"당신이 아론을 키울 때와 같은 상황이로군요."

나는 발끈했다.

"저는 주변에 사람이 많았어요. 저희 부모님도 계셨고. 라프의 부모님이랑 친구들도. 그리고 라프도."

그는 생각에 잠긴 표정을 한 채 펜으로 턱을 두드렸다.

"당신이 시댁 식구들, 특히 시어머니와 가깝게 지냈던 건 알고 있어요. 하지만 당신이 내게 했던 이야기를 봐서는 친정 부모님과는 좋은 관계가 아니었던 것 같은데요."

힐러만에게 너무 정직하게 말했다는 사실을 잊고 있었다.

"네, 그게, 그렇게까지 가깝지는 않았어요. 하지만 최소한 제 주변에는 계셨어요."

"아직도 그분들과 이야기를 하시나요?"

"그게, 카르멘은 돌아가셨어요."

나는 목에 무언가 턱 막히는 기분을 느꼈다. 카르멘이 아직 살아 있다면 이 모든 상황이 달라졌을까 하는 생각을 종종 하곤 했다. 그녀는 항상 내게 많은 것들을 해 주었다. 힐러만은 앞으로 몸을 기대며 나를 보았다. 나는 침을 삼키며 허리를 곧추세웠다.

"그리고 라파엘의 아버지는 베이 에어리어에 있는 노인 주택 지구에서 살고 계세요. 라파엘이 일주일에 한 번씩 찾아뵙는 것 같아요."

아마 나보다 아버지와 더 많이 시간을 보내겠죠.

"그리고 당신의 부모님은요?"

"돌아가셨어요."

"돌아가시지 않았잖아요?"

"저에겐 돌아가신 거나 다름없어요."

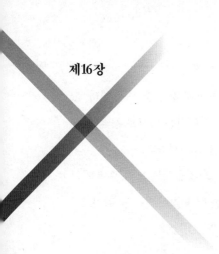

제16장

집 안은 쥐 죽은 듯 조용했다. 청소를 마친 후 샤워를 했다. 옷을 갈아입고 분홍색 담요가 공처럼 말려 있는 요람을 내려다보았다. 담요를 집어 얼굴에 대어 보았다. 설리번의 향기가 생생하게 느껴졌다.

가슴이 아파 왔다.

고요가 목을 조르는 것 같았다.

그렇게 서둘러 떠나야만 했을까? 우리 집이 마음에 들지 않았나? 설리번은 좋아했던 게 확실했다. 그는 여기서 행복해했다. 만족했고 안전했다. 그 어두침침한 뒷마당의 아파트로 아이를 데려가는 당신은 정말 이기적이었다.

나는 당신에게 집을 제공했다. 좋은 집을. 그리고 안전을. 도우미 역할도 했다. 왜 나를 받아들이지 않는 거지? 솔직히 말도 안 되는 일이었다. 곧 겨울인데 당신이 사는 곳은 쓰레기장 수준이었다. 아마도 전에는 차고였던 것 같았다. 난방이 제대로 되기나 할까?

아기는 따뜻한 곳에서 지내야 했다.

당신을 이 집에 계속 잡아 둘 방법은 없었다. 당신은 벗어나고 싶어 했다.

젠장, 켈리.

왜 이렇게 일을 어렵게 만드는 거지?

입술을 깨물며 담요를 다시 요람에 넣었다. 이 크고 텅 빈 집에서 종일 앉아 있을 새가 없었다. 설리번이 안전하게 잘 있는지 확인하기 위해 최선을 다해야 했다.

방을 나서며 요람을 마지막으로 다시 한번 돌아보았다. 저것을 치울 이유는 없었다. 또 필요하게 될 테니까.

조만간, 모든 것이 내 뜻대로 된다면.

볼트 커터.

검정 장갑.

검정 비니.

어두운 옷.

확인, 확인, 확인 또 확인.

체크리스트를 확인하고 구글 검색까지 총동원했음에도, 여전히 어떻게 해야 하는지 알 수 없었다. 친구들은 항상 구글에서 무엇이든 다 찾아낼 수 있다고 했다. 크리스틴은 머리를 묶는 방법부터 옷장을 정리하는 법, 뒷마당에 정원 만드는 법까지 언제나 유튜브 영상을 시청하면서 연구하고는 했다. 언젠가는 부엌의 새 찬장을 DIY

로 만들기도 했다.

하지만 난 몇 시간 동안이나 구글을 검색했음에도 당신 집의 전기를 차단할 방법을 알아내지 못하고 있었다. 한밤중에 당신 집의 마당에 서서 배전반만 바라봤자였다.

사실 그냥 스위치를 꺼 버릴 수도 있었다. 하지만 그건 고치기 너무 쉬웠다. 무언가 내가 잘라 낼 수 있는 전선 같은 것이 있을 거라 생각했다. 그래서 발 옆에 놓아둔 볼트 커터를 들고 온 것이다.

차가운 공기가 뺨을 스쳤다. 몸이 떨렸다. 라파엘이 나와 함께 있었다면, 반바지에 얇은 셔츠를 입고서도 그다지 추워하지 않았을 것이다. 하지만 난 머리부터 발끝까지 캘리포니아 출신이다. 날씨가 15도 밑으로만 떨어져도 내겐 한겨울이다.

나뭇가지가 부러지는 소리가 났다. 근처의 수풀 속에서 무언가 움직였다. 나는 비명을 질렀다가 서둘러 입을 다물었다.

진정해, 켈. 동물이겠지.

주변은 칠흑같이 어두웠다. 달은 작은 은빛 조각에 불과했고 별들은 모두 구름에 덮여 있었다. 당신 집의 뒷마당은 빛이라곤 전혀 없이 나무에 둘러싸여 있어 어두컴컴했다. 나는 휴대폰을 플래시로 사용했다.

손전등을 체크리스트에 추가했다면 좋았을 것 같았다.

심호흡하고는 조용히 주변을 걸으면서 또 다른 배전반을 찾아보았다. 하지만 아무것도 찾을 수 없었다. 이 집에 배전반은 정말 하나뿐일까? 당신 집의 전기는 주인집과 연결된 걸까?

카르멘이 죽고 나서 우리는 어디에 라파엘의 아버지를 모셔야 할지 상의한 적이 있었다. 우리 집 마당에 작은 별장을 지을까 하는 생각도 했다. 당신이 현재 사는 것과 비슷한 방식이었다. 생각을 더듬어, 그런 게스트 하우스 개념의 집들은 본관에서 전기를 끌어다 쓴다는 것을 기억해 냈다.

나는 입술을 깨물었다. 내가 전기를 끊는 방법을 알아낸다 하더라도 당신에게만 영향을 끼치는 것이 아니었다. 당신에게 집을 빌려준 그 친절한 할머니에게도 영향이 갈 것이다. 나는 그 추운 집에서 연약한 할머니가 추위에 떠는 모습을 상상해 보았다.

노인과 아기. 추위를 이겨 낼 수 없는 사람들이다. 그리고 나도.

나는 게스트 하우스 안에서 설리번이 늘 그랬듯이 이불을 걷어차고 바지도 입지 않은 채 맨다리로 있는 모습을 상상했다. 입안이 축축해지면서 토할 것 같은 느낌이 들었다.

내가 지금 여기서 뭘 하는 거지?

정말 이렇게 몸을 숙이고 숨어 있어야 하는 건가?

누군가가 나와 함께 살도록 만들기 위해 그 사람이 사는 집의 전기를 차단하는 방법을 종일 연구했다. 아론의 얼굴이 갑자기 떠올랐다. 내가 지금 이러고 있는 모습을 그 애가 본다면 어떻게 생각할까? 그리고 자기의 아들이 저기 있는 것을 안다면? 설리번을 위험에 빠뜨리려고 한다며 나를 결코 용서하지 않을 것이다. 하지만 이 일이 저들을 어떤 위험에 빠뜨리게 될까? 적어도 여기서 얼어 죽지는 않을 것이다. 전기가 나갔다고 해서 얼어 죽는 사람은 없었다. 조금 춥고 불편할 뿐이었다. 난 켈리에게 전화를 걸어 따뜻한 불 옆에 앉아 맛있는 레드 와인 한 잔을 마시고 있다는 사실을 은근히 대화에 끼워 넣을 계획이었다. 그녀는 전혀 의심하지 않고 자신의 잘못된 선택을 깨닫고 우리 집에서 머물라는 내 제안을 받아들일 것이다. 누구에게도 해가 되지 않았다. 나쁠 것도 없었다. 오히려 모두가 안전해질 수 있었다.

배전반에서 물러서며 고개를 저었다. 내가 왜 이러는 걸까? 왜 이 일을 이렇게 정당화하려는 것일까?

이건 내가 아니다. 나는 살면서 결코 이런 일을 한 적이 없다.

음, 단 한 번 있기는 했다…….

하지만 그건 달랐다. 완전히 다른 경우였다. 게다가, 나는 그때 제정신이 아니었다. 오늘 밤 같은 핑계를 댈 수는 없었다.

장갑과 볼트 커터를 내려다보았다. 심장이 멈추는 것 같았다. 이건 범죄였다. 멀리서 자동차 소리가 들리자 숨이 막혔다. 침을 삼키고 몸을 구부려 볼트 커터를 집었다.

당신과 설리번을 우리 집으로 오게 할 다른 방법이 있을 것이다. 내가 감옥에 가지 않아도 되는 방법 말이다.

이건 모두 당신의 잘못이었다, 켈리. 당신이 나를 이렇게 만든 것이다. 내가 설리번을 안전하게 지켜줄 수 있는데도 왜 여기에 혼자 살겠다고 하는 거지?

나는 볼트 커터를 옆으로 낮게 잡은 채 게스트 하우스로 기어갔다. 주변은 어두웠고 창문의 블라인드는 모두 내려가 있었다.

앞 창문 블라인드에 조금 꼬인 부분이 있었는데 당신은 그 부분을 아직 고치지 않고 그대로 두고 있었다. 눈을 가늘게 뜨고 허리를 굽혀 안을 들여다보았다. 둘 다 자고 있을까, 아니면 설리번의 밤중 수유를 위해 깨어 있을까? 무언가를 알아내기에는 너무 어두웠다. 내가 상황을 잘 몰랐다면 빈집인 줄 알았을 것이다. 그 집에는 아무도 살지 않는 것 같았다. 할머니의 뒷마당에 있는, 그저 비어 있는 건물.

뒤에서 소리가 들렸다. 오싹함을 느끼며 몸을 돌렸다. 주인집에서 불이 켜졌다. 뒷문이 열리려는 찰나 땅에 엎드려 나무 쪽으로 기어가 숨고는 숨을 참으며 꼼짝하지 않았다.

고양이의 울음소리.

나는 움직이지 않았다.

문이 닫히고 자물쇠가 제자리로 딸깍 돌아가는 소리만이 밤의 적막을 울렸다. 움직이지 않고 몇 분을 더 기다렸다. 고양이가 나를 지나쳐서 달려가는 것을 보고 나서야 마침내 자리에서 일어섰다.

자동차에 안전하게 오른 뒤에야 손에서 피가 나고 있다는 걸 알았다.

아까 급하게 숨으면서 볼트 커터로 손가락을 찔렀던 것이다.

그래, 범죄도 아무나 저지르는 게 아니구나.

지갑에서 휴지를 찾아내 피가 나는 부분을 눌러 지혈을 했다. 상처는 그다지 깊지 않았다. 연고와 반창고만 있으면 될 것 같았으므로 시동을 걸고 집으로 향했다.

어두운 거리를 운전하면서 라파엘과 내가 사귈 때 이런 일들을 하면서 우리가 얼마나 웃었는지 떠올렸다. 그는 언제나 바보 같은 짓들을 하곤 했다. 술과 담배를 훔친다든가 초대받지 않은 파티에 참석한다든가. 나는 모범생이었다. 규칙을 잘 따르는 사람이었다. 그의 모험에 함께하는 것은 두려운 일이었다.

하지만 이건 그것과는 다르다는 생각이 들었다. 그리고 나는 결코 이 일에 대해 라파엘에게 말하지 않을 것이다.

대학에서 처음 전공을 선택해야 했을 무렵에는 로스쿨 진학을 고민했다. 나는 정의를 믿는다. 선은 악을 이긴다. 의로운 자가 승리한다. 토론과 스피치 수업은 영어 과목 못지않게 좋아하는 과목이었다. 형사 행정학 강의를 들었던 적도 있는데 그 강의를 정말 좋아했다. 교수가 나에게 변호사가 되는 것이 어떻겠냐고 권하기까지 했다.

라파엘은 처음 만났을 때부터 내가 항상 기자가 되는 것에 대해 이야기했다며 글을 쓰라고 권했다. 내가 글을 꽤 잘 쓴다는 것이었다.

그래서 나는 영어를 전공으로 선택했고, 결국엔 이렇게 전업주부가 되었다.

하지만 형사 행정학 강의에서 배웠던 몇 가지는 아직도 기억하고 있었다. 텔레비전 범죄 드라마와 내가 좋아하는 법정 스릴러물에서 배운 것들인지도 모르겠다.

어느 쪽이든, 한밤중에 당신 집까지 갔다가 처참하게 돌아온 후 나는 설리번을 데려오기 위해 더 안전하고 합법적인 방법을 선택하기로 했다.

어른스럽게 생각해야 할 타이밍이다. 전문가답게. 책임감 있는 시민답게.

(신경을 안정시키기 위해 필요한) 와인을 한 잔 따른 후, 마지막으로 크리스틴과 함께 쇼핑 갔던 날 충동적으로 산 일기장을 찾아냈다. 이

제 드디어 이것을 사용할 이유가 생겼다. 소파에 앉아서 무릎 위에 빈 일기장을 펼쳤다. 깨끗한 페이지의 중앙에 선을 그으려다 잠시 생각했다.

설리번이 나와 관련이 있든 아니든 간에 (그런 것 같기는 하지만), 그는 당신과 있는 한 안전하지 않았다. 그날 아침 이 집에서 뛰쳐나갈 때 당신이 그 사실을 정확히 증명했다. 우리 집은 당신과 설리번 모두에게 옳은 선택임이 분명했다. 그럼에도 당신은 이기적으로 당신의 아들을 곰팡이가 그득하고 벽도 얇은 게스트 하우스로 데려갔다. 엄마라면 자신보다는 아이를 우선시해야 하는데 당신은 그렇게 하지 않았다.

종이 위에 펜을 올리고 날짜와 시간, 사건을 떠올리려 노력했다.

그러고 나서 가능한 자세하게, 신중하고 체계적으로 그것들을 써 내려갔다. 불법적인 행동으로 원하는 바를 얻을 수는 없으니 올바른 방법으로 해낼 것이다. 증거를 수집해서 증명해 보일 것이다. 시간이 걸릴 수도 있지만 결국에는 그럴만한 가치가 있을 것이다.

제17장

당신에 대해 많이 알게 되었다.

당신은 크리스틴처럼 건강을 신경 쓰는 사람은 아니었다. 당신은 칩스와 딥(감자칩, 옥수수칩 등과 같은 여러 칩과 소스로 이루어진 음식 ― 옮긴이), 사탕과 음료수를 좋아했다. 젊은 여자들은 신진대사가 활발한 것이 틀림없다. 글루텐과 땅콩 알러지를 겪고 난 후 붉은색의 음식을 멀리하고 유기농 식품만 먹었던 내게는 한 손에는 도리토스 한 봉지를, 다른 한 손에는 탄산음료를 들고 집 안을 당당하게 걸어 다니는 당신의 모습이 이상하게 보였다.

당신은 무의미한 리얼리티 쇼를 보는 데 너무 많은 시간을 낭비했으며 텔레비전을 보지 않을 때는 휴대폰만 붙잡고 있었다. 종종 설리번을 안고 있는데도 그의 머리 위로 휴대폰을 보고 있기도 했다.

사실 슬펐다. 기술에 잠식당한 삶이라니. 아론이 아기였을 때 우리는 함께 책을 읽곤 했다. 책을 읽어 주고 나면 아론은 내 무릎에 딱 붙어 앉아서 내가 소설을 읽는 동안 자기의 책장을 넘기곤 했다.

나는 당신이 책을 읽는 모습을 한 번도 본 적이 없다.

당신은 책을 전혀 읽는 사람이 아닌 건가, 켈리? 그랬던 적도 없고?

설리번에게 읽기에 대한 사랑을 심어 주지 않다니 부끄러운 일이었다. 내가 당신을 위해 해야 할 일이 하나 더 생겼다.

당신은 종일 머리를 바꾸는 데 신경을 썼다. 묶지 않고 길게 늘어뜨리기도 했다가 다음번에는 하나로 틀어 올려 묶었다. 저녁이 되면 그냥 질끈 묶거나 작게 땋기도 했다. 아기를 돌보면서 머리를 그렇게 자주 만질 시간이 있는지 나로서는 이해할 수 없었다.

아기를 키우는 동안 나는 머리를 하나로 묶기만 했다.

당신을 지켜보기 위해 주의를 기울일 필요가 있었다. 길가에 주차한 차에서 지켜보는 것은 어려웠다. 당신은 내 차를 알고 있었다. 당신의 집주인도. 그런 이유로 나는 길 아래에 차를 세운 다음 당신의 집 근처까지 걸어갔다. 나는 언제나 운동복 차림에 모자와 선글라스를 썼다. 거리에 조깅하는 사람들이 무척 많아서 쉽게 섞일 수 있었다.

당신은 폴섬에서도 오래된 지역에 살았기 때문에 주변에 나무와 풀숲이 많았다. 내가 사는 곳처럼 새로 개발된 지역에는 나무가 거의 없다.

그건 당신을 관찰하면서 숨어 있을 곳을 찾는 일이 어렵지 않았다는 것을 뜻한다. 특히, 밤이 가장 쉬웠다. 당신은 감시받고 싶어 하기라도 하는 양 블라인드를 항상 열어 놓고는 했다. 또한 스포트라이트가 받고 싶은 듯이 모든 불을 항상 켜 두었다.

오늘 밤 당신은 설리번을 재우고 나서 바로 리얼리티 쇼를 보기 시작했다.

당신의 이런 모습이 나를 슬프게 했다, 켈리.

당신에게는 친구가 필요했다. 관계 말이다.

그리고 영양에 대해 더 공부해야 했다. 당신이 그렇게 영원히 날씬하지는 않을 것이다. 내 말을 믿을지 모르겠지만 말이다.

주머니 속의 휴대폰이 울리자 맥박이 뛰었다. 당신은 휴대폰을 귀에 대고 있었다. 나에게 전화를 거는 걸까? 당신은 이번 주 내내 나를 피했다. 나는 여러 번 당신에게 문자를 보내 만나자고 했지만 당신은 계속 바쁘다고 했다.

재밌군, 당신은 바빠 보인 적이 없었다. 당신의 창밖에 서서 문자를 보내 보기도 했지만 당신의 변명과 실제 모습이 일치한 적은 없었다.

이런 추위 속에서 이상한 스토커처럼 있고 싶지는 않았다. 하지만 당신은 내게 달리 선택의 여지를 주지 않았다. 나는 설리번을 지켜보아야 했다. 설리번이 우리 집에서 지냈으면 했다. 당신도 초대했다. 당신만의 방도 있고 당신의 아기를 돌봐 줄 사람도 있는 따뜻하고 커다란 집으로.

당신은 싫다고 했다.

당신이 이걸 선택했다. 당신과 아이 모두 안전하지도 않으며, 휴대폰을 들여다보거나 리얼리티 쇼나 보면서 온종일을 보내는 이 쓰레기장 같은 집을.

머리를 흔들며 숨을 내쉬고, 휴대폰을 보았다.

라파엘이었다. 나는 나무에서 물러나 길을 따라 걸어 내려갔다.

"응, 라프."

나는 활기차게 걸으며 전화를 받았다.

"당신 어디야? 왜 숨이 헐떡거려?"

나는 당신과 당신에 대한 의심에 대해 아직 라파엘에게 말하지 않았다. 그에게 아론을 책잡을 빌미를 주고 싶지 않았다. 아론이 우리 곁을 떠난 이유는 다름 아닌 라파엘이었다. 라파엘이 지금 내가 생각하고 있는 걸 알게 된다면 상황은 더욱 악화될 것이다.

"아, 그냥 좀 걷고 있어."

"날씨가 좋아? 여긴 꽤 추운데."

베이 에어리어는 항상 여기보다 더 추웠다. 그래서 난 그쪽으로 가는 걸 좋아하지 않았다.

"조금 쌀쌀하긴 해. 10월 날씨치고는 추워. 그래도 그렇게 나쁘진 않아. 나오니까 기분이 좋네. 내가 운동 좋아하는 거 알잖아."

침묵이 흘렀다.

"당신이 운동 좋아했다는 거는 알지. 그런데, 전에……."

심장이 조여들었다. 심호흡했다.

"음, 다시 시작했어."

"잘됐네."

"응."

라파엘이 나를 볼 수 없는데도 고개를 끄덕였다. 자동차가 지나갔다. 사람들은 내가 누군지 모를 것이다. 그래도 나는 거리에서 약간 등을 돌려 행인들이 모자 뒤쪽만 보도록 했다.

아무리 조심해도 지나치지 않다. 그렇지, 켈리?

"또 오늘 뭐 하면서 보냈어?"

대화가 지루했다. 나는 고개를 저었다. 우리의 결혼 생활이 언제부터 이렇게 변한 걸까? 수년간을 함께해 왔음에도 면접이나 첫 데이트에 할 대화를 하고 있었다. 우리도 한때는 깊은 대화를 나누곤 했다. 중요한 문제들에 대해 심오하게 이야기했다. 우리 삶의 가치. 믿음. 생각. 희망. 꿈.

다시 생각해 보니 차라리 지금 같은 상황이 나았을지도 모르겠다. 나는 정말 라파엘의 꿈과 희망에 대해 알고 싶었던 걸까? 그는 나의 꿈과 희망에 대해 알고 싶어 했을까? 그리고 그것들이 조금이라도 일치는 했을까? 의심스러웠다.

"별다른 거 없었어. 볼일 보고, 집 청소하고……."

켈리네 집 염탐하고.

"당신은 어때? 오늘 어땠어?"

"좋았지. 올해는 정말 괜찮은 학생들이 몇 있어서 좋아. 그중에 트레버라고 있는데 내 수업에 큰 흥미를 보여. 내가 젊었을 때 모습을 보는 것 같아."

나는 눈을 치켜떴다. 그래, 라파엘이 자기의 학생들을 얼마나 좋아하는지는 잘 알고 있었다. 그는 항상 아들보다 학생들에게 더 관심을 가졌다.

그 앤 나랑 너무 달라. 라파엘은 마치 그게 나쁜 일인 듯 아론에 대해 말하곤 했다. 용서할 수 없는 일인 것처럼.

아마 그것이 속마음이었을 것이다.

라파엘과 전화를 끊고 서둘러 당신의 집으로 돌아갔다. 한 젊은 남자가 당신 집의 현관문으로 향하고 있었다. 심장이 멈추는 듯했다. 친구인가? 남자 친구?

전화로 통화하던 사람일까? 당신이 나에게 다른 사람을 언급한 적이 없었기 때문에 이 동네에 친구가 있을 거라고는 생각하지 않았다. 당신이 세상에 혼자일 거라 생각하면 무척 가슴이 아팠다. 하지만 아닐 수도 있었다.

가까이 다가서며 나는 커다란 나무줄기 뒤에 숨어서 지켜보았다. 목 뒤가 쭈뼛거렸다. 자동차가 지나가면서 거친 바람이 피부를 스쳤다.

당신은 문을 살짝 열더니 손을 내밀었다. 그제야 그 젊은 남자의 손에 들린 가방이 눈에 띄었다.

심장이 내려앉았다. 배달원이었다.

좌절감으로 한숨을 내쉬었다.

엘라가 부엌 창문에 서서 밖을 내다보고 있었다. 그녀의 시선이 내가 숨어 있는 나무에 닿자 몸이 떨렸다. 그녀는 오랫동안 이쪽을 응시하고 있었다. 나를 보고 있는 걸까? 그녀가 눈을 찡그렸다.

어쨌든 이건 시간 낭비였다. 여기서 빠져나가야 했다.

나는 몸을 돌려 재빨리 차를 향해 걸어갔다.

아기가 우는 소리에 잠에서 깼다.

소리가 컸다. 끊이지 않았다. 가까웠다.

이불을 벗어 던지고 침대에서 뛰어내렸다. 딱딱한 나무 바닥에 발

바닥이 닿자 무척 차가웠다. 종아리에까지 소름이 끼쳤다. 떨리는 몸을 꺼안고 침대 옆에 있는 요람으로 서둘러 갔다. 바닥에 쿵 소리를 내며 무릎을 꿇었다. 혀를 깨물었다. 입안에서 구리 맛이 느껴졌다. 말문이 막혔다.

"아론?"

요람으로 손을 뻗었다.

장이 뒤틀리는 듯했고 몸이 차가워졌다. 요람은 비어 있었다.

"아론?"

나는 비명을 지르며 손으로는 미친 듯이 요람을 뒤졌다. 담요를 꺼내서 얼굴에 갖다 댔다. 아기처럼 상쾌하고 깨끗한 냄새가 났다.

이사벨라?

아냐. 고개를 저었다.

그 애는 죽었어.

이건 아론의 것이야.

아론은 어디 있는 거지?

가슴이 방망이질했다.

더 이상 누구도 잃을 수 없었다. 아론은 어디 있는 거지? 담요를 너무 세게 쥐는 바람에 손가락 마디가 아파 왔다. 나는 침실에서 뛰쳐나왔다. 우는 소리가 계속 들리긴 했지만 이제 멀어지고 있었다. 걸음을 멈추고 소리에 집중했다. 아래층에서 들려오는 듯했다.

몇 번이나 미끄러지면서 계단을 내려갔다. 아래층에 도착했을 때 울음소리가 그쳤다. 멈춰 섰다. 심장이 멎는 것 같았다.

"아론?"

집 안을 둘러보며 소리쳤다.

사진 하나가 눈에 들어왔다. 헝클어진 머리에 교정기를 끼고 있는 10대. 얕은 숨을 내쉬었다. 두려움을 안고 천천히 앞으로 걸어 나갔다. 심장 박동도 발소리와 함께 천천히 느려졌다. 나는 사진을 집어 들었다.

"아론."

숨을 내뱉으며 그의 얼굴을 손가락으로 따라 그렸다.

눈을 깜박이고 다른 한 손을 내려다보았다. 담요가 들려 있었다.

누구의 아기가 울고 있었던 거지?

요람에는 누가 있었던 거지?

사진을 내려놓는데 다시 소리가 들렸다. 통곡에 가까웠다. 하지만 거리가 멀었다. 밖인가? 나는 마루를 가로질러 재빨리 창가로 가서 커튼을 젖혔다. 한 여자가 우리 집 앞마당에서 아이를 안고 바람에 머리를 흩날리며 서 있었다.

나는 소리를 지르며 뒤로 물러섰다.

그녀는 꼭 나처럼 생겼다.

손을 떨며 커튼을 다시 젖혔다. 마당은 텅 비어 있었다. 아무도 없었다. 몇 번이고 눈을 비볐다. 내가 뭘 본 거지?

창문에 가까이 다가가 얼굴로 유리를 눌렀다. 차가움이 피부로 스며들었다. 기분이 좋았다. 살아 있는 느낌이었다.

거리는 텅 비었고 집들은 모두 불을 끄고 문을 닫고 있었다. 으스스할 만큼 조용했다. 우는 아기는 없었다. 어떤 소리도 들리지 않았다.

하지만 난 분명히 들었다. 크게, 명확하게.

앞마당에 서 있던 여자는 진짜처럼 보였다. 하지만 나랑 너무도 닮았다. 그렇다면 그게 진짜일 리가 없잖아, 안 그래?

내가 지금 꿈을 꾸는 것일까? 팔뚝을 꼬집어 보았다. 눈을 꼭 감았다가 다시 떴다. 아니야. 아무것도 달라지지 않았다. 아직도 여기에 있었다. 여전히 거실에 서서 텅 빈 앞마당을 바라보고 있었다.

제18장

어렸을 때 나는 밤을 무서워했다. 어둠은 내 상상력에 생명력을 불어넣었다. 의자에 걸쳐져 있는 세탁물이나 구석에 놓인 장난감 같은 평범한 물건들이 괴물이나 악마로 변신하곤 했다. 침대에 누워 이불을 턱까지 덮고 있으면 식은땀이 온몸을 적셨다. 끔찍한 악몽도 꾸었다. 매일 저녁 해가 지면 앞으로 닥쳐올 일들에 대한 걱정으로 목이 따끔거리고 가슴이 답답해졌다. 그 불안감은 나를 꼭 붙들고 놓아주지 않았다. 밤새도록 나는 굳어 있었고, 긴장했고, 무서웠다.

하지만 아침에 태양이 떠오르면 몸에 힘이 풀리면서 더 이상 가슴이 조여들지 않았다. 숨도 쉽게 쉴 수 있게 되었고 어둠과 함께 밤의 공포도 사라졌다.

지금도 그때의 마음을 느낄 수 있으면 좋을 것 같지만 아침은 더 이상 나에게 안도감을 주지 못했다. 어둠은 여전히 주위를 따라다녔고 머리 위에는 먹구름이 끊임없이 떠다녔다.

오늘 아침 나는 거실 창문에 서서 민트 차를 마시며 거리를 바라보았다. 그 여자는 아이들과 함께 앞마당을 뛰어다니고 있었다. 한 남자가 출근을 했다. 한 여자는 길가를 따라 조깅을 했다. 칠흑같이 어둡고 고요할 때보다는 덜 불길했지만 아직도 두려움과 공포가 내 안에 남아, 폐병의 흔적처럼 가슴속에서 덜그덕거렸다.

무언가 옳지 않았다.

그리 오랜 시간이 걸리지는 않았다.

민트 향기를 들이마시다 거실 바닥에 떨어져 있던 분홍색의 아기 담요를 발견했다.

계단을 뛰어 내려가 거실 창문에 얼굴을 누르고 밖을 보던 내 모습이 떠올랐다. 유리창에는 여전히 내 코와 뺨이 닿은 듯한 얼룩이 남아 있었다.

훌륭하군.

차를 모두 마신 후 창문을 닦고 부엌을 나섰다. 계단 꼭대기에 도착했을 때 반짝이는 무언가가 눈에 들어왔다. 몸을 구부려 그것을 집었다. 귀걸이였다. 작은 별 모양이었다. 그것을 손바닥에 올려놓고 이리저리 살펴보았다. 싸구려였다. 은색이지만 군데군데 녹슬어 있었다. 다른 손을 뻗어 내가 차고 있는 작은 금귀걸이를 만져 보았다. 나는 은 장신구는 거의 하지 않는다. 모조 보석을 착용한다 하더라도 금색을 선호한다.

이건 내 것이 아니었다.

손바닥에 놓인 귀걸이를 보고 있자니 전에 본 적이 있다는 생각이 문득 들었다. 정확히 같지는 않고 그 비슷한 물건이었다. 이것과 짝을 이루는 별 모양의 반지. 우리가 함께 네일 숍에 갔던 날 당신이 끼고 있던 반지다. 당신은 항상 값싼 반지를 꼈다. 그런 반지들을 끼고 손가락을 뻗고 있었다. 그러고 보니 당신은 항상 이런 귀걸이를 했다. 작고 딱 붙는 귀걸이. 크게 화려하지 않은. 비싸지도 않은.

이건 당신 것이다.

하지만 어떻게 여기에 있는 거지?

당신과 설리번이 여기서 자고 간 다음 날 계단을 청소했으므로 이곳에 오래 있었을 리가 없다.

그것을 꼭 쥐고 몸을 돌려 계단을 내려갔다. 현관문을 열어젖히고 앞마당을 가로질러 달려갔다. 한밤중에 누군가 서 있는 것을 봤다고 생각한 지점에 도착했을 때 숨이 막혔다.

두 개의 발자국.

난 알 수 있었다. 난 미치지 않았다.

당신이 여기 왔다. 우리 집에. 한밤중에.

하지만 왜?

금요일 아침, 당신에게 함께 아침 먹으러 나가지 않겠냐고 문자를 보냈다.

몇 분 후 설리번이 어제 늦게 잠드는 바람에 아직까지 자고 있다는 답장이 왔다. 거짓말이었다. 어제 늦게까지 당신 집을 보았다. 설리번은 일찍 잠들었다. 사실, 당신이 아직 너무 이른 시간에 아이를 재운다고까지 생각했다.

하지만 나는 당신을 위로했다.

— 그럴 수 있죠. 그럼 다음 주에 봐요.

그러고 나서 차를 몰아 당신의 집으로 갔다. 내가 당신을 스토킹하는 것은 다 당신 탓이라는 생각에 짜증이 났다. 끔찍하지 않은 방식으로 당신과 지내 보고 싶었지만, 당신이 일을 망쳤다.

그래, 맞아. 이건 당신의 잘못이었다.

길가에 차를 세우고 내린 다음 모자를 눌러쓰고 서둘러 걸어갔다. 당신의 차가 없었다. 집은 잠겨 있었다.

허.

입술을 깨물며 당신이 어디로 갔는지 찾기 위해 주위를 둘러보았다. 당신을 지켜보는 지난 며칠 동안, 당신이 거의 집 밖에 나가지 않는다는 사실을 알게 되었다.

무언가를 사러 슈퍼에 간 것일 테니 곧 돌아올 거라고 생각했다. 직접 확인해 볼 필요가 있었기에 슈퍼로 향했다.

라파엘과 나는 크리스틴과 조엘로부터 저녁 식사 초대를 받아서 토요일과 일요일에 먹을 것만 사면 됐다. 라파엘이 좋아하는 것들을 샀다. 베이글, 크림치즈, 닭고기, 채소와 그가 가장 좋아하는 초콜릿 아이스크림.

이런 음식들로 그를 집으로 부를 수 있다고 믿기라도 하는 듯이.

크리스틴이 우리를 초대했다고 말하니 라파엘은 이번 주말에 집에 올 계획이었던 것처럼 굴었지만 나는 기대하지 않았다.

장을 보면서 곁눈질로 당신을 찾아보았다. 이 슈퍼는 당신의 집에서 가장 가까운 곳이었기 때문에 당신이 여기서 장을 볼 거라고 생각했다. 하지만 당신은 없는 것 같았다.

이미 집으로 돌아갔나 보다.

슈퍼에서 나와 다시 당신의 집으로 갔다.

아니다. 당신은 여전히 집에 없었다.

계속 당신을 기다리고 싶었지만 닭고기를 상하게 둘 수는 없었다. 마지못해 집으로 돌아가 장 본 것들을 차에서 내렸다.

음식들을 모두 정리하고 나니 마음이 싱숭생숭했다. 좌절감이 들었다. 이 집. 이 고요함. 이 공허함.

이 집이 다시 시끄러워졌으면 좋겠다. 가족이 모여 있는 집. 당신이 나를 갖고 놀았다. 내가 그런 집을 다시 가질 수 있다고 믿게 했다. 적어도 내가 지켜볼 수 있는 친구와 아기가 생겼다고 생각하게 했다. 그러나 지금 당신은 잔인하게 내 마음을 찢어 버리며 날 그 어느 때보다 외롭게 만들었다.

한숨을 내쉬며 나는 당신과 설리번이 잘 잤는지 묻는 문자를 빠르게 썼다. 이 얼마나 좋은 친구인가? 당신을 보살펴 주다니. 내가 얼마나 좋은 사람이며 도움이 되는 사람인지 깨닫는다면 당신은 더 이상 날 피하지 않고 내 곁으로 올 텐데.

나에게 천사라고까지 하지 않았던가?

당신은 거의 즉시 답장을 보냈다.

— 아직 좀 피곤해요. 오늘은 그냥 집에서 쉬려고요.

뭐? 집에서 쉬어?

어쩔 수 없다. 밀어붙여야 한다.

— 그럼 오늘 종일 집에 있나요?

— 넵. 집에서 처박혀 있으려고요,

'처박혀 있다'라는 그 단어가 가슴에 와 박혔다. 당신 집의 블라인
드는 모두 내려져 있었다. 당신이 집에 있다는 흔적은 전혀 없었다.
하지만 정말 집에 있을 수도 있었다. 이번만은 거짓말이 아니겠지.

나는 침대를 훑어보았다. 이불은 깔끔히 개어져 있고 폭신한 베개
는 단정하게 놓여 라파엘이 만족할 만큼 잘 정리되어 있었다. 모든
것이 깨끗했고 제자리에 놓여 있었다. 라파엘의 가장 큰 불만은 항
상 집에 대한 것이었다. 그는 어질러진 것을 참을 수 없어 했다.

어떤 날은 나도 너무 지쳐서 힘들었다. 그래도 청소를 했다. 정리
정돈을 했다. 물건을 제자리에 놓고 정돈했다.

라파엘이 편안하도록.

그가 출근하고 나면 그제야 숨통이 트였다. 쉴 수 있었다. 침대는
정리되지 않은 채로 두었다. 그릇은 싱크대에 쌓아 두었다. 아론이
어렸을 때 그 애는 레고로 집 전체에 도시를 만들고 그걸 며칠이고
그대로 두었다.

당신은 라파엘 같은 남편이 없었다.

당신은 자유로웠다.

당신은 침대를 정리하지 않고 종일 누워 있을 수 있었다.

당신은 블라인드를 내리고 집을 어둡게 하고 있을 수 있었다. 당
신이 말한 것처럼, 집에 처박혀 있을 수 있었다.

질투심이 얼굴을 때리는 것처럼 뜨겁고도 빠르게 차올랐다. 나는

또 다른 무언가에 부딪혔다. 현실을 직시했다.

라파엘처럼 행동했기 때문에 당신이 이번 주 내내 나를 피한 건지도 모르겠다. 나는 당신을 너무 세게 몰아붙였다. 당신을 상자 속에 가두려고 했다. 통제하려 했다.

하지만 난 라파엘과 달랐다. 내 의도는 좋았다. 그저 설리번을 도우려는 것뿐이었다.

당신이 날 찾은 거야, 켈리. 기억해? 당신은 자유로울 수 있었음에도 당신이 날 선택한 거야. 당신이 자초한 일이야. 내가 당신처럼 자유로울 수 있었다면 계속 그렇게 지냈을 거야. 여기까지 오지도 않았을 거야.

하지만 당신은 이 길을 선택했다.

이제 내가 당신에 대해 알았으니 당신을 놓아줄 수 없다. 설리번을 놓아둘 수 없다.

미안해요, 켈리. 하지만 세상일이 다 그런 거야.

재킷을 들고 아래층으로 내려갔다. 방을 나서기 전에 마지막으로 분홍색 담요를 보았다. 한때는 내 딸의 것이었지만 이제는 설리번의 것이다.

제19장

당신은 나에게 거짓말을 했다.

당신은 종일 집에 처박혀 있지 않았다.

당신의 집 근처를 여러 번 운전하며 왔다 갔다 했지만 당신의 차가 집 앞에 세워져 있던 적이 없었다. 근처 어디에도.

당신이 가게에 갔을지도 모른다는 생각에 좀 더 조사해 보았다. 꼬인 블라인드로 집을 들여다보았다. 당신의 집은 무척 작았기 때문에 내가 서 있는 곳에서도 모든 방을 살필 수 있었다. 집 안은 어두웠다. 인기척은 전혀 느껴지지 않았다.

당신은 집에 없었다.

그렇다면 어디에 있는 거지?

당신이 돌아오기를 기다리며 종일 당신의 집 근처에서 머무르려고 했다. 설리번이 당신과 함께 있는지, 안전한 상태인지 확인하고 싶었다. 하지만 그럴 수가 없었다. 라파엘은 집에 돌아오고 싶어 했고 오늘 밤 크리스틴과 조엘을 만나기로 했다.

오후 늦게 내가 가장 좋아하는 검은색 드레스를 꺼내 입었다. 그런 다음 머리를 말아 올리고 마스카라와 립글로스를 발랐다. 당신과 당신의 맵시 있는 헤어스타일, 그리고 어두운색의 립스틱을 떠올렸다. 내가 머리를 당신처럼 한다면 라파엘은 뭐라고 할까? 진한 립스틱을 바른다면? 놀랄까, 아니면 색다른 란제리를 입었을 때처럼 달라진 모습을 보게 될까?

그 생각을 하니 몸이 부르르 떨렸다. 누드 톤의 립글로스를 고수하기로 했다.

귀걸이를 하고 있는데 라파엘의 전용 벨 소리가 울렸다. 전화를 받을 때 심장이 조여들었다.

"아버지가 높은 데서 떨어지셔서 지금 병원에 계신대."

라파엘이 다급하게 말했다.

나는 반쯤은 기대하고 있었다. 그에게서 전화가 오기를. 그가 변명해 주기를. 하지만 이런 걸 기대한 것은 아니었다.

"이럴 수가. 괜찮으신 거야?"

"모르겠어. 지금 그쪽으로 가고 있어."

그의 뒤에서 나는 소음 때문에 라파엘의 목소리가 제대로 들리지 않았다. 운전하면서 스피커폰으로 전화를 건 것 같았다. 그는 결코 블루투스를 사용하는 법이 없었다.

"크리스틴과 조엘에게 저녁을 함께하지 못해서 미안하다고 전해 줘. 당신이라도 가. 나중에 전화할게."

"그래."

진화를 끊자 머리가 어지러웠다. 떨리는 손을 겨우 뻗어 라파엘이 몇 년 전쯤의 생일날 사 준 얇은 금목걸이를 걸었다.

전화가 다시 울렸지만, 보통의 벨소리였다. 라파엘은 아니었다.

"안녕, 친구."

크리스틴이었다.

"안녕."

"너랑 라프가 몇 시에 오는지 물어보려고 전화했어. 라자냐를 시간 맞춰 오븐에 넣어야 해서."

"라자냐를 만들었어?"

"아니. 샀지. 근데 다시 데워야 해서."

크리스틴이 웃으며 대답했다.

"아, 알겠어. 라파엘이 방금 전화했는데. 아버지가 병원에 계신대. 그래서 라파엘은 못 갈 것 같아."

휴대폰 너머로 크리스틴이 놀란 듯한 숨소리가 들렸다.

"괜찮으신 거야?"

"모르겠어."

고개를 들어 거울에 비친 내 모습을 바라보았다. 눈 주위와 이마에 주름이 생겼다. 작년쯤에는 주름이 더 두드러졌다. 당신의 매끈한 피부를 생각하니 익숙한 질투심이 마음에 일었다.

나는 늘 사람들을 부러워하곤 했다. 가끔은 크리스틴의 삶이 부러웠다. 그녀의 돈. 부유함. 예쁜 옷들. 고등학생이었을 때는 치어리더들과 인기 있는 무리가 부러웠다. 하지만 이건 달랐다.

나는 당신이 되고 싶지는 않았다.

나는 이미 당신이었다.

나는 당신이 있는 곳에 있고 싶었다.

시간이 없었다. 시간은 순식간에 흘러갔다.

"켈리?"

크리스틴의 목소리에 깜짝 놀랐다.

나는 눈을 깜박였다.

"미안해. 무슨 이야기하고 있었지?"

"그럼, 너는 오는 중이야?"

"음……."

당신이 아직 집에 돌아오지 않았는지 궁금했다. 나는 입술을 깨물었다. 라파엘이 집에 오지 않는다면 당신의 집에 가서 당신이 돌아오는지 확인하는 편이 좋겠다고 생각했다. 하지만 크리스틴은 음식과 와인을 준비했다. 편안하고 재미있는 시간이 될 것이다. 나무 뒤에 숨어서 밖에 서 있는 것보다는 훨씬 더 매력적인 이야기로 들렸다.

"응. 곧 도착할게."

"좋아. 이따 봐."

검은 드레스를 갈아입을까도 생각했지만, 어차피 라파엘을 위해서 입은 것도 아니었다. 크리스틴은 잘 차려입었을 것이다. 저녁 식사에 사람들을 초대할 때면 그녀는 언제나 그랬다. 하지만 플랫슈즈보다는 부츠가 더 편했기 때문에 신발만은 갈아 신었다.

그렇게 나는 현관을 나섰고 크리스틴의 집 거실에 앉아 있다는 사실을 제대로 깨닫기도 전에 이미 레드 와인 반 잔을 다 마셨다. 크리스틴은 내 옆에 앉아 다리를 커피 테이블에 기대고 있었고, 조엘은 우리의 맞은편에 놓인 안락의자에 앉아 있었다. 나는 발을 몸 아래에 넣고 앉아 무릎에 와인 잔을 올려놓았다.

"라파엘이 못 오다니 무척 아쉽네."

조엘은 생맥주 한 모금을 마시고 나서 말했다. 그는 언제나 병이나 캔보다는 얼려 둔 머그잔에 맥주를 담아 마셨다. 꼭대기에 거품이 없힌 커다란 맥주잔을 들고 있으니 그는 꼭 광고에 출연하는 사람 같았다. 완벽하게 손질된 짙은 머릿결과, 그에 대비되는 밝은 파란색의 눈동자와 무척 그을린 피부. 마치 영화배우와 같은 분위기를 풍겼다. 같이 어울리는 여자들은 남편들 중에서 조엘이 가장 잘생겼다고 생각할 정도였다. 하지만 나는 한 번도 그렇게 생각하지 않았다. 오해는 하지 말길. 그가 잘생긴 것은 맞지만 약간 가짜같은 면이 있었다. 그는 라파엘이 가진 자연스러운 매력이 없다.

"그러게요."

나도 적당한 실망감을 담아 말했지만 사실을 말하자면 다행으로 여기고 있었다. 여기에 라파엘이 없는 것이 훨씬 더 편안했다.

"아버지가 괜찮으셨으면 좋겠다."

크리스틴은 동정심을 담아 아랫입술을 삐죽 내밀며 말했다.

"그러게 말이야."

나는 휴대폰을 내려다보고는 라파엘이 아직도 전화나 문자를 한 통도 하지 않았다는 사실에 놀랐다. 지금쯤은 병원에 도착했을 텐데 말이다.

"라파엘에게 좋은 소식을 전해 주려고 했는데. 어쩔 수 없이 켈리가 전해 줘야겠어요."

"무슨 좋은 뉴스요?"

나는 허리를 조금 펴면서 눈썹을 치켜올렸다.

"라파엘이 저에게 소개해 준 일자리가 있었는데 결과가 좋았어요. 어제 면접을 봤거든요."

조엘은 웃었다. 근처에 있는 전등에서 나오는 노란 빛이 반사되면서 그의 믿을 수 없을 만큼 하얀 이가 반짝거렸다.

"잘됐군요. 라파엘이 소개를 했는지 몰랐어요. 그가 재무 설계사들과 인연이 있는지도."

나는 궁금해져서 자세를 고쳐 앉았다.

조엘을 위해 그런 정보를 찾아보기도 했다니. 두 사람은 전혀 다른 분야에서 일하고 있는데 말이다.

"음, 직접적으로 아는 건 아니에요. 그가 알고 있는 어떤 여자분의 가족이라고 했어요."

내 눈이 크리스틴의 눈과 마주쳤다. 그녀는 재빨리 고개를 저었다.

"아마도 대학에서 함께 일하는 여자인 것 같아. 그렇지, 조엘?"

속이 쓰려 왔지만 억지로 웃어 보이며 고개를 끄덕였다.

"면접은 어땠어요? 잘된 것 같으신가요?"

면접은 아무 의미가 없다는 걸 몇 년 동안의 경험에 걸쳐 알게 되었다. 얼마간 라파엘은 집에서 가까운 일자리를 찾아보려고 했었다. 몇 번 면접을 보았지만, 결과는 좋지 않았다.

조엘의 미소가 커졌다. 그의 시선은 크리스틴을 향했고 그녀도 웃어 주었다. 라프와 내가 저렇게 서로를 바라보았던 게 언제였던가?

"오늘 합격 연락을 받았어요."

"축하해요."

"고마워요."

그는 잔을 입술에 대었다.

"순식간에 잘 해결되었네요."

내가 덧붙여 말했다. 라파엘의 추천 때문인 게 분명했다.

"그러게. 일을 쉰 게 일주일 정도밖에 안 돼. 말 그대로 이보다 더 좋은 일이 없을 것 같아. 저이가 취직하기 전에 내가 얼마나 스트레스를 받았는지 몰라. 이번 주에 식기세척기가 고장 났고 매디는 치어리더 시험을 보는데 살 것들이 너무 많은 거야. 그러더니 어제는 내 차 브레이크에서 끽끽 소리가 나는 거 있지. 설상가상이었지, 그렇지 않아?"

설상가상이라.

침을 꿀꺽 삼키며 나는 고개를 끄덕였다.

우리 집 진입로에서 빨간색과 파란색 등이 번쩍였다. 문을 열자 두 명의 경찰관이 현관 앞에 서 있었다.

"내 아들을 돌려줘!"

아이는 내 품에서 떠났다. 팔에는 차가움과 공허함만이 남았다.

라파엘은 뒤도 돌아보지 않고 차를 몰고 가 버렸다.

"켈리? 너 괜찮아?"

크리스틴의 목소리가 나를 깨웠다.

"응."

와인을 조심스럽게 한 모금 마시고는 말했다.

"어쨌든 잘 해결되었다니 나도 정말 기뻐."

그녀가 고개를 살짝 갸웃하더니 남편과 시선을 마주쳤다.

"저기, 조엘, 오븐에서 라자냐 좀 꺼내 줘요."

"그럴게."

조엘이 거실을 나가자 크리스틴이 의자 끝으로 몸을 내밀며 앉았다.

"너 정말 괜찮아? 오늘 좀 이상해 보여. 라프 때문이야?"

"음……. 그래, 그이가 좀 걱정이 되네."

거짓말이었다.

크리스틴이 내 무릎에 손을 얹었다.

"괜찮을 거야."

"그래, 나도 알아. 괜찮아."

그녀가 나를 가만히 바라보며 잠시 멈칫했다.

"그게 다가 아닌 거지, 그렇지?"

크리스틴의 걱정스러운 말투에 나는 무너지고 말았다.

"요즘 좀 외로워. 그게 다야. 집이 너무 조용하고 커……. 날 집어삼키는 것 같아."

"그래, 이해해."

크리스틴이 부드럽게 말하더니 갑자기 미소를 지어 보였다.

"이렇게 하자. 너만 괜찮다면 이번 주말에 여기서 지내는 건 어때? 애들은 주말 내내 부모님 댁에 있을 거야."

솔깃한 제안이었지만 나는 고개를 저었다.

"말만 들어도 고맙지만 괜찮아."

"정말?"

"조엘과 단둘이 보낼 수 있는 시간인데 방해할 순 없어."

크리스틴이 그렇지 않다고 말하고 싶어 한다는 걸 알 수 있었다. 그녀는 그런 친구였다. 하지만 크리스틴은 그저 웃어 보였다.

"그래, 사실 정말 오래간만이긴 해."

"뭐가 오래간만이야?"

조엘이 거실 입구에 서서 물었다.

크리스틴이 벌떡 일어섰다.

"밥 먹은 지가 오래됐다고. 저녁 다 됐어요?"

"그럼."

"맛있겠다. 와인 더 마실래?"

선 채로 그녀가 나를 보며 웃었다.

남은 잔을 비우고 고개를 끄덕였다. 커피 테이블에 올려 둔 휴대폰에서 라파엘의 벨소리가 울렸다. 나는 움찔했다. 맥박이 빨라졌다.

크리스틴이 웃으며 내 잔을 받았다.

"전화받아. 식당에 가 있을게."

나는 그녀에게 등을 돌리고 전화를 귀에 댔다.

"라프?"

"응."

저 멀리서 들리는 그의 목소리는 피곤한 듯했다.

"어떻게 됐어?"

"나도 아직은 잘 모르겠어. 상태가 좋아 보이시진 않아."

"어떻게 떨어지셨대?"

"모르겠어. 정신이 아직 혼란스러우신 것 같아. 당신 얘기만 계속하고 있어."

"정말? 뭐라고 하시는데?"

"당신이 여기 있다고 생각하셔. 최근에 온 적이 있다고."

"뭐라고?"

죄책감이 나를 괴롭혔다. 아버지를 찾아뵌 지 꽤 오래되었다.

"솔직히 이상한 얘기를 너무 많이 하셔. 망상증이 아닌가 싶어."

시끄러운 소리가 우리의 대화를 가로막았다.

"아…… 미안, 켈, 가 봐야겠어."

"응. 그래."

"나중에 전화할까?"

내가 대답을 하려는 순간 전화가 끊기는 소리가 명확히 귀에 꽂혔다.

손에 든 휴대폰을 내려다보는데 속이 메스꺼웠다.

"괜찮은 거니?"

크리스틴이 다가왔다.

침을 꿀꺽 삼켰다.

"응, 그런 것 같아. 라프도 아직 잘은 모르나 봐."

"오늘 집에는 온대?"

"못 올 것 같은 분위기야."

"그렇구나. 잊지 마, 아까 얘기는 아직 유효해."

"고맙지만 괜찮아."

가장 친한 친구에게 또 다른 거짓말을 한 후 나는 그녀를 따라 식당으로 들어갔다.

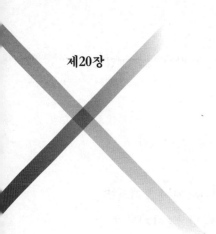

제20장

 일요일 아침 일찍 부엌 식탁에 앉아서 시리얼을 먹고 차를 마셨다. 집 안에서 무언가 삐걱거리는 소리, 시계 소리, 저 멀리서 개 짖는 소리가 들렸다. 이것이 내 삶의 일부가 되었다. 조용하고 텅 빈 집. 몸을 뒤로 젖히며 하품을 했다. 어제는 잘 자지 못했다. 당신과 설리번에 대한 생각에 휩싸여 잠을 잘 수 없었다.

 아론이 이 집에 살 때 항상 앉았던 의자를 바라보며 그가 접시에 코를 박고 쿠키를 먹던 모습을 떠올렸다. 아론이 어렸을 때는 항상 베이킹을 했다. 아론은 10대가 되어서도 학교가 끝나면 우유와 쿠키를 즐겨 먹었다. 라프는 내가 아이에게 더 영양가 있는 음식을 먹여야 한다고 생각했지만, 그 애가 매일 그렇게 먹는 것도 아니었으니 괜찮다고 생각했다. 게다가 그 애는 성장 중이었다. 하루에 한 번쯤 쿠키를 먹는다고 해서 죽지는 않을 것이다.

"오늘 학교 끝나고 너랑 얘기하던 그 여자애 누구야?"

아론이 초콜릿 칩 쿠키를 한입 크게 베어 먹는 것을 보며 물었다.

먹던 쿠키를 삼키고 입가에 묻은 끈적끈적한 초콜릿까지 닦아 낸 아론이 흘끗 나를 보았다. 이마에 머리카락이 지저분하게 엉켜 있었다.

"아, 그 애는 테사야. 벤 여자 친구야."

나는 고개를 끄덕였다.

"그러고 보니 요즘 들어 벤이 우리 집에 놀러 오지를 않네."

그 애는 어깨를 으쓱했다.

"응. 요즘엔 벤이랑 그다지 안 놀아."

흥미롭군. 나는 눈썹을 치켜올렸다.

"테사 때문이야?"

"글쎄, 아마도."

"테사를 좋아하는 거야?"

"테사? 테사가 좋은 친구이기는 하지만 좋아하거나 그런 건 아냐."

그 애의 목소리가 높아졌다.

"벤 때문에? 남자들 간의 의리를 지키겠다는 뭐 그런 거야?"

나도 다 알고 있다는 걸 애들 수준에 맞게 말했다는 생각이 들어 자랑스럽기까지 했다.

아론이 얼굴을 찡그리며 비웃기 전까지는.

"아냐, 엄마. 남자애들 간의 의리 때문이 아니야. 내가 테사랑 데이트 해도 벤은 상관도 하지 않을걸. 걔는 여자애들을 전혀 신경 쓰지 않아. 그냥 이용만 해."

"아."

그렇구나. 가끔씩 이 아이들이 몇 살인지 잊어버릴 때가 있었다. 어렸을 때 아론과 벤을 함께 공원에 데려간 적이 있었다. 그 꼬마였던 아이가 지금은 잠자리만을 위해 여자애들을 이용한다니 상상하기 어려웠다. 나는 침을 꿀꺽 삼켰다.

"그런데……. 그러니까……. 너는……. 그러니까, 너는 아닌……?"

아론이 격렬하게 고개를 저었다.

"난 아니야, 엄마."

나는 안도의 한숨을 내쉬며 고개를 끄덕였다.

함께 살 때 아론과 나는 항상 대화를 많이 했다. 그 애는 나와 많은 것을 공유했다. 또래의 어느 남자아이보다도 엄마와 많은 것을 함께 했다. 하지만 아론이 이 집을 나가고 나서는 많은 것이 바뀌었다. 아론이 라파엘과 거리를 두려고 한 것이 나에게까지 영향을 미쳤다. 그 사실이 내게는 아픔이었지만 이해하려고 노력했다.

하지만 아론이 당신에 관한 얘기를 나에게 숨길 줄은 몰랐어, 켈리. 아론이 자기 아들에 대해서 알았다면 나에게 말했을 거야. 그러니 이렇게 설명할 수밖에 없었다. 그 애는 모르고 있다고.

당신은 거짓말을 하는 거야, 켈리.

아론은 절대로 낙태를 하라고 말할 사람이 아니었다. 그 애는 결코 설리번을 그렇게 두지 않을 것이다. 내 아들만큼 아버지로부터 거절받은 고통을 더 잘 아는 사람은 없을 것이다. 그 애가 자기 자식에게 그런 고통을 줄 리 없다고 난 확신했다.

더 이상 당신에게 놀아나지 않을 것이다.

가슴이 방망이질하는 것을 느끼며 휴대폰을 집어 들었다. 떨리는 손가락으로 당신에 대한 모든 이야기를 아론에게 문자로 썼다. 긴 숨을 들이쉰 후 잠시 참았다. 전송 버튼을 누른 후 숨을 내쉬었다.

전송이 완료되자마자 벨소리가 울렸다.

「I Know You Want Me」였다.

나는 펄쩍 뛰어오르며 어깨를 움츠렸다.

심호흡한 후 전화를 받았다.

"자기야, 어떻게 됐어?"

"괜찮아. 뼈가 부러지셨는데, 의사들이 괜찮을 거라고 했어."

"아, 다행이다."

내가 안도하며 대답했다.

"오늘 아침에 퇴원하라고 했어. 근데 혼자 계시게 둘 수가 없어서 내가 며칠 더 같이 있으려고."

"그게 좋을 것 같아."

"이번 주말에도 집에 못 가서 미안해. 내가 꼭 나중에 보상해 줄게."

그가 미안해했다. 그 말을 믿고 싶긴 했지만, 진심은 아닌 것 같았다.

어떻게 대답을 해야 할지 무슨 말을 해야 할지 몰랐다. 그는 이미 보상해야 할 일이 너무 많은 사람이었다. 어떻게 보상을 할 수 있을까.

점점 커지는 이 모든 고통과 비밀들.

하지만 아직은 부족했다. 어쩌면 너무 늦었는지도 몰랐다.

전화를 끊고 차를 좀 더 끓였다. 몇 년 전 커피를 끊은 것이 다행이었다. 지금보다 더 걱정스러운 상황으로 나를 몰아갈 필요는 없었다.

차를 다 끓이자 크리스틴에게서 문자가 왔다.

— 있잖아, 조엘이 오늘 밤 애들 데리고 연극 보러 간대. 난 완전히 자
유야. 우리 만날래?

외출하려고 생각하니 피로가 몰려왔다. 하지만 크리스틴과 시간
을 보내고 싶기도 했다. 어제는 참을 수 없을 정도로 길고 조용한 하
루였다. 자기 집에서 주말을 보내라는 크리스틴의 제안을 거절한 것
이 후회스러웠다.

— 우리 집으로 올래? 집에서 여자들의 밤을 보내자.

크리스틴에게 문자를 보낸 후 위층으로 올라갔다. 침실에 도착하
자 그녀에게 답이 왔다.

— 좋아. 와인 들고 갈게.

어제는 당신 집에 한 번밖에 가지 않았다. 당신은 집에 없었다.

침대를 정리하다가 갑자기 당혹스러운 생각이 들었다. 당신이 떠
나 버린 건 아닐까? 설리번과 함께 도망쳐 내가 다시는 당신과 설리
번을 볼 수 없게 된다면?

시트 한쪽이 느슨해졌다. 나는 그것을 쫙 펴서 가장자리에 고정했
다. 맨발에 부드러운 털이 느껴졌다. 몸을 굽히니 침대 아래에 가려
져 있던 작은 원숭이 인형이 보였다.

여기에 왜 이게 있는 거지?

일어서서 근처에 있던 요람을 보았다. 설리번이 한밤중에 깨어서
울던 생각이 났다. 몸을 뻗어 침대 건너편 바닥에 있던 기저귀 가방
을 꺼내 안에 있는 젖꼭지를 찾았다. 내가 원하는 걸 발견하기까지

꽤 많은 물건을 꺼내야 했다.

모든 걸 깨끗이 치웠다고 생각했지만 그렇지 않았다. 젖꼭지를 요람에 던져 넣는데 또 다른 무언가가 눈에 띄었다. 반짝이는 것이 원숭이 인형의 털에 박혀 있었다. 합성 섬유로 된 원숭이 털이 엉켜 있어 바로 보이지 않았던 것이다. 자세히 보기 위해 원숭이를 집어 들자 등골이 오싹해졌다.

난 그것이 무엇인지 즉시 알아차렸다.

"네가 이걸 했으면 좋겠다, 아들."

라파엘이 손을 내밀었다. '13번째 생일 축하해.'라는 글귀가 새겨진 커다란 풍선이 그의 머리 뒤에서 흔들리고 있었다.

"정말요?"

메디나 가문의 문장이 새겨진 커프스단추를 보고 있자니 눈가가 촉촉해졌다.

아론은 놀란 얼굴로 나를 바라보았다. 나는 미소 지으며 어깨를 으쓱했다. 나도 그 애처럼 깜짝 놀랐다. 라파엘은 나에게 아무 말도 하지 않았다. 그것이 라파엘이 아들을 위해 했던 가장 멋진 일이었고, 그 순간 나는 그를 몹시 사랑했다.

"하지만 아버지 것이잖아요."

아론이 선뜻 선물을 받지 못하고 말을 이었다.

"그전엔 할아버지 것이었어. 언젠가는 너도 네 아들에게 주렴."

나는 원숭이에게서 커프스단추를 떼어 내 믿을 수 없다는 표정으로 그것을 바라보았다.

당신이 왜 이것을 가진 거지?

훔친 걸까?

당신이 집에 돌아왔다. 하느님 감사합니다.

이제 안심이었다. 당신은 떠나지 않았다.

블라인드가 완전히 열려 있어서 당신의 집이 잘 보였다. 설리번은 그네에 앉아 몸을 흔들고 있었다. 아이의 눈은 생기가 넘쳤고 입은 크게 벌리고 있었다. 그 리듬감 있는 움직임에 잠시 빠져들었다. 텔레비전이 켜져 있었다. 당신을 볼 수는 없었지만, 소파에 누워 있는 것 같았다. 도리토스 봉지를 뒤적이고 있겠지.

나무 뒤에 숨어서 당신을 지켜보고 있는데 당신의 뾰족한 귀걸이의 끝이 손바닥을 찔렀다. 주머니 속에 있는 커프스단추가 내 마음에 불꽃을 일으켰다. 당신 집의 현관으로 곧장 걸어가서 당신의 면전에 그것을 내밀고 싶었다. 어디서 얻었는지 왜 그것을 갖고 있는지 묻고 싶었다.

하지만 적절한 방법이 아니라는 걸 알았다. 아마도 당신은 논리적으로 변명을 하겠지. 아론이 주었다고 할지도 모르겠다. 그렇다면 상황은 더욱 악화될 것이다.

설리번의 아버지에 대한 우리의 대화를 떠올렸다. 당신은 임신 중일 때 그와 마지막으로 만났다고 했다. 당신 말에 따르면 그는 설리번의 존재를 모르고 있었다. 설리번을 만난 적도 없다.

그리고 당신은 여기에 있었다. 내가 사는 곳에.

분명 이유가 있을 것이다. 당신이 나를 피하고는 있지만 그 사실에 나는 희망을 걸었다.

차 한 대가 거리를 질주했다. 입술을 깨물며 몸을 움츠렸다. 등 뒤로 바람이 불어와 머리카락이 흩날렸다. 한 쌍의 남녀가 거리를 걸어 내려가는 것이 보이자 나무에 등을 기대고 휴대폰을 꺼내 귀에 갖다 대고 통화하는 척을 했다.

"그래…… 알겠어."

고개를 숙이고 땅을 쳐다보며 휴대폰에다 말을 했다.

그들이 완전히 가고 나서야 휴대폰을 내리고 다시 당신의 집 쪽으로 몸을 돌렸다. 숨이 턱 막혔다. 당신이 일어서서 이쪽을 보고 있었다. 바닥에 엎드렸다. 심장 소리가 귀에까지 들렸다. 무릎이 진흙탕에 세게 부딪혔고 윗니와 아랫니가 부딪히는 바람에 얼굴 전체에 통증이 느껴졌다. 몸을 웅크렸다.

문이 열렸다가 닫혔다. 발걸음 소리가 가까워졌다. 도망칠 곳을 찾아보려고 주위를 둘러보았지만 빠져나갈 곳이 없었다. 몸을 움직이려는 순간 당신이 나를 발견했다.

"켈리?"

당신의 목소리가 울려 퍼지고 발소리가 들렸다.

젠장. 젠장. 젠장.

부주의했다.

"켈리?"

이마를 찌푸리고 입술을 아래로 내민 채 당신이 나무로 다가왔다.

"아…….안녕히세요."

자연스럽게. 정말 자연스럽게.

"여기서 뭐 해요?"

내 목소리는 갈라졌다. 침을 꿀떡 삼켰다.

"그게…….문자에 답장이 없길래요."

"그래서 나를 염탐하고 있었어요?"

글쎄, 적어도 당신이 나를 더 이상 두려워하지 않는다는 건 확실하군. 심지어 당신은 나에게 화를 내고 있었다.

"그건 아니고요."

땅을 딛고 일어섰다. 청바지 무릎에 진흙 덩어리가 붙어 있었다. 손으로 닦아 내려 했지만 소용없었다.

"그저 당신이 괜찮은지 보러 왔어요. 근데 집으로 걸어가다가 바닥에 뭘 떨어뜨렸어요."

나는 아래를 보았다. 거짓말은 아니었다. 좀 전에 엎어질 때 귀걸이를 떨어뜨렸다. 하지만 지금은 보이지 않았다.

"뭘 떨어뜨렸는데요?"

당신이 의심스러운 목소리로 천천히 말했다. 당신은 눈을 가늘게 뜨고 입을 꾹 다물고 있었다.

"귀걸이요."

화제가 전환되기를 바라며 진심을 담아 대답했다.

당신은 내 두 귀를 번갈아 쏘아보며 여전히 표정을 바꾸지 않았다.

"그쪽 귀에 귀걸이는 다 있는데요."

"아."

손을 뻗어 귀를 만지작거리며 부끄럽게 웃었다.

"아, 이런. 하나를 잃어버렸다고 생각했어요. 잘됐네요, 떨어뜨린 게 아니었네요."

연기자를 직업으로 선택하지 않은 게 다행이다. 엉망진창이다.

"그으렇군요. 설리번과 저는 잘 있어요. 문자에는 답을 못해서 미안해요. 저희가 좀 힘든 한 주를 보냈거든요. 실은, 그 사람에게 돌아가려고 해요."

당신은 전혀 믿을 수 없다는 듯이 말을 길게 끌며 게스트 하우스 쪽으로 몸을 돌렸다.

절박함을 안고 나는 당신을 불렀다.

"잠깐만. 원숭이!"

"네?"

당신이 돌아보았다.

"내가 온 건……. 우리 집에 뭘 두고 갔더라고요."

당신의 반응을 지켜보며 잠시 기다렸다.

당신의 표정은 여전히 변하지 않았다. 나는 당신의 굳은 얼굴, 꽉 다문 입술, 가늘게 뜬 눈을 자세히 살펴보았다. 당신은 예뻤지만 냉랭했고 지쳐 보였다. 내 아들이 지금까지 만났던 여자들과는 달랐다. 마음속에 다시 의심이 피어올랐다.

눈을 감고 심호흡을 했다.

관자놀이를 쿡쿡 찌르는 두통이 몰려왔다.

"가지고 왔어요?"

당신이 손을 내밀며 물었다. 땅에 떨어진 귀걸이와 주머니에 있는 커프스단추를 생각했다.

"뭘 갖고 와요?"

"원숭이 말이에요."

당신은 천천히 말을 했는데, 한 글자를 말할 때마다 눈썹을 더욱 치켜올렸다.

"아, 그렇지. 아뇨. 깜박했어요."

"그걸 주려고 왔는데 깜박했다?"

"네. 정말 멍청하죠."

나는 웃으며 고개를 끄덕였다.

당신은 한발 물러서서는 마치 정신병자를 보듯 나를 응시했다. 하지만 나는 당신을 비난하지 않았다.

"그래요, 좋아요. 전 들어가 봐야 해요. 설리번이 몸이 좋지 않아요. 나아지면 전화할게요."

나는 입을 다문 채 게스트 하우스로 달려가는 당신의 모습을 지켜보았다. 오늘은 망했다.

제21장

"아버지는 집으로 오셨어. 내가 돌봐 드리고 있고."

라파엘이 말했다.

"잘됐네."

나는 앞의 테이블에 놓인 머그잔 너머 창밖을 멍하니 바라보며 대답했다.

"아버지 물건을 좀 정리해야 할 것 같아. 집 안이 엉망이야. 당신은 상상도 못 할 거야, 켈. 싱크대에 몇 년씩 묵은 물건들이 나뒹굴고 있어. 오래된 우편물, 식료품 목록 같은 것들 말이야. 아버지가 여기서 필요한 걸 어떻게 찾아내는지 모르겠어."

라파엘의 말 때문에 짜증이 났지만 나는 웃었다.

"설마. 당신 그러다가 우렁각시로 변신하겠어."

그는 가볍게 웃었다.

"그 정도는 아니야. 일회성이지."

"그럴 줄 알았어."

나는 숨을 내쉬며 중얼거렸다. 라파엘은 이 집에서 손가락 하나도 까딱하지 않았다.

"뭐라고?"

"아무것도 아냐."

빠르게 대답했다. 손을 뻗어 머그잔의 가장자리를 따라 손가락을 움직였다. 아직 너무 뜨거워서 마실 수가 없었다. 연기가 솟아올라 공중에서 원을 그렸다.

"정신은 어떠셔? 여전히 망상이 있으신 거야?"

나를 아직도 찾으시냐고 묻고 싶었지만 집착하는 것처럼 보일 것 같았다. 아니면 자아도취에 빠진 인간으로 보이거나.

"아론 얘기를 엄청 하셔."

몸이 뜨거워지며 입이 탔다.

"무슨 얘기를 하시는데?"

"아론을 계속 찾으셔."

나는 테이블의 가장자리를 꽉 잡고 몸을 앞으로 내밀었다.

"그러니까…… 아버지가 아론도 찾아왔다고 생각하고 계신 거야?"

아버지가 내 아들을 본 것일까?

라파엘이 부드럽게 말했다.

"아니야. 아론을 오래 못 봤다고, 아론을 보고 싶어 하셔."

"아."

떨리는 숨을 내쉬고 다시 의자에 등을 기댔다. 의자 아래에서 삐걱거리는 소리가 났다.

"켈리?"

"응, 듣고 있어."

손을 뻗어 탁자 끝에 놓여 있던 노트북을 내 쪽으로 끌어당겼다. 그런 다음 열어서 로그인했다.

"괜찮아?"

"응, 괜찮아. 내일 쉬는 날이야?"

나는 페이스북을 열었다.

"그럴 계획은 없어. 오늘 밤에는 여기 있고 내일 수업 끝나고 다시 오려고. 여기서 아버지를 잘 돌봐 주고 계셔."

"흠."

나는 아론의 페이스북 페이지를 찾아 그의 새 피드를 스크롤했다. 최근 몇 달 동안 새로운 내용이 없었다. 사진들이 그대로였다. 내용도 같았다. 친구들이 보낸 메시지도 여전했다.

나는 아론의 친구 목록에 가서 체이스의 사진을 클릭했다. 그는 작년 아론의 룸메이트였다. 체이스의 페이스북은 그가 열중하는 게임 이야기로 가득 차 있었다.

입술을 깨물며 사진첩으로 들어갔다. 손가락으로 마우스 휠을 굴려 사진들을 스크롤하니 윙윙 소리가 났다. 아론도 포함된 사진들을 발견하고 그것들을 클릭하기 시작했다.

모두 수십 번 봤던 사진들이었다. 아무리 새로운 정보를 찾아보아도 아무것도 나오지 않았다. 사진 속에 아론은 거의 등장하지 않았다. 그의 룸메이트는 카메라가 가까이 있으면 언제라도 포즈를 취하며 사진 찍기를 무척 좋아하는 것 같았다.

그중 하나를 클릭하려는 순간 심장이 멎는 것 같았다.

아론이 사진 속에 없어서 그냥 넘겨 버렸던 사진이었다. 배경에 당신과 닮은 소녀가 서 있었다.

"켈리? 뭐 하는 거야?"

"듣고 있어."

좀 더 자세히 보기 위해 몸을 숙이며 내가 말했다.

"집중을 못 하는 것 같아."

그는 짜증을 내며 참지 못하겠다는 듯 말했다.

나는 엄지와 검지를 터치 스크린 속 사진에 올려놓고 배경에 있는 소녀를 확대했다. 그리고 사진 밖에 있는 누군가에게 말을 했다.

"이럴 수가."

"뭐라고? 무슨 일이야?"

라파엘이 걱정스러운 목소리로 물었다.

"켈리야."

나는 숨을 내쉬었다. 얼굴은 지금보다 더 둥글었고 머리색은 더 어두웠지만, 당신이 확실했다. 마침내 증거를 찾아낸 것이다. 이 사진에는 없지만 아론은 확실히 그 파티에 있었다. 그래서 당신도 거기에 있던 것이다.

이제 모든 것이 달라졌다.

침묵은 그만둘 것이다. 냉정한 척 구는 것도. 당신이 준비되었을 때 앞으로 나오기만을 기다렸지만 이젠 끝이다. 제길, 엿 먹으라고 해.

"라프, 켈리가 아론을 알고 있다는 증거가 있어."

"지금 무슨 얘기를 하는 거야?"

"사진이 있어. 그 여자가 사진 속에 있어."

아드레날린으로 몸이 끓어오르는 걸 느끼며 내가 내뱉었다.

"그 애의 룸메이트 페이스북에…… 그날 밤…… 내가 찾아봤는데 아론은 사진 속에 없었어…… 하지만 그 애도 거기 있었을 거야. 그러니 켈리도 있었겠지. 내 말은, 그녀가 그 애를 알고 있다는 거야. 이미 난 다 알고 있었지만, 지금까지는 증거가 없었어. 단지 그녀가 그 애를 알고 있다는 것뿐만 아니라, 그녀가 그날 밤 거기에 있었다는 사실 말이야."

나는 지금 횡설수설하고 있었다. 너무 빨리 말하고 있다는 걸 알았지만 어떻게 속도를 줄여야 할지 몰랐다.

"미안해, 켈. 난 이해가 안 돼. 무슨 말도 안 되는 소리를 하는 거야."

발작적으로 몸이 떨렸다. 침을 꿀꺽 삼켰다. 심호흡했다. 라파엘을 이해시키려면 내가 진정해야 했다.

"내가 지금 체이스의 페이스북 페이지에서 아론의 사진을 찾아보고 있었거든."

"켈. 왜 지금? 난 당신이 나아지고 있다고 생각했어."

내가 늘 싫어하곤 했던, 내가 불쌍하다는 투의 어조였다.

"나아지고 있어. 나는 괜찮아. 단지 그 애랑 켈리가 함께 찍은 사진이 있는지 찾아보고 싶었을 뿐이야."

침묵이 흘렀다.

"라프?"

내가 그를 이해시켰을까?

"듣고 있어. 근데 이해가 안 된다. 당신이 체이스의 페이스북에서 당신 사진을 찾아보고 있었다는 거야?"

"아니. 나 말고. 내 친구 켈리. 내가 말했던 거 기억하지? 새 친구 말이야."

내가 누구에 대해 말하고 있는지 어떻게 모를 수가 있단 말인가?

"아. 그래. 당신이 유아용품 많이 사 줬던 그 사람. 그 사람 이름이 켈리야?"

"그래!"

그는 내 말을 진지하게 듣지 않는 걸까? 아니면 내가 그녀의 이름을 말해 준 적이 없었던가? 나도 확신할 수 없었다. 지켜야 할 비밀이 너무 많았으니까.

"그 여자가 아론을 안다고?"

"응. 체이스의 사진 속에 있더라. 그리고 그 여자는 아론의 커프스 단추도 갖고 있어. 내가 그걸 방에 있던 요람 옆에서 발견했거든. 그리고……."

"요람? 지금 대체 무슨 소리를 하는 거야?"

라파엘이 내 말을 끊었다.

"요람이 지금 중요한 게 아니야. 내 말 못 들었어? 켈리가 우리 아들을 알고 있다고. 사실은, 내 생각에 그 아기가……."

"켈, 그만두는 게 좋겠어."

그가 으르렁거리듯 말했다.

"뭐라고?"

혼란스러움을 느끼며 휴대폰을 귀에서 약간 떨어뜨렸다.

"맙소사, 나는 당신이 좋아지고 있다고 생각했는데, 지금 이걸 봐."

"난 좋아지고 있어. 내가 좀 전에 말했잖아."

"이럴 수가. 당신은 그 켈리라는 여자가 우리 일에 관련 있다고 생각하는 거야?"

라파엘이 한숨을 쉬더니 말을 이었다.

"난 이제 더 이상 못 참겠어. 당신도 알겠지만, 당신만 아들을 잃은 건 아니야."

"메디나 씨? 안 좋은 소식을 전하게 되었네요. 아드님, 아론에 대한 겁니다."

"……아드님의 기숙사 방에서 정신을 잃은 채 발견됐습니다……. 구급대원들이 할 수 있는 것은 다 했지만……"

"물론 나도 알아."

"난 당신 때문에 제대로 슬퍼할 수도 없어. 제길, 당신이 아론이 살아 있는 것처럼 행동하니까 그 애가 죽은 것에 대해 얘기도 할 수가 없어. 하지만 나도 더 이상은 당신을 달래 줄 수 없어. 그건 도움이 안 돼. 당신 상태만 나쁘게 만들 뿐이야."

라파엘의 목소리가 흔들렸다.

"당신은 아론의 휴대폰도 끄지 못 하게 하잖아. 여전히 그 애 휴대폰에 전화도 걸고 있는 거 알아."

"난 그 애의 목소리를 듣고 싶어."

눈물이 흘러내렸다.

"그 애는 죽었어, 켈. 이제는 보내 줘야 해."

손등으로 눈물을 닦으며 훌쩍였다.

"내가 모른다고 생각했어? 내 삶의 매일매일에 그 애가 없는데 내가 그걸 모를 것 같아? 너무 그리워. 그래서 전화하고 문자하는 거야. 아이들한테는 엄마가 필요하잖아."

"그 애는 죽었어. 이제는 당신이 더 이상 필요하지 않아."

그의 말이 배를 찌르는 것 같았다. 움찔하며 배를 붙잡았다.

"나는 그 애가 필요해! 난 미치지 않았어, 라프. 나도 아론이 죽었다는 거 알아."

"당신은 그 애가 아직 살아 있고 대학에 다니느라 떨어져 있는 것처럼 이야기하잖아."

"그래. 그래서 뭐? 그렇게라도 하면 견디기가 쉬워져. 그러는 게 누구에게 상처라도 줘?"

"나. 나에게는 상처가 돼."

바람이 빠진 장난감처럼 털썩 주저앉았다. 내가 모든 걸 망쳐 놨다. 또다시.

"당신이 그 애를 얼마나 사랑했는지 나도 알아. 나도 그 애를 사랑했어."

"당신은 사랑을 보여 주는 방법이 틀렸어."

내가 중얼거리듯 말했다.

"뭐라고 했어?"

그가 독하게 내뱉는 말의 강력함에 나는 굴복했다. 하지만 그가 나에게 상처를 주기엔 너무 멀리 있다는 생각이 들었다. 그래서 난 계속 말을 이었다.

"당신의 엄청난 기대가 우리 아들을 죽인 거야."

"그 애는 파티 중이었어, 퀠. 약을 섞은 술을 너무 많이 마셨고. 그 게 어떻게 내 잘못이야?"

"진심이야? 당신이 그 애한테 마지막으로 뭐라고 했는지 기억하지 못하는 거야? 성적이 오르지 않으면 등록금을 내주지 않겠다고 말했잖아."

"그 애는 대학생이었고 파티에 간 거야. 그 또래 애들이라면 다 그래. 내가 했던 말과는 아무런 상관이 없어. 내가 한 말을 중요하게 받아들였다면 아론은 공부하고 있었겠지. 파티에 갈 게 아니라."

나는 속이 부글부글 끓어서 고개를 저었다.

"당신은 항상 그 애를 최악으로 생각해."

"당신은 항상 그 애가 완벽하다고만 생각하지."

"우리 엄마처럼 말하네."

네가 그렇게 응석을 다 받아 주지 않았다면 아론은 여전히 우리 곁에 있을 거야. 아이들은 훈육이 필요해, 퀠리. 너는 그 애에게 너무 관대했어. 엄마가 나에게 했던 마지막 말이 마음을 울렸다. 아론이 죽었을 때 카르멘이 살아 있었더라면 그녀는 그렇게 말하지 않았을 것이다. 그녀는 나를 위로해 주었을 것이다. 나는 엄마에게 갔을 때 단 한 번이라도 엄마가 내 옆에 있어 주기를 바랐다. 하지만 엄마는 조금도 달라지지 않았다. 아빠도 마찬가지였다. 엄마와 같았다. 사실 늘 그랬다.

그럼에도 왜 이번에는 달라지길 바랐는지 모르겠다.

"어머니는 단지 네가 모든 걸 잊고 극복하게 하려고 하셨던 것뿐이야."

라파엘이 분노하며 말했다.

"난 그럴 수가 없어. 아론은 내 인생의 전부였어."

잠시 침묵이 흘렀고 라파엘이 마침내 작은 목소리로 말했다.

"날 믿어. 네 마음 알아."

더 이상의 말은 없었다. 전화 끊기는 소리가 들릴 뿐이었다.

나는 휴대폰을 테이블 위에 내려놓고 숨을 거칠게 내쉬고 들이마셨다. 라파엘에게 했던 말에 대해 기분이 좋지 않았어야 했지만, 전혀 그렇지 않았다. 오히려 해방감을 느꼈다. 마음이 가벼웠다. 너무 오랫동안 그 말들을 품고 있었다.

테이블에서 일어나 머그잔을 싱크대에 넣었다. 걸어가는 길에 당신이 앉아서 내 아들에 대해 뻔한 거짓말을 했던 그 소파를 흘끗 보았다.

저에게 아이를 지우라고 했어요.

거짓말. 그 애는 결코 그런 말을 할 애가 아니었다. 그리고 지금 나는 증거도 가지고 있었다. 당신은 설리번이 태어난 후 그 애와 함께 있었다.

손이 떨려서 컵을 싱크대에 세게 떨어뜨리는 바람에 컵이 산산조각이 났다. 가슴이 쿵쾅거리는 소리가 귀에 들릴 정도였다. 머리가 어지러웠다. 지난 몇 시간 동안의 일들이 나를 공격했다. 사방이 막힌 벽에 갇힌 것만 같았다. 심호흡하며 깨진 도자기 조각들을 집으려 손을 뻗었다. 차가웠다. 날카로웠다. 커다란 조각이 손바닥을 찔렀다. 하지만 고통이 반가웠다. 나에게 붙잡을 수 있는 무언가를 주었다. 물에 빠지는 것 같은 느낌이었다. 몸에서 영혼이 빠져나가는 듯했다. 부서진 조각들을 꽉 쥔 주먹이 나를 붙들어 주는 것 같았다. 조각들을 쓰레기통에 버리고 난 후 바지에 그것을 닦는데 손을 따라 붉은 자국이 남았다.

이게 뭐지?

손바닥을 보았다. 피범벅이 되어 있었다.

정말 고맙군, 켈리.

좌절의 한숨을 내쉬며 복도를 빠르게 지나 욕실로 갔다. 상처에 찬물을 흘려보내니 따끔거렸다. 피가 물에 섞여 나가자 손바닥에 베인 자국이 여러 개 보였다. 모두 깊지는 않았다. 다른 한 손으로 약장을 열어 반창고를 꺼냈다.

목 뒤에서 수상한 기척이 느껴졌다. 나는 움직임을 멈췄다. 온몸에 소름이 돋았다. 삐걱거리는 소리. 발소리. 수도꼭지를 잠그고 멈춘 채 귀를 기울였다. 고요가 내 주위를 둘러쌌다. 몇 초 후 나는 숨을 내쉬었다. 손에서 다시 피가 흐르기 시작했다.

내가 너무 신경과민이 아닐까 책망하며 다시 수도꼭지를 틀었다. 당신 때문이었다, 켈리. 당신이 내 마음을 어지럽히고 있었다. 당신이 이곳에 온 이후부터 줄곧. 우연이 아니었단 걸 나도 알아. 당신은 처음부터 목적을 갖고 여기에 왔어. 당신은 나를 일부러 찾아낸 거였어. 나를 찾으려고 여기에 온 거였어.

손을 씻은 후 상처 부위에 반창고를 붙였다. 욕실을 나서면서 거울에 비친 내 모습을 흘끔 보았다.

맙소사. 끔찍했다.

몇 주는 잠을 못 잔 사람처럼 다크서클이 눈을 둘러싸고 있었다. 얼굴은 창백하고 헬쑥했다. 머리카락은 착 가라앉은 채 누렇게 뜬 뺨 주변에서 흐느적거리고 있었다.

아론이 죽은 지 몇 주 만에 나는 시체처럼 변했다. 해골 같았고 유령 같았다. 죽은 사람이 걸어 다니는 것 같았다.

나는 완전히 회복되지 않았음에도 결국은 먹고, 운동하고, 삶을 살아 나갔다. 얼굴색이 돌아왔고 몸무게도 좀 늘었다. 하지만 아론과 함께 있었던 것이 분명한 그 사진에서 당신을 보고 나서 나는 그때로 돌아갔다. 다시 아론을 잃은 것 같은 느낌이 들었다. 내 삶으로 살아 돌아온 그 애를 잔인하게 또 앗아 간 것이다.

다른 아기가 온 것 같았다. 나에게 다른 아기가 생긴 것 같았다. 내가 아론이라고 생각했던 아기.

하지만 그건 아니었다.

내 아기는 아니었다.

목에 걸린 듯한 덩어리를 삼키며 나는 거울에서 돌아섰다.

슬픈 눈과 여윈 얼굴을 가진 여자가 멀어졌다. 욕실을 나서는데 머리털이 곤두섰다. 나는 몸이 뻣뻣해진 채로 귀를 쫑긋했다. 이번에는 소리가 난 게 틀림없다.

"누구세요?"

복도를 천천히 걸어가면서 소리쳤다.

"안녕하세요."

목소리가 응답했기 때문에 작게 소리를 질렀다.

모퉁이를 돌자 당신이 거실 한가운데 서 있었다.

"켈리?"

나는 놀라서 쓰러질 뻔했다.

"미안해요. 문이 열려 있어서요. 이름을 몇 번이나 불렀어요."

당신이 현관문을 돌아보며 말했다.

나는 눈을 가늘게 떴다. 내가 정말로 현관문을 잠그지 않고 열어 두었단 말인가? 내가 열어 둔 것 같지는 않았지만 그렇지 않고서는 당신이 어떻게 들어올 수 있었겠는가? 설리번은 어디에 있지? 나는 거실의 한쪽 벽에 놓인 아기 띠를 발견했다. 담요가 덮여 있었는데 설리번이 그 아래에서 자는 듯했다.

어렸을 때 새를 키웠다. 새가 조용했으면 할 때 우리는 새장을 천으로 덮었다. 설리번의 캐리어에 씌워 놓은 담요를 보니 그때가 떠올랐다. 엄마가 새를 다루는 방식으로 당신은 설리번을 대하고 있었다.

"괜찮아요?"

당신이 나에게 다가서며 물었다.

나는 몸을 움츠리며 뒤로 물러섰다.

"괜찮아요. 어쩐 일이에요?"

"설리번이 좀 나아진 것 같아서 들렀어요. 그 원숭이 인형도 가져갈 겸."

당신의 시선이 테이블 위에 놓인 컴퓨터를 향하고 있었다. 여전히 당신의 사진이 확대된 채로 떠 있었다. 내 아들과 같이 파티에 있던 당신의 사진.

"나는 당신이 여기 왜 왔는지 알아요."

아드레날린이 솟구치는 걸 느끼며 내가 말했다.

"네, 제가 방금 말했잖아요."

당신은 유치원 교사가 무언가를 이해하지 못하는 아이에게 말하듯 천천히 대답했다.

그것이 더욱 내 화를 돋웠다. 불을 지폈다.

"아뇨, 내 말은, 당신이 여기 폴섬에 왜 왔는지 안다고요."

나는 캐리어를 흘끗 보았다. 새장 같았다. 흰색과 파란색이 섞인 담요가 보였다.

"설리번이 내 손자죠. 그렇죠?"

당신이 이마를 너무 심하게 찌푸렸다. 마치 보이지 않는 핀이 중앙에 꽂혀 있는 것만 같았다.

"뭐라고요? 아니에요."

강한 부정에 나는 더 대담해졌다. 나는 앞으로 걸어 나갔다.

"저 애는 아론과 닮았어. 짙은 머리카락, 올리브색 피부."

"그런 사람들은 세상에 많아요."

당신은 몇 걸음 뒤로 물러섰다. 눈동자가 흔들리고 있었고 얼굴은 혼란스러워 보였다.

"당신 집을 청소할 때 호프만 대학교 셔츠를 발견했어."

"네. 그래서요?"

"당신은 호프만 대학교에 간 적이 없잖아."

"중고 매장에서 산 거예요."

나는 쓴웃음을 지으며 고개를 저었다.

"쓸데없는 소리 집어치워. 너는 내 아들과 같이 있었어."

당신의 눈이 커졌다.

"미친 소리야. 난 아론을 알지도 못해."

"그럼 왜 당신이 그 애의 커프스단추를 가진 거지? 그 애가 당신에게 준 건가? 아니면 그 애의 기숙사에서 훔친 건가?"

도박 삼아 말을 던졌지만, 나는 내 아들을 안다. 라파엘과의 관계가 소원해졌음에도 불구하고 그 애는 집을 떠날 때 그 커프스단추를 갖고 간 것이 분명했다. 그 애는 할아버지와는 꽤 가까웠고 그건 집안의 가보였다. 나는 그걸 꺼내려고 청바지 주머니에 손을 집어넣었다. 주머니는 비어 있었다. 어디로 간 거지?

당신이 손바닥을 보이며 손을 들어 올렸는데 마치 항복하겠다는 것 같았다.

"저기요, 저는 당신이 무슨 얘기를 하는 건지 모르겠어요. 난 당신 아들을 만난 적도 없고 그 커프스단추가 뭔지도 모른다고요."

숨을 들이마시며 컴퓨터를 바라보았다. 나는 그쪽으로 걸어가 스크린을 가리켰다.

"켈리, 저건 내가 아니에요. 나랑 닮은 사람이에요. 내가 아니라고요."

거리의 모든 것을 말살시켜 버리는 통제 불능의 불길처럼 시뻘겋게 달아오른 분노가 걷잡을 수 없이 솟아올랐다.

"저건 당신이야. 당신은 그 애가 죽던 날 밤에 함께 있었어. 왜 거짓말을 하는 거지?"

"아들이 죽었어요? 난 대학에 다니느라 떠나 있는 줄 알았어요."

나는 당신이 거짓말을 내뱉을 때의 바보 같은 말투를 따라 하며 말했다.

"아니, 그 애는 대학에 있지 않아. 그 애가 죽었다는 거 이미 알고 있었던 거지? 그렇지? 그러면서 당신은 내내 나를 갖고 놀았어."

"미안해요, 켈리. 하지만 난 당신 아들을 전혀 몰라요. 지금 많이 흥분하신 것 같아요. 제가 누구한테 전화라도 좀……?"

당신의 눈과 표정에 동정심이 가득 찼다.

아니, 더는 당신이 모든 걸 망치게 두지 않을 것이다. 나는 정확히 내가 본 것을 이해했다. 컴퓨터 화면을 손가락으로 가리키며 소리쳤다.

"이건 당신이야! 왜 계속 거짓말을 하는 거지?"

당신이 잠시 움찔했다. 이제 깨달았군. 다 알고 있어. 오, 그래, 당신은 지금까지 나를 속인 거야.

"켈리, 진정해요."

당신은 내 쪽으로 두 걸음 다가서더니 팔을 앞으로 내밀었다.

"내 아들을 알고 있잖아."

나는 반복했다.

"내 아들과 같이 있었잖아."

이제 수수께끼는 거의 풀렸다. 완전히 해결할 때까지 물러서지 않을 것이다. 당신은 긴장되어 보였다. 무서워하고 있었다. 내가 당신에 대해 다 알고 있다는 걸 이제 당신도 안다. 설리번의 캐리어에서 작은 신음이 들렸지만 당신은 쳐다보지도 않았다. 당신의 두 눈은 나에게 고정되어 있었다. 당신은 늘 아들보다 자신을 우선으로 생각했다.

"당신은 설리번을 키울 자격이 없어. 엄마가 되는 것이 어떤 건지 하나도 몰라."

"그렇지 않아요."

당신이 도전적으로 턱을 치켜올리며 말했다.

"내 말이 맞아. 저 애는 내 손자야. 내가 키워야 해."

당신 눈에서 불꽃이 튀었다. 이제는 내가 당신에게 다가섰다. 혼란스럽고 순진해 보이던 당신의 표정은 사라지고 없었다. 드디어 본색을 드러냈다.

"저 애는 당신의 손자가 아니야. 절대 그럴 일은 없을 거야."

당신이 더 다가섰다. 나는 뒤로 물러서느라 테이블에 꼬리뼈를 부딪쳤다. 당신의 눈빛이 어두워졌다. 등골이 오싹했다.

"아들을 잃고 얼마나 힘드셨어요, 켈리. 어떤 일들을 겪었는지 나도 잘 알겠어요. 하지만 이건 앞뒤가 맞지 않아요."

당신의 목소리가 기계적으로 바뀌었다. 라파엘과 힐러만이 나를 진정시키려고 할 때 내던 목소리가 떠올랐다. 고개를 약간 돌리며 발끈했다.

"내 말이 옳다는 걸 당신도 알고 있잖아."

당신이 고개를 젓더니 다시 그 바보 같고 가르치려는 어조로 말했다.

"그렇지 않아요. 솔직히 말해서, 켈리, 당신 좀 제정신이 아닌 것 같아요. 당신의 상담사 같은 사람에게 내가 전화 좀 해도 될까요?"

입술을 깨물며 고개를 흔들었다. 나는 미치지 않았다. 내가 상담을 받는 건 어떻게 아는 거지? 당신이야말로 앞뒤가 맞지 않는 얘길 하고 있어. 모두 최근 몇 달 동안 내가 상상 속에서 살고 있다고 말했다. 하지만 그렇지 않다. 나는 내 아들이 스스로 목숨을 끊은 게 아니라는 걸 안다. 사고도 아니다. 그 애는 파티광이 아니다. 착한 아이다.

누군가 그 애를 죽인 것이다.

당신이 그 애를 죽였어, 켈리.

그리고 이젠 나를 죽이려고 하고 있어.

내 손자까지도.

절대 그렇게 되도록 내버려 두지 않을 것이다.

손을 뻗어 뒤에 있는 테이블에 있는 무언가를 찾았다. 손가락 끝이 카르멘의 황동 촛대에 닿자 나는 그것을 얼른 집어 들었다.

"지금 당장 내 아들에게 무슨 일이 있었던 건지 전부 말해."

나는 팔을 들어 보이며 물었다.

당신은 촛대를 보더니 눈이 휘둥그레졌다.

"켈리, 그건 내려놔요. 난 아무것도 몰라요. 당신이 전부 잘못 알고 있어요."

"아니, 그렇지 않아. 당신이 알고 있는 걸 말하는 게 좋을 거야. 하나도 빼놓지 말고 전부."

내 머릿속은 기숙사 방에서 죽어 있던 아론에 대한 생각으로 가득 찼다. 눈앞엔 거실 창문 너머로 빨간색과 파란색 불빛이 깜빡거리던 모습이 보였다. 현관에 서 있던 두 명의 경찰관. 나에게 소식을 알리던 그들의 침울한 표정. 나는 쓰러졌다. 무너졌다. 심장이 찢어졌다.

네가 한 짓이야, 켈리.

당신은 그 대가를 치르게 될 거야.

나는 팔을 더 높이 들어 올렸다.

"안 돼!"

당신의 입술이 동그랗게 벌어졌다. 당신이 팔을 뻗었다. 헝클어진 머리가 얼굴을 가렸다.

그때 그것이 갑자기 떠올랐다.

전에 당신을 어디서 보았는지.

알몸. 포즈를 취한 자세. 적당히 벌린 입술. 뒤로 젖혀진 머리. 들어 올린 팔.

촛대를 내려놓고 내가 말했다.

"키스."

우리의 시선이 마주쳤을 때, 내가 옳았다는 걸 알 수 있었다. 당신의 눈이 그렇게 말하고 있었다.

그랬던 거구나.

제2부

제22장

당신의 피가 손을 더럽혔다. 손톱 밑이 검붉게 물들었고 손바닥의 홈에 피가 모였다. 샤워기 아래에 서서 붉은 핏기가 몸에서 씻겨 나가 소용돌이치며 배수구로 빠져나가는 것을 지켜보았다. 향이 강한 비누로 피부가 원래대로 돌아올 때까지 문질렀다. 당신의 모든 흔적을 씻어 내기 위해. 내가 다시 연해지고 하얘지고 깨끗해질 때까지.

하지만 당신을 머릿속에서 없애기는 쉽지 않았다. 바닥에서 끙끙대던 당신의 모습이 계속 맴돌았다.

속이 메슥거렸다. 토하기 직전의 느낌이었다. 샤워기에서 나오는 따뜻한 물 때문에 더 기분이 좋지 않았다.

이미 일은 벌어졌다. 되돌릴 수 없었다. 모든 것이 끝났다. 완전히.

설리번을 위해 무엇을 해야 할지 생각할 시간이다.

중요한 건 그 애였다. 그 애를 안전하게 보호해야 했다.

피를 모두 씻어 냈다는 생각이 들자 욕실에서 나와 푹신한 매트

위에 올라있다. 발가락 사이의 매트가 따뜻했다. 수건으로 몸을 감싸고 거울로 걸어갔다. 뿌옇게 김이 서린 거울에 내 모습이 보일 때까지 손으로 닦아 냈다. 다시 금방 김이 서려 잠깐밖에 볼 수 없었다.

욕실로 시원한 바람이 들어오도록 문을 열었다. 팔에 소름이 돋고 몸이 떨렸다.

위쪽 선반을 열고 손을 더듬어 빗을 꺼냈다. 조심스럽게 젖은 머리를 양 갈래로 나누어 빗었다. 부드러운 머릿결에서 코코넛 샴푸 향이 느껴졌다. 머리를 웨이브로 말고 자연스럽게 화장을 하면 어떨까 상상해 보았다. 청바지에 커다란 스웨터를 입고 장신구는 단출한 것이 좋겠다. 도시 근교에 사는 전형적인 주부처럼. 오늘 밤에 아무일도 없었던 것처럼. 이런 생각을 하고는, 내 몸의 근육이 이완되는 것을 느끼며 미소 지었다.

내가 해낼 수 있을 거라고 확신했다. 모든 일은 이제 지나갔다. 당신은 그저 오랜 기억에 지나지 않은 존재가 될 것이다. 이 모든 게 초현실적인 꿈처럼 느껴져 당신이 정말 존재했는지 아닌지조차 알 수 없었다.

설리번의 희미한 울음소리가 귓가에 들려왔다. 심장이 멈추는 것 같았다. 설리번을 완전히 잊고 있었다.

바보같이 아이를 방치했다는 생각이 들어 서둘러 침실로 갔다. 설리번은 작은 몸에 푹신한 분홍색 담요를 두른 채 요람에 누워 있었다. 아이는 몸을 비틀며 공중에서 손을 허우적거렸다.

"괜찮아. 다 괜찮아. 엄마 여기 있어, 알겠지?"

아기를 조용히 달랬다.

일어서서 옷을 찾고 그것을 다 입을 때까지 노래를 계속 흥얼거렸다. 설리번은 여전히 조금 칭얼거리며 방을 돌아다니는 나를 큰 눈망울로 지켜보았다. 나는 조심스럽게 아이와 눈을 마주치면서 활짝 웃어 주었다. 마음이 괴로웠다. 내 몸의 일부가 떨어져 나가 바닥에 난장판으로 흩어지는 것 같았다.

내가 벌린 일들이 자꾸 나를 덮쳐 숨이 막힐 지경이었다. 하지만 나에겐 설리번이 있었다. 중요한 건 이 아이였다.

이 아이를 위해 모든 걸 했다.

아론의 얼굴이 떠올랐다. 나를 믿고 있던 그 애의 눈. 순수한 미소. 목구멍에 커다란 덩어리가 느껴졌지만 그것을 꿀꺽 삼켰다.

아니다, 지금은 아론에 대해 생각할 때가 아니었다. 설리번에게 집중해야만 했다. 우리의 미래에 대해. 과거에 집착하는 건 옳지 않았다. 시간을 되돌릴 수는 없었다.

이미 벌어진 일이잖아.

머리를 말리고 화장을 한 후에야 설리번을 안아 올렸다. 아이를 어깨에 기대고 팔로 가볍게 흔들었다. 설리번이 옹알거리는 소리에 내 마음도 가라앉았다.

"그래, 아가야, 다 괜찮을 거야. 이젠 안전해."

설리번의 이마에 코를 갖다 대니 맥박이 빨라졌다. 그에게서 당신의 향기가 났다. 고개를 뒤로 빼고 숨을 참았다.

아론의 방 앞으로 갔다. 떨리는 손으로 방문을 열고 안을 들여다보았다. 배가 너무 심하게 꼬이는 느낌이 들어 속의 것들이 다 튀어나올 것 같았다. 숨을 깊게 들이시며 욕지기를 참아 냈다. 방 안을 둘러보았다. 벽에 붙은 포스터, 책상, 정돈된 침대. 아론이 곧 돌아올 것만 같았다.

눈물이 나려고 해서 눈을 빠르게 깜박였다.

내가 여기서 뭘 하는 거지? 더 슬퍼지기만 할 뿐이야.

아론의 방문을 닫고 계단을 내려갔다. 설리번은 조용히 내 팔에 안겨 있었다. 만족스러워 보였다.

마음을 안정시키고 싶어 부엌으로 가서 차를 우렸다.

설리번을 앞뒤로 흔들며 차를 마시고 창밖을 내다보았다. 태양이 구름 뒤로 숨어 하늘이 어두웠다. 나는 항상 하루 중 이 시간을 가장 좋아한다. 변화의 시간.

가슴을 활짝 폈다.

설리번이 어깨에 얼굴을 비비며 칭얼거리기 시작했다. 셔츠를 꽉 물고 빠는 시늉을 하는 걸 보니 배가 고픈 모양이었다. 거실로 가니 표백제 냄새가 물씬 풍겼다.

당신이 잘못한 게 또 있었다. 망할, 그렇게나 사방에 피를 흘리지 않았다면 그걸 다 치우느라 표백제를 이렇게 많이 쓰지 않아도 되었을 텐데.

마룻바닥이어서 천만다행이었다. 카펫이었다면 표백제도 소용없었을 것이다.

"조용히 해!"

그가 소리치며 주먹으로 엄마의 얼굴을 때렸다. 엄마의 목이 꺾이면서 뒤로 날아갔다. 손으로 입을 막고 숨을 참았다. 그는 내가 소파 뒤에 숨어 있는지 모른다.

눈을 꼭 감고 엄마의 울음소리를 들었다. 최대한 몸을 웅크린 내게
들리는 유일한 소리였다. 그는 벽이 울릴 정도로 문을 쾅 닫으며 방을
나갔다. 눈을 뜨고 엄마에게 달려갔다. 엄마의 얼굴을 닦아 주고 아이스
팩을 가져다준 후 바닥을 청소하기 시작했다.

몇 시간 동안이나 카펫을 닦았지만 피를 다 치울 수는 없었다. 섬유
에 달라붙은 피는 고집스럽고도 단단했다.

몇 년이 지난 후에도 카펫에는 흔적이 남아 있었다.

설리번의 작은 옹알거림이 나를 다시 현재로 데려왔다. 침을 꿀꺽
삼키고 현관 옆에 있던 기저귀 가방으로 서둘러 발걸음을 옮겼다.

"괜찮아, 내 아가. 바로 맘마 줄게."

부드럽게 말하며 아기의 등을 문질렀다.

몸을 숙이다가 무릎을 찧었다. 움찔했지만 기저귀 가방의 지퍼를
열고 손을 깊숙이 넣었다.

그때 보았다.

바닥에 튀어 있던 피를. 기저귀 가방끈에 남은 피 묻은 손자국을.

갑작스럽고 뜨거운 분노가 치솟았다. *맙소사, 당신 정말 못살게
구는군.*

순간 당신이 느껴졌다. 목 뒤에 당신의 숨결이 닿았다. 내 움직임
을 지켜보는 당신의 시선도. 숨소리가 떨렸다. 당황한 나머지 꼼짝
할 수 없었다.

처음부터 이렇게 하려던 것은 아니었다. 모든 것은 순식간에 일어

났다. 너무도 갑자기. 이건 당신의 잘못이다. 당신이 유도한 것이다. 그리고 난 실수를 저질렀다. 아주 큰 실수.

미처 못 본 피가 더 있을까?

내가 처음 이 동네에 왔을 때 생각했던 것보다 일이 복잡했다. 처음 계획은 아주 간단해 보였다.

당신의 삶에 스며들기.

당신의 친구가 되기.

당신이 나를 믿게 만들기.

그리고 때가 되면, 모든 것이 계획대로 되면, 나는 당신을 제거할 것이다. 조용하고도 잔혹하지 않게. 나는 괴물이 아니니까. 그런 다음 새로운 나의 작은 가족과 함께 열대의 낙원으로 떠날 것이다.

상황 종료.

이 얼마나 쉬운 일인가?

하지만 당신이 내가 누군지 알아낼 줄은 몰랐다. 어쩌면 내 잘못도 있을 것이다. 그 망할 커프스단추 때문에.

"이게 뭐야?"

나는 금에 새겨진 패턴을 가리키며 물었다. 우리는 아론의 기숙사 벽에 등을 기대고 바닥에 나란히 앉아 있었다.

"메디나 가문의 문장이야."

아론의 입가에 미소가 번졌다.

내 아들에게도 그것을 가질 권리가 있었다. 그 애도 메디나 가문의 자손이기 때문이었다.

내가 저지른 가장 큰 실수는 당신이 그렇게 설리번의 물건을 함부로 손대는데도 그걸 기저귀 가방 안에 넣어 둔 거겠지. 하지만 그건 너무 작아서 늘 잃어버릴까 걱정이 됐다. 기저귀 가방이 가장 안전할 거라고 생각했다.

큰 실수를 했군.

서로 만난 이후로 당신은 상당히 내게 적극적으로 다가왔다. 그래서 생각보다 빨리 움직일 수밖에 없었다. 계획보다 빨리.

일이 이렇게 추잡스러워진 건 모두 당신 탓이었다. 내 계획에 피나 고통은 없었다. 하지만 당신이 먼저 날 공격했다. 그래, 엄마가 늘 말했듯이, 자업자득이었다.

하지만 일이 복잡해졌다.

설리번의 울음소리는 더 커졌다. 두 손을 뻗어 머리를 감쌌다.

회전목마를 탄 것처럼 머리가 빙빙 돌았다. 토할 것 같았다. 구역질이 나왔다. 머릿속이 뒤죽박죽 혼란스러웠다.

빠르게 숨을 들이마시고 현관과 벽을 보았다. 당신의 흔적이 더 이상 어디에도 남아 있지 않다는 생각에 안도의 한숨을 내쉬었다.

바닥에 묻은 핏자국은 쉽게 지울 수 있을 것이다. *그래, 그게 내가 해야 할 일이지.* 더 많은 표백제로 다른 곳을 청소할 때처럼 치우면 된다. 공황 상태가 완전히 진정되지는 않았지만 조금은 가라앉았다.

나는 계속 나아가야 한다. 끝까지. 앞으로, 앞으로.

누군가 당신을 찾을 때쯤이면 나는 사라지고 없을 것이다. 아마도 다른 나라에 가 있겠지. 하지만 일단 모든 증거를 없애야 했다. 내가 수사의 표적이 되지 않도록.

원하는 것을 얻고 난 뒤 남은 인생을 더 이상 불안에 떨며 살고 싶지 않았다. 당신이 내 행복을 망치도록 내버려 두지 않을 것이다.

담요를 찾아 바닥에 두고 설리번을 그 위에 눕혔다. 아이는 주먹을 쥔 채 소리를 꽥꽥 질렀다. 귀를 찌르는 소리에 심장 박동이 빨라졌다.

"쉬······. 쉬······."

나는 필사적으로 계속 아이를 달래 보았지만 설리번은 조용해지지 않았다.

설리번은 자기 울음소리에 맞춰 미친 듯이 발차기를 하기 시작했다.

서둘러 부엌으로 갔다. 표백제는 싱크대 밑에 있었다. 찬장을 열고 몸을 숙여 안으로 넣었다. 장갑을 끼고 스펀지와 표백제를 집어 들었다. 스펀지가 빨갛게 물들었다. 나는 숨을 내쉬었다. 당신의 흔적을 모두 지우고 나면 이것은 버려야 할 것이다.

자리에서 일어서자, 뒤쪽 창문이 눈에 들어왔다. 바깥 창고가 보였다. 당신이 아직 완전히 떠나지는 않았다는 사실이 생각났다. 밖은 점점 어두워지고 있었다. 설리번의 울음소리는 더욱 커졌다.

할 일이 너무 많았다.

몸이 떨렸다.

"조용히 해!"

설리번에게 소리를 지르고 바로 후회했다.

이건 아이의 잘못이 아니었다. 아이는 죄가 없었다. 이 아이는 내 존재의 이유였다.

그걸 잊어서는 안 됐다.

"미안해, 아가야."

나는 무릎을 꿇고 아이의 얼굴을 만졌다. 눈물로 얼룩진 얼굴은 끈적하고 따뜻했다. 장갑을 끼고도 그걸 느낄 수 있었다.

정신 차려, 켈리. 정신을 잃지 마.

아이는 주먹을 입에 넣더니 쪽쪽 빨았다.

배고프다. 아이가 배고프다.

먼저 해야 할 일을 하자. 장갑을 벗어 던지고 표백제를 제자리에 놓은 다음 우유를 탔다.

젖병을 물리자 아이는 게걸스럽게 빨아들였다.

나는 숨을 내쉬며 잠시 고요를 맛보았다.

땀이 맺힌 인중을 자유로운 한 손으로 닦아 냈다. 거실 창문으로 빛과 사람들이 떠드는 소리가 들어왔다. 아이에게 젖병을 물리고 소파에 앉은 채로 빛이 들어오는 창문을 내다보았다. 집에서처럼 번지는 불빛이 아니었다. 확실히 당신은 나보다 꼼꼼했다. 길 건너편에서 두 아이가 집 앞 잔디밭을 뛰어다녔고, 한 남자와 여자가 현관에 서서 그 모습을 지켜보고 있었다. 나는 미소를 지으며 여전히 배고파하며 젖병을 빠는 설리번에게 시선을 옮겼다.

머지않아, 모든 것이 괜찮아질 것이다.

내 아들에게 새로운 삶을 줄 것이다. 더 나은 삶을. 가족을. 내가 결코 가지지 못했던 것을.

이제 피 때문에 당황할 이유는 없었다. 아직 일요일 밤이었다. 청소할 시간도 충분했다.

거의 일주일의 시간이 있었다. 금요일까지는 끝내야 하겠지만.

이제 긴장을 풀어야 했다. 길고 힘든 하루였다. 짐을 내려놓아야 할 시간이었다. 넓디넓은 거실을 둘러보았다.

모든 것이 낯설었다. 내가 어렸을 때 살던 집은 낡아 빠진 아파트였다. 내가 살아 본 것 중 가장 좋은 집은 할머니 집이었는데, 그곳도 여기와 비교도 되지 않았다.

팔에 안겨 있는 설리번이 무겁게 느껴졌다. 어느새 아이는 젖병을 빨지 않고 있었다. 고개를 숙였다. 설리번이 잠들어 있었다. 아이를 깨우고 싶지 않았기 때문에 위층의 요람에 눕히지는 않기로 했다. 섣불리 움직였다가는 깰지도 몰랐다. 가능한 조심스럽게 일어서서 소파 근처 바닥에 펼쳐 놓은 담요에 그를 눕혔다.

숨을 참고 한 발 뒤로 물러섰다. 아이는 잠시 몸을 꿈틀거리다가 이내 다시 깊은 잠으로 빠져들었다. 나는 숨을 내뱉었다.

부유한 교외의 주부들은 저녁을 어떻게 보낼까?

아치형 천장을 올려다보며 손가락 끝으로 소파 가장자리를 따라 갔다. 부엌으로 걸어가는 동안 맨발이 차가운 나무 바닥에 닿았다. 벽에 붙은 스위치를 켜자 밝은 노란색 조명이 부엌에 퍼지며 깨끗하고 매끄러운 싱크대를 비췄다. 더러운 접시나 빈 상자는 보이지 않았다. 당신이 우리 집에서 마음이 편치 않았던 건 당연한 일이었다. 당신의 집은 너무 깨끗했다. 당신에게는 정말 문제가 있군, 켈리. 강박장애라도 있는 것 같아. 집이 최소한 사람이 사는 것처럼은 보여야지.

구석에는 와인 병으로 가득 찬 선반이 있었다. 나는 와인 두 병을 꺼냈다. 난 와인에 대해선 아무것도 모르지만 당신이 와인을 즐긴다는 건 알았다, 우리가 만나기 전부터.

나는 당신에 대해 조사했다. 어려운 건 없었다. 당신의 일상은 온라인에 모두 나와 있었다. 당신은 나이 든 여자치고는 SNS를 사용하는 법을 잘 알고 있었다. 인스타그램과 페이스북 계정도 갖고 있었다. 나는 인터넷에 자신의 삶을 보여 주는 사람들의 심리를 이해할 수 없다. 왜 세상이 스스로에 대해 모든 걸 알기를 원하는 걸까?

그런 면에서 나는 항상 좀 사적인 사람인 것 같다.

하지만 당신은 아니었다. 여기로 이사 오기 전 몇 달 동안 당신의 SNS를 훔쳐보았다. 당신이 드러내는 삶을 보았다. 취미를 알아냈다. 좋아하는 것과 싫어하는 것을 알게 되었다. 내가 당신에 대해 찾아낼 수 없는 건 없었다.

당신은 일주일에 두세 번쯤 운동을 하러 다녔다. 심지어 친구까지 태그했다. 당신이 운동하러 얼마나 자주 가는지 누군가가 신경 쓴다고 생각하는 건 단지 자아도취적일 뿐만 아니라 위험한 일이었다. 당신의 계정은 공개되어 있었고 전 세계 누구든지 당신을 찾아내고 추적할 수 있었다. 같은 헬스장에 등록도 할 수 있고 말이다.

당신은 심지어 페이스북으로 당신 아들의 소아과 의사를 팔로우했다. 한 번은 독감 백신의 중요성에 대한 게시물을 공유했다. 백신에 반대하는 당신의 친구들 몇몇이 그 게시물의 내용에 문제를 제기했던 것을 기억한다.

와인 잔을 찾은 후 (이런, 참 많이도 있더군.) 와인 한 병을 열었다. 그러고 나서 밝고 빨간 액체를 유리잔에 부었다. 적절하지 않다는 걸 알면서도 나는 와인을 끝까지 채웠다. 그것이 당신과 나의 다른 점이었다. 나는 보여 주기식의 행동은 하지 않았다.

나는 내가 원하는 것을 했다.

망할 놈의 사회와 규칙 따위.

다시 거실로 돌아가 잠시 잠들어 있는 설리번을 내려다보면서 서 있었다. 맙소사, 이 아이는 완벽했다. 최고의 삶을 누릴 자격이 있었다. 그리고 나는 이 아이에게 그것을 줄 것이다.

손에 와인을 든 채 소파에 털썩 주저앉아 커피 테이블에 발을 얹었다. 당신의 텔레비전은 내가 본 것 중 가장 컸다. 거의 벽 전체를 차지하고 있었다. 근처에 있던 리모콘을 사용해서 넷플릭스를 켰다. 세 개의 계정이 있었다. 당신, 라파엘, 그리고 아론. 내 시선은 아론의 이름에 머물렀다. 속이 뒤틀렸다. 당신이 아론의 죽음에 대해 말할 때 얼마나 슬퍼 보였는지를 생각했다. 아들을 잃는다니 상상도 할 수 없었다.

나는 아론의 친절한 미소와 순진하고 이상주의적이었던 그의 사고방식에 대해 생각했다. 그런 사람을 만난 건 처음이었다.

머리를 흔들어 억지로 기억을 떨쳐 냈다. 후회하고 있을 시간이 없다. 와인을 한 모금 더 마시고 아론의 계정을 눌렀다. 스크롤을 내려 「오피스」(미국 드라마 — 옮긴이)를 찾아서 틀었다. 드라마가 시작되자 소파에 더 깊숙이 앉으며 천천히 와인을 마셨다.

아, 좋다. 이런 게 삶이지.

시작한 지 15분쯤 지났을까 밖에서 소리가 들려 깜짝 놀랐다. 뒷머리가 쭈뼛 섰다. 천천히 고개를 돌렸다. 거실 창문 밖으로 불빛이 보였다. 자동차가 큰길에서 진입로로 들어서고 있었다. 누가 온 거지?

자동차 문이 쾅 닫히고 이어 포장된 길을 걷는 발소리가 들리자 어깨가 뻣뻣해졌다. 현관문을 두드리는 소리에 온몸이 움츠러드는 것 같았다. 나는 꼼짝도 않고 완전히 굳은 채로 앉아, 고개도 돌리지 않고 설리번에게로 시선을 향했다. 그가 살짝 움직였다.

제발 깨지 마.

잠시 침묵이 흐르더니 현관문을 두드리는 소리가 들렸다. 누구일 까? 문밖에서 얼굴에 피를 뚝뚝 흘리며 서 있는 누군가의 모습이 떠올랐다. 하지만 그럴 리 없다. 당신이 돌아온 건 아닐 것이다. 적어도 지금은. 절대로.

그건 확실했다.

사이비거나 배달이겠지. 그런데 그러기엔 시간이 너무 늦지 않았나?

"켈리?"

다시 노크하는 여자 목소리가 들렸다.

설리번이 다시 꿈틀거리더니 작은 손을 내밀어 주먹을 쥐었다.

아, 이럴 수가, 안돼.

신중히 와인 잔을 커피 테이블에 내려놓다가 바닥에 떨어뜨렸다. 그러고는 배를 움켜쥐고 거실을 가로질러 기어갔다. 당신의 손가방이 현관에 놓여 있었다. 휴대폰을 찾아냈다.

바닥에 누워서 휴대폰을 켰다.

잠겨 있었다.

SNS에서 그렇게도 자신의 삶을 죄다 폭로하는 사람이 휴대폰은 잠금으로 해 두다니 얼마나 웃긴 일인가. 프라이버시를 엄청 신경 쓰는 사람처럼 말이다.

비밀번호는 다섯 글자였다.

나는 웃었다. 어쩌면 이렇게 간단할 수가 있지?

'ㅇㅏㄹㅗㄴ'이라고 입력하니 휴대폰이 잠금 해제되었다.

그럼 그렇지. 참 뻔한 사람이야, 켈리.

읽지 않은 문자가 몇 개 있었다. 그중 한 개는 크리스틴에게서 온 것이었다.

— 가는 길이야.

엄지로 화면을 올려 지난 문자를 보았다. *제길.* 크리스틴이랑 여자들의 밤을 보내기로 했다고?

네일 숍에서 예약 안내 문자도 와 있었다. 그건 일단 보류였다. 우선, 눈치도 없는 게 확실한 당신 친구를 제거해야 했다.

저 여자는 당신의 이름을 부르며 계속 현관문을 두드리고 있었다. 나는 그녀에게 문자를 보냈다.

— 미안해. 몸이 안 좋아. 취소해야 할 것 같아.

문을 두드리는 소리가 멈췄다. 나는 한숨을 쉬었다.

화면에 작은 점들이 떴다. 답장이 도착하기를 기다리며 휴대폰을 꽉 쥐었다.

— 뭐라고? 오늘 아침엔 괜찮았잖아.

나는 고개를 저으며 다시 답장을 썼다.

— 갑자기 그러네.

— 어쨌든, 나 이미 집 앞이야. 현관 두드리는 소리 못 들었어? 문

열어.

제길, 당신 친구 정말 지나치게 적극적이군.

— 미안. 침대에 누워 있어.

숨을 참고 등을 벽에 기댄 채 그 여자가 떠나길 기다렸다. 심장이 너무 심하게 방망이질을 쳤다. 온몸의 모든 근육에서 맥박이 느껴지는 듯했다. 설리번은 여전히 바닥에서 자고 있었지만 깊이 자는 것 같지는 않았다. 몸을 꿈틀거리며 발길질을 조금씩 하면서 손가락을 폈다 접었다 하고 있었다. 손에서 음악이 흘러나와 깜짝 놀랐다. 제길. 서둘러 볼륨을 껐다. 저 여자가 당신에게 전화를 거는 걸까? 당신 친구들은 대체 어떤 사람들이지?

또 다른 문자가 들어왔다.

— 들어갈게. 와인이 아픈 걸 확 날려 줄 거야.

화면을 내려다보며 입을 틀어막았다. 정말로?

내가 바로 답을 하지 않자 문자가 또 왔다.

— 들어오라고 할 때까지 나 안 간다.

눈을 치켜뜨며 신음을 내뱉었다. 아, 그렇다면. 어떻게 저 여자를 내쫓아야 하지?

"켈리?"

나는 깜짝 놀라서 움찔했다.

"무슨 일이야? 괜찮아?"

목소리가 더 이상 현관 앞에서 들리지 않았다. 거실 창문을 통해 그 여자의 얼굴이 보였을 때 나는 벽에다 등을 밀어 넣고 몸을 녹여서 페인트와 하나가 되고 싶은 심정이었다.

나는 꼼짝하지 않은 채 천장을 올려다보았다.

아, 이런. 설리번.

아이가 창문 쪽에서 보였다. 저 여자가 애를 봤을까?

텔레비전도 켜져 있었다.

내가 왜 저 망할 블라인드를 열어 두었을까?

신음하며 벽에 머리를 부딪쳤다. 당신의 참견쟁이 친구가 모든 것을 망치도록 내버려 둘 수는 없었다. 내가 원하던 모든 것을 겨우 얻어냈다. 아드레날린이 솟구치면서 시선이 기저귀 가방으로 향했다. 저 안에는 총이 있었다. 저걸 꺼내는 데는 1분밖에 걸리지 않을 것이다.

하지만 그러고 나서는?

아니었다. 총이 해결책은 아니었다. 그건 최후의 수단이었다. 꼭 필요한 경우가 아니라면 사용하지 않을 것이다.

난 당신에게도 총은 쓰지 않았다.

총을 쏘고 폭발음이 울리면 여기서 끝이었다. 너무 많은 관심을 끌게 될 것이다. 나는 떠나야 했다. 하지만 아직은 아니었다.

금요일까지는 여기 머물러야 했다. 비록 모든 것이 달라졌지만 그건 변하지 않았다.

당신을 제거하는 건 즉흥적이었지만 조용히 처리할 수 있었다.

당신 친구를 제거하기 위해서는 더 똑똑해져야 했다.

하지만, 솔직히, 당신 친구까지 다치게 하고 싶지는 않았다. 이미 하루가 너무 피곤했다. 와인을 마시며 의미 없는 텔레비전이나 보고 싶었다. 좌절감이 나를 불타오르게 했다. 당신의 저 멍청한 친구를 어떻게 떠나게 만들지?

손가락을 떨며 나는 당신의 대화를 스크롤해서 뭔가 써먹을 게 있는지 보았다. 그리고 그것을 발견하고 미소 지었다.

입술을 깨물며 문자를 썼다.

— 문을 못 열어 주겠어. 아무래도 독감인 것 같은데 너는 금요일에 매디의 리사이틀에 가야 하잖아.

긴장한 채 열심히 귀를 기울였다. 고함과 노크 소리가 멈췄다. 과감히 고개를 들어 보니 그 여자의 얼굴은 더 이상 창문에서 보이지 않았다.

손에 있던 휴대폰이 울렸다.

— 에휴, 독감? 어쩔 수 없구나.

그녀가 덧붙였다.

— 그래. 푹 쉬어. 내일 전화할게.

벽에 털썩 기대며 안도감으로 한숨을 내쉬었다.

— 고마워, 크리스틴. TTYL.('나중에 연락하자.'라는 뜻의 'Talk to you later'의 줄임말 — 옮긴이)

그 여자가 딸깍딸깍 소리를 내며 포장길을 걸어갔다. 자동차 문이 열렸다 닫혔다. 엔진이 우르릉 켜지더니 타이어가 아스팔트를 지나가는 소리가 났다. 온몸의 근육에서 서서히 힘이 풀렸다. 마침내 긴장이 풀렸을 때 귀를 찢는 듯한 비명이 허공을 가득 채웠다.

설리번이 깨어났다.

타이밍 좋군. 편안한 밤은 끝났다.

제23장

당신은 훌륭한 탐정이 될 수도 있었다, 켈리.
키스에 대한 당신 추리는 맞았다.

"뭐 하는 거야?"
라파엘이 내 어깨에 기대어 물었다. 가죽 냄새가 코끝을 스쳤다.
"당신 휴대폰에 내 번호 입력하는 중."
그의 연락처 목록에 내 이름을 입력하면서 내가 말했다. K, E…….
"안 돼. 입력하지 마."
"부인이 볼까 봐 두려워?"
손가락을 멈추고 눈썹을 치켜 올렸다.
"그래, 뭐."
나는 입술을 깨물며 방법을 생각해 냈다.
"그럼 이건 어때?"

……I, T, H.

"키스?"

"응. 당신 부인이 신경 쓰이면, 당신 그 새로운 직장 동료 이름으로. 그가 이제부터 당신한테 문자를 많이 하게 될 거야."

나는 윙크를 했다.

"이제부터?"

그가 나를 끌어당겼고 그의 입술이 내 입술을 덮쳤다.

내가 키스였다는 걸 당신이 알았다면 내가 보낸 나체 사진들도 봤겠지.

남편이 바람을 피운다는 걸 내내 알면서도 아무 짓도 하지 않았다니 참 이상했다. 우리의 차이점은 그 부분이었다. 나는 공유하는 걸 좋아하지 않았다.

당신이라 할지라도.

그가 나를 만나기 전에 당신의 남편이 되었다는 걸 알고 있다 하더라도.

시작부터 당신을 알고 있었다. 처음 만났을 때 그가 당신에 대해 이야기했다.

그의 강의에 발을 들이기 전에 메디나 교수에 대해 들은 적이 있었다. 캠퍼스의 거의 모든 여자들이 그 교수를 알고 있었다. 모두가 진짜 매력 있다고 항상 말했다. 내가 본 교수들은 모두 늙거나 평범했다. 그런 교수가 존재한다니 이해할 수 없었다.

그를 실제로 보기 전까진.

개강일에 그는 출입구에 서서 학생들이 들어올 때마다 일일이 악수를 하며 자기소개를 했다. 내 손이 너무 차가워서 그가 나를 놀렸던 기억이 난다. 하지만 전혀 경박하지 않았다. 오히려 친근했다. 그게 바로 라파엘이었다. 그는 우리를 친구처럼 대했다. 동등하게.

우리가 처음 만났을 때 라파엘은 나를 편안하게 대해 주었다.

일주일 만에 그에게 반했다. 그리고 사건은 일어났다. 라파엘이 나에게 말을 걸었다. 어느 날 강의 후 마지막까지 머뭇거리며 남아 있었다. 나 혼자 남은 것을 확인한 후 부끄럽게 인사를 했다. 그저 잘 가라는 인사 정도만 돌아올 것이라 생각하고 있었는데, 그가 다가왔다.

"켈리, 맞지?"

나는 얼굴이 뜨거워지는 것을 느끼며 고개를 끄덕였다.

라파엘의 눈은 짙은 초콜릿 색이었고 머리카락은 태닝된 이마 위로 완벽하게 물결치고 있었다. 가끔 방에서 몰래 훔쳐 읽곤 했던 할머니의 로맨스 소설을 드디어 이해하게 된 것 같았다.

깊고 날카로운 눈동자.

머스크 향.

바람에 날리는 머리카락.

휜칠하고 짙은 피부에 잘생긴 외모.

저런 남자가 세상에 어디 있겠냐며 나는 비웃곤 했다. 그들은 오직 소설 속에서만 살아 있는 사람들이라고.

하지만 라파엘을 만나고 나서 내 생각이 틀렸음을 알았다. 실제로도 존재할 수 있었다. 내 앞에 서 있는 바로 그 사람이었다.

"아내 이름이 켈리라서 기억하고 있었어."

심장이 쿵 내려앉으며 로맨스 소설 같던 느낌이 조금 사라졌다. 누군가의 아내와 비교된다는 건 섹시하지는 않다는 뜻이었다. 그는 안된다는 걸 직접 나에게 깨닫게 해 줬다. 그는 이미 당신의 것이었다. 그때 거의 마음이 떠났다. 포기했다.

그런데 라파엘이 덧붙였다.

"아내의 예전 모습이랑 많이 닮았어. 우리는 대학에서 만났거든. 알고 있겠지만."

그의 입술이 약간 위로 구부러졌다.

"아뇨, 몰랐어요."

미소를 지으며 일부러 무심한 척 손으로 머리를 만졌다. 라파엘은 눈썹을 약간 치켜올리며 내게 더욱 가까이 다가섰다.

"자넨 어때? 우리 서로에 대해서 너무 모르는군."

아직은 그렇죠. 나는 미소를 지으며 생각했다.

라파엘이 당신에 대해 말한 것은 그때뿐만이 아니었다. 이따금 당신이 우리의 대화에 끼어들곤 했다.

"이번 주말에 집에 안 가요?"

금요일 밤 우리는 그의 아파트 소파에 앉아 「기묘한 이야기」(미국 드라마의 제목 — 옮긴이)를 보며 서로 껴안고 있었다.

라파엘은 고개를 저었다.

"왜요? 부인이 기다리고 있는 거 아니에요?"

"내가 집에 없는 걸 더 좋아하는 것 같아."

그의 눈에 비친 슬픔이 몸을 녹이는 것만 같았다. 거절당하고 환영받지 못한다는 것이 어떤 것인지 나는 잘 알았다. 내 인생 대부분이 그랬다. 정말 싫었다.

대체 뭐가 문제였던 거지? 내가 당신이 될 수 있다면 뭐든 할 것이다. 라파엘 메디나와 결혼할 수만 있다면. 어째서 당신은 그런 사람을 당연하게 생각하는 거지? 라파엘 같은 사람이 얼마나 드문지 알고나 있는 거야? 세상엔 패배자투성이야. 난 알아. 엄마와 난 그런 사람들을 많이 만나 봤지.

라파엘은 우리가 만났던 놈팽이와는 완전히 달랐다. 그가 처음부터 내 것이었다면, 절대 놓아주지 않았을 것이다.

텔레비전을 등지고 나는 라파엘 위에 올라타서는 그의 얼굴을 손으로 쥐었다.

"당신이 여기 있는 게 더 좋으니까 나한텐 잘된 일이에요."

"정말? 내가 방해하는 거 아니고?"

나는 웃었다.

"무슨 소리예요?"

"뭔가 다른 걸 하는 게 낫지 않아? 친구랑 파티를 간다든가?"

"가고 싶은 곳도 없어요."

내 입술을 그의 입술에 갖다 댔다.

라파엘이 손으로 등을 더듬으며 격렬하게 키스했다. 다리를 그의 허리에 감았다. 그가 나를 들어 올려 침대로 데려갔다. 나를 침대에 던진 후 옷을 벗겼다. 나는 라파엘의 셔츠를 벗기고 바지를 내렸다. 그가 내 위로 뛰어 올라왔다.

"장난감 좀 갖고 왔어요. 내 가방 속에 있어요."

내가 라파엘의 귀에 속삭였다.

남자들은 변태적이고 모험적인 걸 좋아하고, 지루함을 싫어하기 마련이었다. 라파엘과 함께할 때, 나는 항상 우리의 게임을 업그레이드시켰다. 그가 나에게서 흥미를 잃을까 봐 두려웠다. 그런 일이 일어나도록 내버려 둘 수 없었다.

"오늘은 색다른 걸 해 보자."

라파엘이 나에게 다시 키스했다.

그의 손이 목 주변을 쓰다듬었다. 나는 그가 무엇을 하고 싶어 하는지 알 수 있었다. 전 남자친구가 그런 짓을 한 적이 있었다. 나는 버텼다.

"괜찮아?"

라파엘이 손을 꼭 쥐면서 말했다.

지금까진 아무도 그런 질문을 한 적이 없었다. 내 감정 따윈 남자들에게 중요하지 않았다. 첫 경험에서조차도. 엄마가 데려온 놈팽이였는데 '싫다'라는 말이 무슨 뜻인지 전혀 배우지 못한 게 분명했다. 놀라울 것도 없었다. 엄마의 관계를 지켜보면서 여자는 남자들이 원하는 대로 사용할 수 있는 노리개에 불과하다는 것을 이미 배웠다.

하지만 라파엘은 나를 다르게 대했다.

"내가 그만두길 원하면 손을 두드려."

그는 압력을 가하기 전에 그렇게 말했다.

끝나고 나서 라파엘은 그렇게 하게 해 줘서 고맙다고 했다. 당신이랑 그걸 시도했을 때 당신은 화를 냈다고도 했다. 그래서 그가 나에게 좋았냐고 물었을 때 거짓말을 했다. 기분이 정말 좋았다고 했다. 쾌감을 느꼈고 흥분되었다고 했다. 아드레날린이 솟구쳤다고 했다.

게다가 전부 거짓말은 아니었다. 숨이 막히는 건 싫었다. 하지만 나머지는 다 좋았다. 그래서 좋은 것에 집중하기로 했다. 결국 완벽한 건 없으니까. 어쨌거나 라파엘과 내가 한 행동은 꽤나 아슬아슬했다.

라파엘은 당신을 지루해했다. 그래서 나에게 온 것이다.

하지만 오해가 없기를 바란다. 우리의 관계는 섹스에 국한된 것이 아니었다. 그는 나를 돌봐 주었다.

내가 아플 때 그는 주말 내내 나와 함께 있으면서 물과 수프를 먹여 주었다. 건강해질 때까지 간호해 주었다. 계속 집으로 가야 하는 거 아니냐고 물었지만 그는 내가 더 중요하다고 말했다.

바로 나 말이다.

상상해 보라.

지금까지 살면서 그런 선택을 받아 본 적이 없었다. 특히 남자에게선 더욱 그랬다. 제길, 아빠도 날 그렇게 보살펴 준 적이 없었다. 엄마가 나를 임신했을 때 아빠는 떠나서 다시는 돌아오지 않았다.

하지만 라파엘은 나를 돌봐 주었다. 때론 그의 부인과 아이보다 나를 우선시했다. 나는 항상 누군가에게 중요한 사람이 되고 싶었다.

설리번을 품에 안고 부엌으로 걸어 들어가 뒤쪽 창문을 내다 보았다. 구름이 지나고 있었다. 하늘은 어두웠지만 아직 낮이었다. 바람이 몰아치더니 먼지와 낙엽을 쓸고 갔다. 뒤쪽 모퉁이에 있는 창고가 눈에 들어왔다. 자물쇠는 단단히 고정되어 있었기 때문에 강한 바람에도 문이 흔들리지 않았다. 배 속이 꼬이는 느낌이 들었다.

이렇게 되어서 정말 미안해, 켈리. 나도 어떤 면에선 당신이 꽤 멋진 여자라고 생각했다.

개인적인 감정 때문에 이러는 게 아니었다.

설리번이 배가 고픈지 쪽쪽 빠는 소리를 냈다. 몸을 숙여 아이의 부드럽고 따뜻한 피부 위에 입술을 문질렀다. 나의 아들은 더 나은 삶을 살 자격이 있었다. 양쪽 부모 모두와 함께할 자격이 있었다.

이건 모두 아이를 위한 일이었다, 당신 때문이 아니라.

당신도 이해하겠지, 그렇지?

코끝에서 오줌 냄새가 느껴졌다. 설리번의 기저귀를 만져 보았다. 따뜻하고 무거웠다. 나는 창문에서 돌아섰다. 당신은 좀 더 기다려야겠군.

서둘러 거실로 가서 기저귀 가방을 찾았다. 가방 손잡이에 묻어 있는 피 묻은 손자국이 나를 비웃는 듯했다. 몸을 떨며 가방을 뒤져서 기저귀를 찾았다. 겨우 두 개밖에 남아 있지 않았다. 어젯밤의 행동은 무모했다.

충분히 준비해 오지 않았더니 이젠 쫓기는 것이다.

설리번의 기저귀를 갈고 나서 지갑을 뒤졌다. 돈이 거의 떨어져 가고 있었다. 할머니가 물려준 돈을 거의 다 써 버렸다는 게 믿어지지 않았다. 6만 달러는 내게 큰돈이었다. 하지만 대학교 1년 치의 등록금을 내고 분만실에서 돈을 뜯기고 나니 그다지 많은 돈은 아닌 듯했다.

아, 그래. 곧 있으면 라파엘이 집에 돌아올 테니 모든 일은 다 해결될 것이다. 그는 남자들이 그래야 하는 방식으로 나를 돌봐 줄 것이다.

아빠와는 다를 것이다.

그저 남은 일주일만 견디면 된다.

여기로 오기 전에 급히 기저귀 가방에 쑤셔 넣은 물건들을 보고
있자니 속이 뒤틀렸다. 기저귀뿐만 아니라 설리번의 옷도 더 필요했
다, 내 옷도. 어젯밤 잠시나마 당신인 척 당신의 옷을 입고 교외에 사
는 평범한 주부인 양 당신의 집을 활보하고 다녔을 땐 좀 재밌기도
했다. 하지만 현실을 직시하자. 당신의 옷은 지루하고 촌스러웠다.
내 옷이 필요했다. 게스트 하우스로 돌아가서 물건을 좀 가져올 필
요가 있었다.

원래 이렇게 하려던 건 아닌데.

제길, 멍청한 기분이 들었다.

숨을 들이쉬고 천천히 내쉬었다. 턱을 치켜들며 진정하려고 노력
했다. 통제할 수 없는 일에 대한 걱정은 그만두기로 했다. 이미 엎질
러진 물을 다시 담으려 하지 말자. 그런 속담이 있지 않았나, 켈리?

설리번을 다시 안고 위층으로 올라갔다. 요람에 아이를 눕히고 당
신의 옷장에서 옷을 골랐다. 잠시만 입고 곧 내 옷으로 갈아입으면
된다고 생각하면서. 내가 시야에서 벗어나자마자 설리번이 울기 시
작했다. 이 아이는 잠시도 혼자 있지를 못하는군. 당신의 칙칙한 스
웨터들을 훑어보면서 긴장한 어깨를 풀었다. 라파엘이 옆에 있다면
설리번을 진정시켜 주었을 것이다. 엄마는 내가 아기였을 때 항상
울었다고 했다. 아마도 아이를 혼자 키우는 건 그런 거겠지.

내키지 않았지만 당신의 청바지와 회색 스웨터를 입었다. 바지는
살짝 헐렁해서 벨트로 조였고, 스웨터의 소매도 몇 번 접어 올렸다.
그럭저럭 괜찮았다.

거울에 비친 내 모습을 보고 웃었다.

난 당신이었다. 더 새롭고 더 나아지기는 했지만.

켈리 메디나, 2.0.

설리번의 울음소리가 거세져서 달려가 요람에서 아이를 꺼냈다. 누가 도와주기만 한다면 이 모든 일이 훨씬 쉬울 텐데. 더러워진 기저귀를 갈고 새 옷과 양말로 갈아입히는 동안 설리번은 발을 차고 몸부림을 쳤다.

"그만해."

아이의 다리를 꽉 잡고 소리쳤다. 내가 붙잡은 곳이 약간 빨갛게 변하면서 아이가 더욱 발버둥을 쳤다.

"미안해."

그렇게 세게 잡은 것에 죄책감을 느끼며 손을 풀었다. 당신이 이걸 안 봐서 다행이야, 켈리. 당신은 분명 머리를 저었을 거야. 다음엔 좀 더 부드럽게 대하라며 조언을 하겠지.

당신이 무슨 육아의 권위자라도 되는 양 말이야.

당신의 아들은 죽었어. 당신은 아이를 지키기 위해 최선을 다하지 않았어.

난 설리번을 위해 그렇게 하진 않을 거야.

자, 이제 누가 더 좋은 엄마지?

심장이 두근거렸다. 나는 설리번을 거실로 데려가서 기저귀 가방을 집었다.

엘라는 월요일 아침마다 뜨개질 모임에 가서 보통 9시부터 정오까지 집을 비운다. 그 시간이면 필요한 것을 챙겨서 여기로 다시 안전하게 돌아오기에 충분했다. 어젯밤 나는 설리번의 카 시트를 당신 차에 옮겨 놓고 내 밴은 숨겨 두었다. 몰아치는 폭풍우 때문에 그 쉬운 일이 천 배는 더 어렵게 느껴졌다. 하지만 당신의 몸을 밖으로 끌고 나가는 것보다는 쉬웠다.

그 역겨운 기억을 떠올리니 무의식적으로 몸이 떨렸다.

설리번은 그 짧은 인생에서 내가 자기를 위해 벌써 무슨 일을 해냈는지 전혀 알지 못한다. 내가 어떤 희생을 했는지. 내가 어떻게 사람들을 해쳤는지.

당신의 큰 눈과 머리에서 흘러내리던 피가 떠올랐다.

그럴 만한 가치가 있기를 바랐다.

설리번을 카 시트에 단단히 묶고 기저귀 가방을 바닥에 던졌다. 아이 쪽의 차 문을 닫은 후 모자와 선글라스를 썼다. 그런 다음 운전석에 올라탔다. 내 차에는 감자 칩과 땀 냄새가 배어 있었다. 당신의 차에서는 가죽 냄새와 함께 브랜드 향수 냄새 같은 것이 희미하게 느껴졌다. 역시나 쓰레기, 아기 장난감, 음료수 캔, 휴지 등으로 어지럽혀진 내 차보다는 훨씬 더 깨끗했다.

다행스럽게도, 당신이 뒷 유리창을 어두운색으로 해 두었기 때문에 지나가는 사람들은 당신이 혼자 볼일을 보러 나간다고 생각할 것이다. 차고에서 나와 속도 제한을 지키며 천천히 거리로 운전해 나갔다. 마지막으로 주차를 잘해야 했다.

설리번이 소란을 피우기 전에, 몇 분 안에 해결해야 했다. 긴장되었다. 설리번은 원래도 까탈스러웠지만 최근 들어 더 자주 울곤 했다. 아마도 이가 나거나 그런 문제인 것 같았다. 지난주에 당신에게 물어봤던 문제였다. 갑작스러운 후회의 고통이 나를 찔렀다. 숨을 깊이 들이쉬며 자세를 고쳐 앉았다.

당신이 나를 괴롭히고 있었다. 당신의 흔적들이 내 안에 깊이 박혀 있었다. 당신이 한 말들이 내 머릿속을 떠나지 않았다. 당신의 목소리가 들리는 듯했다.

이 계획이 처음 구체화되기 시작했을 때 당신은 내게 현실 세계의 사람이 아니었다. 컴퓨터 화면 속에, 사진 속에, 상상 속에나 존재하는 사람이었다.

하지만 당신을 알게 되자 모든 일이 훨씬 어려워졌다. 생각했던 것보다 힘들었다.

속도를 줄이며 살던 집 근처로 갔다. 이 집에 당신이 처음 찾아왔을 때가 생각난다. 당신은 내 삶을 역겨워했다. 당시에는 사실대로 털어놓고 싶어질까 봐 혀를 꼭 깨무는 바람에 피 맛이 느껴질 정도였다. 게스트하우스는 임시방편이었다. 새로운 가족과 함께 이 동네를 떠날 때까지만 잠시 머무를 곳이었다.

주인집 앞의 진입로는 비어 있었고 커튼은 닫혀 있었다. 집에 있을 때 엘라는 낮이든 밤이든 커튼을 열어 놓았다. 그녀는 혼자 살고 있었지만 무서움이 없었다. 사람들을 신뢰하는 것 같았다.

엘라는 나에 대해 조사하거나 누군가의 소개를 받지 않고도 나를 집에 들였다. 공립 도서관 컴퓨터에서 광고를 보고 바로 그녀를 만나러 갔다. 할머니의 향수 냄새가 풍기는 안락한 소파에 앉아 잘 보이려고 한껏 노력하며 설리번을 안아 보도록 하는 등 엘라의 마음을 사로잡았다. 그녀는 완전히 나에게 넘어왔다. 다음 날 나는 이사를 왔다.

그전까지는 밴에서 잠을 잤기 때문에 정말 다행스러운 일이었다.

길가에 차를 세우고 시동을 껐다. 설리번은 여전히 칭얼거렸다. 온몸을 꿈틀거리며 울어서 꺼내기가 너무 힘들었다.

"꺼내 달라는 거야, 말라는 거야?"

내가 톡 쏘듯 말했다.

아이는 더 크게 울었다.

"미안, 미안."

이 말을 요즘 들어 아이에게 너무 많이 한다는 생각이 들었다.

"켈리, 좀 닥치고 있어!"

엄마가 손으로 머리를 감싸며 소리쳤다. 발밑에는 빈 보드카 병이 뒹굴고, 엄마의 눈은 빨갛게 부어올라 있었다.

공기는 달콤했지만 좋은 느낌은 아니었다. 과하게 익은 바나나 같았다. 커튼은 닫혀 있었고 이른 오후였음에도 집 안은 어두웠다. 이 집에서의 밤이 늘 어땠는지를 생각하니 몸서리를 치게 됐다.

"죄송해요."

나는 중얼거렸다. 기분이 좋지 않았다. 엄마는 힘든 시간을 보내는 중이었고, 자신을 혼자 내버려 두라고 했다. 왜 그 말을 듣지 않았을까?

엄마 근처에 있던 보드카 병을 재빨리 주워 쓰레기통에 던져 넣었다. 엄마가 술에서 깨고 난 뒤 그걸 보지 않기를 바랐다.

더러운 접시를 닦으면서 창밖을 내다보았다. 태양이 높이 떠서 파란 하늘에서 빛나고 있었다. 한 남자가 딸의 손을 잡고 인도를 걸어 내려가고 있었다. 속이 뒤틀렸다. 침을 꿀꺽 삼키면서 주문을 외우듯 익숙한 거짓말을 머릿속에서 반복했다.

우리 아빠는 CIA에 있다. 내 신변을 보호하기 위해 숨어 지내고 있다.

아빠는 엄마가 임신했을 때 돌아가셨다. 마지막 소원은 나를 만나는 것이었다. 나를 안아 보는 것. 나에게 사랑한다고 말하는 것.

하지만 아무리 이런 말을 되뇌여 봤자 거짓말일 뿐이라는 건 잘 알았다. 아빠는 나를 전혀 신경 쓰지 않고 떠났다. 나에 대해 알고 싶어 하지도 않는다.

설리번의 이마에 입술을 대며 아이만은 나처럼 아무도 자신에게 신경 쓰지 않는다고 느끼게 하지 않겠다고 약속했다. 아이의 작고 부드러운 뺨에 입술을 꼭 갖다 대며 맹세했다.

조만간 모든 일이 마무리될 것이다.

우리는 가족이 될 것이다. 우리는 좋아질 것이다. 아니, 그 이상이다. 우리는 완벽해질 것이다.

미소를 지으며 설리번을 꼭 안고 게스트 하우스로 걸어갔다. 차가운 바람이 불어와 머리를 헝클이자 등골을 따라 소름이 돋았다. 무의식적으로 이가 덜덜 떨렸다. 제길, 올해는 왜 이렇게 날씨가 험악한 거지? 짜증이 났다. 나는 따뜻한 나라에서 살 준비가 되어 있었다.

게스트 하우스는 더 추워서 안에 들어가고 몇 분이 지나자 온몸이 바들바들 떨렸다. 코끝이 시리고 이가 계속 부딪혔다. 설리번도 떨고 있어서 그 애를 더욱 꼭 껴안았다. 설리번의 물건 몇 개를 급히 싸는 동안 아이는 내 가슴에 얼굴을 파묻고 있었다. 아이를 안고 짐을 싸는 게 쉽지 않았지만 내려놓고 싶지는 않았다. 좀 전까지 아이에게 화를 냈던 게 부끄럽게 느껴져서 더욱 그랬다.

침실에 들어가니 설리번의 요람이 눈에 띄었다. 아이를 엎어서 재운다고 당신이 얼마나 화를 냈던가. 당신은 내가 아들을 죽이려 한다는 듯이 굴었다.

그때 나는 당신이 나에 대해 전혀 모른다는 사실을 깨달았다.

내가 그 아이를 위해 한 일들을.

설리번의 기저귀 가방을 최대한 꽉 채우고는 한숨을 내쉬며 방 안을 둘러보았다. 아이의 가구들을 모두 두고 가고 싶지는 않았다. 인정한다, 켈리. 당신이 사 준 물건은 꽤 좋았다. 설리번은 그네를 특히 좋아했고 나도 그랬다. 그네 덕분에 쉴 수 있었다. 하지만 저것을 차까지 실어 나를 방법이 없었다.

아마도 라파엘이 집에 돌아오면 나머지 물건들을 옮길 수 있도록 여기로 다시 데려다주겠지. 아, 무슨 생각을 하는 거지? 그때는 이것들이 필요하지 않을 테다. 그가 새로운 것으로 사 줄 테니까.

더 좋은 것들로.

나는 웃었다. 보라고, 더 이상 당신이 필요하지 않아.

숨을 내쉬며 기저귀 가방을 어깨에 걸치고 게스트 하우스를 빠져나왔다. 코너를 돌아 나오는데 숨이 멎는 줄 알았다.

"엘라."

헉 하는 소리와 함께 그녀의 이름이 입에서 튀어나왔다.

"저……. 오늘 아침에 뜨개질 모임 가신 줄 알았어요."

"갔죠. 일찍 나왔어요."

촉촉이 젖은 눈으로 엘라가 나를 유심히 살펴보았다. 그녀와 시선을 마주하려고 모든 의지를 끌어모았다.

"좀 피곤한 것 같아서요."

그녀의 주름진 피부는 우중충했다. 조금 아파 보이기도 했다. 무의식적으로 뒤로 물러서며 설리번을 보호했다. 설리번에게 병이 옮기라도 하면 큰일이었다. 모든 계획을 망칠 수는 없었다.

"미안해요."

내가 중얼거렸다.

"앞에서 당신 차를 못 봤는데."

그녀가 눈을 가늘게 뜨며 말했다.

목덜미의 털이 쭈뼛 서는 듯했다. 하지만 미소를 지어 보였다.

"아, 네, 그건, 음……. 수리를 맡겨 뒀어요. 친구가 데리러 올 거예요."

"아, 이런. 별일 없어야 할 텐데."

고개를 끄덕였다.

"그냥 정기 점검이에요."

"다행이네요."

엘라가 내 팔을 막 쓰다듬더니 자신의 머리를 만지며 말을 이었다.

"난 들어가 봐야겠어요."

"그러세요. 푹 쉬세요."

엘라가 돌아서서 집으로 향했다. 안도감이 밀려왔다.

심장이 두근거리는 걸 느끼며 서둘러 차로 갔다. 뒷좌석에 기저귀 가방을 던져 넣고 설리번을 카 시트에 앉혔다. 손이 심하게 떨려서 여러 번 시도해야 했다. 겨우 카 시트의 벨트를 채우고 운전석에 앉왔나. 숨을 내쉬며 차 문을 잠그고 시트에 머리를 기댔다. 더 이상 이런 위기를 감당할 수 없을 것 같았다.

당신 집으로 돌아가 라파엘이 올 때까지 꼼짝하지 않고 있을 것이다. 아무 볼일도 보지 않을 것이다. 절대 밖으로 나가지 않을 것이다.

라파엘에게 문자를 보내고 시동을 걸었다.

당신 집이 가까워질수록 불안감이 사라졌다. 머지않아 우리는 떠날 것이다. 아무도 찾을 수 없는 곳으로.

그리고 나면 세상사 다 잘될 것이다. (미국 컨트리 뮤직 가수 드레이크 화이트의 노래 제목 — 옮긴이)

요즘 내가 엄마같이 말한다는 생각에 웃음이 났다.

엄마는 격언의 여왕이었다. 그런 문구들이 쓰여 있는 일력을 항상 구비해 두곤 냉장고와 집 안 곳곳에 그것들을 붙여 두었다. 학교 갈 준비를 하려고 화장실에 들어가서 거울에 붙어 있는 종이에 쓰인 '빛나라 그대, 광기의 다이아몬드여(영국의 록밴드 핑크 플로이드의 노래 — 옮긴이)'라는 문구를 읽게 되는 건 흔히 있는 일이었다. 커피 한 잔을 따르러 갔다가 거기 붙어 있는 포스트잇에 엄마의 휘갈겨 쓴 손글씨를 발견하기도 했다. '공상하기를 멈추지 마세요.'

내가 일을 할 수 있을 만큼 크고 나서는 엄마를 위해 크리스마스 달력을 사고는 했다. 어느 해인가는 크리스마스 달력을 구하기가 너무 어려워서 직접 만들기도 했다. 일력은 아니었다. (일력을 만들었다면 평생 가도 완성하지 못했을 것이다.) 대신에 달에 하나씩 인용구 하나를 적어 넣었다. 내가 문구를 직접 만들기도 했고, 인터넷에서 베끼기도 했다.

격언이라기보다는 대부분 농담들이었다. 예를 들자면, '바보가 되기보다는 민들레가 되어라.'나 '당신의 직업이 짜증날지 몰라도 바로 그것이 당신에게 술을 사 준다.' 같은 것들이었다. 엄마는 그런 걸 보고도 거의 웃지 않았다. 오히려 술이 얼마나 안 좋은 것인지에 대해 약간 설교까지 했다. 마치 내가 알코올 중독자라도 된다는 것처럼. 나는 술이 사람들에게 어떤 영향을 미치는지 직접 보았다.

아니 적어도, 엄마에게 어떤 영향을 미치는지는 잘 안다.

내가 엄마에게 진짜 달력을 주지 않아서 화가 난 게 아닐까 생각했지만 그건 아니었다. 엄마는 그 웃긴 문구들이 정말 영감이라도 준다는 듯 여전히 집 안 여기저기에 그것들을 붙여 놓았다.

엄마는 심지어 베개에 코바늘로 뜨개질을 해서 할머니에게 주기도 했다. 그 문구는 내가 만든 것이 아니라 인터넷에서 본 것이었다. '말들이 있는 곳에서 유니콘이 되어라.'

게스트 하우스에는 할머니와 엄마의 물건이 담긴 상자가 있었다. 그중에 딱 두 가지만 꺼내서 갖고 왔다.

그 베개, 그리고 할머니와 내가 함께 찍은 사진.

그 두 가지만이 말 그대로 당신 집에 있는 내 진짜 물건이었다.

게스트 하우스에서 돌아와, 당신 침대에 내 베개를 놓았다. 그러고는 침실용 탁자 위에 사진을 올려놓았다. 이렇게 하면 매일 아침 눈을 뜨면 할머니 얼굴이 나를 맞이하고 잠자리에 들기 전 마지막으로 할머니 얼굴을 볼 수 있었다.

이 물건들이 나와 함께해 줄 것이라 확신했다.

나보고 괴물이라고 할지도 모르겠지만 아니었다. 나는 단지 사랑에 빠진 여자일 뿐이었고, 그 사랑을 내 인생에서 지켜 내기 위헤 싸워야 했을 뿐이었다. 그렇지 않은가?

게다가 나는 아들에게 최고의 삶을 선사하기 위해 최선을 다하는 엄마였다.

당신도 이해할 것이다, 그렇지?

제24장

당신 남편이 바람을 피우는 것도 이상하지 않았다, 켈리. 어쩌면
섹시한 란제리가 하나도 없는 건지. 속옷 서랍엔 베이지색 할머니
팬티와 넓은 끈이 달린 거대한 브래지어만 넘쳐났다. 레이스 달린
속옷을 사 본 적이 한 번도 없는 걸까? 장식도 패턴도 없이 모두 면
으로 된 것들뿐이라니.

심지어 어떤 건 낡아서 구멍이 나거나 찢어지기도 했다.

라파엘이 결혼했다는 걸 알고 있었으니 그와 함께 잘 때는 마음이
좋지 않았고 때론 죄책감이 들 때도 있었다. 하지만 이걸 보고 난 지
금은 아니다. 이건 당신이 나에게 그 사람을 갖다 바친 것이나 다름
없다. 나에게 그를 가지라고 등 떠민 것이다.

설리번이 낮잠을 자는 동안 옷을 벗고 목욕을 했다. 당신은 아래
로 내려가야 하는 깊은 욕조를 갖고 있었다. 욕조 주변에는 색색의
배스 솔트와 배스 밤을 가득 담은 투명한 유리 항아리가 놓여 있었

다. 풍선껌 냄새가 나는 분홍색 항아리를 꺼내 물이 반쯤 채워진 욕조에 쏟아부었다. 그것들이 녹아들면서 물이 솜사탕 같은 색으로 변했다.

발가락을 물에 담그자 종아리에 전율이 일었다. 너무 뜨거워서 욕조 끝에 앉아 물이 식기를 기다렸다. 수증기가 얼굴 앞으로 올라와 머리카락 가장자리가 축축하게 젖었다.

물이 좀 식자 파스텔톤의 따뜻한 욕조에 몸을 담그고 만족스러운 한숨을 내쉬었다. 확실히, 당신이 되고 나니 목욕이란 게 훨씬 재밌었다. 이전의 삶에서 목욕이란 단지 필요한 일이었다. 해야 할 업무 목록과도 같은 일. 빠르고 효율적으로 해치워야 하는 일. 일상의 일부. 어떤 즐거움도 편안함도 없는.

고개를 뒤로 젖히고 미리 와인을 따라서 들고 왔으면 좋았겠다는 생각을 했다. 아마 당신도 목욕할 때마다 그렇게 하겠지? 당신과 당신 친구들은 와인을 자주 마시는 것 같았다. 당신이 친구들과 주고받은 문자들을 보니 그런 생각이 들었다.

그건 그렇고, 당신의 친구는 여전히 나를 괴롭히고 있었다. 그녀는 끊임없이 문자를 보냈다. 내가 잘 몰랐다면 둘이 사귄다고 생각했을 것이었다. 당신은 남편보다 그 친구에게 문자를 더 많이 보냈다.

당신도 그런 식으로 바람을 피운 건가, 켈리?

물속에서 팔을 휘저으며 당신이 얼마나 내게 고압적이었는지 생각했다. 당신은 나에게 우정을 강요했다. 끊임없이 초대하고 물건을 사 주면서 계속 문자를 보냈다. 나를 좋아했던 건가? 하. 메디나 집 안사람들은 죄다 나를 좋아하는 것 같군.

물이 턱까지 올라올 때까지 욕조에 몸을 깊이 넣었다. 분홍색 물이 피부에 닿으니 솜사탕 같았다. 욕조 반대쪽으로 발가락을 내밀었다. 매니큐어가 벗겨져 있었다. 목욕을 끝내고 나면 집을 뒤져봐야겠다고 생각했다. 당신은 분명히 어딘가에 매니큐어를 두었을 것이다. 라파엘이 집에 오기 전에 최대한 예쁘게 꾸미고 있을 것이다.

노란색이나 핫 핑크 같이 밝은 색을 칠하는 게 좋겠다. 보통 겨울에는 짙은 보라색이나 파란색을 칠하지만, 우리가 떠날 곳을 생각하면 열대의 컬러를 선택하는 게 나을 것 같다.

눈을 감고 따뜻한 물에 몸을 넣은 채, 해변에 누워 시원한 음료수를 들고 있는 상상을 했다.

설리번의 울음소리에 환상이 깨졌다. 온몸의 근육이 조여들었다. 방금 전만 해도 몸에 힘을 푼 채 편히 쉬며 수백만 킬로미터 바깥의 생각을 하고 있었다. 한숨을 내쉬며 욕조 바닥까지 몸을 담갔다. 물이 머리 위까지 차오르자 다시 고요해졌다. 따뜻한 물이 나를 감싸 안았다. 숨 쉬지 않고도 살 수 있다면 거기 영원히 있었을 것이다. 하지만 결국엔 허파가 소리를 질러 대는 바람에 물에서 나올 수밖에 없었다. 물 위로 얼굴을 내밀자 아기의 울음소리가 다시 귀를 울렸다.

신음을 내며 욕조에서 일어나 물기를 말리고 수건으로 몸을 감싼 후 요람이 있는 곳으로 서둘러 갔다. 설리번의 얼굴은 빨개져 있었다. 주먹을 위로 뻗은 모습이 꼭 신을 저주하는 것 같았다.

"괜찮아, 쉬……."

아이를 들어 올리며 조용히 말했다. 설리번은 꼭 안아 주어도 계속 울었다.

"배고프니?"

아이는 울기는 했지만 그렇다는 뜻으로 이해하기로 했다. 대답을 할 만큼 나이가 들 때까지 기다릴 수는 없으니까 말이다.

설리번은 분유를 먹고 난 후에도 여전히 불안해 보였다.

"왜 그러는 거야, 아가?"

무릎에 아이를 앉히고 흔들면서 물었다. 대답도 할 수 없는 아기한테 이런 질문들을 하는 내가 바보같이 느껴질 때가 있었다. 손을 뻗어 아이의 검은 머리카락을 빗어 넘겼다.

"너는 참 아빠를 닮았구나."

그 말을 하니 마음이 따뜻해졌다.

나는 결코 들어 본 적이 없는 말이었다. 내가 아무리 물어보아도 엄마는 아빠에 대해 이야기해 주지 않았다. 어렸을 때 종종 아빠에 대해 묻곤 했지만 그럴 때마다 엄마는 교묘하게 주제를 바꾸거나 가끔은 화를 내기도 했다. 어느 쪽이든 대답을 들을 수는 없었다.

어느 해인가, 학교에서 가계도를 나무로 그려 오라고 한 적이 있었다. 선생님이 나무의 외곽선과 나뭇가지마다 빈칸이 그려져 있는 종이를 나눠 주었을 때, 나는 드디어 엄마가 그 이야기를 해 줄 거라고 생각했다. 어쨌든 숙제였고 엄마는 항상 나더러 숙제를 열심히 하라고 했다. 하지만 일이 그렇게 돌아가지는 않았다.

나무의 한쪽은 완전히 빈칸인 채로 종이를 제출해야 했을 때의 실망감은 절대 잊을 수 없을 것이다.

할머니가 뭔가를 알고 있고 언젠가는 내게 모든 이야기를 해 줄 거라는 희망을 붙잡고 살았지만 엄마가 돌아가신 후에도 할머니는 아무것도 모른다고 했다.

결국 엄마와 할머니 둘 다 아빠에 대해 아무 이야기도 해 주지 않은 채 돌아가셨다.

엄마와 나는 거의 닮지 않았다. 엄마는 금발이었고 피부가 하얬다. 나는 창백한 피부를 가졌지만 좀 더 노르스름한 편에 머리 색은 어두웠다. 아마도 아빠를 더 닮은 것 같았지만 알 수는 없었다.

내 아들은 그걸 알 수 있다는 사실이 참 기뻤다.

지붕에 떨어지는 빗소리가 너무 크게 들려서 깜짝 놀랐다. 벌떡 일어나 창문으로 갔다. 이른 오후인데도 하늘은 어두컴컴했다. 거대한 구름 덩어리에서 비가 쏟아지고 있었다. 바람에 날려 나뭇가지와 잎사귀들이 소용돌이쳤다. 수건만 몸에 두르고 있어서인지 소름이 돋으면서 몸이 떨렸다.

설리번이 다시 낑낑거렸다. 그의 이마에 입술을 얹었다. 닿는 감각이 뜨거웠다. 너무 뜨거웠다. 나는 잠시 굳었다가 입술로 다시 설리번의 살을 느껴 보았다. 그랬다, 여전히 따뜻했다.

심장이 빠르게 뛰기 시작했다. 열이 있는 걸까?

엄마가 했던 것처럼 손등으로 아이의 이마를 만져 보았다. 확실히 뜨거웠다. 하지만 정말 열이 나는지 아닌지는 알 수 없었다.

이런, 애가 아파서 여행을 못 하게 되면 어쩌지?

나는 숨을 들이쉬었다. 금요일엔 확실히 괜찮아질 것이다. 아직 화요일밖에 되지 않았다.

창고로 시선이 가자 위장이 뒤집히는 것 같았다. 당신이라면 어떻게 해야 할지 알고 있을 것이다. 오랫동안 엄마로 살았으니까. 게다

가 모든 걸 다 안다며 잘난 척했으니까. 육아서를 읽고 육아 수업을
듣는 재수 없는 부류였으니까.

하지만 너무 늦었다.

당신은 죽었다. 이제는 당신에게 물어볼 수가 없었다.

그렇다고 아이를 의사에게 데려갈 수도 없었다. 주치의가 있는 것
도 아니었다. 당신은 설리번이 소아과에 다닌다고 생각했다. 하지만
그건 설리번의 병원 예약이 아니었다. 당신의 예약이었다.

엄마는 우리가 모두 크립토나이트(「슈퍼맨」에 나오는 가상의 화학 원소
로 슈퍼맨의 약점 — 옮긴이)를 갖고 있다고 말하곤 했다. 약점 혹은 집
착. 우리를 파괴할 가능성이 있는 어떤 것.

인터넷으로 마트에서 일어난 사건에 대해 읽은 후 나는 아기가 당
신의 크립토나이트라고 생각했다.

소아과 의사의 페이스북 게시물을 공유하는 것을 보고는 아이디
어가 떠올랐다.

병원에 전화로 예약하면서 두 개의 전화번호를 남겼다. 그중 하나
가 당신 것이었다. 필요한 경우를 대비해서 1년 전쯤에 라파엘의 휴
대폰에서 당신의 전화번호를 알아 두었다. 마침내 그걸 사용할 좋은
기회가 생긴 셈이었다.

당신은 내가 나서기도 전에 먼저 나타나 내 손에 아주 잘 놀아났
다. 알아서 말도 잘했다.

당신에 대해 조사할 필요도 없었던 것 같았다. 그냥 집에 들어가
서 당신을 없애 버릴 수도 있었다. 하지만 난 사고처럼 보였으면 했
다. 당신이 미쳐 가다가 약이나 술을 너무 많이 먹고 죽은 것처럼.

그것이 라파엘과의 미래를 위한 모든 일을 해결할 수 있는 유일한 방법이었다.

　　내가 당신을 알고 난 후, 당신이 아주 잘 미쳐 가고 있다는 사실 또한 알게 되었다.

　　문제는 당신이 내 삶을 너무 편하게 만들어 주었다는 데 있었다. 당신 집에서 하룻밤을 보낸 후 나는 다시 생각하게 되었다. 내가 당신을 좋아하기 시작한 것 같았다. 뭔가 다른 방법을 생각하려고 했다. 당신을 죽이지 않고도 해결할 방법을.

　　하지만 당신이 먼저 그걸 집어 들었다, 그렇지 않은가?

　　한숨을 내쉬며 설리번의 머리를 다시 만져 보았다. 점점 더 뜨거워지고 있었다. 그 소아과 사건이 단순한 계략 이상이었다면 좋았을 텐데. 문제는, 내가 보험이 없다는 것이다.

　　이 문제를 혼자 해결해야 한다.

　　공황이 엄습했다. 그래도 나는 정말로 혼자 있는 게 아니었다. 그러니까, 당신에게 직접 물어봐서 답을 구할 수가 없다는 것뿐이지, 당신이 날 도울 수 없다는 뜻은 아니었다.

　　"기다려, 아가. 엄마가 금방 해 줄게."

　　내가 낼 수 있는 가장 다정한 목소리로 말했다. *제길, 내가 정말 당신이 되어 가고 있군.*

　　우선 욕실 서랍장을 뒤져 보았다. 헤어와 목욕용품으로만 가득 차 있었다. 속옷 서랍이 그렇게 비어 있는 대신 헤어 제품을 채우기라도 한 걸까. 그렇다고 당신의 헤어스타일이 괜찮았던 적도 그다지 없었으니 안타까운 일이었다.

복도로 나가니 설리빈이 품에서 칭얼기렸다. 얼굴이 너무 붉어져서 불타는 듯했다.

"괜찮아질 거야, 아가야."

아이를 달래면서 내가 옳았기를 바랐다.

아론의 방 건너편에 있는 또 다른 화장실을 뒤졌다. 아래쪽 수납장을 열어 보았지만 청소용품과 먼지투성이의 남성용 면도 크림 반 병 정도만 있을 뿐이었다. 몸을 펴고 위쪽 수납장의 왼쪽 위부터 열었다. 액자에 넣은 사진들이 가득했다. 먼지가 두껍게 쌓여 있었고 몇 개는 어디 던지기라도 한 것인지 액자가 부서져 있었다.

그중 한 개를 집어 들었다. 당신과 아론의 사진이었다. 아론은 7살에서 8살 정도로 보였다. 둘이서 뺨을 맞대고 크게 웃고 있었다. 아론의 통통한 손이 당신의 얼굴 반대쪽을 잡고 있었다. 당신을 최대한 가까이 당기려는 것처럼 보였다. 깊이 심호흡했다. 침을 삼키며 사진을 다시 수납장에 넣고 문을 쾅 닫았다.

"아이가 있어요?"

나는 엎드려서 팔꿈치로 몸을 받치고 뒤로 뻗은 다리를 허공에 흔들고 있었다.

라파엘이 몸을 돌리자 호텔의 침대 시트가 바스락 소리를 냈다. 천장을 쳐다보며 라파엘이 얼굴을 찡그렸다.

"아들 하나."

"몇 살?"

그는 잠시 조용하더니 입술을 꼭 다물었다.

나는 손을 뻗어 라파엘의 맨가슴 위로 손가락을 움직였다. 그가 으르렁거리며 내 손을 잡더니 가볍게 깨물었다. 나는 킥킥 웃었다. 라파엘이 자신의 위로 나를 끌어 올리고는 길고 강하게 키스했다.

나는 머리를 흔들며 뒤로 물러났다.

"안 돼. 이번엔 안 돼요. 내가 뭐 물어보면 항상 이렇게 하더라."

"말하는 것보다 이게 훨씬 더 재밌잖아."

라파엘은 윙크를 하더니 팔로 나를 감싸서 가슴 쪽으로 끌어당겼다. 그의 입술이 강하게 입술을 눌렀고 손바닥은 등으로 미끄러져 내려갔다. 내 몸이 그에게 녹아들어 갔다. 온몸에 힘이 빠졌다. 쉽게 끝났을 수도 있었다.

하지만…….

"안 돼요."

나는 그에게서 떨어졌다.

"뭐 하자는 거야?"

양팔을 옆으로 떨어뜨리는 라파엘의 눈에 불꽃이 일었다. 몸이 차가워졌다. 나는 지금까지 그가 화를 내는 모습을 본 적이 없었다. 그 점이 좋았다. 하지만 거의 한 달 동안을 같이 자면서도 라파엘은 내게 삶의 무엇도 공유해 주지를 않았다. 그의 아파트에 가 본 적도 없었다. 라파엘에게 아이가 있다는 걸 알고 있었다. 페이스북에서 당신을 찾아봤기 때문이었다. 당신은 계속 아들의 사진을 올리며 당신이 그 아이를 얼마나 자랑스러워하는지 썼다. 제길, 구역질이 났다.

내가 라파엘과 하지 않은 무엇인가를 당신은 했다는 글을 읽을 때면 질투가 나기도 했다. 당신과 그 사람은 이야기를 나눴다. 진짜 이야기.

나와 라파엘이 이 호텔에서 허는 일이라곤 섹스가 전부였다. 물론 섹스는 훌륭했다. 하지만 나는 그와 사랑에 빠졌다. 그 이상의 것을 원했다.

나는 그에게 내 가족에 대해 이야기했다. 이제는 그가 자신의 가족에 대해 말할 차례였다.

아들이 있다는 건 중요한 문제였다. 그가 그렇게 큰 문제를 계속해서 숨긴다면 우리는 결코 더 가까워질 수 없을 것이다. 나는 그가 원한다면 자신의 아이에 대해 이야기할 수 있기를 바랐다.

"난 그저……"

어떻게 말해야 옳을지 몰라 입술을 깨물었다. 나는 말을 잘하는 편이 아니었다.

"난 그저……. 난 당신이 뭐든지 나에게 말해도 괜찮다는 걸 알았으면 좋겠어요."

나를 보는 라파엘의 눈길이 부드러워졌다.

"뭐든 말해 줄 수 있어."

"그럼 왜 아들 얘기는 안 하는 거예요?"

그가 한숨을 내쉬었다.

"말하는 게 두려워."

"두려워요? 뭐가 두려운데요?"

이건 놀라운 얘기였다. 나는 몸을 낮추고 그의 옆으로 갔다.

잠시 라파엘은 아무 말도 하지 않고 나를 쳐다보기만 했다. 가늘게 뜬눈은 얼굴에 쓰인 무언가를 읽어 내려는 듯했다. 그리고 나서 손을 뻗어 내 뺨을 만졌다.

"이 모든 것이 끝날까 봐."

"왜 끝이 나요?"

"실은 내 아들은……. 네 또래야."

그는 슬픈 목소리로 말했다. 그러더니 내 차례라고 말하듯 어깨를 으쓱했다.

"멋지네요. 아들이랑 엄청 친하죠?"

"아냐, 안 그래."

나는 장난으로 그의 팔을 때렸다.

"뭐라고요? 농담 말아요. 내가 당신 같이 멋진 아빠를 가질 수 있었다면 뭐든지 다 했을 거예요."

그가 웃었다.

"내 아들은 그렇게 나를 높이 평가하지 않을 것 같군."

"보통은 다 그래요. 이 나이에 부모님을 좋아하면 그게 더 이상해요, 안 그래요?"

라파엘이 내 얼굴에 붙은 머리카락을 빗어 주며 고개를 끄덕였다.

"고마워."

"뭐가요?"

"이걸로 화내지 않아 줘서."

"왜 내가 화를 내요? 당신이 나이 많다는 거 모르는 것도 아니고."

"나이가 많다고 했어, 지금?"

"틀린 말 아니잖아요."

나는 그를 놀렸다.

"이리로 오면 내가 얼마나 젊은지 보여주지."

그가 윙크하며 말했고 나는 행복한 마음으로 따랐다.

아래층 화장실에서 드디어 구급상자를 찾았다. 그걸 열면서 안도의 한숨을 내쉬었지만, 다시 금방 공포를 느꼈다. 나는 말문을 잃은 채로 포장지에 싸인 유아용 체온계를 이리저리 살폈다. 그 밑에는 유아용 타이레놀, 기침 시럽, 주사기가 모두 개봉되지 않은 채로 있었다. 유통 기한은 모두 몇 년이나 더 남아 있었다. 이것들 모두 새것이었다. 지난달에 산 것 같았다.

왜 당신은 유아용 구급상자를 새로 산 걸까?

우리 집에 있는 가구들을 떠올렸다. 모두 당신이 사 온 것들이었다. 아마도 이건 다음 선물이었겠지.

하지만 왜 당신 집 화장실에 이게 있는 거지?

설리번이 어깨에 코를 문지르며 칭얼거렸다. 머리를 만져 보았다. 더 뜨거워지고 있었다. 구급상자에 대해 더 고민하고 있을 시간이 없었다.

체온계의 포장지를 뜯기 위해 설리번을 잠시 내려놓았다. 최신식이마 체온계였기 때문에 체온을 읽는 데 1초밖에 걸리지 않았다.

39.4℃.

이런, 이만하면 다행일지도 모르겠다.

이가 나느라 그런지도 모르겠다는 생각이 들었다. 이가 새로 나면 열이 난다는 이야길 어디선가 읽지 않았던가? 확신은 할 수 없었다. 아마 당신이라면 역시 대답해 주었을 것이다.

어쨌든 신속하게 타이레놀을 설리번에게 권장량만큼 먹였다. 30분도 지나지 않아 열이 내려가기 시작했다. 아이의 열이 식자 나도 차분해졌다.

이거 보라고, 나도 육아를 제대로 하고 있어. 당신 조언 따윈 필요 없어.

얼마 지나지 않아 설리번은 잠이 들었다. 팔이 저려서 감각이 없어졌다. 와인 한 잔을 따라 마시려고 부엌으로 걸어가면서 팔을 흔들었다. 주방을 나서는데 당신의 노트북 옆에 놓인, 가죽으로 묶인 일기장이 눈에 들어왔다. 일요일에 내가 왔을 때 당신이 보고 있던 노트북이었다. 그때는 왜 일기장을 보지 못했지?

손으로 일기장을 집어 거실로 가서 소파에 털썩 앉았다. 와인을 홀짝거리며 첫 번째 페이지를 넘겼다.

세로로 둘로 구분된 종이로, 한쪽에는 날짜가 있었고 다른 한쪽은 짧고 뚝뚝 끊어지는 듯한 문장들로 글이 쓰여 있었다. 당신의 글씨체는 심각한 수준이었기 때문에 알아보려면 상당한 노력과 추측이 필요했다.

내가 첫 번째로 해독한 문장은 이것이었다.

그녀는 아기를 침대 위에 엎어서 뉘었다. 아이를 뒤집어 누이라고 말하니 화를 냈다.

입이 말라 왔다. 다음 문장을 이해하려고 노력하면서 몸을 앞으로 내밀며 고쳐 앉았다.

기저귀가 꽉 차서 무거웠다. 몇 시간 동안이나 기저귀를 갈지 않은 것이다.

젖병에 담긴 우유는 상해 있었다.

설리번의 허벅지 윗부분에는 긁힌 자국과 멍이 있다.

당신이 어떻게 감히? 설리번이 가끔 자기 몸을 긁곤 했다. 손톱이 날카롭기 때문이다. 내 몸에도 상처를 낼 때가 있었다.

이 문장들의 요점이 뭐지? 내게 엄마 자격이 없다는 걸 증명하려고 했던 걸까? 떨리는 손으로 와인 잔을 커피 테이블에 내려놓았다. 당신은 이걸 누구에게 보여 주려고 한 거지?

화가 폭풍처럼 속을 휘저었다.

구급상자와 당신의 방에 있던 요람을 떠올렸다. 당신은 나에게서 설리번을 빼앗으려고 했던 거야, 그렇지?

내가 당신에게 한 짓이 나쁘다고 생각했다.

하지만 당신은 당할 만했어.

일기장을 버리고 부엌으로 갔다. 와인을 마시니 속이 쓰렸다. 먹을 것이 필요했다. 와인과 어울리는 게 뭐지?

냉장고를 열어 선반을 살펴보았다.

괜찮아 보이는 것이 하나도 없었다. 당신의 속옷만큼이나 맛없고 싱거워 보였다.

과일이나 채소가 좀 있지 않을까 기대하면서 채소 칸 위쪽 서랍을 열어 보았지만 그곳은 치즈로 가득 차 있었다. 엄마가 항상 사던 종류는 아니었다. 고급 치즈였다. 게다가 많이도 사 두었다.

이 많은 치즈를 대체 어디에 쓰는 거지?

하나를 집어서 라벨을 읽어 보았다. *샤퀴트리 보드에 안성맞춤*.

망할 샤퀴트리 보드가 대체 뭐지? 싱크대에 기대어 휴대폰을 꺼내서 구글에서 '샤퀴트리 보드'를 검색했다.

냉장고 안에 있던 모든 치즈와 살라미 덩어리를 꺼낸 후, 팬트리와 찬장을 뒤졌다. 인터넷에서 본 것 같이 둥근 나무로 된 보드와 크래커를 찾는 건 어렵지 않았다. 당신은 강박증이 있는 사람처럼 모든 보관통마다 라벨을 붙여 두었다. *맙소사, 이런 짓을 할 시간도 있고 참 한가한가 보군, 켈리?*

내가 봤던 사진처럼 고기와 치즈를 보드에 얹었다. 한 걸음 물러서서 내 작품을 감상해 보았다.

멋지군.

어쩌면 나도 이런 망할 교외에 사는 주부 역할에 잘 맞을지도 모르겠다.

한 손에는 와인을, 다른 한 손에는 치즈 보드를 들고 계단을 올라갔다. 이 집에 온 이후로 당신 방에 있는 발코니에 너무도 앉아 보고 싶었다. 밖은 여전히 폭풍이 불고 있었지만 차양이 있어서 괜찮을 것 같았다. 라파엘의 코트를 찾아 껴입고 옷에 남아 있는 그의 낯익은 향기를 들이마시며 데크로 나갔다. 바람이 나를 둘러싸며 내게 대고 휘파람을 불던 공사장 인부들처럼 윙윙거렸다. 와인과 치즈 보드를 꽉 쥔 채 라탄으로 만든 의자에 앉았다. 의자가 삐걱거렸다. 부서지지 않기를 바라야 할 정도였다. 전혀 튼튼하지 않은 듯했다.

자리를 잡고는 무릎에 치즈 보드를 올려놓고 와인을 한 모금 마셨다. 그 따뜻함이 목구멍 안으로 미끄러져 들어와 속을 데웠다. 나뭇잎들은 땅에 흩어져 있었고, 저 멀리 나뭇가지들은 미친 듯한 북소리에 맞춰 춤을 추듯 흔들렸다. 비는 차양 위로 퍼부으며 가끔 물보라가 안개처럼 내게로 날아왔다. 하지만 크게 젖지는 않았다.

모든 치즈가 다 마음에 드는 건 아니었다. 어떤 것들은 지독한 냄새가 났다. 발 냄새가 나는 치즈도 있었고, 치즈라기보다는 디저트에 가까운 것도 있었다. 그래도 살라미는 진부 다 먹이 치웠다.

마당을 내려다보다 구석에 있는 창고에 시선이 닿았다. 당신의 멍청한 일기장이 생각났다. 당신이 계획했던 일을 아직도 믿을 수가 없다. 나만 속셈이 있는 줄 알았는데.

그래, 당신이 설리번을 좋아한다는 건 알고 있었다. 당신이 그 애를 보는 관심 어린 눈빛은 마치 '오, 이럴 수가, 난 이제 아이를 가질 수도 없어.'하고 말하는 것 같았다. 그래, 당신이 상점에서 어떤 여자의 아기를 어떻게 데려갔는지도 다 알고 있었다. 하지만 나를 대할 땐 꽤 안정적으로 보였다. 적어도 우리가 함께 잠을 잤던 날 밤까지는 그랬다. 그때 당신은 설리번이 당신의 아기인 것처럼 행동했고 그때부터 무서워지기 시작했다.

그래도 당신이 그런 계획을 세우고 있었다니 상상하지도 못했다.

의자에 몸을 기대며 와인을 한 모금 더 마셨다. 당신을 만나기 전까지는 와인을 이렇게 많이 마셔 본 적이 없었다. 보통은 빨리 취할 수 있는 싸구려 술을 주로 마셨다. 위스키, 럼, 보드카, 데킬라 같은.

아론을 처음 만났던 날 밤에는 데킬라를 마셨다. 그의 룸메이트가 올린 파티에 관한 글을 읽고 거기에 가면 그를 볼 수 있을 거라고 생각했다. 하지만 그렇게 사람들이 많을 줄은 생각하지 못했다. 아론에게 다가가려고 했지만 계속 다른 사람들에게 막혔다. 그러다 결국은 마지못해 어떤 남자와 데킬라를 마셨다.

하지만 결국 그 데킬라 덕분에 아론과 처음으로 대화를 할 수 있게 되었으므로 잘된 일이었다.

머리가 어지러웠다. 눈꺼풀은 너무 무거워서 뜨고 있기가 힘들었다. 벽에 기대려고 손을 뻗었다가 잡지도 못하고 앞으로 고꾸라졌다.

"이런."

누군가의 팔이 나를 감싸서 바로잡아 주었다. 고개를 들었다. 아론이 서 있었다. 그의 얼굴에서 라파엘의 모습을 찾아보려고 했지만 둘은 거의 비슷하지 않았다. 아론의 얼굴은 부드럽고 둥글지만 라파엘은 날카롭고 각이 졌다.

"괜찮아요?"

아론이 나를 바라보며 물었다.

입술을 깨물며 고개를 숙이고 끄덕거렸다. 속이 뒤집히는 듯하고 토할 것 같았다. 속을 달래려고 코와 입으로 숨을 들이마셔 보았지만 소용없었다. 몇 초 지나지 않아 고통으로 몸이 접히며 토하기 직전의 상태가 되었다. 얼굴은 뜨거웠고 윗입술에 땀방울이 맺혔다.

놀랍군.

"잠깐만. 이쪽으로 가요."

아론이 나를 복도로 데리고 나갔다.

그는 나를 강한 암내 사이에서 희미하게 비누 냄새가 느껴지는 작은 화장실로 데려갔다. 나는 변기 앞에 무릎을 꿇고 엎어져서 토를 했다. 변기 밖에도 쏟아 냈다. 문이 딸깍하는 소리가 들렸다. 아론이 나갔나 보다고 생각했다. 탓할 생각은 없었다. 내 꼴이 너무 형편없었으니까.

몸을 숙여 다시 토했다. 머리카락이 얼굴 쪽으로 떨어졌다. 그때 목 뒤쪽으로 머리카락을 빗어 넘겨 주는 손길이 느껴졌다. 살짝 뒤를 돌아보았다. 아론이 무릎을 꿇은 채 내 뒤에 있었다.

"그럴 필요까진⋯⋯"

"걱정 마세요."

그가 내 말을 자르며 말했다.

저항하려고 했지만 결국 다시 토를 하고 말았다. 이런, 대체 데킬라를 얼마나 마신 거야?

나는 자리에 앉아 숨을 깊게 들이마셨다. 아론은 여전히 내 머리카락을 잡고 있었다. 이마에 땀을 닦은 후 그에게 몸을 기댔다.

"역겹지 않았어요?"

"거짓말은 안 할게요. 여기가 좀 별로긴 하네요."

나는 웃었다.

"당신은 어떻게 토를 안 해요?"

"우선, 전 데킬라 한 병을 다 마시지는 않았고요."

그렇다면, 아론은 나를 계속 지켜보고 있었던 것이다. 흥미롭군.

"아뇨, 제 말은, 그러니까 다른 사람이 토하는 걸 보고 있으면 저도 토하게 되거든요."

"아, 네, 그렇군요. 아마도 제 위는 강철인가 봐요."

"초능력이 있나 보군요."

내가 농담을 던졌다.

아론은 웃었지만, 그의 눈 속에는 뭔가 다른 것이 있었다. 전에 없었던 진지함이 보였다.

"내가 슈퍼 히어로라면 아마 세상에서 가장 변변찮은 슈퍼 히어로가 되겠네요. 뭐, 그게 저에겐 다행이겠지만요. 당신은요? 어떤 초능력을 원해요?"

아론이 고개를 저으며 나를 보았다.

입술을 깨물며 잠시 생각했다.

"모르겠어요."

"에이, 분명 있을 거예요. 초인적인 힘이나 투명 인간 같은 거?"

"전 이미 꽤 힘이 세고, 지금의 저보다 더 안 보이는 사람이 되고 싶지는 않네요."

"네, 그렇군요."

아론이 잠시 조용해졌다.

"하지만 당신은 존재감 없는 사람은 아니에요. 정말로요."

그가 이렇게 착한 사람이라는 사실이 불편했다. 나는 그의 강렬한 시선을 피했다. 내 계획을 생각하니 다시 배가 아팠다. 아론이 계속 친절하게 대해 준다면 계획을 실행할 수 없을 것 같았다. 어쨌든 난 오늘 너무 취했다. 적어도 얼마간의 시간은 벌었다.

화장실 문을 두드리는 소리에 우리는 깜짝 놀랐다.

"이제 괜찮은 것 같아요."

아론은 나를 일으켜 방으로 데리고 갔다. 나는 그가 나를 덮칠 거라고 생각했다. 하지만 아론은 나를 눕히고 이불을 덮어 주더니 잠을 좀 자라며 나를 혼자 둔 채 방을 나갔다.

어쨌든 그랬다. 그날이 내가 마지막으로 데킬라를 마셨던 날이었다.

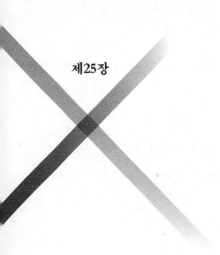

제25장

    화요일 밤, 당신 남편의 티셔츠를 입고 당신의 침대에서 잤다. 오랜만의 숙면이었다. 몇 주 만에 처음으로 상황이 나아지는 것 같다는 생각이 들었다. 더 이상의 죄책감도 없었다.

    나에겐 설리번이 있었다. 그리고 당신은 없었다.

    세상사 다 잘되고 있었다. 착한 사람들이 승리했다.

    이불을 벗는데 순간 오른쪽 슬개골에 있는 들쭉날쭉한 흉이 보였다. 옛날 기억 한 조각이 떠올랐다.

    "이건 어쩌다 생긴 거야?"

    라파엘의 손끝이 흉터를 따라 움직였다. 간지러웠지만 기분이 나쁘지 않았다.

    "깨진 맥주병에 다쳤어요."

    그의 눈가에 주름이 생겼다. 라파엘은 농담이라도 던질 것처럼 입을 열었다. 하지만 내 표정을 보더니 이내 입을 꾹 다물었다.

지난 몇 년 동안, 난 이 흉터가 어떻게 생겨났는지 이야기를 수도 없이 만들어 냈다. 이야기를 거듭할수록 더 극적으로 변해 갔다. 사실 누구에게도 진실만은 말하지 않았다. 하지만 라파엘의 걱정스러운 표정에 뭔가 마음을 열고 싶어졌다.

"엄마랑 새아버지가 싸우고 나서 집을 치우고 있었어요. 무릎을 꿇고 피를 닦았죠. 카펫에 깨진 유리 조각이 있었는데 그걸 못 봤던 거예요."

"새아버지 얘기는 한 적 없었잖아."

"그리 오래 있었던 사람은 아니었어요."

"그럼 아버지는?"

"만난 적도 없어요. 아빠에 대해 전혀 아는 게 없어요."

얼굴을 찡그렸다.

라파엘은 손으로 내 상처를 덮어 주었다.

"유감이야. 당신에겐 더 나은 삶을 살 자격이 있어."

내가? 잘 모르겠다. 하지만 라파엘은 내가 그렇게 믿고 싶도록 했다.

나는 웃으며 그를 올려다보았다.

"당신은 좋은 사람이에요, 그거 알아요?"

라파엘은 눈을 내리며 얼굴을 찡긋했다.

"내 아내는 당신 말에 동의할 것 같지 않은데."

"아내가 틀렸어요. 날 믿어요. 당신은 정말 좋은 사람이에요."

나는 그의 턱을 손가락으로 잡았다.

침대에서 미끄러져 나와 조용히 걸어가서 요람 안을 들여다보왔다. 설리번은 6시가 지났는데도 잠을 자고 있었다. 기적이었다.

이거 봐, 내가 뭐라고 했지?

세상사 다 잘될 것이다.

설리번의 가슴이 계속해서 오르락내리락하는 것을 지켜보며 나는 만족감으로 부풀었다. 설리번의 뺨은 평소와 같은 색으로 돌아왔다. 잠을 깨울까 봐 얼굴을 만져 볼 수는 없었지만 더 열이 나는 것 같지는 않았다.

갑자기 저 멀리서 소리가 들렸다. 익숙하면서도 시끄러운 덜커덕거리는 소리에 이어 삐 소리가 났다. 온몸에 힘이 빠졌다. *쓰레기차*였다.

오늘이 쓰레기를 수거하는 날인 듯했다. 어렸을 때 쓰레기는 항상 내 책임이었다. 깜빡할 때면 옆집에 사는 나이 든 신사분이 문을 두드리고는 우리 집 쓰레기통을 거리에 내놔 주겠다고 했다. 그분은 내가 미혼모 밑에서 자란다는 것을 알고 있었기 때문에 나를 항상 도와주곤 했다. 아마도 어린 시절에 내가 알았던 유일한 좋은 사람일 것이다. 가끔은 엄마가 그분과 데이트를 하면 좋겠다고 생각하기도 했지만, 그분은 나이가 적어도 70세는 되어 보였다.

엘라도 그 정도 나이였다. 그녀는 자신의 이웃들을 항상 도왔다.

하지만 아무도 여기 있는 나를 떠올리진 않을 것이었다. 지난밤에 문을 두드리는 사람도 없었다.

아마도 당신이 쓰레기 버리는 날을 잘 기억하고 있었기 때문일 것이다. 당신은 시계처럼 매주 화요일 밤이면 쓰레기통을 끌고 나갔을 것이다. 쓰레기를 버리는 일을 깜빡한 적도 없을 것이다.

공포가 엄습했다. 만일 그렇다면 당신이 오늘 쓰레기를 버리지 않았다는 사실이 수상쩍어 보일 것이 불 보듯 뻔했다. 이웃들이 모두 당신이 집에 있는데도 왜 쓰레기를 버리지 않았을까 생각할 것이다.

손으로 얼굴을 감쌌다.

잘 돌아가는군, 켈리.

끄응 소리를 내며 뒷마당이 내려다보이는 창문 쪽으로 천천히 걸어갔다. 차가운 유리창에 손바닥을 대고 구석에 있는 창고를 내려다보았다. 창고는 단단히 잠겨 있었다. 지붕 위로 비가 쏟아졌다. 뒷마당은 물에 잠겨 있었다.

이틀이 지났다.

쓰레기 사건 이후 더 이상의 실수는 감당할 수 없었다.

이웃들이 냄새를 알아차리기 시작할 것이다. 나는 충분히 그 일을 미뤘다. 이제는 처리해야 할 때였다.

밖으로 나가기 전에 설리번이 이른 오후 낮잠을 자기를 기다렸다. 비가 잠시 그쳐서 다행이었다. 내가 가장 좋아하는 찢어진 청바지와 긴팔 셔츠를 입고 운동화를 신었다. 머리는 대충 묶어 올렸다. 당신이라면 이렇게 입지 못했을 것이다.

마지막으로 설리번을 확인하니 만족스럽게 푹 자고 있었다. 엿 먹어, 켈리. 나는 좋은 엄마다.

기저귀 가방을 뒤지니 손끝에 차갑고 매끄러운 금속이 느껴졌다. 손가락으로 그것을 집어 올렸다. 안에 총알이 있는지 확인할 필요는 없었다. 있다는 걸 알고 있었으니까.

침을 꿀꺽 삼키고는 뒷주머니에 총을 집어넣고 서둘러 계단을 내려갔다. 발걸음을 옮길 때마다 계단이 쿵쿵 울렸다. 총은 단지 예방조치일 뿐이었다. 사용하고 싶지는 않았다.

창고의 열쇠는 뒷문 근처에 걸려 있었다. 열쇠를 낚아채서 집게손가락에 끼워 넣었다.

밖으로 나가 빠르게 뒷마당을 지나가는데 바람이 얼굴을 때렸다. 창고에 도착하자 심호흡을 했다. 코를 쿵쿵대고 목을 가다듬었다.

젖은 흙, 진흙, 풀, 시원한 공기의 냄새만이 느껴졌다. 입술을 깨물었다. 몸이 약간 떨렸다. 추워서가 아니라 아드레날린 때문이었다. 아직 위층에서 자고 있을 설리번을 생각하며 집을 돌아보았다. 그 애가 아직 걸어서 창가까지 와서 밖을 내다볼 수 있는 나이가 아닌 것이 다행이었다. 아이가 이 모습을 본다면 엄마를 어떻게 생각할까?

숨을 내쉬며 손가락에서 열쇠고리를 뺐다. 매달린 열쇠가 바람에 흔들렸다. 바람에 실려 나뭇잎과 나뭇가지들이 자꾸 날아왔다. 묶어 올린 머리에서 머리카락 몇 가닥이 흘러내려 얼굴을 간지럽혔다. 머리카락을 뒤로 넘기다가 열쇠로 내 얼굴을 긁었다. 금속의 냄새 때문에 피가 떠올랐다. 몸을 떨었다.

창고를 열었을 때 무엇을 보게 될까?

당신의 시체?

그게 내가 기대하는 것이었다. 원하는 것이었다.

하지만 지금 난 여기 밖에 있고 아무것도 확신할 수 없었다.

당신의 일기장을 떠올렸다. 설리번. 라파엘. 우리의 미래도.

어서, 켈리. 용기를 내. 할 수 있어.

고등학교 시절 친구들과 함께 호수로 놀러 갔을 때가 생각났다. 친구들은 모두 높은 바위에서 뛰어내렸다. 무서웠지만 인정하고 싶지는 않았다. 나는 억지로 뛰어내렸다. 걸어 올라가는 것도 무서웠지만 그냥 해야만 했다.

그때의 마음으로 자물쇠를 잡고 열쇠를 꽂았다. 열쇠를 한번 돌리자 잠금장치가 풀렸다. 손을 뻗어 한쪽 문을 잡았다.

"켈리!"

나는 꼼짝할 수 없었다.

"켈리? 거기 있어?"

라파엘? 심장이 뛰었다. 그가 일찍 돌아왔다. 그가 날 위해 돌아왔다.

드디어. 가슴이 확장되면서 공기가 자유롭게 흐르는 듯했다. 며칠 동안 느꼈던 모든 긴장과 스트레스가 벌써 해소되기 시작했다.

더 이상 혼자서 할 필요가 없다. 이제 그가 나를 돌봐 줄 것이다. 그가 모든 일을 처리해 줄 것이다.

나는 문을 열고 돌아서서 집으로 달려갔다.

정말 다행이야, 켈리.

제3부

제26장

난 수영을 하고 있었다.

물이 내 몸을 두 팔로 꽉 감싸듯 안아 주는 것 같았다. 물은 따뜻했고, 태양은 푸른 하늘을 밝고 강렬하게 비추고 있었다. 평화로웠다. 주변의 물이 유리처럼 느껴졌다. 저 멀리 해변에 라파엘이 보였다. 그는 밝은색의 타월에 누워 잡지를 읽고 있었다. 가슴이 펴졌다. 나는 웃으며 손을 흔들었다.

라파엘도 손을 흔들었다. 그가 웃으니 햇빛을 받아 치아가 반짝였다. 양팔을 휘저으며 몸을 똑바로 세우고 공기를 들이마시니 바닷물과 모래 냄새가 느껴졌다. 파도가 부드럽게 근처에서 흔들렸다.

오늘 하루 중 제일 활발하게 움직이는 것이다. 전까지는 종일 해변에서 마르가리타를 마시며 누워서 책을 읽었다.

물에 몸을 띄우고 비행기처럼 두 팔을 넓게 펼쳤다.

아, 이런 게 인생이지.

가까이에서 누군가 물을 뒤기며 발차기를 하고 있었다. 고개를 들어 옆을 보았다.

아론이 몇 미터 떨어진 곳에서 작은 다리로 열심히 발차기를 하고 있었다. 처음엔 괜찮아 보였다. 행복해 보였다. 하지만 머리가 수면 아래로 내려가더니 다시는 올라오지 않았다. 나는 발로 바닥의 모래를 차고는 벌떡 일어섰다. 손으로 눈부신 태양을 가리고 라파엘을 부르려고 해변을 돌아보았다. 하지만 그는 없었다. 구름이 머리 위에서 움직였다. 나는 몸을 떨었다. 아론은 여전히 물 속에서 발을 차며 허우적거리고 있었는데 어찌나 빠르게 움직이는지 거품 목욕을 하는 것처럼 주변에 물거품이 일었다. 재빨리 손을 뻗어 그 애를 잡았지만 손가락이 닿지 않았다. 손가락을 아무리 폈다 접었다 해 보아도 아이를 잡을 수 없었다. 물이 손가락 사이로 힘없이 빠져나갔다.

공포가 나를 덮쳤다. 팔로 물을 밀어내면서 허우적거렸지만 몸이 앞으로 나가지 않았다. 어둠이 짙게 드리우고 큰 소리가 귀를 찔렀다.

"아론!"

나는 소리쳤다. 여전히 보이지 않았다.

어디 있는 거지? 나는 물속으로 깊이 들어갔다. 이성을 잃었다. 이렇게 아이와 함께 물에 빠져 죽나 보다.

눈을 떴다. 숨을 들이마셨다. 심장이 강하게 뛰고 있었다. 앉아서 주변을 둘러보았다. 눈을 깜박이며 얼굴을 찡그렸다. 머리를 잡았다. 손가락이 관자놀이를 스쳤는데 뭔가 딱딱한 것이 만져졌다. 손을 보니 말라붙은 피로 붉게 얼룩져 있었다. 손바닥에는 면도칼에 여러 번 베인 것 같은 상처가 나 있고 쭈글쭈글해진 반창고 몇 개가 위태롭게 붙어 있었다.

스냅숏이 스쳐 지나가는 듯 장면들이 떠올랐다.

싱크대에 머그잔이 깨짐.

깨진 조각들을 꺼냄.

아래층 화장실에서 손을 씻음.

당신이 나타남.

당신에게 다가감.

당신과 싸움.

당신이 나를 공격함.

내 머리를 때림.

기절.

몸이 얼어붙는 느낌이었다. 지금 어디에 있는 거지?

고개를 들어 여기가 어디인지 알아내는 데 오래 걸리진 않았다. 어둡다. 좁다. 플라스틱 같은 것으로 만들어졌나.

심장이 쿵 내려앉았다.

창고였다.

나는 우리 집 뒷마당에 있는 창고에 있었다.

비가 지붕을 때렸다. 바람 소리도 들렸다. 문이 덜컹거리긴 했지만 전혀 열리지는 않는 것으로 보아 당신이 나를 가둔 것이 분명했다. 벽을 올려다보았다. 창문은 없었다. 창문이 있는 창고를 사려고도 해 보았지만 돈이 모자랐다. 그래서 결국 벼룩시장에서 어떤 남자에게 중고품을 구입했다.

두통이 눈 뒤를 찌르는 듯하더니 머리 전체로 퍼졌다. 최악의 두통이었다.

뇌진탕일까?

여기엔 얼마나 있었던 것일까?

문 사이의 작은 틈새에서 빛이 살짝 들어왔다. 밤은 아니었다. 하지만 폭풍우가 몰아치고 있어서 몇 시인지까지는 알 수 없었다.

그리고 며칠인지도.

두통이 조금 가라앉도록 누워서 당신과 내가 싸웠던 날을 기억해 내려고 애썼다. 오래지 않아 그날이 일요일이었음을 떠올렸다.

일요일.

맥박이 뛰기 시작했다.

크리스틴과 나는 일요일 밤에 함께 와인을 마실 계획이었다. 분명 크리스틴은 뭔가 잘못되었다는 걸 알고 있을 것이다. 성냥에 불이 확 붙는 것처럼 희망이 솟아올랐다. 그녀가 날 구해 줄 것이다.

손을 뻗어 청바지 주머니를 만져 보았다.

비어 있었다.

물론 당신이 내 휴대폰을 그냥 둘 리가 없지.

눈을 감고 마음속에 그림을 그렸다. 당신은 파티에 갔다. 당신은 내 질문에 대답하지 않았다. 아론을 어떻게 아는지 말하지 않았다.

당신은 거짓말을 했다. 내가 미쳤다며 몰아갔다. 잘못 생각하는 거라고.

하지만 그렇지 않았다. 나는 정확히 보았다. 진실을 알고 있었다.

내가 지금 머리에 피를 흘리며 창고에 갇혀 있다는 사실 또한 내가 틀리지 않았다는 걸 반증하고 있었다. 그렇지 않다면 왜 당신이 나를 때렸겠는가?

목이 몹시 말랐다. 머리가 아팠다. 이 창고에서 나가야만 했다. 나를 왜 여기에 가둔 거지? 무슨 짓을 꾸민 거지?

뭔가 이상했다. 나를 가까운 곳에 두다니. 우리 집 뒷마당에 나를 내버려 두다니.

그렇다면……

심장이 뛰기 시작했다.

당신은 내가 죽었다고 생각한 걸까?

딱딱한 바닥에서 몸을 움직여 청바지를 내려다보았다. 진흙이 굳어 있었다. 윗옷의 소매도 젖고 더러웠다. 당신이 나를 여기로 끌고 온 것이다. 내가 시체라도 된다는 듯이.

공포감이 등줄기를 따라 흘러내렸다.

손을 뻗어 머리를 다시 만져 보았다. 상처가 깊었다. 꿰매야 할 것 같았다. 잠긴 문을 향해 고개를 돌리자 속이 울렁거렸다. 여기서 빠져나가기엔 너무 어지럽고 힘이 없었다. 하지만 가만히 누워서 피 흘리다 죽을 순 없었다.

그게 당신이 기대하는 것 아닐까? 그냥 여기서 썩어 가라고 날 버린 거지? 당신은 지금 우리 집에 있을까? 우리 집에서 사는 걸까?

더 나쁘게도, 이곳을 떠나 버린 건 아니겠지?

실망한 나는 내려앉은 천장을 올려다보았다. 비는 바깥쪽 지붕을 세차게 때리고 있었다. 계속 울리는 빗소리를 들으며 당신이 저 멀리 떠났을 것이라는 상상을 했다. 다른 나라에 있을지도 모르겠다.

어느 쪽이 더 나쁜지 모르겠다. 당신이 여기 있는 것과 떠나 버린 것 중.

둘 다 별로였다.

상자들이 옆구리에 자꾸 부딪혀서 몸을 약간 구부렸지만, 소용이 없었다. 편안한 자세를 찾아보려고 애쓰던 중에 갑자기 신경질적으로 웃음이 나왔다. 배가 아파지고 목이 따가워질 때까지 몇 분이나 계속 웃었다. 누군가 나를 봤다면 제정신이 아니라고 생각했을 것이다.

정말 그런지도 모르겠다.

이건 미친 짓이었다. 당신은 내 집 뒷마당, 내 창고에 나를 가뒀다. 그 망할 이름이 같은 여자. 내 아들뿐 아니라 남편까지 아는 여자.

당신은 둘 다 모른다고 했지만 난 당신을 믿지 않았다. 단 1초도 믿어 본 적이 없었다. 난 내가 본 것을 믿었다. 난 진실을 알고 있었다.

왜 나에게 이런 일이 일어난 거지?

웃음이 울음으로 바뀌었다. 울음이 몸을 쥐어짜고 숨통을 막았다. 병원이 전화를 걸었던 날을 떠올렸다. 그날 아침 나는 당신을 처음 알게 되었다. 그날을 지울 수만 있다면. 그냥 내버려 두었더라면. 당신을 찾아내지 않았더라면. 그랬다면 이런 일은 일어나지 않았을까.

갑자기 어지러워지고 시야가 흐려지면서 라파엘의 휴대폰으로 보냈던 문자, 내 아들과 당신이 함께 있던 사진이 생각났다.

우리가 만났던 건 우연이 아니었다. 내 생각이 옳았다. 당신이 날 찾아낸 것이다. 내가 당신을 찾아낸 것이 아니라.

이제 남은 문제는 왜 당신이 나를 찾았느냐 하는 것이다.

"엄마! 엄마! 도와주세요."

칠흑같이 어두웠다. 눈을 깜빡이고 가늘게도 떠 보았지만 아무것도 보이지 않았다.

"가고 있어, 아가. 기다려."

나는 어둠을 향해 소리치고는 맹목적으로 달리기 시작했다.

울음소리.

아기.

심장이 두근거렸다.

더 빨리 달렸다. 더 힘차게.

울음소리가 가까워졌다.

"나 왔어, 엄마 왔어."

드디어. 빛이 조금 보였다. 여전히 어두웠지만 볼 수 있었다. 복도 끝에 방이 하나 있었다. 울음소리는 거기서 들려오고 있었다. 방 안으로 뛰어 들어가니 주변이 환했다.

구석에 요람이 놓여 있었다. 서둘러 갔다.

아론이 아니었다. 설리번이었다. 그 애는 얼굴이 새빨개질 때까지 울고 있었다.

"괜찮아. 쉬."

손을 뻗어 설리번을 안았다.

아이를 꼭 안고 요람에서 몸을 돌리고는 깜짝 놀랐다. 처음 들어왔을 때 방은 텅 비어 있었다. 하지만 지금은 나를 보며 웃고 있는 라파엘과 아론 옆에 당신이 서 있었다.

"내 아들에게서 떨어져."

가슴이 콱 막히는 것을 느끼며 내가 말했다.

"당신이 먼저 떨어져."

당신이 아론의 어깨에 손을 얹으며 말했다.

나는 겁에 질렸다.

"그 애를 만지지 마. 그 애는 내버려 둬."

그러자 당신이 웃기 시작했다. 크게. 미친 듯이.

"당신은 나를 막을 수 없어. 더 이상은 멈추지 않을 거야."

당신의 뒤에서 빨간색과 파란색의 불빛이 번쩍였다. 사이렌이 울렸다. 경찰관들이 보이자 두려움이 엄습했다. 그날 밤 우리 집에 찾아온 사람들이었다. 내 아들이 죽었다고 말한 그 사람들이었다.

더 이상은 안 돼. 제발, 안 돼. 더 이상은 안 돼.

고통이 나를 깨웠다. 두통은 가시지 않았고 상처에서는 여전히 피가 흐르고 있었다. 여기 얼마나 오랫동안 있었던 걸까. 몇 시간? 며칠?

팔꿈치로 딛고 일어나 좁은 공간을 샅샅이 뒤졌다. 창고는 무척 비좁았다. 라파엘과 나는 가장 싸고 최대한 작은 창고를 샀다. 셔츠를 뚫고 들어온 추위에 몸이 떨렸다.

나는 상자에 둘러싸여 있었다. 눈을 가늘게 뜨고 내가 상자에 써둔 글씨들을 읽어 보려고 애를 썼다. '부엌'이라고 표시된 상자를 발견하고는 그쪽으로 몸을 옮겼다.

겨우 상자를 비집어 여는데 머리가 어질어질했다.

행주를 몇 장 꺼내서 상처가 있는 머리를 감쌌다. 효과가 있을지는 알 수 없었다. 난 의사가 아니었다. 하지만 의학 드라마에서 주인공들이 그렇게 하는 걸 본 것 같았다.

적어도 머리를 따뜻하게 유지할 수는 있을 것이다.

여전히 비가 내렸다. 지붕을 두드리는 소리가 이제는 백색 소음처럼 느껴졌다.

창고 구석에서 아론의 액션 피규어 몇 개를 발견했다. 아론은 그것들을 갖고 놀면서 입으로 소리를 내고는 했다. 그 캐릭터들이 말하듯이 목소리를 깔았다. 얼굴을 찡그리고 단호하면서도 거친 척 흉내 내기도 했다.

나에게 그 아이는 언제나 작고 사랑스러운 아가였다.

내 심장과도 같은 아이.

내 진정한 사랑.

눈물이 흘러내렸다.

"부검 결과로는 아론의 몸에서 마약과 알코올이 나왔대. 치사량이었나 봐."

"아니야."

나는 혼란스러움에 고개를 저었다. 아침이었다. 라파엘은 출근 준비를 하다가 전화를 받았다. 나는 침대에서 나와 라파엘에게로 다가갔다.

"그럴 리가 없어. 아론이 마약을 할 아이가 아니잖아."

"검사 결과로는 확실히…… 했어."

라파엘의 뺨을 때렸다. 그는 그런 식으로 잔인하게 내 아들이 떠났다는 걸 상기시켰다. 아니, 죽었다는 걸. 내가 그 사실을 깨닫지 못하고 있다는 듯이. 내가 계속 그 말을 면전에 맞닥뜨릴 필요라도 있다는 듯이.

라파엘의 눈빛이 번쩍였다. 고개를 저으며 뒤로 물러섰다. 사과해야 했다. 바로잡아야 했다. 하지만 그러지 않았다. 그는 방을 나서며 창문이 덜컹거릴 정도로 문을 세게 닫았다. 나는 벽에 기댄 채 바닥에 주저앉았다. 울음소리가 내 입에서 새어 나와 땅으로 흩어졌다.

그들은 틀렸다. 모두 틀렸다.

실수가 있었을 것이다. 아론은 마약을 하지 않았다. 그 애는 무모하게 술을 마신 적도 없었다. 그 애는 좋은 아이였다. 내가 알았다. 그들은 아무것도 몰랐다.

밤이 될 때까지 벽에 기댄 채 그대로 있었다. 라파엘을 쫓아가지도 않았다. 미안하다고 말하지도 않았고 방으로 다시 오라고 하지도 않았다. 그날 그렇게 출근을 할 때까지 인사도 하지 않았다.

그럴 기분이 아니었다. 내가 그렇게 했더라면 상황이 달라졌을까. 아마 우리 사이가 괜찮아졌을지도 모르겠다.

하지만 내가 미안해하는 사람은 그가 아니었다.

내가 돌아오기를 원하는 사람도 그가 아니었다.

먹을 것이나 물 없이는 오래 버틸 수 없을 것 같았다. 위에 경련이 일어나면서 아팠다. 배고픔과 메스꺼움이 한꺼번에 몰려왔다. 목이 바싹 말라 타들어 가는 것 같았다.

머리가 어지러워서 다시 누웠다. 아론의 얼굴이 눈앞에 떠다니며 빠르게 꺼졌다 꺼지는 빛처럼 깜박거렸다. 손을 뻗어 그 환영을 잡으려고 했다. 그 아이를 내 옆에 두려고. 그럴 수 있다고 믿었다. 눈을 감고 아론이 여기 있다고 상상했다. 아론이 죽고 나서 몇 주 동안 나는 잠을 자는 게 가장 좋았다. 꿈에서는 아론이 나를 찾아왔다. 내 옆

에 앉아 있었다. 나와 이야기를 나눴다. 나를 잡았다. 그것이 그 아이
가 사라졌다는 가혹한 현실을 내가 버틸 수 있는 유일한 방법이었다.

아론의 얼굴을 계속 떠올리며 그 애가 어렸을 때 했던 것처럼 부
드럽게 노래를 불렀다.

"반짝반짝 작은 별······."

목이 말랐다. 타들어 가는 것 같았다.

힘이 빠져 바닥에 누웠다. 추위가 몸으로 스며들었다. 바닥과 하
나가 되는 상상을 했다. 나 자신을 놓아 버리는 상상을.

너무 쉬울 것이다. 몸이 저 멀리 떠갈 때까지 여기 누워 있을 수
있었다.

그러면 아론과 함께 있을 수 있다. 내 아가.

그 애도 나를 기다리고 있을까? 내가 여길 버리고 떠나오길 바라
고 있을까? 내가 자기를 찾길 바라고 있을까?

비는 북을 치듯 꾸준하고 빠르게 창고 지붕을 부드럽게 내리치고
있었다. 어렴풋이 기억나는 노래처럼.

따뜻함이 내 안을 채웠다. 물속에 가라앉으면서 팔을 크게 벌렸
다. 물이 손가락 사이로 빠져나갔다. 내가 떠 있는 것이 느껴졌다. 멀
리, 저 멀리. 마치 내가 내 몸 위를 맴돌고 있는 듯했다. 나를 부르는
아론의 입에서 거품이 이는 것이 보였다. 나에게 손짓을 하며 그 애
는 점점 더 물속으로 가라앉았다.

나는 뒤도 돌아보지 않고 그 애에게 헤엄쳐 갔다.

제27장

내가 마트에서 그 어린 아이를 데리고 나간 건 아론이 죽은 지 한 달 정도 지났을 때였다. 다른 사람들 얘기만 들었다면 당신은 내가 그 애를 총으로 납치하는 식으로 끔찍한 방법을 썼을 거라고 생각했을지도 모르겠다.

하지만 그런 일은 일어나지 않았다.

나는 한 달 동안 거의 집을 나가지 않았다. 대부분 이불 속에 숨어서 하루를 보냈다. 모든 것이 끔찍한 악몽이기를 바랐다. 아니면 누군가 갑자기 튀어나와서 내가 깜짝카메라에 당했다고 말해 주는 쇼이길 바랐다. 하지만 한 달이 지났지만 나는 꿈에서 깨어나지도 못했고 모든 것이 장난이었다고 말해 주는 사람도 나타나지 않았다.

라파엘은 일하러 갔고 냉장고는 텅 비어 있었다.

나는 마치 사탕이라도 되는 듯이 항우울제를 먹었기 때문에 머리가 맑지 않았다. 마트 통로를 느긋하게 따라 내려가면서 아무 생각없이 카트에 물건들을 던져 넣었다. 어느 순간 카트를 흘끗 쳐다보았는데 내가 평소에 사던 물건들이 전혀 아니었던 기억이 난다. 정말 아무 의식 없이 물건을 담은 듯했다.

그 일이 일어났던 건 아이스크림 파는 곳 앞에서였다. 어렵지 않게 다크초콜릿 아이스크림을 찾을 수 있을 거라고 생각했지만 그렇지 않았다. 너무 종류가 다양했다. 마침내 찾아냈을 때는 안도감으로 울기 직전이었다.

내가 초콜릿 아이스크림을 좋아해서가 아니었다. 나는 아이스크림을 거의 먹지 않았다. 아론 때문이었다. 아론은 초콜릿 아이스크림을 가장 좋아했다.

돌아서서 카트에 아이스크림을 넣고는 앞으로 밀고 나갔다.

"아이스킴."

작은 목소리가 들렸다. 고개를 숙였는데 기적이 일어난 것 같았다. 아론이 돌아와서 내 카트에 앉아 있었다.

드디어, 몇 주를 기다렸는데.

가슴이 벅차올라 나는 아이를 안아 올려서 그의 얼굴에 내 얼굴을 비볐다.

"엄마."

"그래, 엄마야."

나는 기뻐서 대답했다. 마음이 따뜻해지고 편안해졌다.

카트를 버렸다. 나쁜 이유가 있어서가 아니라 음식을 사야 한다는 생각을 전혀 하지 못했기 때문이었다. 오직 내 아이가 돌아왔다는 생각밖에 없었다.

차까지 도착하기도 전에 그 여자의 목소리가 귀에 들렸다.

공포에 질려 소리치던 그 아이의 진짜 엄마. 몇 초 지나지 않아 나는 마트 직원들과 경비원들에게 둘러싸였다.

"아주머니, 아이를 돌려주세요."

"안 돼요. 이 애는 제 아들이에요."

나는 고개를 저었다.

"그 애는 아주머니 아들이 아닙니다. 어서, 돌려주세요."

"하지만 제 카트에 앉아 있었어요."

그들이 아이를 뺏을 때 나는 중얼거렸다.

그날은 경찰서에서 질문에 답하며 보냈다. 라파엘은 밤늦게 몹시 화가 난 채로 경찰서에 왔다. 결국 그 여자는 나를 고소하지 않았다. 마을 사람들이 아론의 죽음을 이미 알고 있었기 때문이다.

라파엘은 내가 아이를 유괴하려던 건 아니었다고 설명했다.

망상. 그들은 나를 이렇게 묘사했다. 경찰관들이, 내 주치의가, 내 남편이. 나는 그 단어가 싫었지만 덕분에 감옥에 들어가지 않을 수 있었으니 감사해야 할지도 모르겠다. 처음에 라파엘은 내가 정신 병원에 입원해야 한다고 했지만, 그를 설득해서 일주일에 한 번씩 힐러만과 상담하는 것으로 입원을 면할 수 있었다.

힐러만과의 상담이 우리 둘 모두에게 도움이 될 것이라는 생각도 있었다. 하지만 라파엘은 함께 상담에 가는 것은 고사하고 나를 상담에 데려다주는 것조차도 거부했다. 치료를 받으러 감으로써 내가 아직 강하다는 사실을, 아니면 적어도 그렇게 되려고 노력하고 있다는 사실을 그에게 보여 줄 수 있을 거라고 생각했다.

하지만 아론의 죽음을 겪고 그렇게 무너지는 모습을 보인 이후로 라파엘은 나를 나약하다고만 생각했다.

천둥이 총소리처럼 날카롭고 빠르게 울렸다. 움찔하며 눈꺼풀이 순간적으로 떨렸다. 목이 타고 혀는 너무 말라서 부어오른 것 같은 느낌이 들었다. 침을 삼키니 목을 칼로 베는 듯했다.

비였다.

바로 그거야.

나는 숨을 들이마시며 벌떡 일어섰다. 머리가 빙글빙글 돌았지만, 손을 뻗어 상자에 몸을 기댔다. 당신은 아론이 죽기 전에 그 아이와 같이 있었다. 당신은 확실히 무언가 숨기고 있었다. 그것이 무엇인지 알아낼 때까지 죽을 수 없었다.

당신이 나를 공격할 수는 있었다. 나를 때릴 수도 있다. 이 창고에 나를 가둘 수도 있다.

하지만 그것으로 나를 무너뜨렸다고 생각한다면 오산이었다.

당신은 어머니의 의지를 엄청나게 과소평가했다.

아드레날린이 솟구쳤다. 몸을 일으켜 기어가 벽처럼 쌓여 있는 상자들을 뒤져서 무언가를 찾아냈다. 상자를 열 힘조차 없어서 여러 번 시도해야 했다. 상자를 겨우 열어서 맨 밑바닥에 있던 그것을 찾기까지 엄청나게 뒤져야 했다. 아론의 낡은 빨대 컵을 꺼냈을 때는 팔이 너무 피곤하고 쑤셨다.

컵의 뚜껑을 뜯어내고 문으로 몸을 이끌었다. 문은 아래쪽이 약간 휘어 있었다. 라파엘이 나에게 지겹도록 했던 불평이 기억났다. 판매자가 결함을 숨겼다고 그는 말하고 또 말했다.

내가 이 뒤틀린 문에 감사하게 될 줄은 몰랐다.

오른손으로 컵을 들고 문 사이의 작은 공간 너머로 힘껏 손을 밀어 보려고 했다. 하지만 잘되지 않았다. 너무 좁았다.

가슴이 쿵 내려앉으며 어깨에서 힘이 빠졌다.

잠시 낙담했다. 하지만 아직은 포기할 때가 아니었다.

몇 번 심호흡을 한 후 다시 시도했다. 손가락 관절이 부딪히도록 양쪽 문 가장자리를 꽉 잡았다. 온 힘을 다해서 문을 비틀어 열며 손가락을 움직였다.

문은 꿈쩍도 하지 않았다.

손가락이 뻣뻣해지고 끝부분은 동상에 걸린 것처럼 얼얼했다. 혈액순환이 되라고 손가락을 접었다 펴기도 하고 따뜻해지라고 입으로 불고 다시 문에 손을 넣었다.

마침내, 영원 같던 시간이 지나고, 조금의 틈이 생겼다. 내 손이 통과할 만큼이었다. 컵을 통과시키는 것은 조금 더 어려웠지만 겨우겨우 해낼 수 있었다.

안도의 숨을 내쉬며 구멍으로 손을 내밀고 컵으로 빗방울이 떨어지는 소리를 들었다. 무거워졌을 때 손을 안으로 들였다. 팔을 넣으면서 부딪혀 조금 쏟아졌긴 했지만 그래도 컵에는 물이 남아 있었다.

게걸스럽게 그것을 들이켰다. 차가웠고 흙 맛이 났지만 물이 혀에 닿았다가 목으로 미끄러져 들어가는 느낌이 무척 좋았다. 몇 초 만에 컵을 싹 비우고 나니 더 마시고 싶어졌다. 하지만 속이 받아들이기 어려웠는지 꾸르륵거려서 몇 분 더 기다려 보기로 했다.

작은 틈새를 바라보며 몸 전체가 들어갈 만큼 그걸 벌릴 수 있을지 궁금해졌다. 쉽지 않겠지만 시도는 해야 했다.

여기서 평생 썩어 갈 수는 없다.

벽에 머리를 기대고 깊이 숨을 들이마셨다. 빗방울이 신발 끝에 떨어졌다. 조금 열린 틈새로 비가 스며든 것이었다. 차가운 공기가 얼굴에 스쳤다. 몸이 떨렸다.

하지만 마실 물을 얻을 수 있다면 그 정도는 아무것도 아니었다. 물을 마시지 못했다면 분명히 죽었을 것이다.

먹을 것을 구하지 못한다면 여전히 위험하겠지만 물이 시간을 조금 벌어 준 것은 확실했다.

격렬한 바람과 폭우 소리 사이로 귀에 익은 소리가 들려왔다. 목소리였다. 허리를 곧추세우고 앉았다. 누군가 옆집 뒷마당에 있었다. 아이들 소리 같았다. 빗속에서 놀고 있는 것 같았다. 아론도 빗속에서 노는 걸 좋아했다. 아이들이 있다면 어른들도 있을 것이다.

문에 몸을 붙이고 입을 구멍에 갖다 댔다.

"도와주세요! 여기 창고에 갇혔어요. 도와주세요!"

잠시 멈추고 귀를 기울였다.

대답은 없었다.

이제는 대화조차 들리지 않았다. 다시 외쳤다.

"저기요? 누구 없어요? 제발 도와줘요! 여기 갇혀 있어요!"

몇 분이 흘렀지만 아무런 소리가 들리지 않았다. 나는 손바닥으로 문을 때리며 절망으로 신음했다.

"제발, 누가 좀 도와줘요!"

몇 시간 동안이나 계속 외쳤던 것 같았지만 실제로 아마도 몇 분 정도였을 것이다. 목소리가 갈라지고 더 이상 나오지 않을 때까지 멈추지 않았다. 결국 실패한 나는 쓰러져 누웠다.

빗소리는 전보다 잦아들었다.

비가 완전히 그치기 전에 물을 좀 더 마셔 두어야 했다.

떨리는 손으로 컵을 집어서 작은 구멍으로 다시 손을 내밀었다. 살갗이 긁히면서 상처가 따끔거렸다.

이번엔 컵이 찰 때까지 좀 더 시간이 걸렸다. 팔을 다시 안으로 집어넣을 때는 아까보다 신중하게 움직였다. 조금도 쏟아서는 안 됐다.

비가 그치고 다시 내리지 않으면 어떻게 해야 할까? 이곳은 비가 많이 내리는 편이 아니었다. 오랫동안 가뭄에 시달리는 곳이었다. 이번 가을엔 내가 여기서 산 세월 중 가장 비가 많이 내리는 축이었다. 그 말인즉슨, 내년 여름엔 호숫가 나무들이 무성해지고 호수의 물도 차오를 것이라는 뜻이었다. 살아서 그 모습을 볼 수 있기를 기도했다.

나는 천천히 물을 한 모금씩 마셨다. 모두 다 마시고 나자 컵을 다시 채웠다. 이번에는 나중에 필요할 때를 대비해 마시지 않고 그대로 두었다. 컵을 다리 옆에 내려놓고 다시 창고 벽에 몸을 기댔다.

밖이 어두워지자 창고도 식어 갔다. 유아용품을 넣어 둔 상자를 샅샅이 뒤져서 담요 두 개를 찾아냈다. 아론이 신생아였을 때 쓰던 것이라 크지는 않았다. 몸 전체를 덮으려면 여러 개가 필요했다.

아론이 지금 내 모습을 본다면 얼마나 자랑스러워할까. 그 애는 텔레비전에 나오는 야생 서바이벌 쇼를 무척 좋아했다. 함께 그 쇼를 볼 때면 아론은 내가 저런 걸 절대 버텨 내지 못할 거라고 말하곤 했다. 그때는 나도 그럴 거라고 생각했다. 야생이라는 단어는 나에게는 어울리지 않았다. 캠핑이나 하이킹, 낚시 같은 건 해 본 적도 없었다.

하지만 지금의 나를 보라. 나는 살아남고 있었다.

부드럽고 폭신한 이불을 몸에 단단히 두르고 냄새를 맡았다. 판지에서 나는 것 같은 곰팡이 냄새가 풍겼다. 하지만 더 깊이 맡으면 맡을수록, 희미한 아기 냄새가 났다. 내가 상상하고 있는 건지도 모르겠다. 어느 쪽이든, 나는 깊이 숨을 들이마시며 눈을 감았다.

내 소리를 누군가 들었을지도 모른다는 희망이 아직 있었다. 아마도 그들은 지금 오는 중일 것이다.

사실 크리스틴이 아직 찾아오지 않았다니 놀라웠다. 함께 와인을 마시기로 한 날 밤에 내가 집에 없었다면 걱정할 게 분명한데 말이다.

크리스틴이 찾아왔을 때 당신이 어떻게 한 거지? 집에 불을 끄고 내가 없는 것처럼 행동했을까? 아니면 응대를 했을까? 어디 갔다거나 다른 일이 있다고 했을까?

속이 쓰렸다.

당신이 끼어든 게 분명했다.

그래, 그래야 말이 된다. 당신이 크리스틴에게 무언가 말했기 때문에 그녀는 지금 전혀 걱정하지 않는 것이다. 뭔가 핑계를 댔겠지. 게다가 나는 내 좋은 친구 켈리에 대해 크리스틴에게 계속 이야기했다. 그녀가 당신을 믿지 않을 이유가 없었다.

심장이 쿵 내려앉았다. 창고 벽에 머리를 찧으며 절망의 한숨을 쉬었다. 내가 여기서 나갈 방법은 당신밖에 없는 걸까?

아니다.

아직 끝나지 않았어.

당신이 이기게 내버려 두지 않을 거야.

잠에서 깨어났을 때 죽은 벌레가 컵의 물에 떠 있었다.

여름이면, 크리스틴과 나는 종종 그녀의 집 뒤쪽 테라스에 앉아 와인을 마시곤 했다. 그럴 때면 어김없이 우리 중 한 명은 반만 남은 와인 잔에 죽어 있는 날파리를 맞닥뜨리곤 했다. 조엘은 날파리를 꺼내고 마시라고 했지만 우린 둘 다 역겹다며 남은 와인을 버리고 새 와인을 따랐다.

지금은 그런 호사를 누릴 때가 아니었다.

손가락으로 벌레를 잡아서 땅에 던졌다. 물방울이 튀면서 현대 미술 작품 같은 자국을 남겼다. 컵을 집어서 물을 한 모금 마셨다. 비가 그쳤기 때문에 물을 다 마시면 안 된다는 생각이 들었다. 모든 의지력을 끌어모아 나중을 위해 절반을 남겨 두었다.

문 사이로 난 틈새를 통해 빛이 새어 들어왔다.

그러고 보니 더 이상 밤이 아니었다.

그럼 내가 밤새 잠을 잔 것인가?

이틀이 지난 걸까? 아니면 사흘?

배에서 꼬르륵 소리가 났다.

길게도 났다. 먹을 것이 필요했다.

매년 1월이면 크리스틴은 단식에 들어갔다. 때때로 과일 주스만 마시고 와인도 마시지 않으며 금주의 1월을 보내는 것이었다. 어느 해인가 그녀는 레몬주스에 고춧가루만 타서 마시는 끔찍한 짓을 하기도 했다.

나도 그녀와 함께하려고 해 본 적이 있었다. 정말이지 재앙이었다. 결국 하루 만에 음식을 먹었다. 크리스틴은 삐졌지만 내 몸은 단식에 맞지 않는 것 같았다. 점심 한 끼만 뛰어넘어도 난 몸이 아픈 사람이었다.

인간은 먹지 않고 얼마나 버틸 수 있을까? 휴대폰이 있다면 검색해 볼 수 있었을 텐데.

내가 좋아하는 음식들을 떠올려 보았다. 바삭바삭한 감자튀김을 곁들이고 한쪽에 랜치 소스를 끼얹은 육즙 가득한 햄버거, 혀끝에 맴도는 짠맛을 상상하니 침이 고였다. 파인애플과 햄을 얹은 피자. 라파엘은 어떤 음식이든 익힌 과일이 들어가는 건 싫어했기 때문에 그가 없을 때만 몰래 주문해 먹는 기쁨의 음식이었다. 핫 소스가 들어간 치킨 엔칠라다. 칩과 과카몰리.

배를 부여잡고 몸을 웅크려 다리를 가슴까지 당겼다. 그 자세가 배고픔을 달래는 데 조금 도움이 되긴 했지만 완전히 없애 주지는 못했다.

이렇게 계속 무방비 상태로 기다릴 수만은 없었다. 당신이 언제 다시 돌아와서 나를 죽일지도 몰랐다. 당신을 알고 지냈던 지난 몇 주 동안, 당신이 위험한 존재라고 생각해 본 적은 없었다. 최악의 경우라도 돈 때문에 여기로 왔을 거라고 생각했다. 꿈에서라도 당신이 이런 짓을 저지를 거라고 생각하지 못했다.

나쁜 사람 같지는 않아 보였다.

조금 바보같기는 했다.

순진하고.

하지만 위험해 보이지는 않았다. 무섭거나 계산적으로 보이지도 않았다.

다시 생각해 보니 나는 당신이 누구인지 여전히 잘 모르고 있었다.

당신이 아론의 커프스단추를 가지고 있다는 것은 알고 있었다.

아론이 죽던 날 밤에 그 파티에 같이 있었다는 것도 알고 있었다.

설리번이 그 애를 닮았다는 것도 알고 있었다.

하지만 당신이 키스였다는 것을 안 순간, 모든 것이 바뀌었다.

금요일 밤이었다. 라파엘과 나는 소파에 앉아 영화를 보고 있었다. 그날 밤 그는 줄곧 조용했다. 산만해 보이기도 했다. 평소와 많이 다른 정도는 아니었다. 그냥 성가신 일이 좀 있는 듯했다. 내가 가까이 다가가는데 라파엘은 계속 휴대폰을 보고 있었다. 그의 입가에 작은 미소가 스쳤다.

그가 내게 그렇게 웃었던 때가 언제였는지 기억나지 않았다.

"누가 그렇게 계속 문자를 보내?"

내가 참지 못하고 물었다.

그는 내가 거기 있다는 사실을 잊었던 듯 멍하니 고개를 들었다.

"아, 키스야. 우리 과에 새로 온 교수."

그래, 그렇구나.

"왜 그 사람이 금요일 밤에 당신한테 그렇게 연락하는 거야?"

"그냥 남자들 얘기. 좋은 사람이야. 친해졌거든."

몇 분 후 문자가 또 왔을 때 라파엘은 일부러 나에게서 떨어졌다. 나는 조심스럽게 그의 휴대폰을 슬쩍 보았다. 키스라는 이름이 눈에 들어왔다.

마음이 좀 풀렸다. 좀 피해망상적으로 생각했던 것 같았다.

하지만 의심을 떨쳐 버릴 수가 없어서 그날 밤 늦게 라파엘이 자는 동안 라파엘의 휴대폰을 보았다. 그가 비밀번호를 바꿔 놓아서 여러 번 시도하느라 잠금이 걸릴 뻔했다.

마지막으로 혹시나 하는 생각에 '키스(KEITH)'를 쳐 보았다. 열렸다.

잠시 내 남편이 게이인가 하는 생각이 들었다. 하지만 키스와 주고받은 문자들과 옷을 벗고 있는 사진들을 보니 키스가 남자가 아닌 건 확실했다. 그들이 주고받은 문자들을 읽어 보려고 하는데 라파엘이 꿈틀거렸다. 전화를 다시 잠그고 이불 밑으로 얼른 숨겼다.

그에게 물어볼지 수백만 번을 생각했다. 헤어져야 할지도 생각했다. 하지만 두려웠다. 혼자서 살아 본 적이 없었다. 지금 직업도 없고 앞으로도 혼자서 살아나갈 수 있을 직업을 얻을 수 있을지도 자신이 없었다. 무엇보다 아론이 겪을 고통이 두려웠다. 라파엘은 그에게 모든 재정적 지원을 끊을 것이다. 그때쯤 아론이 죽었다. 세상이 무너지는 것 같았다. 라파엘을 떠나는 것은 생각도 하지 못하게 되었다.

이제 난 당신이 키스라는 걸 알지만 당신이 무엇을 할 수 있는지는 모르겠다.

엎드린 채 문 틈을 통해 밖을 보려고 노력했다. 하지만 젖은 잔디 외에는 아무것도 보이지 않았다.

당신은 뭘 하고 있을까?

날은 점점 어두워졌다. 이웃집에서 내 목소리를 듣지 못한 건 확실했다. 난 완전히 혼자였다. 아무도 나를 구해 주러 오지 않을 것이다.

아론은 실제 범죄를 다루는 다큐멘터리를 좋아했다. 그 애와 함께 봤던 에피소드가 있었다. 납치되었던 어떤 여자에 대한 이야기였다. 나라면 어떻게든 싸울 거라고 말했던 기억이 났다. 결코 납치되지 않을 것이며, 누군가 기적처럼 날 납치한다 해도 어떻게든 탈출할 것이라고.

납치당하는 건 내 생각보다 무척 쉬운 일이라는 건 밝혀진 셈이었다.

지금까지 나는 내가 당신보다 우위에 있다고 잘못 생각해 왔다. 사실은 당신이 우위에 있었다.

마지막 남은 물을 모두 털어 넣고 잠시 삼키지 않고 입안에서 맛을 느꼈다. 물을 삼킨 후에는 다시 작업에 돌입했다.

무릎을 꿇고 앞서 했던 것처럼 양쪽 문 사이를 잡았다. 아론이 나를 보며 고개를 끄덕이는 것만 같았다. 끄응 소리를 내며 온 힘을 다해 문을 열었다. 분명 문이 움직였다고 생각했는데 막상 팔을 넣어 보니 구멍이 더 커지지는 않았다.

크리스틴과 운동할 때 열심히 했어야 했다. 그녀라면 아마도 이 문을 열 수 있을 것이다. 여기서 나가게 된다면 운동을 더 열심히 할 것이다. 웨이트 운동도 하고. 호신술 수업도 한두 개쯤 들어야겠다. 다시는 범죄의 제물이 되지 않을 것이다.

하지만 우선 여기 이 지옥을 빠져나가야만 했다.

문을 계속 밀면서 구멍과 고군분투했다. 바깥 하늘은 칠흑같이 어두워졌다. 바람 소리는 늑대의 울부짖음 같았다. 지붕에 비가 떨어지는 소리가 들렸다.

폭풍이 다시 시작되었다.

팔이 타는 듯 아파 오고 눈꺼풀이 무거웠다.

그날 밤은 포기한 채 빗물을 더 모아서 몇 모금 마시고는 바닥에 다시 누웠다. 아론의 낡은 아기 담요를 덮고 눈을 감았다. 부드러운 담요를 잡자마자 잠에 빠져들었다.

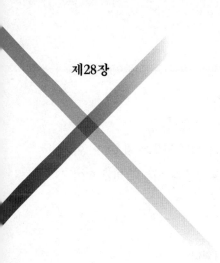

제28장

쓰레기차 소리에 잠에서 깼다.

평소 같았다면 신경도 쓰지 않았을 것이다. 하지만 오늘은 아주 중요했다. 드디어 힌트를 얻었기 때문이었다. 오늘은 쓰레기를 버리는 날이었다. 그러니까 수요일이었다. 당신이 날 여기에 일요일에 넣었으니 2박 3일을 여기에 있었다는 뜻이었다.

이런 생각을 하며 남은 물 한 모금을 마셨다.

조용했다. 폭풍우도 가라앉았다. 문 틈새로 밝은 빛이 스몄고 창고 안도 아까보다 따뜻했다. 꽃과 젖은 풀들에서 나는 것 같은 달콤한 향기가 창고 안으로 스며들었다. 아마도 하늘에는 무지개가 떠 있을 것이다. 약속을 상징하는 것. 나는 꼭 그 무지개를 볼 수 있을 것이다. 종교가 있는 가정에서 자라지는 않았지만 가끔씩 교회에 갔다. 아론이 어렸을 때도 몇 번인가 그 애를 교회에 데리고 갔는데 그렇게 하는 것이 좋은 부모의 역할이라고 생각했기 때문이었다.

나는 성경 이야기를 많이 알았다. 그중 하나가 노아와 방주 이야기였다. 그래서 나는 무지개의 중요성을 잘 알고 있었다. 그 이야기는 언제나 나에게 평화를 가져다주었다.

지금 그 평화가 필요했다. 그 약속을 믿어야 했다.

빈 컵을 내려놓고는 고개를 떨구었다. 다 마시지 말았어야 했는데 너무 목이 말랐다. 아마 다시는 비가 오지 않을 것이다. 더 이상 선택의 여지가 없었다. 오늘 여기서 나가야 했다.

눈 뒤쪽으로 격렬한 두통이 일었다. 온몸의 근육이 쑤셨다. 심지어 살갗도 아팠다. 지난밤엔 폭풍우가 내게 힘을 주었지만 지금은 그것마저 사라졌다. 나는 내 힘이 다른 곳에서 불고 있는 비바람에 의해 다시 살아나고 있다고 상상을 했다.

힘이 빠진 채 머리를 기대고 당신이 돌아오게 해 달라고 간절히 빌었다.

해가 뜨거워지자 가혹한 현실이 찾아왔다. 견뎌 낼 수 없을 것 같았다.

멀리서 차 문이 닫히는 소리에 정신이 번쩍 들었다. 개 짖는 소리와 자동차 바퀴가 구르는 소리도 들렸다.

소름이 돋았다. 폭풍이 걷힌 것이 전화위복이 될 수도 있을 듯했다. 사람들은 더 이상 집 안에 갇혀 있지 않을 것이다.

"도와줘요!"

목청껏 소리를 질렀다. 할 수 있는 데까지 해 보았다. 목이 너무 건조하고 따끔거려서 꺽꺽거리는 이상의 소리가 나오지 않았다. 내가 파충류 비슷한 것으로 변한 것 같았다. 다시 시도했다.

"도와주세요! 저는 젤리 메디나예요! 여기 창고에 갇혀 있어요. 제발요."

오, 이런. 아무 소용이 없었다. 내 목소리는 거의 들리지 않았다. 두통만 악화시켰을 뿐이었다.

머리를 손으로 잡고 손가락으로 이마를 마사지하며 통증을 가라앉히기 위해 노력했다. 시야가 바깥에서부터 아련해지면서 점차 흐릿해져 갔다. 다시 바닥에 몸을 누이고 잠시 눈을 감았다.

"엄마."

맥박이 빨라졌다. 반쯤 포장된 선물 상자를 손에 들고 고개를 들었다. 아론은 크리스마스 연휴를 집에서 보내려고 며칠 동안 돌아와 있었다. 아직도 그 애가 집에 있는 것이 익숙하지 않았다.

"아직 안 잤어?"

"잘 시간 아니에요."

아론이 몸을 숙여 소파에 앉았다. 거실은 어두웠고 크리스마스트리만 켜져 있었다.

서둘러 포장지로 상자를 감싸고 테이프를 뜯어낸 후 이음매에 거칠게 눌러 붙였다.

"한밤중이야."

그 애가 웃었다.

"말했잖아요, 아직 잘 시간 아니에요."

가끔씩 난 아론이 몇 살인지 잊곤 했다. 나에게 그 앤 항상 어린 아기였다. 하지만 아론은 이제 성인이었다. 나는 트리 아래에 서툴게 포장된 선물 상자를 조심스럽게 밀어 넣었다.

"네가 자는 줄 알았어. 그래서 여기 이렇게 선물을 싸고 있었지."

"전 아무것도 못 봤어요. 맹세해요."

아론은 손을 올려 손바닥을 보였다.

그 애의 시선이 온통 밝은 빨간색과 초록색 포장지로 싸여 있는 트리 밑의 상자들에 머물렀다.

"'산타로부터'라고 쓰여 있어요?"

나는 소리 내어 웃었다.

"물론이지."

"전 오래전부터 산타 안 믿었어요."

"알고 있어. 네가 8살이 되던 해였지. 어제 일처럼 생생해."

약간 방어적으로 대답했다.

아론은 나를 보며 즐겁다는 듯 웃었다.

"맞아요, 제가 산타 보러 쇼핑몰에 같이 가지 않아서 엄마가 무척 실망하셨죠."

"그래, 그게 이상했어. 이틀 전만 해도 네가 꼭 데려가 달라고 애원했었거든. 그런데 산타 보러 가는 날 네가 산타를 믿지 않는다는 거야."

조각으로 새긴 듯한 남자다운 아들의 얼굴을 올려다보았다. 어린 소년의 모습은 보이지 않았다. 언젠가는 그 아이의 귀여운 목소리와 아기 같은 웃음소리를 들을 수 없다는 사실을 결코 이해할 수 없었다. 그렇게 많은 육아서적들 중 그 어떤 책도 나에게 이런 일에 대비하라고 말을 해주지 않았다. 아론이 어떤 아이였는지, 그 애가 어떻게 말하고 행동했는지, 아론의 일생 하나하나를 떠올리며 남은 생을 보내게 될 거라고 그 누구도 경고해 주지 않았디.

"대체 무슨 일이 있었던 건지 엄마에겐 말해 주지 않았잖아. 산타가 없다는 걸 어떻게 알게 됐어?"

아론이 손가락을 깍지 껴서 머리 뒤에 갖다 대고는 물러나 앉았다.

"아빠가 말했어요."

"뭐?"

엄청난 배신감이 찾아왔다.

"엄마랑 산타 보러 가기 바로 전날이었어요. 산타에게 부탁할 목록을 만들고 있었거든요. 뭐 하고 있는 거냐고 묻길래 대답했더니 아빠가 비웃었어요. 그런 말도 안 되는 소리를 믿기엔 제가 너무 컸다고 했어요. 아직 더 커야겠다고도 했어요."

"아빠는 엄마에겐 그런 말을 안 했어."

나는 천장을 바라보며 눈을 깜박였다. 라파엘은 우리가 앉아 있는 바로 위 침실에서 자고 있었다. 심장이 따끔거렸다.

"그렇게 되어서 미안하구나."

아론이 어깨를 으쓱했다.

"아빠 말이 틀린 것도 아닌데요, 뭘. 제가 너무 컸죠."

"아니야, 그렇지 않아."

"엄마, 엄마 말만 믿었다면 전 영원히 어린 아기였을 거예요."

"그게 꼭 나쁜 일일까?"

나는 그 애를 놀리듯 윙크를 했다.

아론에게서 미소가 번졌다.

"그럴 것 같지는 않네요."

나는 몸을 돌려 잠시 그 애를 바라보았다.

"행복하니, 아론?"

"네, 전 잘 지내요."

"아니, 엄마는, 네가 행복한지 묻는 거야. 지금 네 삶이 좋으니?"

아론은 잠시 눈을 가늘게 뜨며 입을 다물었다. 그러더니 두 손을 무릎에 올려놓았다. 벽에 걸린 시계가 똑딱거리는 소리가 들렸다. 코끝으로 크리스마스트리의 냄새가 느껴졌다.

"네, 전 정말로 행복해요."

"그러면, 학교도 좋아? 친구들도 잘 사귀고 있고?"

"네. 좋아요."

그가 고개를 끄덕였다.

그 애의 말이 나를 행복하게 만들었다는 사실이 놀라웠다. 아론이 떠나고 나서 나는 내심 그 애가 향수병에라도 걸려서 집으로 돌아오기를 바랐다. 하지만 그 애가 어른스러운 모습으로 앞의 소파에 앉아 있는 것을 보며 내가 더 이상 이 아이가 곁에 있는 걸 원하지 않는다는 것을 깨달았다. 나는 이 아이가 내 옆을 떠나 완전하고 행복한 삶을 살기를 원하고 있었다. 아이가 자신만의 삶을 살기를.

"엄만 정말 기뻐. 엄마가 바라는 건 그것뿐이야, 알지? 네가 행복해지는 것."

눈물이 나와서 재빨리 눈을 깜박이며 트리 쪽으로 몸을 돌렸다. 아론을 놀라게 하고 싶지 않았다. 몇 달 만에 아론과 많은 대화를 나눴다. 크리스마스 연휴를 보내겠다며 집에 와서도 아론은 친구들을 만나러 나가지 않으면 방에 틀어박혀 게임을 하거나 유튜브를 보고 있었다. 아래층에 내려와서도 보통은 휴대폰만 보고 있느라 바빴다. 오늘에야 온전히 이야기를 나눌 수 있었다. 그러니 괜히 감상에 빠져서 촌스럽게 이 상황을 망치고 싶지 않았다. 냉정하고 멋지게 있고 싶었다.

"엄마는 어때요?"

아론이 조금 앞으로 당겨 앉으며 물었다.

"내가 뭐?"

"엄마는 행복해요?"

그 질문 때문에 당황했다. 아론은 그런 질문을 하는 아이가 아니었다. 지금까지 오로지 나만 아론을 걱정하고 궁금해했을 뿐 그 반대인 적은 한 번도 없었다.

"응, 그런 것 같아."

"정말요?"

아론이 눈을 가늘게 떴다.

"응. 정말로."

"살면서 엄마를 가장 행복하게 해 주는 게 뭐였어요?"

나는 어깨를 으쓱했다.

"네가 행복하다는 걸 알 때지."

아론이 고개를 저었다.

"진심으로?"

"그럼? 진심이지. 엄마가 한 일 중에서 가장 자랑스러운 게 널 낳아서 키운 거야. 너는 엄마의 가장 큰 업적이야. 엄마의 보물."

"아, 이럴 수가. 너무 가식적이야."

"미안해. 하지만 네가 먼저 물어봤다."

그는 한숨을 내쉬며 몸을 더 앞으로 내밀었다.

"아니, 엄마, 엄마가 행복하냐고 물었어요. 엄마 말이에요. 저 말고요. 엄마 인생에서 엄마만을 위한 건 없어요? 아빠랑 나 말고요."

난 잠시 생각했다.

"그래, 있는 것 같기도 하다. 크리스틴이라는 친구가 있어. 우리는 요가를 같이 하고 체육관에 같이 가지. 여자들만의 밤을 보내기도 하고."

"좋네요."

아론이 웃었다. 그 애의 마음이 편해진 것 같아 나도 기뻤다.

"휴. 시험에 통과해서 다행이다."

나는 장난삼아 손등으로 이마의 땀을 닦는 시늉을 했다.

가볍게 웃으며 아론이 말했다.

"시험은 아니었어요. 엄마가 잘 지내는지 알고 싶었을 뿐이에요."

"엄마는 잘 있어."

나는 그 애를 안심시켰다.

실제로 좋았다. 새롭게 펼쳐질 삶은 그렇게 나쁘지 않았을지도 모른다. 아론은 예전처럼 나를 필요로 하지는 않았지만 이제 우리는 친구처럼 진짜 의미 있는 대화를 나눌 수 있게 되었다.

친구.

그것 참 멋졌을 텐데.

바깥 어딘가에서 문이 열렸다 닫히는 소리가 들렸다. 열쇠가 달그랑거렸다. 풀밭을 밟는 발소리도 들렸다. 저 멀리서가 아니라 가까이에서였다. 창고로 다가오고 있었다. 분명히 당신이었다. 정말인지 확인하고 싶었지만 발소리가 점점 가까워지고 있었다. 시간이 없었다.

잠깐 당황했지만 곧 죽은 척을 해야겠다는 생각이 들었다. 당신이 내게서 빼앗은 촛대로 내 머리를 내려쳐서 나를 죽였다고 속여야지. 하지만 아니었다. 어리석은 일이었다. 당신이 내 시체를 처리하기로 한다면? 그럼 그때는?

당신은 지금 창고 앞까지 왔다. 자물쇠에 열쇠를 넣는 소리가 들렸다.

아, 맙소사. 뭘 해야 하지? 당신을 때려눕히기엔 지금 힘이 너무 없었다.

머리에 난 상처를 생각했다. 그래, 당하고만 있지는 않을 거야.

결심하고 가장 가까운 상자에 손을 넣고 이리저리 뒤졌다. 처음에 손에 닿은 건 천 조각이나 담요 같은 딱딱하지 않은 것들뿐이었다. 무기로 사용할 수 있는 것은 없었다.

심장이 미친 듯이 뛰었다.

당신이 자물쇠를 풀었다. 문틈 사이로 매니큐어를 칠한 당신의 손톱 끝이 보였다. 파스텔 핑크. 당신답지 않은 색이군. 싸구려 반지만 아니었다면 다른 사람의 손이라고 생각했을 것이다. 게다가, 난 그 색을 알고 있었다. 내 매니큐어였다.

무언가 딱딱한 것에 손이 닿자 가슴이 뛰었다. 그것을 꺼내자 감동의 물결이 밀려왔다. 아론이 초등학교 때 미술 프로젝트에서 만든 점토 접시였다. 정확히 내가 바랐던 것은 아니었지만 충분히 세게 때릴 수만 있다면 도망칠 시간 정도는 벌 수 있을 거라 생각했다.

접시를 들고 팔을 뒤로 감췄다. 문이 열리기 시작했다.

"켈리!"

몸이 굳었다.

라파엘?

열리던 문이 멈췄다. 당신의 손이 미끄러졌다.

"켈리? 거기 있어?"

저 멀리서 그가 외치는 소리가 들렸다.

나는 숨을 멈췄다. 당신의 발소리가 멀어졌다. 처음에는 당신이 달아나고 있다고 생각했다. 잡힐까 봐 무서워서 도망치는 것 같았다. 하지만 뒷문이 열렸다 닫히는 소리를 들었다.

당신이 안으로 들어갔다.

온몸이 차가워졌다.

라파엘은 "거기 있어?"라고 말했다. "집에 있어?"가 아니라. 그는 보통 "집에 있어?"라고 말한다. 하지만 이번엔 나를 불렀던 게 아니었다. 그는 당신을 불렀다.

와우. 당신이 정말로 우위에 있었군.

심지어 그를 집에 일찍 오게 했다. 몇 주 동안을 집에 오지 않았는데 수요일인 지금 라파엘이 집에 왔다. 당신을 위해서 말이다.

내가 여기 창고에 갇혀 있는 걸 라파엘이 알까? 당신이 날 죽이려한 걸 그가 알까? 복받치는 감정을 목구멍으로 삼켰다. 눈이 불타오르는 듯했다.

어떻게 나에게 이럴 수 있지?

우리 사이가 좋지 않았다는 건 나도 알지만, 이건 아니지 않은가?

며칠 동안 갇혀 있던 작은 창고를 둘러보았다. 나라면 최악의 원수에게도 이러지 않을 것이다. 내 남편은 이게 괜찮다고 생각한 건가?

그는 아론과 당신의 관계에 대해서 알고 있는 걸까?

한숨을 내쉬었다. 바람이 나무 사이로 스치는 소리가 들렸다. 창고 문이 바람에 앞뒤로 흔들렸다. 한쪽 문이 휙 열리면서 찬 공기가 내 얼굴을 때리자 숨이 막혔다.

가슴이 부풀어 올랐다.

자물쇠. 당신은 자물쇠를 잊었다.

앞으로 걸어 나갔다. 창고에서 나가자 햇빛에 눈이 부셨다. 손으로 빛을 가리고 아래를 내려다보았다. 여전히 망할 두통이 느껴졌을 뿐 아무 생각도 할 수 없었다. 도움이 필요했다. 911에 전화하자. 의사에게 가자.

현기증을 참고 머리를 붙잡은 채 옆문으로 최대한 빨리 걸어갔다. 모든 것이 곧 끝날 것이다. 여기서 빠져나가야 했다. 이웃집으로 가서 휴대폰을 쓰자. 문에 거의 다다랐을 때 창문가에 당신이 보였다. 당신과 내 남편이.

걸음을 멈췄다. 두 사람을 쳐다보면서 서로 무슨 말을 하고 있는지 상상해 보려고 애썼다. 잘했다며 등을 두드려 주는 걸까? 그가 당신을 축하해 주고 있을까?

분노가 솟구쳤다.

아론에 대해 얘기하고 있는 걸까?

아직 떠날 수 없었다. 진실을 알 때까지. 당신들이 나와 아론에게 한 짓에 대한 대가를 치를 때까지. 그리고 설리번이 안전한지도 확인하고 싶었다.

　나는 문 앞에서 돌아서서 휘청거리며 우리 집을 향해 걷기 시작했다. 걸을 때마다 풀에 발이 파묻혔다. 뒷마당에 내가 계속 있었다는 증거였다.

제29장

들키지 않고 뒷문으로 집으로 들어갈 방법이 없었다. 내 존재를 알릴 준비가 되어 있지 않았다. 당신은 이미 날 한번 죽였다고 생각했으니 다시 죽이는 것도 주저하지 않을 것이다. 계획을 세워야 했다.

게다가, 당신이 저기서 무슨 말을 하는지 정말 궁금했다.

시선을 집 뒤쪽의 침실 발코니로 옮겼다. 그건 이 집을 사게 된 이유 중 하나였다. 거기에서 아침에는 커피를 마시고 밤에는 와인을 마시는 모습을 상상했다. 하지만 실제로 거의 이용하지는 않았다.

집 옆에 기대어 있는 사다리를 보고 가슴이 벌렁거렸다. 한 달 전쯤, 라파엘이 밖에서 빗물받이를 청소했다. 그가 뭔가를 치우지 않은 것에 감사한 적은 이번이 처음이었다.

사다리 쪽으로 걸어가는 동안 몸이 조금씩 휘청거렸다. 어지러워 넘어질 뻔했다. 걸음을 멈추고 이 일을 해낼 수 있게 해달라고 속으로 기도하면서 심호흡을 몇 번 했다.

의사한테 가 봐야 해. 카르멘 같은 목소리가 머릿속에서 울렸다.

하지만 다른 목소리도 들렸다. 더 큰 소리였다. 아론의 목소리였다. *엄마, 엄마는 할 수 있어요.*

초인적이라고 밖에는 설명할 수 없는 힘으로 사다리를 발코니로 옮겼다. 땅이 젖어 사다리가 약간 불안정했다. 밟고 올라서기 전에 사다리를 단단히 고정시키기 위해 노력했다. 몇 번 흔들리긴 했지만 떨어지지 않고 꼭대기까지 결국 올라갔다.

반쯤 먹은 치즈와 크래커가 놓인 접시와 빈 와인 잔이 야외용 나무 테이블에 놓여 있었다.

내 발코니에서 잘도 즐긴 것 같았다.

음식을 보자 배에서 꼬르륵 소리가 났다. 밖에 둔 지 얼마나 되었는지는 모르겠지만 음식들이 약간 축축했다. 그럼에도 남은 크래커와 치즈를 입안에 전부 털어 넣었다.

일주일 전까지만 해도 이런 행동이 역겹다고 생각했지만 굶주림 앞에 사람이 우스워지는 건 순식간이었다.

음식을 먹고 나면 기분이 좀 나아질 줄 알았는데 오히려 속이 뒤틀렸다. 메슥거리기까지 했다. 토할 것 같았다. 진정될 때까지 코로 숨을 들이마시고 입으로 내쉬기를 몇 번 반복했다.

다행히 발코니 문이 열렸다. 조심스럽게 손잡이를 돌려 소리가 나지 않도록 조용히 문을 열었다. 방 안으로 들어서는 순간 당신의 냄새가 났다. 당신의 향수 냄새. 분노가 일었다.

옷이 여기저기 바닥에 흩어져 있었다. 어질러진 침대에는 젖은 수건이 놓여 있었다.

여기가 돼지 우리인가. 라파엘의 목소리가 머릿속에서 울려 퍼졌다.

청소가 하고 싶어지는 비이성적인 충동과 맞서 싸워야 했다.

침대 옆 탁자 위에 물 한 잔이 놓여 있었다. 필사적으로 물을 향해 손을 뻗었다. 침대 반대쪽을 돌자 설리번이 깊이 잠들어 있는 요람이 있었다. 숨을 헉 내뱉으며 가슴을 움켜쥐었다. 다행히 내가 아이를 깨우지는 않았다.

물을 마시고 나니 좀 더 힘이 생겼다.

먹을 것과 마실 것을 남겨 줘서 고맙군, 켈리. 정말 친절한 사람이지 뭐야.

입꼬리를 씰룩거리며 발끝으로 문까지 걸어갔다. 숨을 참고 천천히 문을 열고는 조심스럽게 복도를 내다보았다.

"넌 아직도 대답을 안 하고 있어."

라파엘이 화내는 소리가 들렸다. 무척 익숙한 목소리에 나도 모르게 움찔했다. 나는 벽에 등을 대며 그의 분노가 나를 향한 것이 아니라고 되뇌었다. 적어도 지금은 아니었다.

"내 집에서 뭐 하고 있는 거야? 그리고 켈리는 어디 있어?"

"난 여기 있잖아요."

당신이 반항하는 듯한 말투로 대답했다. 보이지는 않지만 당신이 턱을 치켜들고 눈을 희번덕거리는 모습을 상상할 수 있었다. 안지 겨우 한 달 되었을 뿐인데 벌써 당신을 꿰뚫고 있다니 참 이상하지 않은가.

두 사람은 계단 아래 거실에 있는 것 같았다. 벽에 몸을 붙이고 앞으로 기어갔다.

"아니, 너 말고. 그러니까……."

라파엘의 목소리가 작아졌다.

그는 날 말하는 거야. 당신이 아니라.

작은 승리의 기쁨이 내 마음을 채웠다. 라파엘은 당신이 저지른
일에 대해서 모르는 것이 확실했다.

"오, 맙소사. 네가 그 여자였어. 네가 내 아내의 친구라던 켈리였군."

드디어. 그가 모든 걸 알았군.

"그 여자가 나에 대해 말했어요?"

당신은 충격을 받은 것 같았다. 왜인지는 모르겠지만.

"응. 그게, 새 친구가 생겼다고 말했어. 하지만 너를 말하는 거라고
는 꿈에도 생각하지 못했지. 왜 내 아내랑 친구가 되려고 하는 거야?
그리고 여기서 대체 뭐 하고 있는 거야, 켈리?"

"전 당신을 위해 여기 와 있는 거예요. 우린 가족이 될 수 있어요.
당신과 나, 그리고 설리번."

"설리번?"

"우리의 아들요."

심장이 떨렸다. 설리번은 아론의 아들이 아니라 라파엘의 아들이
었다. 드디어 모든 것이 이해가 갔다.

"그, 그, 그건 불가능해."

라파엘의 목소리가 떨렸다.

"왜요? 당신이 아이를 지우라고 했기 때문에요? 내가 정말 그렇게
할 거라고 생각했어요?"

"네가 그렇게 하겠다고 했잖아."

라파엘이 천천히, 단호하게, 그리고 이성적으로 말했다. 소름이 돋았다. 그가 당신에게 아이를 지우라고 말했다니 역겨운 일이었다.

"그럴 수 없었어요. 내가 아이를 지우지 않은 것에 당신은 감사해야 해요. 이제 당신은 아들이 있으니까요."

그러고 싶지는 않았지만 당신의 용기에 감탄할 수밖에 없었다.

"난 이미……. 난 이미 아들이 있어."

라파엘의 목소리에 슬픔과 떨림이 묻어났다.

눈과 목이 따끔거렸다.

"맞아요. 당신은 아들이 있었죠. 하지만 아론은 죽었고 이제 설리번이 있어요."

당신이 카펫 위에서 빠르게 걸어 다니는 듯한 소리가 들렸다.

"저와 설리번. 이제 우리가 당신의 가족이에요. 당신의 잃어버린 가족을 제가 되찾아 줄 거예요. 모든 걸 되돌려 놓을게요."

당장 계단을 뛰어 내려가서 그 바보 같은 얼굴에 의기양양한 표정을 짓고 있을 당신을 찢어발기지 않는 것이 내가 할 수 있는 최선이었다. 일요일 밤까지만 해도 내 아들과 당신의 관계에 대해 알 수 없었지만 이제는 답을 알 방법이 생겼다.

"무슨 소리야? 내가 가족을 잃었다니? 켈리는 어디 있어? 내 아내한테 대체 무슨 짓을 한 거야?"

손으로 입을 가리고 나는 절망감으로 울부짖었다. 정말? 지금 빌어먹게도 내 걱정이나 하는 거야? 난 괜찮아. 아론에 대해 물어보라고. 저 여자가 뭘 알고 있는지 알아내란 말이야.

"그건 중요하지 않아요. 그 여자는 떠났어요. 그 여자는 당신을 원하지 않아요. 나처럼은 아니죠. 그리고 당신도 그 여자를 원하지 않잖아요. 제가 이제 당신의 아내고, 설리번은 당신의 아들이에요. 우리가 새로운 메디나예요."

"무슨 소리야? 켈리를 죽이기라도 했어? 아론에 대해서는 어떻게 알아? 잠깐만…… 켈리가 아론이 갔던 파티 사진에서 널 봤다고 했었어. 난 켈리가 다시 정신이 나갔다고 생각했는데. 난……. 난……. 켈리의 망상이라고 생각했어."

목이 졸리는 듯한 소리가 들리더니 그가 말을 멈췄다. 분노가 차올랐다.

"아, 이럴 수가. 켈리의 말이 맞았어. 너는 아론을 알고 있었지?"

내가 틀리지 않았다는 사실이 밝혀졌음에도 그저 슬펐다.

당신이 당당하게 말했다.

"물론 아니에요. 당신이 무슨 말을 하고 있는지 모르겠군요. 켈리는 미쳤어요. 난 절대 당신의 가족에게 해를 끼친 적이 없어요. 당신 아들의 죽음은 사고였을 뿐이고 당신 아내는 도망쳤어요. 난 당신을 구해 주러 여기 와 있는 거라고요. 서둘러 당신을 열대 낙원으로 데려가기 위해서요."

"내가 너랑 여기를 떠날 거라고 생각했어? 미쳤군."

"전 미치지 않았어요. 켈리가 미친 거죠."

당신의 목소리가 바뀌었다.

"내 아내 어디 있는지 말해."

"전 여기 있잖아요."

"내 진짜 아내 말이야."

"이봐요, 좋은 남편 행세 그만해요. 우리 둘 다 당신이 그런 사람은 아니라는 거 잘 알잖아요."

"내가 정말 이걸 원한다고 생각하는 거야?"

라프의 목소리가 더 낮아졌다.

"그렇지 않나요?"

나는 두 사람이 보일 때까지 벽을 따라 조금씩 앞으로 움직였다. 당신은 나에게 등을 보이고 있었지만 라파엘의 얼굴은 보였다.

그는 떨리는 숨을 들이마시더니 눈을 닦았다.

"켈리는 어디 있어? 그녀에게 무슨 짓을 한 건지만 제발 말해 줘."

"이런, 언제부터 그 여자한테 그렇게 신경을 썼나요?"

당신이 답답한 듯 화를 냈다.

"난 항상 아내에게 신경 썼어."

"이봐요, 라프. 왜 그래요? 지금 여기엔 우리 둘뿐이에요. 그렇게 연기할 필요 없어요."

당신이 이상할 정도로 매혹적인 목소리를 내더니 엉덩이를 흔들며 라프에게 다가갔다.

"난 당신을 알아요. 당신은 날 원하고 있어요. 그리고 이제 당신은 날 가졌어요. 옛 가족은 잊어버리자고요. 이젠 우리 앞만 보고 가요."

당신이 손을 뻗어 라파엘의 가슴에 손가락을 갖다 댔다.

"그만해. 네가 무슨 짓을 한 건지 알아야겠어. 켈리는 어디 있어?"

라파엘이 뒤로 물러서며 당신의 손을 치웠다.

당신은 잠시 완벽하리만치 꼼짝 않고 서 있었다. 당신의 얼굴을 볼 수 없었지만 충격을 받은 표정일 것 같았다.

"전혀 달라진 게 없군요. 당신은 아이를 지우라고 말했죠. 켈리와 아론이 사라지면 당신이 변할 거라고 생각했지만 아니군요. 당신은 언제나 날 이용만 했어요, 그렇죠? 날 사랑한다고 말했지만 그건 거짓말이었어. 날 사랑한 적도 없었어. 켈리와 아론만 사랑했던 거야."

당신의 목소리가 조용해졌다. 가식이 사라졌다. 어린아이 같기도 했다.

"아니야. 그렇지 않아."

라파엘이 절망적으로 고개를 저었다.

"그랬던 거야. 당신은 오직 그 여자만 걱정했어. 그 여자가 내가 엄마로서 부족하다고 생각했다는 거 당신도 알아요? 하지만 그렇지 않아. 난 좋은 엄마야."

라파엘이 고개를 끄덕였다.

"넌 좋은 엄마야."

으. 그가 나보다 연기를 더 잘하는 건 확실했다. 이 모든 걸 얼굴 표정 하나 변하지 않고 말하다니. 그러고 보니 라파엘은 항상 시늉은 잘했다.

"정말요? 내가 좋은 엄마라고 생각해요?"

당신의 목소리가 갑자기 희망에 차올랐다. 라파엘의 인정이 당신에게는 꽤 중요한가 보다. 불쌍하기도 하지. 정말 뭐가 문제인지 모르는 거지?

그가 침을 꿀꺽 삼키더니 말했다.

"난…… 음…… 네가 아들에 대해 얘기하는 걸 봐서는 네 아이를 잘 돌보고 있다는 건 확실하니까⋯⋯."

라파엘이 고개를 저으며 덧붙여 말했다.

"그러니까 우리 아들 말이야."

좋아. 잘하고 있어.

"드디어 '우리 아들'이라고 말하는군요. 그 여자는 설리번을 저에게서 뺏으려고 했어요. 그거 알았어요? 그 여자가 써 둔 일기장이 있더라고요."

아, 그렇지. 일기장.

"그래서 이런 일을 벌인 거야? 켈리가 네 아기를 뺏으려고 해서?"

"아뇨, 제가 당신을 사랑하기 때문이에요. 당신은 제 전부예요."

당신의 목소리가 달라졌다. 전에도 들어 본 적이 있었다. 당신의 계획이 드러났고 당신은 이제 본색을 보이기 시작했다.

"전 할머니와 엄마를 잃었어요. 이젠 당신과 설리번과 함께 가정을 이루고 싶어요."

설리번의 울음소리가 들렸다. 몸을 숙이고 벽 뒤로 숨었다.

"네 가족 이야기는 정말 안 됐어. 하지만⋯⋯."

당신이 고개를 들어 올려다보았다. 당신도 소리를 들은 것이다.

"잠깐만요."

설리번의 울음소리가 커졌다. *제길.* 당신이 계단을 올라올 때를 대비하여 귀를 기울이며 서둘러 복도를 지나 침실로 갔다.

"쉬이이."

나는 요람에서 설리번을 들어 올리면서 조용히 말했다. 요람에 젖꼭지가 있었다. 떨리는 손으로 그것을 집어서 필사적으로 설리번의 입에 물렸다. 설리번은 즉시 조용해졌다. 나는 꼼짝 않고 서 있었다.

침묵. 온몸에 소름이 돋았다. 몸이 떨렸다. 문 쪽으로 움직였다. 설리번을 더 꽉 안았다. 어떤 상황이지? 침을 꼴깍 삼키며 복도로 발을 내디뎠다. 아래층에서 들려오는 대화는 너무 멀어서 여기서 잘 들리지 않았다. 고개를 숙여 설리번이 젖꼭지를 잘 물고 있는지 확인했다. 설리번은 젖꼭지를 매우 열심히 빨고 있었다. 속이 뒤틀리는 것 같았다. 이 아이는 배가 고팠다. 오랫동안 조용히 시키기는 힘들 것이다.

아래층에서 소란스러운 발소리가 들렸다. 앞으로 가서 고개를 내밀고 당신이 무슨 말을 하는지 들으려고 애썼다.

"무슨 짓이에요? 움직이지 말아요."

당신이 나에게도 다 들릴 정도로 큰 소리로 말했다. 당신의 목소리는 무서울 만치 차가웠다. 나는 입술을 깨물며 더 재빨리 움직였다.

"내가 하자는 대로 해요."

이런, 라파엘, 뭘 하려고 하는 거야?

설리번의 얼굴을 내 어깨에 대고 부드럽게 흔들었다. 아이가 젖꼭지를 계속 물고 있어 주기를 빌며 나는 복도 끝까지 움직였다. 용기를 내어 벽에서 얼굴을 내밀었다.

당신이 총을 들고 있는 모습이 눈에 들어왔다. 라파엘을 겨누고 있었다. 라파엘의 휴대폰이 당신의 주머니에 꽂혀 있었다. 아마도 그가 도움을 요청하는 전화를 걸려고 했던 모양이다. 나는 그대로 서서 당신이 뭐라고 하는지 듣고 싶었다. 그 욕구가 생생히 느껴질 정도였다. 하지만 나는 당신이 무엇을 할 수 있는지 이해해 버렸다.

총을 가진 당신이 무슨 짓을 저지를 줄 누가 알겠는가. 우리 모두 죽게 될 수도 있었다.

나는 아론의 휴대폰을 떠올렸다. 아론의 방은 가까웠다. 몰래 방에 들어갈 수 있을 거라고 확신했다. 조심스럽게 아론의 방문을 밀어서 열었다. 안으로 들어간 뒤 문을 거의 끝까지 닫았다. 바깥 소리는 차단되지만 쿵 소리는 나지 않을 정도로 조심스럽게. 그 뒤에 조금씩 몸을 움직였다. 발 밑에서 소리가 났지만, 그래도 이렇게 움직이는 걸 설리번이 좋아하는 것 같기는 했다. 반대쪽 벽의 콘센트에 검은 코드가 꽂혀 있었다. 나는 그것을 따라갔다.

휴대폰이 침대 옆 테이블에 바르게 놓여 있었다.

휴대폰을 터치하자 잠금 화면이 나타났다. 마지막 문자 메시지가 보였다. 아직 읽지 않은.

휴대폰을 손에 들고 아론의 비밀번호를 입력했다. 메시지 창이 열리고 대답 없는 문자들. 내가 일방적으로 보낸 문자들이 보였다.

— 보고 싶어.

— 사랑해.

— 네가 엄마 옆에 있었으면 좋겠다.

그리고 내가 아론에게 당신에 대해 모두 말해 주었던 가장 최근 메시지가 있었다.

그 메시지를 보낸 것이 아주 오래전 일처럼 느껴졌다. 왜 이걸 보냈는지도 모르겠다. 아론이 답을 보낼 수 없다는 걸 알면서도 가끔은 그 애에게 이렇게라도 이야기할 수 있다는 것이 좋았다. 그 문자들은 거의 나에게 보내는 일기처럼 되어 버렸다. 그 아이를 곁에 두기 위한 방법이었다.

심호흡한 후 키패드를 열었다.

손끝으로 911을 눌렀다. 상담원이 전화를 받자, 우리 집 주소를 속삭이고 집에 총기를 소지한 범죄자가 있다고 말했다. 심장 뛰는 소리가 메아리쳤다. 당신에게까지 들리지 않기를 바라며 전화를 끊었다. 뒤를 돌아보면 당신이 내 어깨 너머에 서 있을 거라고 반쯤 예상했다. 관자놀이에 총구의 차가운 금속이 닿는 느낌마저 들었다.

하지만 당신은 없었다. 방은 텅 비어 있었다. 안도의 한숨을 내쉬었다. 휴대폰을 다시 내려놓으려다가 아론의 오디오 녹음 앱을 발견했다. 가슴이 뛰기 시작했다.

바로 이거야.

휴대폰을 손에 들고 설리번을 가슴에 안은 채 복도로 돌아가 몸을 웅크렸다. 아래층에는 긴장감이 감돌고 있었다. 당신은 라파엘에게 총구를 겨눈 채 조심스럽게 움직였다. 그의 얼굴은 창백했다.

오디오 앱의 녹음 버튼을 누르고 나서, 설리번의 젖꼭지를 조심하면서 몸을 숙여 휴대폰을 발밑에 내려놓았다.

라파엘이 고개를 숙였다.

"정말 미안해. 너에게 그런 말을 해서는 안 됐어."

좋아. 계속 사과해.

"날 우습게 보지 말아요."

당신은 걸음을 멈추고 턱을 치켜올렸다. 이곳에서는 당신 얼굴이 참 잘 보였다. 피부에 맺힌 약간의 땀까지도.

"뭐가 미안하다는 거죠? 사실 내가 애를 지우길 바랐잖아요. 낙태

하라고."

그는 당신을 향해 애원하는 눈빛으로 고개를 저었다.

"아니야. 네가 그런 짓을 하기를 바란 건 아니었어. 아들을 잃는 기분이 어떤 건지 알아. 이젠 아니야. 내가 틀렸던 거야. 내가 다 틀렸어. 정말 미안해, 켈리. 하지만 제발, 아론에게 무슨 일이 있었던 건지는 알아야겠어."

설리번이 품속에서 몸을 꿈틀거렸다. 나는 젖꼭지를 다시 물리고 아이를 토닥였다. 설리번이 조금만 더 조용히 있어 주면 했다. 이대로 끝낼 순 없다. 당신의 대답을 너무도 듣고 싶었다. 한마디라도 놓칠까 두려워 몸을 앞으로 내밀었다.

"아론."

당신이 그 이름을 부르는 소리에 움직임을 멈췄다. 내가 잘 몰랐다면 당신이 그 애를 아낀다고 생각할 뻔했다.

"이 모든 걸 해내면서도 그 하나만큼은 후회스러워요."

당신의 입술이 떨렸다. 당신은 아랫입술을 깨물었다.

"그는 착한 사람이었어요. 지금의 당신보다 훨씬 더 착했어요. 그를 해칠 생각은 없었어요. 그것만은 믿어 줘요."

당신이 얼굴을 찡그리더니 눈을 가늘게 뜨고 라파엘을 바라보았다.

"그럼 네가 그런 거야? 설마 네가 그 애를 죽였어?"

라파엘은 내게 그 말을 믿을 수 없다고 했을 때와 똑같이 물었다.

"나도 어쩔 수 없었어요."

"그렇다면 우발적으로 약을 과다 복용한 게 아니었어?"

몇 초간의 침묵이 흘렀다. 당신이 대답하지 않을 거라는 생각이 들었다.

하지만 당신은 고개를 저으며 조용히 말했다.

"아뇨. 내가 술에 약을 탔어요."

눈물이 떨어졌다. 입술이 떨렸다.

내 아들.

내 아가.

만나는 여자 친구가 있어. 아직 데이트하는 건 아니야. 하지만 내가 좋아해. 멋있는 애야.

그건 사고가 아니었다.

당신이 그 애를 죽였다.

라파엘은 손으로 입을 가렸다. 그의 눈에서 눈물이 떨어졌다. 얼굴은 뒤에 있는 벽만큼이나 칙칙했다.

"네가 내 아들에게 약을 먹였다고? 네가 내 아들을 죽였다고?"

"그래야만 했어요. 아직도 모르겠어요? 그게 우리가 함께할 수 있는 유일한 방법이었어요."

당신이 절박한 목소리로 말했다.

"오, 맙소사. 난……. 난 이해가 안 돼. 이해할 수 없어."

라파엘은 공포에 질려 비틀거렸다. 그는 팔을 올려 두 손으로 얼굴을 감쌌다.

"뭐가 이해가 안 되죠?"

"아무것도."

"당신은 이미 아이가 있으니 더 이상 아이는 필요 없다고 했었죠. 그래서 내가 정리했어요."

당신이 어깨를 으쓱했다.

"이럴 수가. 정말로 내 가족을 전부 없애면 그 자리를 네가 대신할 수 있을 거라고 생각했던 거야? 그걸 내가 받아들일 거라고 생각했어? 널 이 집에서 보면 내가 함께 도망칠 거라고 생각했던 거야? 아무것도 묻지 않고?"

라파엘의 눈이 번쩍였다.

당신의 목소리가 이제는 아래에서 불타오르듯이 거세졌다.

"이런 걸 내가 계획했다고 생각하세요? 아니요, 나는 당신이 날 선택해 주길 바랐어요. 당신이 날 도와주기를요. 더는 혼자이고 싶지 않았어요. 그래서 이 망할 지옥 같은 시골에 와서 당신 아내랑 어울리면서 살았던 거라고요. 수도 없이 전화하고 문자도 보냈지만 당신은 받지 않았어."

"그런데도 눈치를 채지 못했어?"

당신의 목소리가 높아졌다.

"당신은 비참하게 살았잖아! 나에게 그렇게 말했잖아요. 내가 당신의 부탁을 들어준 셈이라고요. 당신이 나에게 고마워할 거라 생각했어요. 그리고 켈리도 행복하지 않았어요. 그래서 내가 그녀를 죽이지 않아도 될 것 같다고 생각을 했어요. 난 켈리가 우릴 축복해 주고 새로운 가족을 찾으러 떠날 거라고 생각했어요."

라파엘의 입이 벌어졌다.

"켈리가 우릴 축복해 주길 기다렸어?"

당신이 그에게 다가섰다.

"아니면 당신이 돌아오기를 기다린 걸 수도 있죠. 이럴 필요까지는 없었어요. 난 당신을 알아요, 라프. 항상 그 여자보다 나를 더 원하고 있었다는 걸요. 백만 번도 넘게 얘기했잖아요. 그런데 왜 이렇게 일을 어렵게 만들어요? 왜 이렇게 날 화나게 해요?"

맙소사, 그 순간 나는 둘 다 미웠다.

이런 미친 이야기에 지쳤다. 이 모든 것들이 끝나기를 바랐다.

설리번이 칭얼거리며 내 팔 안에서 발차기를 하며 몸을 꿈틀거렸다. 너무 꽉 잡는 바람에 내 손가락이 설리번의 살을 파고들었다. 아이가 고개를 들어 커다랗고 나를 믿는 듯한 눈으로 바라보았다.

내 아들도 이런 눈으로 당신을 보았을까? 이 아이는 당신을 쏙 빼 닮았다. 당신과 라파엘. 이제야 알 수 있었다. 설리번은 아론을 닮은 것이 아니었다. 이 아이는 나의 손자가 아니었다. 이 아이가 바로 당신이 내 머리를 때리고 그 창고에서 피를 흘리도록 방치한 이유였다. 이 아이가 바로 내 아들이 살해당한 이유였다.

설리번이 셔츠를 움켜쥐어서 피부에 상처가 났다. 화가 났다. 아이를 떼어 놓았다. 자기 다리가 난간 위에서 대롱거리자 아이의 눈이 커졌다. 조금만 더 밀면서 손을 놓으면 설리번은 떨어질 것이다. 바닥까지는 꽤 멀었다.

눈에는 눈. 이에는 이.

아들에는 아들.

제30장

바닥을 향한 설리번의 몸이 떨렸다. 일시 정지 버튼을 계속 누르는 것처럼 모든 것의 속도가 줄어드는 것 같았다. 설리번은 느리게 움직이고 있었고 통통한 다리와 팔이 바닥을 향해 펄럭였다.

당신은 비명을 지르며 무릎을 꿇었다. 끔찍한 소리가 당신의 입에서 튀어나왔다. 당신이 고통받는 것을 보면 기분이 좋을 줄 알았는데 그렇지 않았다. 속이 메슥거리면서 토할 것 같았다.

라파엘이 공포에 질려 나를 올려다보았다.

아, 이런, 내가 무슨 생각을 한 거지?

눈을 깜박이며 나는 상상 속에서 빠져나왔다.

심장이 쿵쾅거렸다. 설리번을 다시 가슴 쪽으로 끌어당겼다. 설리번의 몸이 내 상상 속에서 빠져나오듯 설리번이 물고 있던 젖꼭지가 땅으로 떨어졌다. 설리번이 울기 시작했다.

내가 어떻게 그런 상상을 했을까? 아이는 죄가 없었다. 이 아이를 다치게 한다면 나는 당신보다 나을 게 없었다.

"정말 미안해."

아이의 머리를 쓰다듬으며 중얼거렸다. 입술을 아이의 부드러운 피부에 갖다 댔다. 아이는 내 어깨에 기대어 울었다. 부끄러움에 몸이 화끈거렸다.

"켈리?"

당신은 여전히 총구를 라파엘에게 겨눈 채로 시선을 나를 향해 있었다.

"어떻게? 뭐지? 난⋯⋯."

"내가 죽은 줄 알았다고? 죽어? 창고에 갇혀서?"

당신의 눈이 커졌다.

만족감이 내 안을 채웠다.

"오, 하느님 감사합니다."

라파엘이 어깨를 편안히 내리며 숨을 내쉬다가 천을 감은 내 머리를 발견했다.

"괜찮은 거야?"

괜찮지 않았다. 절대로. 괜찮을 리가 없었다. 하지만 난 고개를 끄덕였다.

"어떻게 된 거야?"

"당신 애인이 날 죽이려고 했어⋯⋯. 우리 아들을 죽인 후에 말이야."

나는 계단을 내려갔다.

가까이 다가갈수록, 당신의 눈은 더 커졌다. 당신이 몸을 떨면서 나와 라파엘을 번갈아 보았다. 우리는 당신을 포위했다.

나는 웃었다.

당신이 총구를 겨눴다.

"물러서지 않으면 쏠 거야."

난 설리번을 내려다보았다.

"당신은 쏘지 못해. 설리번이 나에게 안겨 있는 한. 그래서 당신이 이 모든 짓을 벌인 거지? 당신의 아들을 위해서 말이야. 네 자식에게 더 나은 삶을 주겠다고 내 아들을 죽였어?"

이건 도박이었다. 내가 옳았길 바랐다.

경찰은 어디쯤 온 걸까? 지금이면 여기 도착했어야 하는 거 아닌가?

"정말 그게 가능할 거라고 생각한 거야, 켈리? 그럴 가치가 있다고 생각했어? 라파엘은 당신을 원하지 않아."

나는 고개를 저었다.

"그래, 이제 알겠군."

당신이 총구를 올렸다. 당신의 눈에 섬광이 번쩍였다.

"켈리!"

라파엘이 나를 보며 소리쳤다.

멀리서 사이렌이 들렸다. 가슴이 부풀어 올랐다.

당신의 눈동자가 심하게 흔들리더니 배신감으로 가득 찬 표정을 지었다.

"경찰을 불렀어?"

"다 끝났어, 켈리."

"아니, 당신이 끝났지."

당신의 손가락이 방아쇠에 닿았다. 생각보다 일이 빨리 진행되었다.

"안 돼!"

라파엘이 당신을 향해 돌진하며 소리쳤다.

총이 발사되는 순간 그가 당신을 덮쳤다. 나는 바닥에 털썩 주저앉으며 총소리를 들었다. 설리번이 비명을 질렀다. 넘어지는 와중에도 나는 몸으로 아이를 감쌌다. 몸을 펴고는 나와 설리번이 총에 맞았는지 피를 흘리지는 않는지 정신없이 찾아보았다.

놀랍게도 우리 둘 다 다친 곳은 없어 보였다. 총알은 어디로 간 거지? 사이렌 소리가 가까워졌다.

라파엘이 당신에게서 총을 뺏으려고 하면서 둘은 바닥을 굴렀다. 신음이 집 안을 채웠다. 설리번이 내 팔에 안겨 울부짖었다. 소파를 향해 달려가 등을 기댄 채 아이를 꼭 안았다.

"쉬이이, 괜찮을 거야."

설리번을 안심시키려 손으로 등을 쓸어 주었다.

고개를 숙이자 내 입술이 설리번의 머리에 스쳤다. 뒤에서 라파엘의 신음에 이어 총이 바닥에 떨어지는 소리가 들렸다.

제길. 아직도 끝나지 않았군.

설리번의 얼굴을 가슴에 대고 귀를 손으로 막아 주고는 조심스럽게 소파에서 몸을 돌렸다.

당신이 다시 총을 잡고 있었다. 라파엘이 당신을 넘어뜨렸다. 사이렌 소리가 허공을 가로질렀다. 빨간색과 파란색 불빛이 유리창 밖으로 보였다.

속이 뒤틀리는 듯했나.

그때와 같았다.

메디나 부인? 부인께 드릴 말씀이 있습니다.

총소리가 울렸다. 소리가 너무 커서 고막이 터질 것 같았다. 머리
로 통증이 퍼졌다. 이제는 아무 소리도 들리지 않았다. 설리번의 소
리도. 설리번은 아직 울고 있는 걸까?

경찰이 집 안으로 들어왔다. 모든 것이 느리게 움직였다.

영혼이 빠져나가는 것 같았다.

누가 총에 맞았지?

거실 한가운데에 피가 고였지만 누구의 피인지는 알 수 없었다.
당신은 라파엘 위에 있었지만 둘 다 움직임이 없었다.

당신의 손에 피가 묻어 있었다.

설리번은 여전히 내 품에 있었다. 나는 울기 시작했다.

제31장

알코올과 표백제가 섞인 병원의 소독약 냄새에 속이 뒤집혔다. 형광등 불빛에 눈이 부셨다. 주삿바늘, 튜브, 따끔거리는 침대 시트와 삐걱거리는 침대. 지겹다. 간호사들, 소음, 끊임없이 질문을 해 대는 경찰들도 지겹다.

그래도 이곳이 창고보다는 낫다는 걸 계속 상기했다. 그 굶주림. 그 목마름.

하지만 이곳이라고 그다지 크게 낫지는 않았다.

내 침대가 그리웠다. 집에 가고 싶었다.

우리 집이 범죄 현장이라니 안타까웠다.

크리스틴이 뛰어 들어왔다.

"오, 세상에! 하느님 감사합니다."

그녀는 내 침대 옆 의자에 쓰러지듯 앉아서 손을 잡았다. 크리스틴만이 짧은 검은 드레스에 길고 달랑거리는 귀걸이를 하고 병실에 찾아올 생각을 할 것이다. 근사한 저녁 약속이라도 가는 중인 듯했다. 그 모습이 날 웃게 했다.

"안녕."

목소리가 갈라졌다. 크리스틴에게서 과일 향기 같은 냄새가 났다. 아마도 사과. 그 덕에 마음이 조금은 편안해졌다. 그녀의 손을 꼭 쥐었다.

"이런 일이 일어나다니 믿어지지가 않아. 정말 미친 짓이야."

나는 웃으려고 했지만 그르렁거리는 소리만 나왔다.

"그렇게 말할 수도 있구나."

"라파엘은 어때? 총에 맞았다니 믿을 수가 없다."

"모르겠어. 방금 수술하고 나왔어. 어쨌든 괜찮을 것 같아."

크리스틴이 고개를 저으며 말했다.

"하느님 감사합니다. 너희 집에 와인 마시러 간 날 밤에 네가 아프다고 해서 뭔가 잘못되었다는 걸 알았어. 그래서 라프에게 전화해서 걱정된다고 말했지."

"잠깐……. 그게 무슨 말이야? 내가 아프다고 했어?"

내가 조금 몸을 일으켰다. 그 정도만 움직여도 침대가 삐걱거렸다.

"네가 문자했잖아."

"그 여자가 내 휴대폰을 갖고 있었어."

퍼즐 조각들이 제자리에 맞춰졌다. 고개를 끄덕였다. 내 휴대폰을 당신에게 뺏긴 것이었다. 꽤나 영리한 짓이었군.

"그래, 근데 문자가 뭔가 좀 이상했어."

"어떻게?"

나는 당신이 내 흉내를 어떻게 냈는지 궁금했다.

그녀가 웃으며 말했다.

"네가 TTYL이라는 거야. 그런 줄임말 쓰는 걸 한 번도 본 적이 없는데 말이지."

미소를 지었다. 친구들끼리만 서로 아는 작은 습관들이 있다는 게 재미있었다. 편안해질 때까지 뒤로 몸을 기울였다. 아직도 두통이 조금 있었다. 몇 바늘 꿰매야 했다. 뇌진탕이 거의 분명했다. 병원에서는 붕대를 제법 꼼꼼히 감았고 약도 줬다. 밤새 관찰이 필요하다고도 했다.

간호사 몇 명이 카트를 밀며 복도를 지나갔다. 리놀륨 바닥에서 찍찍거리는 소리가 났다. 바퀴 하나가 망가졌는지 삐걱댔다. 저 멀리서는 기계가 삐 울리는 소리가 났다. 한 여자가 울음을 터뜨렸다. 그 소리를 무시하려고 노력했다. 이미 드라마는 충분히 겪었다.

대화를 계속 이어 나가며 현재에 집중하려고 애썼다.

"그래, 아론이 그걸로 항상 놀렸어. 그 애가 LOL('Laughing out lout'의 약자로 너무 웃긴 것을 표현할 때 쓰는 채팅 용어 — 옮긴이)을 처음으로 나한테 보낸 것도 기억나. 무슨 말인지 몰라서 검색을 했다니까."

크리스틴이 깔깔 웃더니 이내 얼굴을 찡그렸다. 두 눈썹이 만나더니 눈가에 주름이 잡혔다. 한 번도 본 적 없는 모습이었다. 주름 사이로 크리스틴의 눈가에 그늘이 졌다. 그녀는 내 걱정을 하고 있었다.

"아론에게 무슨 일이 있었던 건지 알고 나니까 마음이 어때?"

크리스틴이 내 손을 잡아 주는 것이 고마웠다. 지금 이 순간 나를 안정시켜 줄 누군가가 필요했다.

"모르겠어."

나는 솔직하게 대답했다. 아직 아무도 그런 질문을 한 적이 없었다. 모두가 나에게 자신들이 필요한 대답만을 원했다. 사실. 날짜. 시간. 다행히 녹음해 두어서 기억에만 의존하지 않아도 되었다. 거짓말을 하려고 한다 해도 경찰은 이미 증거를 다 갖고 있었다. 그들은 진실을 알고 있었다.

"아직은 깊이 생각할 시간도 없었어."

숨을 들이마셨다. 당신이 말했던 모든 것들이 떠오르면서 가슴을 메웠다. 감정들이 한꺼번에 몰려왔다. 고통, 배신, 분노, 비탄, 슬픔. 나는 숨을 내쉬며 몸 밖으로 모든 감정을 내보냈다. 하지만 그 감정들이 언제나 내 곁에 함께 있을 것이라는 점을 잘 알았다.

마침내 입을 열었다.

"아론이 스스로 그런 일을 했다는 얘길 한 번도 믿은 적 없어. 그러니 어떤 면에선 당연한 얘기였어. 하지만 그래도, 너무 아프고……. 슬퍼. 그 아이에게 너무도 말도 안 되는 일이 일어난 거야."

크리스틴의 눈에 눈물이 고였다.

"그 여자가 응분의 대가를 치르면 네 마음이 좀 나아질 거야."

셔츠에 라파엘의 피가 범벅된 채 수갑을 차고 잡혀 가는 당신의 모습이 떠올랐다.

"그래, 그 여자는 절대 감옥에서 못 나와. 아론이 절대 억울해하는 일이 없게 할 거야."

"그 여자의 아기는? 어디 있는지 알아?"

"아동 보호 센터에서 데리고 갔어. 내가 거기 사람들에게 라파엘이 그 애의 아버지이니까 내가 그 애를 키우고 싶다고 말했어. 하지만 어떻게 될지 모르겠어. 친자 확인 검사 같은 것들을 하겠지. 모든 게 엉망이야, 크리스틴."

난 어깨를 으쓱했다. 통증이 느껴졌다.

그녀는 내 손을 꼭 잡고 엄지손가락으로 가볍게 두드렸다.

"정말 미안해, 켈. 내가 잘못했어."

"네 잘못이 아니야."

잘못은 당신에게 있어, 켈리. 당신과 내 남편에게.

크리스틴이 흐느끼는 바람에 깜짝 놀랐다. 그녀가 손으로 입을 막았다.

"하지만 사실이야. 내가 잘못한 거야."

"무슨 소리야?"

나는 더 이상의 놀라움을 감당할 자신이 없었다.

"난 뭔가 잘못되었다는 걸 알고 있었어. 경찰에 신고하든지 너희 집으로 억지로 들어가든지 했어야 했어. 라프한테 말했더니 나보고 터무니없는 소리를 한다고 하더라. 네가 요즘 이상하게 군다는 거야."

그녀가 더 크게 울었다.

"솔직히, 나도 네가 켈리 이야기를 지어냈다고 생각했어. 넌 항상 아론이 살아 있는 것처럼 말을 하곤 했으니까. 어렸을 때 너의 상상 속의 친구도 진짜인 것처럼 얘기했던 거 기억해?"

나는 고개를 끄덕였다.

"그래, 하지만 그건 아론이 죽은 직후였어. 내가 그땐 약을 너무 많이 먹고 있었어."

그녀가 훌쩍이며 밀했다.

"나도 알아. 네가 더 이상 그렇지 않다는 걸 깨달아야 했어. 근데 라프도 뭔가 네가 이상해졌다고 생각했나 봐. 그래서 집에 가서 확인하려고 한 거야. 네가 어디서 아이를 또 데려왔을지도 모른다고 생각한 것 같아. 나도 그렇게 생각했다는 사실이 너무 싫어……. 나는 정말 최악의 친구인 것 같아. 정말 미안해."

"크리스틴. 사과할 필요 없어. 난 이렇게 네 덕에 살아 있는걸."

그녀의 손을 꼭 잡았다.

크리스틴이 고개를 번쩍 들었다. 코를 훌쩍이며 눈물을 닦았다. 마스카라가 흘러내리고 코가 빨개진 그녀의 모습을 보는 일은 흔치 않다.

"정말?"

"넌 뭔가 잘못되었다는 걸 알았잖아. 그게 뭔지는 확실하게 몰랐지만 그래도 행동했고 라프에게 전화를 걸었어. 그 이유가 뭐였든 간에 덕분에 그가 예정보다 이틀 일찍 집에 돌아온 거야. 라파엘이 돌아오지 않았다면 난 살아남지 못했어."

그녀의 입술이 다시 떨렸다.

"오, 맙소사, 네가 그 창고에 갇혀 있었던 걸 생각하면……. 얼마나 무서웠을까."

아직도 익숙한 공포심이 기억에서 살아나 마음을 휘저었다. 나는 침대 위에서 몸을 움직였다.

"우리 다른 얘기 할까?"

"그래, 그러자."

크리스틴이 고개를 끄덕이며 얼굴을 닦고 억지로 미소를 지었다.

간호사가 안으로 들어왔다. 그녀가 움직일 때마다 바지가 스치면서 소리가 났다. 나는 침을 삼키고 얼굴을 닦았다. 맙소사, 몰골이 끔찍할 텐데.

"신경 쓰지 마세요. 바이탈만 체크할게요."

간호사가 주변에서 움직이는 동안 크리스틴에게 기대어 웃었다.

"내가 알아야 할 새로운 소문 없어?"

"항상 있지."

크리스틴이 윙크하며 머리카락을 어깨 뒤로 넘기더니 자세를 고쳐 앉았다.

이제 집에 돌아왔다. 며칠 전에 퇴원했다. 라파엘은 오늘 집에 왔다.

라파엘에게 약을 먹인 후 머리 뒤에 놓인 베개를 정리하고 이불을 덮어 주었다.

"괜찮아?"

라파엘은 고개를 끄덕였다. 얼굴은 창백했고 평소보다 말라 보였다. 그는 말이 거의 없었다. 병원에서도, 집에 돌아오는 길에도, 그리고 집에 와서도. 우리는 아직 아무 얘기도 나누지 않았다. 아마도 라파엘은 아직 준비되어 있지 않을 것이다.

나도 무슨 이야기를 해야 할지, 어디서부터 시작해야 할지 알 수 없었다.

침대 옆 탁자에 놓아 둔 라파엘의 휴대폰이 울렸다.

"학교 동료들이 계속 전화하고 문자했어. 프랭크, 존, 애덤……. 그리고 내가 모르는 번호도 있었고."

"고마워."

무언의 질문에 대답하지 않은 채 라파엘은 손을 뻗어 휴대폰을 잡았다.

난 키스를 떠올렸다. 당신. 그 사진들. 문자들.

마른침을 삼키고 창가로 가서 블라인드를 열었다. 햇볕이 쏟아져 들어왔다. 창고를 내려다보니 고통스러웠다. 나는 저곳에서 혼자서 나올 수 없었다. 당신이 아직도 나에게 영향력을 행사하고 있다는 사실이 싫었다. 그것도 내 집 안에서. 내 안식처였던 이곳에서.

"아버지는 어떻게 계시는지 봤어?"

라파엘이 물었다. 난 몸을 돌렸다.

"지금 아버지 걱정을 하는 거야?"

"낙상으로 심하게 다치셨잖아."

"그랬지, 누가 아니래?"

이 미친 일들을 감당하느라 나도 시아버지를 까마득히 잊고 있었다.

아버지는 당신이 여기 왔다고 생각하서. 당신이 최근에 왔다고 하시던데.

라파엘의 아버지가 넘어졌던 날, 당신은 집에 없었다. 그 전주에 우리가 나눴던 대화를 떠올렸다. 라파엘이 그다음 주에 집에 오는지 내게 물었지. 그리고 당신은 그걸 원하지 않았을 것이다.

이런, 당신이 감옥에 있고 내 인생에 더 이상 들어올 일이 없다는 사실에 기뻤다.

나는 억지로 웃었다.

"그래, 아버지는 찾아뵐게. 걱정하지 마. 시간은 충분해."

"켈."

라파엘의 목소리가 망설이는 듯했다.

"응?"

내가 고개를 들었다. 바로 그거였다. 그가 드디어 이야기하려고 하고 있었다.

우리의 눈이 마주쳤다. 라파엘이 내 시선을 피했다.

"난……. 난 저 요람을 여기서 치웠으면 좋겠어."

설리번이 분홍색 담요에 폭 싸여서 그 안에 있는 모습을 떠올렸다.

"그래, 당신 말이 맞을지도 모르겠다. 설리번이 많이 컸어. 아기 침대를 마련할게."

"아냐, 그러지 마."

"하지만 설리번이랑 같이 지내려면 필요한 것들을 준비해야 해."

"그 애를 데려올 수 있을지 어떨지도 모르잖아."

심장 박동이 빨라졌다.

"데려올 수 없다고?"

"내 애가 아닐 수도 있어. 켈리는 미쳤어. 그 여자가 말한 걸 어떻게 다 믿을 수 있겠어?"

설리번이 라파엘의 아이란 걸 난 잘 알지만 더 이상 싸우지 않을 방법이 있었다.

"알겠어. 요람은 바로 치울게."

"내가 알았다면……."

그는 말을 잇지 못했다. 나는 가만히 서서 기다렸다.

"……그 여자가 무슨 일을 벌일지 알았더라면, 난 절대로……."

라파엘이 고개를 저었다.

절대로 뭘 어쩌겠다고? 그 여자랑 자는 일은 없었을 거라고? 그 여자를 임신시키지도 않았을 거라고?

"믿어 줘. 그 여자가 이렇게 미친 짓을 벌일 줄은 정말 몰랐어."

나는 내가 결코 그 사과를 받아들이지 못하리라는 것을 그때 깨달 았다. 지금까지 모든 일을 내 잘못으로 미뤘듯, 그는 이번 일도 모두 당신, 켈리의 잘못이라고 생각하고 있었다. 당신은 그에게 그저 장 난감에 불과했다.

"요람을 분해할 도구를 가져올게."

문 쪽으로 걸어가는데 그가 나를 불러세웠다.

"켈."

어깨 너머로 고개를 돌리며 미약하게나마 희망을 느꼈다.

"응?"

"물 좀 가져다줄래?"

"그럴게."

떨리는 다리를 이끌고 방으로 돌아와 그의 물컵을 채웠다. 그 옆 에는 부작용과 주의 사항들이 적힌 처방전이 있었다.

내가 방을 나서자 라파엘은 눈을 껌벅이며 침대에 누워 있었다. 다시 지친 듯했다.

집을 모두 청소했지만, 당신의 흔적이 남아 있었다. 계단을 내려갈 때도 당신이 보였고 당신이 손에 총을 들고 라파엘과 마주 보고 있던 자리에서도 당신이 보였다. 소파의 얼룩에서도, 당신이 내 가족의 사진을 살펴보던 벽난로 선반 옆에서도 당신이 보였다.

아론과 내 가족에게 한 일을 생각하면 당신이 죽어 마땅하다고 생각했다. 하지만 이젠 감옥에서 썩는 것만으로도 충분할 것 같았다. 그 작은 공간에 갇혀 있는 것이 어떤 것인지 나도 잘 아니까. 자신의 생각, 자신의 기억에 갇혀서 혼자 되는 것. 당신은 내가 사랑하는 사람들에게 끔찍한 일을 저질렀다. 남은 삶 동안 그 죄로 고통받기를 기도했다.

나는 이제 당신이 말해 주지 않은 일도 세세하게 다 알고 있다.

당신의 진짜 이름은 켈리 호킨스였다. 설리번의 출생 증명서를 작성할 때 당신은 성을 메디나로 바꿨다.

당신은 아직도 그날 밤늦게 우리 집에 왔다는 사실을 인정하지 않고 있지만 나는 당신이 거기에 있었다는 걸 알고 있었다. 난 당신을 보았다. 그 커프스단추 때문에 여기에 왔겠지.

당신을 기소할 이유는 충분했다. 아마 당신은 죽을 때까지 감옥에 있어야 할 것이다. 결코 바깥세상을 볼 수 없을 것이다. 당신의 아들을 만날 수 없을 것이다. 그리고 무엇보다, 아이를 더 이상 해치지 못할 것이다. 그 사실이 내 마음에 평화를 가져다주었다. 당신이 벌을 받을 만하다는 사실이 내가 붙잡고 있을 수 있는 위안이었다.

라파엘의 컵에 물을 채우고 그가 좋아하는 식으로 얼음 두 개를 띄웠다. 그러고 나서 위층으로 올라가 아론의 방을 지나쳐 내 방으로 갔다. 라파엘은 자고 있었다. 나는 침대 옆 탁자 위에 컵을 놓고 침대 끝에 걸터앉았다.

그날 밤 이후로 그는 설리번에 대해 묻지 않았다. 유일하게 했던 말은 요람을 치우라는 거였다. 아들에 대해 전혀 신경을 쓰지 않는 것 같았다. 그 모순을 이해할 수 없었다. 당신은 아들을 위해 최선을 다했지만 가장 큰 실수 하나를 저질렀다. 라파엘을 잘못 판단했다.

라파엘은 그럴 만한 가치가 없는 사람이었다.

라파엘은 당신이 아들을 위해 그렇게 매달릴 아버지의 재목이 아니었다.

나는 당신을 미워하지만 그래도 우린 한때 친구였다. 당신은 젊고 이상주의적이고 낭만적이었다. 젊은 시절의 나와 매우 닮았다. 라파엘은 당신의 교수였다. 권력자였다. 그와의 관계에서 당신을 탓하기는 힘들 것 같았다. 사실 나는 라파엘을 더 비난했다. 당신에게 있어서 라파엘의 존재는 나에게 있어서 제레미 같았을 것이다.

난 당신에게 아버지가 없다는 사실을 알고 있었다. 당신이 라파엘과 이야기하는 모습을 보고 나서 마침내 이해했다. 당신은 라파엘의 허락이 필요했다. 어떤 면에서 라파엘은 당신에게 아버지였다. 당신이 평생 갈구했던 사람이었다.

당신이 아론에게 한 일은 결코 용서할 수 없었다. 하지만 나는 모든 것이 라파엘에게서 시작되었다는 걸 알고 있었다. 그가 시작한 일이었다. 그가 바로 이 모든 일의 원인이었다. 그가 아랫도리 간수만 잘했더라도 우리에겐 아무 일도 일어나지 않았을 것이다.

나에겐 여전히 아들이 있었을 것이다. 아론은 여전히 살아 있었을 것이다.

그 여자가 무슨 일을 벌일지 알았더라면…….

자기가 무슨 일을 벌일지는 알지 않았던가?

거짓말.

바람.

학대.

라파엘이 우리 모두를 망쳤다. 나를. 아론을. 심지어 당신까지도.

그리고 언젠가는 설리번도 망칠 것이다.

라파엘이 이 사실을 인정하려면 시간이 얼마나 걸릴까? 자기 자신이 바로 문제라는 것도 깨닫지 못하는데.

오늘 그가 받았던 문자가 생각났다. 내가 모르는 번호. 당신 말고 또 다른 사람을 만나는 걸까? 이제 새로운 사람이 생긴 걸까?

그는 항상 새로운 먹이를 찾아다니는 포식자였다.

의사들이 오늘 아침 라파엘을 퇴원시키며 아직 완쾌되지는 않았다고, 그를 잘 돌봐 주라고 했다. 난 항상 그랬다. 라파엘을 돌봤다. 그가 원하는 것들을 해 주었다. 깨끗한 집. 순종적이고 충실한 아내.

침대 너머로 손을 뻗어 베개를 집었다. 새로 세탁한 베개는 깨끗하고 신선한 향기를 풍겼다. 라파엘이 불평하지 않도록 집에 오기 전에 전부 세탁해 두었다. 그에게 몸을 숙이고 심호흡을 했다. 그는 베개가 다가오는 것조차 보지 못했다.

"난 당신이 더럽혀 놓은 걸 깨끗이 하는 것뿐이야."

라파엘의 귀에 대고 속삭였다.

"당신이 더러운 걸 얼마나 싫어하는지 내가 잘 알잖아."

라파엘은 조금 발버둥 치다가 이내 조용해졌다. 그러고는 깊은 잠에 빠져들었다.

난 그를 잘 돌보았다. 그의 모든 것을 돌보았다.

〈끝〉

작가의 말

저너트 컴퍼니의 작가 에이전트인 엘렌 코우트리에게 큰 감사를 드립니다. 처음 대화를 나눴을 때부터 당신이 이 책을 응원해 줄 사람이라는 것을 알았습니다. 스토리와 등장인물에 대한 당신의 열정, 통찰력, 이해력에 감동했습니다. 당신의 아이디어와 수정 덕분에 스토리가 더욱 탄탄해졌습니다. 내가 가장 좋아하는 장면 중 몇몇은 당신과의 의논을 통해서 탄생했습니다. 당신은 내 인생을 바꾸었고, 이에 영원히 감사할 것입니다. 또한 윌 로버츠, 리베카 가드너 그리고 저너트 컴퍼니의 모든 팀원들에게도 감사드립니다. 당신들은 모두 멋진 사람들입니다.

에이프릴 오즈번에게도 정말로 감사합니다. 당신과 함께 작업하는 것은 정말 재미있었습니다. 당신의 편집 덕분에 생각보다 책이 더 좋게 만들어졌습니다. 미라의 팀원 모두에게도, 이 책과 저를 믿어 주신 것에 대해 감사드립니다. 여러분은 저의 꿈을 이뤄 주었습니다.

메건 스콰이어스에게도 초안을 읽어 주시고 나로 하여금 이야기의 문제점들을 볼 수 있도록 도와주어서 감사드립니다. 물론, 제 작가 사진에 마법을 걸어 준 것도 고맙게 생각합니다. 무엇보다도 든든한 친구가 되어 주어서 고맙습니다.

부모님과 모든 가족의 변함없는 지원은 저에게 이 세상의 전부입니다. 여러분 한 분 한 분이 제 가족이 된 것은 정말 기쁜 일입니다.

앤드루, 당신이 없었다면 나는 아무것도 해내지 못했을 것입니다. 내 꿈을 위해 당신은 항상 자신의 꿈을 미뤘습니다. 나는 그 점을 잘 알고 있으며, 당연하게 여기지 않습니다. 당신은 내가 아끼는 사람입니다. 사랑합니다.

나의 아이들에게. 엘리, 이 책의 결말과 까다로웠던 줄거리들을 풀어낼 수 있게 도와주어서 고맙다. 너와 함께 의논했던 시간들은 정말 좋았어. 케일린, 나의 미니미, 나의 영원한 치어리더, 나의 친구. 항상 응원과 격려해 줘서 고맙다. 나는 온 마음을 다해 너희들을 사랑한단다.

그리고 하느님께, 내가 하는 이 모든 것들은 당신을 위한 것입니다.

옮긴이 | 최지운

책과 소설을 사랑하다 못해 번역가로 활동 중이다. 『타인의 집』과 『내가 당신이었을 때』를 번역했다.

내가 당신이었을 때

1판 1쇄 찍음 2022년 8월 31일
1판 1쇄 펴냄 2022년 9월 8일

지은이 | 앰버 가자
옮긴이 | 최지운
발행인 | 박근섭
편집인 | 김준혁
책임편집 | 정미리
펴낸곳 | 황금가지

출판등록 | 2009. 10. 8 (제2009-000273호)
주소 | 06027 서울 강남구 도산대로 1길 62 강남출판문화센터 5층
전화 | 영업부 515-2000 편집부 3446-8774 **팩시밀리** 515-2007
홈페이지 | www.goldenbough.co.kr

도서 파본 등의 이유로 반송이 필요할 경우에는 구매처에서 교환하시고
출판사 교환이 필요할 경우에는 아래 주소로 반송 사유를 적어 도서와 함께 보내주세요.
06027 서울 강남구 도산대로 1길 62 강남출판문화센터 6층 민음인 마케팅부

한국어판 © ㈜민음인, 2022. Printed in Seoul, Korea
ISBN 979-11-7052-185-3 03840

㈜민음인은 민음사 출판 그룹의 자회사입니다.
황금가지는 ㈜민음인의 픽션 전문 출간 브랜드입니다.